U0094115

国家出版基金项目
NATIONAL PUBLICATION FOUNDATION

龙平平

著

觉醒年代 下

长篇历史小说

2021年度『中国好书』

全国百佳图书出版单位
时代出版传媒股份有限公司
安徽人民出版社

目 录
CONTENTS

第十九章　新与旧的一场较量 ……………………………… 485

第二十章　实验失败了 ……………………………………… 510

第二十一章　泪洒凯旋门 …………………………………… 536

第二十二章　五四前夜 ……………………………………… 561

第二十三章　扭转乾坤的一天 ……………………………… 579

第二十四章　杀君马者 ……………………………………… 609

第二十五章　进退之间 ……………………………………… 632

第二十六章　患难见人心 …………………………………… 656

第二十七章　暴风骤雨 ……………………………………… 685

第二十八章　四十不惑 ……………………………………… 711

第二十九章　飞蛾扑火 ……………………………………… 735

第三十章　殉 道 者 ………………………………………… 766

第三十一章　问题与主义 …………………………………… 802

第三十二章　悲壮的告别 …………………………………… 827

第三十三章　相约建党 ·· 859

第三十四章　大道之行 ·· 892

第十九章

新与旧的一场较量

一

1919 年的春天,北京的天气冷暖交替,各种思潮在中国相互激荡。躁动中,新旧文化的交锋到了一个揆节上。

箭杆胡同 9 号小院,陈独秀一家已经搬来两年了。两年前栽的酸枣树已经有碗口粗了。高君曼在院子里搞了个花圃,栽了不少花。这个季节,新芽破土,小院已是春意盎然了。北厢房《新青年》编辑部内,每日照例被高君曼收拾得干干净净。桌上的稿件堆得老高。这一期的值班编辑是高一涵和沈尹默,两人正在讨论编辑事宜。

陈独秀是个无拘无束、口无遮拦、不大考虑别人感受的人。他性格暴躁,喜欢批评人,而且不分场合,得罪了很多人。北大是文人成堆的地方,文人最讲究的是脸面,而陈独秀却是最不给人脸面的人。时间长了,很多文人怕他,不愿意在他手下工作,沈尹默就是其中一位。论感情,陈独秀与沈尹默接触很早,早年两人在杭州就是诗友,惺惺相惜,走得很近。正因为如此,陈独秀批评沈尹默也最多,往往让他下不了台。沈尹默经常感到委屈,背地里免不了对陈独秀有不少抱怨,甚至不想担任《新青年》编辑了。

高一涵和沈尹默在编辑部看了一上午的稿子,还剩下一半多,沈尹默就埋怨开了:"这个陈仲甫,那天说得很明确,他来负责《新青年》,可是一天到晚见

不到人影。这么多文章,我们两个怎么看得过来!"

高一涵是陈独秀的铁杆粉丝,处处维护他,同时也有点看不惯沈尹默,觉得他有点矫情,就说:"看不过来也得看啊。仲甫现在是总司令,千头万绪都归到他那里。听说《新潮》那边被人围攻,他赶去解围了。"

快中午时,钱玄同和刘半农来了,一人手里拿着一摞稿子。沈尹默一见两人都拿着稿子,头都大了:"哎呀,又送稿子来了。你们要累死我呀!"

钱玄同解释说:"我们不光是送稿子,仲甫知道这一期稿子特别多,让我们两个参加编辑,二位不会不欢迎吧?"

高一涵大喜:"德潜兄,你这是雪中送炭,有劳二位了。"

刘半农见桌上堆满了稿件,问:"这一期到底收到多少稿子了?"

高一涵摇摇头:"没有统计。仲甫、守常、鲁迅每人都写了好几篇。用我们安徽话说,简直'淤了'。"

钱玄同不懂,问道:"什么叫'淤了'?"

高一涵笑道:"就是太多了,堵塞了。"

不料沈尹默借题发挥起来:"我说你们安徽人是怎么啦,安福系的段祺瑞、徐树铮是安徽的,京师警察厅的吴炳湘是安徽的,北大这边陈独秀、胡适、高一涵也是安徽的。你们怎么就不能通融一下呢?难怪汤尔和跟我说,安徽人就是喜欢窝里斗。"

高一涵一听,没好气地说:"我看这个汤尔和也不是什么好东西,最近他好像总在挑仲甫的刺。"

沈尹默和汤尔和走得近,也很维护他,说:"不是他挑刺,是仲甫做得太过了。你看看这些天的报纸就知道了,全是指斥仲甫的,说什么的都有,把蔡校长都卷进去了。"

钱玄同不高兴了,指着沈尹默的鼻子问:"我说老沈,你这立场有问题,你在为谁说话?"

沈尹默连忙解释："不是我立场有问题，我是为蔡校长担忧。听说一大早傅增湘又把蔡校长请到教育部去了，估计又是为仲甫的事。"

果不其然，此时，北洋政府教育部，教育总长傅增湘办公室里，傅增湘和蔡元培面对面坐着，看情形，两人显然僵了很长时间了。

傅增湘轻轻地叹了一口气，劝道："子民兄，你知道我的态度，我是支持你和陈独秀搞新文化的，可是现在压力太大了。你我都担着国家的干系，容不得掺入个人感情的。"

蔡元培毫不退让："这不是个人感情的事，这是原则，是公理。"

"公理是要人来判定的。张长礼拿着《新青年》《新潮》和《国民》三本杂志到处告状，说你蔡元培和陈独秀'实为纲常名教之罪人'，要弹劾我这个总长和你这个北大校长。昨天，马其昶也拿着几本《新青年》大闹总统府，要徐世昌对妖言惑众、危害朝纲的陈独秀、蔡元培严惩不贷。"傅增湘用手一指，"你再看看这些报纸、杂志，登的全是你北大的负面新闻啊。"

蔡元培疑惑地望着傅增湘："有这等事？这个马其昶不是安徽孔教会的会长吗？怎么跑北京来了？"

"不光他来了，还带着好几个桐城派遗老遗少呢，专门告状来了。我还要告诉你，警察总监吴炳湘也给我发来了监控名单，其中就有北大的陈独秀和李大钊。"傅增湘把京师警察厅的公文往桌上一扔。

蔡元培一看，火了："怎么着，他吴炳湘还要去北大抓人吗？沅叔，我要明确告诉你，这一次我蔡元培和北京大学是决不会低头屈服的。"

傅增湘连忙站起来递上茶水："子民兄误会了，我不是要你低头，而是提醒你要注意方式，善于变通，保护好自己。"

蔡元培抿了一口茶，放缓了口气："沅叔老弟，你说的这些我都知道，不知道的也在我预料之中。感谢你对我们北大的关心和支持。你知道，我不是那种蛮干之人，能通融的地方我一定通融。我这就回去和他们商量，落实你的训

示,怎样?"

傅增湘苦笑不语,看着蔡元培带着情绪走了。

出了教育部,蔡元培坐上马车,经东华门皇城马路回北大。车厢里,蔡元培很烦躁。几天来徐世昌、汪大燮、傅增湘和他的谈话以及突然发生的许多事情把他搞蒙了。都是私交不错的熟人,何以闹到势不两立甚至你死我活的地步?他想不明白,也不知道自己哪里做得不合适了,心里实在堵得慌。

蔡元培表面上很敦厚和善,内心里却是固执倔强,容易走极端、钻牛角尖。眼前的事情,剪不断理还乱,他越想气越不顺,就摇起车铃,大声喊道:"靠边,我想下去走走。"

马车靠边停下,蔡元培对车夫老崔说:"你把车赶到箭杆胡同那儿等我,我在这儿走走。"

三月的京城,柳树刚刚吐出新芽,护城河已经解冻,但还留有一些残冰。蔡元培望着皇城高高的围墙,心里泛起一种无助的惆怅和苦楚。

东华门大街,路边报亭里,摊主正在把刚到的报纸上架。蔡元培上前问:"今天的报纸来了吗?"

摊主应道:"刚到,您要什么报?"

蔡元培一眼看见摊主手中的《公言报》头版醒目的大标题"林纾致蔡鹤卿太史书",赶忙从长衫口袋里摸出几个铜板,急切地说:"就要这张。"

接过报纸,蔡元培蹲在路边看了起来。

二

东总布胡同林纾的寓所来了不少遗老,满屋的花白头发之中,林纾手拿《公言报》,情绪非常激动:"诸位,听听我对蔡鹤卿说的,'大学为全国师表,五常之所系属……你蔡鹤卿身为校长,理当管束好教员,不要任由他们胡闹。你看,自清末以来,你们就叫嚣去科举、停资格、废八股、斩豚尾、复天足、逐满人、扑专制、整军备……结果怎样？国家被你们弄得更弱了。现在你们又发展到覆孔孟、铲伦常，并以此为荣，老夫决不答应。老夫年垂七十，富贵功名，前三十年视若弃灰，今笃老，尚抱守残缺，至死不易其操'。"

屋里一片叫好声。张丰载低着头悄悄地溜走了。

林纾看了看众人，继续高声说道："诸位高贤，近年来，北大陈独秀、胡适之、钱玄同等屡屡向我发难，污我为'桐城谬种、选学妖孽'，我一直没有回应。今天这封公开信连同那篇小说《荆生》，就算是我对所谓的新文化做出的正式答复了。"

所有的白头发都鼓起掌来。一位白头白胡子老者问："林公，你不是还有一篇小说《妖梦》吗？何时发表呀？"

"这篇小说我已经撤回了。丰载，这事落实了吧？"林纾四下里望望，没有看到到张丰载，喃喃自语道，"刚才不是还看见他了吗？"

张长礼对身旁人小声说："这小子准是又去工读互助社挖墙脚去了。"

法文进修馆工读互助社正在开会，社员们个个神情严肃。柳眉脸上还挂着泪水，浑身都在发抖。白兰搂着她，紧紧地握着她的一只手。

俞秀松主持会议："同志们，今天这个会议很重要。大家都很关心《神州日报·半谷通讯》栏目连着几天刊登攻击我们工读互助社文章的事。这几篇文章无中生有，把我们工读互助社说成是受陈独秀等人操纵的反政府、反社会的极端组织，把我们互助社社员说成是六亲不认、无法无天、荒淫无耻的群氓，严重损坏了我们的声誉，直接影响了我们的生存。这几天，我们的勤工俭学业务量大大萎缩，亏损严重。现在，事情的真相已经弄清楚了。郭心刚同志，你给大家做个介绍吧。"

郭心刚手里拿着一摞材料站起来大声说："经过调查，已经查明，黑手就是前几天来这里采访过各位的那个'踩人'。他真名叫张丰载，北大法科四年级

学生,兼任《神州日报·学海要闻》记者。这个《半谷通讯》是他自办的一个栏目,'聊止''踩人'等都是他的笔名。张丰载是京城有名的花花公子。他的二叔张长礼曾经是袁世凯的内务总管,是翻译家林纾的门徒,现在给日本人做工程代理,是安福系的国会参议员。"

施存统对身旁的何孟雄说:"看看,我的感觉很准吧,我就知道这个'踩人'不是好人。"

何孟雄不解地问:"我们和这个张丰载无冤无仇,他干吗要黑我们?"

郭心刚解释说:"张丰载本人也是林纾的学生,骨子里极端敌视新文化,和他二叔一样,是帝制复辟狂。他曾因在兰香班斗殴受到北大的警告处分,也多次受到陈独秀先生的训斥,因而心怀不满。他的目的很明确,就是通过攻击我们工读互助社,嫁祸于蔡元培、陈独秀和北京大学,搞垮新文化和北大的改革。"

易群先气愤地说:"这个踩人简直坏透了。他还和他二叔一起拉拢我爸爸,鼓动我爸爸和张长礼联名写提案弹劾蔡校长,驱逐陈独秀。"

施存统爆发了:"那还等什么! 我们赶紧揭发他呀!"

俞秀松冷静地说:"这不是一个孤立的事件,而是和当前新旧两派的大论战紧密联系在一起的。刚才我们几个社委商量,觉得应该把这些情况向李大钊先生汇报,听听他的意见。"

会议一结束,俞秀松、陈延年等人起身直奔红楼图书馆。

李大钊听了他们的汇报,严肃地说:"你们反映的情况很重要。当务之急是弄清楚这个张丰载下一步要干什么?"

易群先抢着说:"这个我知道,张丰载私下对我说,下周国会要讨论张长礼和我爸爸的提案,希望我能支持我爸爸,确保他能到会,还说他可以说服我爸爸给我退婚。"

柳眉补充说:"他要我给他再提供一些关于陈独秀伯伯和延年、乔年一家的文字材料。"

郭心刚指着手中的报纸说："有人告诉我张丰载出钱收买记者写造谣文章，《神州日报》刊登的关于陈学长、胡适教授和钱玄同教授已经辞职的消息就是他买通记者写的。"

"张丰载对你们起疑心了吗？"李大钊问易群先和柳眉。

柳眉不确定。易群先说："应该没有，因为我们俩也是昨天晚上才知道真相的。"

"我想，我们先要不动声色，以免打草惊蛇，等到下周召开国会的时候，在会上揭穿他们的阴谋。最好能说服易群先的爸爸反戈一击。这几天我们暗中跟踪张丰载，争取拿到他收买记者的证据，到时公布于众。"陈延年镇定地说。

李大钊点点头，又看看易群先："能做通你爸爸的工作吗？"

易群先有些迟疑："光靠我们肯定不行。李先生，您认识章士钊先生吗？他曾经是我爸爸的上司，我爸爸最崇拜他。要是他能出面，准行。"

李大钊一拍大腿："太好了，行严先生正好在北京。我带你们去找他。"

这时，邓中夏急急忙忙跑进来："李先生，蔡校长要您赶紧到校长室去一趟，说是有要事商量。"

李大钊急忙赶到校长室，《新青年》的同人编辑都来了。蔡元培手里拿着两张《神州日报》，来回踱步，脸色极其难看。

陈独秀示意李大钊坐下后，说道："蔡公，人都来了，你说说吧。"

蔡元培神色严峻："开春以来，风云骤变，我北大已经成了众矢之的。为了不使新文化和北大的改革夭折，我是一忍，再忍，三忍，但人家步步紧逼，必欲置我等于死地而后快，把什么下三烂的招数都使出来了。前天，林纾托章士钊带话给我，说是他已经把原来准备发表的第二篇小说撤回来了，可是昨天他就发表了给我的公开信，今天又发表了这篇叫《妖梦》的小说。豫才，你是写小说的高手，你给大家说说，这个《妖梦》是怎么攻击我们的。"

　　鲁迅拿起《神州日报》介绍道："这篇《妖梦》说的是一个叫郑思康的人，梦游阴曹地府时发现一个白话学堂，学堂中全是魑魅魍魉。学堂里的校长元绪，是朱熹在《论语》注解中所说的蔡大龟，教务长田恒，副教务长秦二世，这几个妖人沆瀣一气，高唱白话诗、高论废古文，结果激怒了阴曹地府中的阿修罗王，阿修罗王把他们统统吃掉，使其化为臭不可闻的粪便。这篇《妖梦》跟《荆生》一样，用的都是指桑骂槐、含沙射影的手法。"

　　大家议论纷纷。刘半农对身旁的胡适说："适之兄，你又从狄莫改名为秦二世了。"

　　蔡元培狠狠地敲着桌子："比这篇小说影响更为恶劣的是《公言报》刊登的《请看北京大学思潮变迁之近状》一文。守常，你给大家说说他们是怎么评论北大思潮的。"

　　李大钊拿起《公言报》，气愤地说："这篇综述完全是安福系政客的口气。文章说，自蔡元培执掌北大以来，引用非人，败坏士习，有目共睹。北大教授陈独秀以新派首领自居，绝对地废弃旧道德，毁斥伦常，诋排孔孟。教员中与陈独秀沆瀣一气的，主要有胡适、李大钊、钱玄同、刘半农、高一涵等；学生闻风而起，服膺师说、张大其词者，亦不乏人。既先抒发其议论于《新青年》杂志，近又由其同派之学生创办一杂志曰《新潮》者，以张皇其学说，更有《每周评论》之印刷发行。唯北大同时创刊的《国故》杂志与《新潮》《新青年》《每周评论》等不一样，相互争辩，各守新旧。"

　　刘半农挥舞着手中的《神州日报》："我刚才在来的路上买了这份《神州日报》，其中的《半谷通讯》说，陈独秀、胡适、陶孟和、刘半农等人已受到政府警告，还说陈独秀态度消极，并已离开北京。"

　　"现在是谣言满天飞，我刚才碰到两个熟人，问我是不是已经离开北大了。"钱玄同愤愤地说。

　　蔡元培再次重重地敲击桌子："各位，今天我请大家来就是要告诉你们，我蔡元培要亲自披挂上阵了。我要给林纾和《公言报》写公开信，与他们三堂对质。我还要去国会做证并召开新闻发布会，驳斥那些攻击北大的谬论，澄清那些谣言，以正视听。"

教授们个个义愤填膺。李大钊怒目圆睁："各位，我最近读了俄国作家高尔基的一篇散文《海燕之歌》，它的最后一句话让人热血沸腾：'Пусть сильнее грянет буря！' 翻译成中文就是：'让暴风雨来得更猛烈些吧！'让我们以这句话互相勉励吧！"

三

教授们陆续走了，李大钊拉住陈独秀耳语了几句，陈独秀便又坐下。

李大钊汇报道："蔡公，郭心刚和延年他们已经把《神州日报》和《公言报》造谣仲甫等人离开北大的事情查清楚了。此事为本校法科学生张丰载所为。"

"张丰载？"蔡元培急忙从桌上找出一封信，"这是我上午收到的一封信，就是张丰载写的，你们看看。"

陈独秀看了看，把信递给李大钊："这个张丰载，几年前我就跟他打过交道，没想到竟如此阴险。"

"延年他们还查明，要弹劾傅总长和蔡公的国会议员张长礼就是张丰载的二叔，易夔龙也是张丰载居中串联的。"李大钊介绍道。

蔡元培怒不可遏："内鬼！我堂堂北京大学竟会有这样的败类，一定要严惩不贷！"

李大钊建议道："延年他们针对张丰载提出了计划，我觉得可以试试。"

蔡元培听了，狠狠地拍着桌子："对，反击！"

反击开始了。前门大街，陈延年、陈乔年和郭心刚、白兰等人组织起一批报童满街吆喝着："看新出版的《新青年》《每周评论》《新潮》，北京大学发起大

反攻;看蔡元培复信林琴南,再谈新文化主张;看陈独秀直面谣言,李大钊纵论新旧思潮之激战,鲁迅再发《敬告遗老》!"

邓中夏、赵世炎、毛泽东、傅斯年、罗家伦、许德珩等人拉起一条横幅,上面写着:北大平民教育讲演团。

李大钊登台演讲:"我正告那些顽旧鬼祟、抱着腐败思想的人,你们应该本着你们所信的道理,光明磊落地出来同这新派思想家辩驳、讨论。你们若总是隐在人家的背后,想抱着那位'伟丈夫'的大腿,拿强暴的势力压倒你们所反对的人,替你们出出气,或是作篇鬼话妄想的小说快快口,造段谣言宽宽心,那真是极无聊的举动。须知中国今日如果有真正觉醒的青年,断不怕你们那'伟丈夫'的摧残;你们的'伟丈夫',也断不能摧残这些青年的精神。当年俄国的暴虐政府,也不知用尽多少残忍的心性,杀戮多少青年的志士,哪知道这些青年牺牲的血,都是培植革命自由之花的肥料;那些暗沉沉的监狱,都是这些青年运动奔劳的休息所;那暴横政府的压制,却为他们增加一层革命的新趣味。直到今日这样滔滔滚滚的新潮,一决不可复遏。"

李大钊的话语振聋发聩,听众群情激昂。

教育部小礼堂内,傅增湘亲自主持北京各高等学校通气会。他对参会的各位校长说:"最近京城各界对北京大学甚为关注,各种谣言甚嚣尘上。特别是蔡元培校长和林纾老先生的两封公开信发表之后,大家更是议论纷纷、莫衷一是。鉴于大家都很关心这个问题,今天我们就请当事人之一蔡元培校长来给我们做一个说明。"

蔡元培身着长衫登台:"各位同人,林纾先生对北大所责备者,不外两点,一曰'覆孔孟,铲伦常',二曰'尽废古书,行用土语为文字'。下面我分别论之。对于第一点,无非是说《新青年》杂志中偶有一些对于孔子学说之批评。这是事实。但是,必须明确,《新青年》批孔,批的是那些托孔子学说以攻击新学说者,批的是孔教三纲而非孔子本身。袁世凯要用孔教三纲复辟帝制,这难道不该批吗？对于第二点,当作三种考察:一是北京大学是否已尽废古文而专用白话;二是白话是否能达古书之义;三是北大所提倡的白话文字是否与引车卖浆者所操之语相等。我想答案不言而喻,无须我赘言。说到底,我和林纾先生争论的焦点是用什么理念办大学。他认为大学为五常之所系属,而我认为,北京大学应仿世界各大学通例,循'思想自由'原则,取兼容并包主义。这就是我执掌北大的理念。非如此,北大无法立足世界大学之林!"

台下议论纷纷,有的赞同,有的反对。

北京高等师范学校小礼堂里座无虚席。长衫、短发、一字胡的鲁迅也在慷慨激昂地发表演讲。生机蓬勃的新文化运动已经把曾经一度萎靡不振的周树人变成了朝气蓬勃、充满战斗精神的鲁迅。他以其特有的风格对台下的师生说:"自称清室举人的林纾,近来大发议论,要维护中华民国的名教纲常。这本可由他'自语',于我无涉。但看他气闹哄哄,很是可怜,所以我有几句话奉劝:'你老既不是敝国的人,何苦来多管闲事,多淘闲气。近来公理战胜,小国都主张民族自决,就是东邻的强国,也屡次宣言不干涉中国内政。你老人家可以省事一点,安安静静地做个寓公,不要再干涉敝国的事情吧。你要是不识时务,硬要逆历史潮流而动,螳臂当车,那也没有办法。'他应该知道那样做的下场。"

说到这里,鲁迅故意停顿了一下,然后摊开双手:"什么下场? 碾着他的腿呗!"台下听众哈哈大笑。

东总布胡同林宅,林纾瘫坐在太师椅上,两眼发直,人完全傻了。他万万没有想到,原来已经撤稿的小说《妖梦》竟然发表了。他是一个一辈子守信义的文人,也就是他经常自诩的"士"。作为文化人,林纾的言行很奇特、很复杂。一方面,他崇拜帝制,效忠大清皇帝,信奉孔孟之道,主张复古,反对新文化;另

一方面,他又对西方文学兴趣盎然,花费大量心血翻译了众多的外国文学,把它介绍到了中国,这使他成为中国最著名、最有文学成就的翻译大家。他这种既誓死维护旧道统又竭力宣传西方文学的行为让人很难理解。其实,这就是所谓"中学为体、西学为用"的典型。他主张向西方学习,但不能改变中国的根本制度和思想文化。他从根本上认为,只有封建帝制和孔孟之道能够救中国,因而决不允许蔡元培等人反帝制、反孔,倡导新道德,并决心以命相争。文人相争,林纾恪守的信条是,君子坦荡荡,讲究光明磊落,凡事都摆在明面上,决不能搞蝇营狗苟的阴谋诡计。在他看来,人格大于天,诚信最重要。因此,《妖梦》的刊登一下子让他崩溃了。他觉得就像掉了魂,因为在别人眼里,他已经成了出尔反尔、被人耻笑的小人、恶人。他没脸向众人交代,更没脸再与蔡元培相争。他真是伤心透了。

张长礼、张丰载叔侄又来了。六十七岁的林纾一下子从太师椅上站起来,手持《神州日报》,气急败坏地质问:"张丰载,到底怎么回事?你不是一再保证已经撤稿了吗?怎么又登了出来?你给我解释清楚!"

张丰载做出无辜的样子:"老师,我确实向报社传达了您要求撤稿的意见,他们也答应了,不知道是哪个环节出了问题。"

林纾痛心疾首,厉声斥责:"你不是我的学生!你陷我于不仁不义之地,你让我如何面对蔡鹤卿,如何面对大众?"

张丰载假装痛心地说:"我去向蔡校长解释。"

林纾怒道:"你算个什么东西!蔡元培会听你的解释?你担得起这个责任吗?你这个阳奉阴违、欺上瞒下、恶意陷老夫于不仁不义的小人!我与你一刀两断,势不两立!"

林纾气急败坏,快要疯了。张长礼赶紧上前劝道:"恩师莫急,恩师莫急。要我看呀,撕破了脸皮也好,反正下周我们就要和蔡元培在国会对质了。"

林纾绝望地摆摆手,两眼露出少有的凶光:"你们走吧,我再也不要见到你们。文人和政客本就是两股道上的车,永远上不了同一条轨道。"

四

张长礼和张丰载一前一后来到兰香班,被老鸨迎上了楼。

一身伙计打扮的陈乔年提着茶壶跟进来摆放点心、沏茶倒水。张长礼叼起一支雪茄,等着陈乔年点火,陈乔年却毫无反应。张长礼瞪了陈乔年一眼:"怎么这么没眼力见? 新来的?"

陈乔年赶紧拿起火柴点烟,答道:"是,今天是头一回伺候老爷。"

张长礼:"哪儿人呀?"

陈乔年:"江苏的。"

张长礼:"多大啦?"

陈乔年:"十六。"

张长礼:"难怪不会干活,还是个雏鸟。行,你出去吧,喊你时再进来。"

陈乔年把门掩上,走了几步又悄悄踅回来,把耳朵贴在门缝上。屋里,张丰载一屁股坐在沙发上,愁眉苦脸道:"二叔,我有一种不好的预感。"

张长礼疑惑道:"怎么啦? 你给蔡元培的信送去了吗?"

张丰载答道:"送去两天了,杳无音信。"

张长礼略感奇怪:"你信上怎么说的?"

"我告诉他,我是北大的学生,身兼好几家报社的记者。林纾是我在五常中学读书时的老师,他的两篇小说都是由我分别推荐给《新申报》和《神州日报》的。林纾确实要我把《妖梦》撤回来,但由于报社已经发排,未能如愿。这个责任,应该由我承担。不过我认为,林纾的这两篇小说堪称文学极品,北大应该有这个胸怀,将它在校刊发表。"

"傻小子,你这不是给蔡元培火上浇油吗,他看了还能不大发雷霆?"张长礼责怪道。

"我就是想让他发火,他一发火,他的那顶'思想自由,兼容并包'的高帽就被他自己给摘掉了。"

张长礼笑了:"好小子,你这是激将法啊。行,有种!有什么事二叔给你兜着。我已经和吴炳湘说好了,你一毕业就到京师警察厅去工作。"

"其实我就想留在北大。以前的北大多好,挣钱多、乐逍遥、名声大、好办事。现在来了蔡元培、陈独秀搞什么新文化、新道德,上次逛了一次兰香班,就给我来了个警告处分。这两个人不走,我留在北大也没有什么意思。"

张长礼用手指戳了一下张丰载的头:"我看你呀,就是陈独秀、鲁迅批判的那种假道学,流氓身上披个文人外衣,打着做学问的招牌干坏事。"

张丰载连忙转移话题,问起国会辩论的事。张长礼说:"提案早就交上去了,易燮龙领衔,后天也由他做提案说明,我躲在幕后帮腔看热闹。"

张丰载问:"您估计这个提案能通过吗?"

张长礼说:"想都别想。通过提案需要三分之二的赞成票数,国会里有很多议员是支持新文化的,还有很多人是蔡元培的故旧新朋,怎么可能通过!说到底,我们弄的就是个闹剧,恶心一下蔡元培、陈独秀这些人,造造舆论,再给政府制造点压力,达到这些目的也就行了。"

张丰载恍然大悟:"怪不得您要把易燮龙推到前台去当那个打鬼的钟馗。二叔,好手段呀!"

张长礼摇摇头,不放心地说:"这个易燮龙可不是一般的钟馗,他世代经商,精明得很。他女儿那边,你都联络好了吧?"

张丰载答道:"没问题,他那个女儿是个二百五,一根筋。我跟她说只要跟我合作,我就让她爸爸同意她退婚,她高兴得屁颠屁颠的。"

张长礼叮嘱张丰载:"最重要的是记者。后天到会的议员和旁听的人不会很多,如果不多找些记者去造势,这个闹剧就闹不起来。"

张丰载告诉他,请了三十人,还有外国记者,四个欧美的,两个日本的,包括《泰晤士报》记者爱德华和日本记者中岛一郎。

张长礼看了看记者名单,点点头:"好!稿子准备好了吗?"

张丰载从书包里拿出一摞油印品:"我办事,您放心。"

"好,这事就交给你了。"张长礼往床上一躺,喊道,"伙计。"

一直站在门口的陈乔年有意延迟几秒钟才推门进来:"老爷,有什么吩咐?"

张长礼懒洋洋地说:"续水。"

陈乔年上前倒水,故意把水倒在桌上。

名单和稿子被浇湿了,张丰载跳起来大骂道:"你小子找死啊,会不会干活?"

陈乔年连忙拿起名单和稿子:"对不起老爷,我给您晾干。"说着把那些纸一张一张地摊在地毯和香案上。张丰载气得恨不得踢陈乔年几脚。

张长礼过来看看,说道:"还好,没湿透,晾一晾还行。"

他拍了一下陈乔年,问道:"你这个雏鸟,识字吗?"

乔年摇头:"不识字。要是识字哪会在这地方当伙计?"

张长礼点点头:"说的也是。幸亏你小子不识字,不然你就倒大霉了。好了,别弄了,去把老鸨给我叫来。"

陈乔年悄悄地把一张纸塞进了棉衣里。

五

工读互助社的食堂里,社员们围成一桌,正在策划行动方案,每个人都精神振奋、跃跃欲试。

俞秀松激动地说:"同志们,现在我宣布今晚行动的分工。第一组,何孟雄、施存统,护送易群先去见国会议员易夔龙,任务是说服易夔龙撤销与张长礼联署的弹劾教育总长傅增湘、北大校长蔡元培的议案。"

易群先心神不定,喃喃自语:"不知道爸爸愿不愿见我。"

俞秀松宽慰她说:"放心吧,李大钊先生说,章士钊先生已经给你爸爸打了电话,你爸爸同意见我们。我们除了要转交章士钊先生的信件之外,更重要的是说服你爸爸配合我们的行动。"

俞秀松接着宣布:"第二组,陈延年、陈乔年、柳眉明天去找《泰晤士报》记者爱德华,揭露张丰载的丑行,争取他对我们的支持。第三组由我们放映组的同志负责去找日本记者中岛一郎,争取说服他站在我们一边。第四组,郭心刚、刘海威、白兰负责收集、整理并油印相关证据材料。"

第二天,宣武门西国会议事大厅,议员席上稀稀拉拉坐着几十个议员。

张长礼故作轻松,与议员们谈笑风生。一位王姓议员对坐在身边的张长礼说:"长礼兄,今天就看你的了。"

张长礼笑道:"哪里,今天的主角是易夔龙,一会儿就该他闪亮登场了。"

"敢情你是那幕后拉线的。那你得留神,易夔龙可是条孽龙,当心他把你那线给扯断了。"王议员打趣道。

张长礼站起来东张西望,自言自语道:"这易夔龙去哪了?"

王议员把他拉回座位:"别找啦,他那么爱出风头的人,此时肯定在后台候场呢,从那儿就直奔主席台才引人注目。"

张长礼自言自语:"这么说,好戏就要开场了。"

来了很多记者,不少人拿着照相机对准发言席,有的正在拍照。张丰载和他的一班小兄弟再加上他们组织的一些人坐在观众席上。

蔡元培领着陈独秀、李大钊、胡适、钱玄同、刘半农、沈尹默、高一涵等人进入会场。工作人员引导蔡元培和陈独秀坐在辩护席上,其他人坐在他们身后。

邓中夏带领北大的学生也来了,他们坐在观众席中间,北大方阵的左边是赵世炎、毛泽东和其他学校的一些青年学生,右边是俞秀松、陈延年和工读互助社社员。

铃声响了。坐在主席台上的副议长田应璜站起来宣布："今天上午国会咨询会的主要议题是讨论易爨龙、张长礼等议员的提案,提案的内容是质疑教育总长傅增湘、北京大学校长蔡元培纵容陈独秀、胡适等人鼓吹新文化,覆孔孟,铲伦常,扰乱道德思想,危害社会秩序。议程有三:一、提案人做提案说明;二、咨询辩论;三、议员表决。首先请提案第一署名人易爨龙议员做提案说明。"

记者的照相机和人们的目光都集中对着后台通道,但过了好半晌也没有人出来。田应璜愕然,提高嗓门喊道:"有请易爨龙议员做提案说明!"

还是没有人出来。

全场哗然。观众席上开始骚动起来。

张长礼如坐针毡,头上都冒汗了。工读互助社的人互递眼色,心中窃喜。工作人员慌忙跑向后台,很快又返回对田应璜耳语。田应璜转向议员席:"张长礼议员,易爨龙议员没有到会,这是怎么回事?"

张长礼知道出事了,一时说不出话来。

观众席上,易群先站起来:"议长先生,我是易爨龙的女儿,他有一封信让我转呈给您。"

田应璜打开一看,皱起了眉头:"这算怎么回事,这算怎么回事?"

议员席中有人问道:"子琼兄,是什么情况应该告诉大家,我们有知情权。"观众席上也哄闹起来。

田应璜连忙示意大家安静:"各位,议员易爨龙临时有急事办理,特来函请假。"

易群先大声喊道:"不对!我爸爸信上说他因一时糊涂,受张长礼欺骗,在张长礼写好的提案上签了名。现在他要撤销这个提案,揭发张长礼的阴谋,并向傅增湘教育总长、蔡元培校长和陈独秀先生道歉,择日分别登门请罪。"

议事大厅顿时像炸开了锅一样。有人高喊:"张长礼在那里!"所有目光和镁光灯都投向了议员席。

郭心刚高呼:"张长礼出来!"

同学们跟着高呼:"张长礼出来!"

张长礼吓得脸色发白,躲在王议员身后喃喃自语:"岂有此理,岂有此理!"

张丰载见势不妙,赶紧指挥他的小兄弟跑去保护张长礼。田应璜急得六神无主。身旁工作人员提醒他:"议长,赶紧宣布休会吧,不然要出大事。"田应璜如梦初醒,抢过麦克风大声宣布:"各位,既然易夔龙议员已经撤销了提案,今天的咨询会就结束了,现在休会。"

辩论席上,蔡元培站了起来:"我抗议!堂堂中华民国参议院正式发公函通知我来接受质询,现在又莫名其妙草草收场,你们这是拿国家的尊严和公民的人格作儿戏,我不能答应!"

观众席上一片吼声:"我们也不答应!"

田应璜连连向蔡元培拱手:"子民兄,易夔龙已经撤销了提案,并表示要给你登门请罪。你大人有大量,高抬贵手,放他一马吧。"

蔡元培不依不饶:"易夔龙撤销了提案,可是张长礼并没有撤销提案,那就请张长礼议员来给我们一个解释吧。"

张长礼见张丰载带来的十几个小兄弟在身旁保护,又有了一些底气,大声说道:"易夔龙出尔反尔,嫁祸于人。他是提案的始作俑者,我是被迫签名的,此事与我无涉。"

易群先大声叫道:"他胡说。我爸爸亲口告诉我,就是这个张长礼和他的侄儿张丰载拿着写好的提案去找他签名的。他俩合伙欺骗我爸爸,说我是受到蔡元培、陈独秀的蛊惑才离家出走参加工读互助社的,只有扳倒蔡元培和陈独秀,我才能脱离危境、回归家庭。"

观众席上,柳眉也大声说:"我证明,张长礼的侄儿张丰载多次以欺骗手段获取我们工读互助社成员的家庭背景和个人经历等资料,写匿名文章造谣,栽赃蔡元培、陈独秀先生。"

张丰载大叫:"你们这是诽谤!你们有什么证据?"

田应璜大声说道:"诸位,这里是国会议事大厅,是个严肃的地方,各位说出的每句话都必须有确凿的证据。"

陈乔年站了起来:"张长礼议员、张丰载先生,您二位还认得我这个兰香班小伙计吗?田议长,我手上的这几张纸,就是两位张先生为记者写好的抹黑蔡元培、陈独秀的新闻稿,这就是证据。"全场哗然。

记者群中,《泰晤士报》的爱德华也站了出来:"我可以证明这位小先生的证词是真实的。这个张丰载就是《神州日报·半谷通讯》的创办人,他不仅自己写文章造谣抹黑北大,还花钱雇用其他记者帮他发稿,散布谣言。这就是他昨天让人给我送来的稿件和佣金。他给我提供的新闻稿说,陈独秀、胡适、钱玄同三位教授已经被北京大学开除。请问蔡元培校长,这是真的吗?"

蔡元培回应说:"陈独秀、胡适、钱玄同三位教授就在我身旁,今天他们是代表北京大学来参加质询会的。爱德华先生,这还不足以说明您手上的那份所谓的新闻是无耻的谎言吗?"

日本记者中岛一郎也站起来做证:"我也收到了这位张公子送来的红包和稿件。虽然我并不赞成《新青年》和《新潮》提出的一些主张,但是作为记者,我坚决反对有偿新闻和虚假新闻,我认为这是对记者道德底线的一种挑战。"

一位中国记者举着手中的稿件大声说:"我证明,我们报社刊登的有关北大的报道都是张丰载花钱买到的。看,这就是他给我们提供的关于今天国会质询的消息稿,和这位小先生手里拿的稿件是一样的。"

记者的照相机全都对准了张丰载和张长礼。易群先脱掉一只鞋子向张丰载扔去,张丰载一偏头,鞋子正好砸在张长礼头上,引得众人哄堂大笑。

田应璜急得挥手大叫:"散会,散会。大家赶快退场!"

王议员推着惊慌失措的张长礼说:"还不赶紧走!再不走就走不了了。"

张丰载指挥着小兄弟们护着张长礼向后台跑去。

大厅里嘘声一片。

国会大楼门口，蔡元培等被一群中外记者包围起来。爱德华问蔡元培："我很想知道您对刚才发生的事情的看法。"

蔡元培凛然道："多行不义必自毙，公理必定战胜强权，这是天道！"

中岛一郎走上前来问道："蔡先生，谁是刚才那一幕的总导演？您事先知道这一切吗？"

蔡元培答道："我和诸位一样，对刚才发生的事情很好奇。你如果知道内幕，请给我透露一点行吗？"

爱德华继续采访："蔡校长，我对北京大学和《新青年》的事情很感兴趣。我能够去北大采访吗？"

蔡元培回应道："北京大学的改革是透明的，欢迎各位新闻界的朋友到北大来采访并给予客观公正的报道。不过，关于北大和《新青年》的关系，您可以问问陈独秀学长。"

爱德华转向陈独秀："陈学长，可以吗？"

陈独秀答道："当然可以。《新青年》杂志社确实聘请了北京大学一些教授实行同人编辑，但是《新青年》是一份独立经营的杂志，与北京大学并没有隶属关系。《新青年》的一切行为均由它的编辑部负责，与其他任何单位无涉。"

中岛一郎问道："我感觉现在从政府到新闻界对《新青年》多有微词，似乎有一种合力围剿之势。请问陈学长，您怎么看这个问题？"

陈独秀想了想，答道："这个问题很复杂，不是一两句话能够说清楚的。最近我会写一篇文章，对您提出的问题和《新青年》的立场做一个回答。"

六

北大红楼图书馆阅览室，《新青年》《新潮》两家杂志社和平民教育讲演团、工读互助社欢聚一堂，庆祝胜利。

易群先和何孟雄、施存统三人高兴地抱成一团转圈，为他们第一小组的完美表现欢呼雀跃。

李大钊走过来拍拍他们的肩膀："好样的，群先，今天你立了头功！"

易群先异常兴奋："李先生，我爸爸已经同意我退婚，也不反对我参加工读互助社了。"

李大钊："好啊，这就应了《国际歌》那句歌词——要创造人类的幸福，全靠我们自己。"

刘半农走来："这位小姑娘，你今天最出彩的表现就是扔鞋子。我觉得没准这扔鞋子以后就成中华民国国会的保留节目了。"众人大笑起来。

陈延年和柳眉站在一个角落里对视着。陈延年赞许地看着柳眉："今天你真勇敢。"

柳眉轻声说："我轻信了那个张丰载，差点害了你和陈伯伯。"

陈延年扶住柳眉的双肩："吃一堑，长一智。别在意，我们是一家人。"

蔡元培、陈独秀坐在一边聊天。蔡元培感激地说："仲甫，谢谢你今天的答记者问，把《新青年》和北大撇开，为北大减轻了压力。"

"现在北洋政府把《新青年》看成洪水猛兽，我们不能作茧自缚。关系撇清了，我们就无所顾忌，轻装上阵，更有利于战斗。"陈独秀说道。

邓中夏和傅斯年兴高采烈地跑进来，邓中夏向蔡元培报告说："蔡校长，林纾在《公言报》再次发表公开信，向您道歉了。"

大家都走过来听邓中夏介绍情况。

邓中夏拿起报纸："林老先生说自己因近年来耳闻目睹许多抨击旧文化的言行，忍无可忍，导致在给蔡校长的信中一时冲动，失去理智，讲了许多过激的话，传播了许多不实之词，给您和北大造成伤害，十分抱歉，请予原谅。他解释说，他的小说和信中使用了一些辱骂性语言，并非针对北大教师，请蔡校长不必怀疑。但林老先生还是坚持他反对新文化的态度。他在信中泣血明志，表

示要拼其残年,极力卫道,必使反舌无声而后已。"

蔡元培听后点点头:"这个林琴南倒也不失为高古之士。"

陈独秀鼓掌道:"痛快! 这林老先生是个值得敬佩的对手,我要为他鼓掌。"

刘师培拄着拐杖,拿着一封信走了进来:"蔡公、仲甫,我有话要说。"

蔡元培连忙上前扶住刘师培:"申叔兄,你怎么也来了?"

"蔡公,我写了一封信,念给您听听。"刘师培读起来,"《公言报》主笔大鉴:读十八日贵报《北京学界思潮变迁》一则,多与事实不符。鄙人虽主大学讲席,然抱疾岁余,闭关谢客,于校中教员素鲜接洽,安有结合之事?又《国故》月刊由文科学员发起,虽以保存国粹为宗旨,亦非与《新潮》诸杂志互相争辩也。祈即查照更正,是为至荷! 刘师培启。"众人鼓掌。

陈独秀过来拍拍刘师培的肩膀:"申叔兄,你还算有点良心。"

刘师培猛一摇头:"我还要申明,对你陈仲甫的那一套主张,我至死也不会同意的。"

陈独秀大笑道:"行,就冲你今天这一纸申明,我陈独秀愿意和你接着争论、接着战斗。"

蔡元培微笑道:"好啊,该说话的都发声了,下面就如何处置张丰载,大家发言表态。"

胡适第一个表明态度:"蔡公,张丰载原本品行不端、不学无术,这次又造谣诽谤,毁我北大声誉,这样的小人,北大决不能姑息养奸。"

有人高呼:"开除张丰载,扫出北大!"

众人大声响应:"开除张丰载,扫出北大!"

几天以后,北大红楼告示栏上贴出了布告:"学生张丰载屡次通信于京沪各报,传播无根据之谣言,损坏本校名誉,依本校规程第六章第四十六条第一项,令其退学。此布。"

一拨又一拨的人,左三层右三层,把告示栏围得水泄不通。郭心刚念完布告,大喊:"北大英明,大快人心!"

有人接着大喊:"张丰载滚出北大!"同学们欢呼起来。

七

北京新闻界对于《新青年》的联合采访在北大小礼堂如期举行。

蔡元培亲自担任主持,《新青年》同人编辑陈独秀、胡适、钱玄同、刘半农、沈尹默、李大钊、鲁迅等端坐台上。

陈独秀自然是记者追逐的对象。英国记者爱德华首先提问:"陈独秀先生,最近我看到许多不利于《新青年》的文章和报道,你怎么看待这些非难?《新青年》这三年来究竟做了些什么?"

陈独秀特意穿了西装,容光焕发。他以习惯的演讲方式回答说:"三年以来,某些人一再称本刊为破坏性杂志,说本刊破坏孔教、破坏礼法、破坏国粹、破坏贞洁、破坏旧伦理、破坏旧艺术、破坏旧宗教、破坏旧文学、破坏旧政治。对这些指责,本社同人当然直认不讳。我们为什么要破坏这些东西呢?只因为我们拥护'德莫克拉西和赛因斯两位先生'。本刊认为,在当今中国,要拥护'德先生',就不得不反对孔教、礼法、贞洁、旧伦理、旧政治;要拥护'赛先生',就不得不反对旧艺术、旧宗教;要拥护'德先生'和'赛先生',就不得不反对国粹和旧文学。要说本刊三年来做了些什么,无非就是这些。"

美国记者提问:"在我看来,在中国推行民主和科学,是很困难的,甚至是很危险的事情。陈先生,你会坚持吗?"

陈独秀回答:"西洋人因为拥护'德、赛两先生',闹了多少事,流了多少血,'德、赛两先生'才渐渐从黑暗中把他们救出,引他们到光明世界。我们现在认定,只有这两位先生可以救治中国政治上、道德上、学术上、思想上的一切黑暗。若因为拥护这两位先生,招来政府的压迫、社会的攻击,我们就是断头流

血也决不推辞。"

意大利记者提问："陈先生,我知道您在倡导新文化运动,我很想知道,您希望新文化运动对中国社会发展产生什么样的影响?"

陈独秀回答："新文化运动对中国的影响当然不局限在文化方面。新文化运动影响到产业上,应该令劳动者觉悟他们自己的地位,令资本家把劳动者当作同类的'人'看待,不要当作机器、牛马、奴隶看待。新文化运动影响到政治上,是要创造新的政治理想,不要受现实政治的羁绊。譬如中国的现实政治,都是一班无聊政客在那里造谣生事,和人民生活、政治理想都无关系,不过是各派的政客拥着各派的军人争权夺利,好像狗争骨头一般罢了。他们的争夺是狗的运动,新文化运动是人的运动。我们只应该拿人的运动来轰散那狗的运动,不应该抛弃我们人的运动去加入他们狗的运动!"

日本记者向李大钊提问："最近我读了李大钊先生写的不少文章,感到您对马克思主义很感兴趣,对俄国的十月革命多有赞美之词。您是马克思主义的信徒吗?"

李大钊也破例穿了西装,他以惯常的富有亲和力的语言平静地回答："作为一个追求真理的读书人,我从不隐瞒自己的观点。尽管我对马克思主义的认识还很肤浅,但我认为它是当今世界最先进的科学理论。至于俄国的十月革命后按照马克思主义理论建立起来的社会制度,我认为它是迄今为止人类社会最先进的制度,我对这种制度心驰神往。"

爱德华再次向陈独秀提问："您怎样看待美国总统威尔逊最近的言行和美国的民主制度?"

陈独秀答道："胡适教授在美国学习多年,这个问题我请胡教授来回答。"

胡适今天也刻意做了准备,甚是精神。半天没有记者向他提问,他有点失落。当陈独秀推荐他回答时,他并不推辞,侃侃而谈："美国总统威尔逊在最近的十四条声明中提出公理战胜强权,我认为这是一个伟大的光芒四射的观点。

陈独秀教授最近写了一篇文章,称威尔逊总统是'天下第一好人',我甚为赞同。至于说到美国的民主制度,我认为它是当今世界最好的制度。而且我认为,中国要发展,必须向美国学习,全面引进美国的制度。"他还高兴地宣布,他的导师杜威教授不久将访问中国,他将全程陪同他的导师在中国"布道",为国人解惑。

中岛一郎再次提问:"听了李大钊先生和胡适教授的发言,我如果没有理解错的话,两人的观点差异很大。一个主张学习苏联,一个主张全盘照搬美国。请问二位是否经常在这个问题上争论?"

胡适刚要说话,蔡元培把话筒抢了过来。他微笑着对中岛一郎说:"这个问题我来回答。您应该知道,我们北京大学的办学理念中有一个词,叫作'兼容并包'。教授之中,不同的观点很多,但这并不影响他们的工作和友情,因为我们都秉承一个古老的理念——君子和而不同。"

第二十章

实验失败了

一

巴黎吕特蒂旅馆内,中国代表团各个房间都是房门紧闭,走廊上静悄悄的。

203房间,顾维钧正和驻英公使施肇基下围棋,驻比公使魏宸组在旁边观战,房间里烟雾缭绕。

王正廷推门而入,屋子里的浓烟呛得他连连咳嗽起来。他用手扇了扇烟雾,说道:"几位公使还有闲情雅致在这下棋啊。"说着把电报递给站起来的顾维钧,"急事。这是和会议长、法国总理克里孟梭给中国代表团发来的函件,陆总长请您替他向诸位传达。"

顾维钧忙找眼镜,王正廷等不及,拿着电报念了起来:"中国代表团,贵代表团所提两项提案,即《请求废除一九一五年五月二十五日中日两国政府所签订之条约及换文说帖》《希望条件说帖》,均不在和会权限之内。和会最高会议充其量承认此两项提案的重要性,但不能在和会解决。拟请万国联合会行政部行使职权时,注意中国的立场。"

众人面面相觑。

魏宸组拍案而起:"岂有此理!两个提案就这样被驳回,那还要我们在这里做什么?"

　　王正廷补充道："克里孟梭还说,日本代表牧野在今天上午的十人会上提出,日本应全面接收德国在山东的租借地,并要求和会支持日本的立场。针对日本的提案,美国代表团顾问威廉斯先生建议应该请中国代表参加今天下午三点举行的辩论会,阐述中国的立场。"

　　施肇基松了口气："天还没塌下来,美国人总算说了句公道话。"

　　王正廷接着说："和会秘书长已经给中国代表团发来了列席会议的正式邀请函。列席人员两人,只有一人有发言权。陆徵祥总长让我与顾维钧出席,请顾维钧大使代表中国发言。大家没有意见吧?"

　　下午,顾维钧和王正廷等人来到凡尔赛宫会议大厅列席辩论会。

　　克里孟梭宣布开会,首先由日本国代表牧野男爵陈述日本政府关于山东问题的观点。牧野登台陈述："尊敬的议长、各位代表,关于山东问题,日中之间早有成约,我们恳请大会尊重日中成约。山东问题理应在日中两国之间,以双方协商的条约、协议为基础来解决。在座的各位都了解,我们日本为了打败德国,将德国驱逐出中国,付出了巨大的努力,为了协约国的事业做出了巨大的贡献。"

　　会场内很多人交头接耳,大家都把目光投向中国代表团。

　　克里孟梭："对牧野先生的观点,中国代表现在可以发表意见。"

　　顾维钧起身登台："诚如牧野先生所说,日本为逐出德国于中国山东做出了极大努力,中国理当表示感谢,甚至付出酬劳。但是,山东乃我中国土地,山东人民有史以来就是中华民族大家庭的成员。山东人使用中国语言,信奉中国宗教。收回山东是中国的正当权利,希望大会能够尊重中国的政治独立、领土完整。"

　　牧野表示反对："日本占领胶州湾后,到今日,山东事实上已经为日本所有。况且日中两国间已经有延缓交还胶州湾之约,关于铁路也有成约。"

顾维钧针锋相对,据理力争:"牧野先生提及的中日成约,应该是1915年两国政府签署的中日'二十一条'及换文。但我请各位代表注意,这份条约与换文是当时中国政府因日本提出最后通牒,被迫同意签署的。即使撇开当时被迫签署的情形,中国政府充其量也只认为这些条约与换文是由战事引起的临时问题。"

日本代表脸色越来越难看,主席台上的美国总统威尔逊频频点头,不时和英、法等国首脑耳语。

顾维钧依然彬彬有礼,恳切陈词:"即使这些条约及换文有效,中国对德宣战的事实也已使情况发生改变。根据'情势变迁原则',上述条约今日已不能执行。这些条约未能阻止中国加入欧战,未能阻止中国以交战国身份参与和会,因此也不能阻止中国要求德国直接归还山东。且中国对德宣战时已明确声明,中德间一切约章,皆因开战而失效,因此胶州湾租借地与德国在山东享有的其他权利与特权,于法律上都早已归还中国。纵使租借不因中国对德宣战而中止,也不能转移给中国之外的第三国,因为1898年相关条约明确规定租借权利不能转移给他国。"

牧野一脸的蛮横:"我要提醒顾大使,日本接管山东是得到过国际社会默许的,并非日本一国之行为。"

顾维钧突然提高了声调:"我也想提醒牧野先生,山东的主权是不需要外国人来裁定的。中国的山东是中华文明的摇篮,是举世闻名的先哲孔子、孟子的家乡,是中国的圣地。中国不能失去山东,正如西方不能失去耶路撒冷一样!"

顾维钧的陈述有理有据,情真意切,打动了全场。王正廷率先叫好,威尔逊等美国代表也起立鼓掌。紧接着,各国代表纷纷起立,向顾维钧鼓掌致意。

这一刻,也就是这唯一的一刻,凡尔赛宫成了中国的主会场。

二

顾维钧的发言在全世界引发了极大的反响。日本人急了。

中国北京,日本驻华公使小幡酉吉不顾阻拦破门而入,直接闯进了代理外交总长陈箓的办公室。

陈箓大感意外,赶紧起身:"公使先生怎么来了?"

小幡酉吉一声冷笑:"按贵国的话说,我这叫'闯关'。"

陈箓一脸尴尬,对站在一旁发愣的秘书说:"还不快给公使先生看茶!"说完,拿出手帕擦了擦汗,站到小幡酉吉对面,不知所措。

小幡酉吉捧起秘书递过的茶杯,碰了碰杯盖,又放回原处,厉声抗议道:"前天,中国代表在十人会上大放厥词,侮辱我国代表,造成严重影响。昨天,贵国专使顾维钧先生未得日本同意,又对新闻记者表示愿意公布两国密约,漠视我们大日本帝国的体面,对此,我国政府很不愉快。"

陈箓故作惊讶:"公使先生所言之事,我并不知晓,我可以……"

小幡酉吉把弄着帽子,傲慢无礼地打断了陈箓的话:"我此次前来是奉本国政府训令提醒贵国政府谨言慎行,并希望您能依照此意致电贵国代表,特别是那个顾维钧。我个人认为,他并不是一个合格的外交官。总之,对于中国代表在巴黎和会发表的有损我大日本帝国利益的言论,我代表日本政府向贵国提出严重抗议。"

陈箓故作谦卑:"公使先生,据我所知,我国代表在巴黎并无任何不妥行为。顾大使受命陈述中国对于山东问题的立场合理合法,不应受到指责。"

小幡酉吉依旧非常蛮横:"代理总长先生,您应该知道,胶州湾租借地以及铁路管理权并德国在山东所有权利,应该无条件让给日本。这一点,日本已在1917年年初与英、法、俄、意四国签订了秘密协议,他们是同意的。而且,1918年日中也有过山东问题的协定,难道您一定要我将章宗祥亲手签订的协议公

布于众吗?"

陈箓有些慌乱,脸上挂不住了:"公使先生,这个……"

"代理总长先生,本国政府给贵国政府的提醒和告知我已全部转达,何去何从,那是您的事情,告辞了。"小幡酉吉扬长而去。

陈箓站在原地,半天没有动。过了好久,他才匆匆拿起帽子,往紫光阁汪大燮办公室赶去。

垂头丧气的陈箓见了汪大燮,连连拱手相求:"伯棠先生,晚辈遇到了棘手之事,不知如何处置,特来登门讨教。"

汪大燮不紧不慢地说:"我知道,小幡酉吉去闯关了,把你给吓着了?"

陈箓尴尬地笑笑:"吓着倒还不至于,只是晚辈不知如何应对此事。"

汪大燮胸有成竹:"其实这事很好办。"他拍了拍桌上的报纸,意味深长地说:"中国政府怕日本,可中国人民并不怕日本。"

陈箓盯着报纸,两个眼珠直打转:"明白了。"

三

小幡酉吉闯关的消息透露后,中国人愤怒了。

北京王府井大街上,报童高呼:"看日本公使小幡酉吉向陈箓施压,要求中国政府答应把德国在山东的权利转给日本;看各地学联、商团纷纷致信巴黎和会中国代表团,要求中国代表顶住压力,决不卖国;看北京商会倡议国人抵制日货!"

北大法科礼堂,千余名学生举行集会,声援中国代表团。

主席台上方悬挂着大幅标语"驱除倭寇,还我山东",台下一千多名学生挥舞各色彩旗,彩旗上写有"废除'二十一条'""还我山东""抵制日货""我以我血荐轩辕""宁死不当亡国奴"等字样。大家群情激奋。有人振臂高呼,有人扼腕长叹。一时间,大礼堂变成了怒涛翻滚的海洋。

郭心刚头缠白布跃上主席台："同学们,这次在巴黎召开的世界和平大会是我们中国第一次以战胜国身份参加的国际大会。既然是国际大会,那么各国代表在会议上争取本国利益、提出本国主张,就是题中应有之义,他国绝对没有干涉的道理。可是就因为我们的顾专使代表我们所有中国人提出了收回我们自己的山东的主张,日本人竟然要求撤换他! 同学们,你们说,我们四万万中国同胞能答应吗?"

众人高呼："不能! 我们坚决不答应!"

"因为我们在这个倡导世界公平的大会上申诉了我们自己国家的正确主张,日本公使居然直接冲进我国外交部进行恫吓,企图威逼我们屈服。同学们,你们说,我们四万万中国同胞能被吓倒吗?"

台下又是一片高呼："不能! 誓死不当亡国奴!"

郭心刚更加激动："日本人号称有陆军百万,随时出战,以威逼我们放弃山东。同学们,你们说我们四万万中国同胞能因此而惧怕、因此而屈服吗?"

台下众人挥舞着手臂大喊："不能! 不能! 不能!"

群情激愤中,傅斯年跳上主席台,宣读由他代拟的北京大学全体学生致巴黎和会中国代表团的公开信,信中说:山东及青岛问题,关系我国存亡,主权所在,岂容他国觊觎! 希望中国代表团顶住压力,决不可答应日本霸占山东之要求。

邓中夏高呼："国家兴亡,匹夫有责,何况北大。"他建议由北京大学牵头,联合北京各个高校统一采取行动,与会人员一致赞同。

经过一番讨论,大家推选出傅斯年、罗家伦、邓中夏、许德珩、郭心刚、刘海威、赵世炎、张国焘、李志远、高振声十人为学生会干事,负责领导组织今后的有关活动。

四

在汪大燮一天三个电报的催促下,中国代表团团长陆徵祥终于从瑞士回到巴黎。

接到陆徵祥,顾维钧松了一口气。他汇报说,中国代表团向大会递交的《请求废除一九一五年五月二十五日中日两国政府所签订之条约及换文说帖》《希望条件说帖》都被驳回了;要不要再送,团内意见不一,只能请陆徵祥来定夺。

巴黎吕特蒂旅馆,陆徵祥主持了巴黎和会中国代表团第十八次会议,讨论是否再送说帖事宜。

胡惟德首先发言,他建议把中日签订的有关山东问题的各项密约先放一放,暂时不要送至和会,等日方同意后再交为宜。

王正廷蔑视地冷笑道:"胡大使果真是被日本公使给吓住了?"

胡惟德一脸的委屈:"我这也是为了国家好。要是日本真的出兵,局面就不可收拾了。况且我国政府也是犹豫不决,我们还是从长计议吧。"

众人不接话,气氛一度尴尬。

顾维钧将一份电报放在桌上,怒目直视胡惟德:"自日本小幡酉吉公使恫吓之事登报以来,国内民众纷纷给代表团发来电报,言辞恳切,要求我们顶住压力。北京大学学生电报要求决不可答应日本霸占山东。连青年学生都知道山东问题关系我国存亡,胡大使却为何犹豫呢?"

胡惟德刚欲争辩,一直沉默的陆徵祥摆摆手:"此事横竖不能向日本讨好。现在美、英、法等国都对我们表示同情,若是我们自己不能坚持,便是他人愿意相助也无济于事。此时妥协,将来我们又有什么面目请求他国援助呢?两害相权取其轻,还是送去吧!"说到这里,他站起来叹了一口气,"我去会议大厅门口堵威尔逊去。"

法国外交部会议大厅内,日本首席代表牧野在最高会议上发言,宣称日本享有的德国在山东的各项权益均是合法的,并把当时中国驻日本国公使章宗祥亲笔书写的"欣然同意"日本享有德国在山东权益继承权的保证书呈送主席台传阅。

英美法等国首脑面面相觑。威尔逊将文件扔到桌上,拂袖而去,刚刚走出大厅,就被陆徵祥堵了个正着。

两人见面,威尔逊略显尴尬,但他还是很快伸出手来:"陆总长,我们又见面了。"

陆徵祥长长地出了一口气:"威尔逊先生,能够见到你我非常高兴。比我更高兴的还有我们国家好几亿望眼欲穿的人民。"

威尔逊言不由衷:"亲爱的陆,我知道你要说什么。我要告诉你的是,尽管山东问题遇到了麻烦,但我们美国是不会放弃公理的。"

陆徵祥略有喜色:"总统先生,请您理解,我们每天都生活在提心吊胆之中。"

威尔逊做了个摊开两手的动作:"我很遗憾,好多麻烦是你们自己造成的,比如我刚才就看见了章宗祥先生'欣然同意'的秘密条款。"

陆徵祥闻言,如五雷轰顶,顿时满头大汗。

威尔逊见状,宽慰陆徵祥说:"事情虽然很棘手,但请陆总长放心,我们美国人是不会眼看着日本在中国做大的。我们的原则是利益均沾。所以,我已经有了对付日本人的方案了。"

五

北大校园里到处都是标语,告示栏上贴满了巴黎和会的最新消息。

红楼四层教室,胡适西装革履,戴着一副金丝眼镜,在给学生讲授中国哲学史:"在先秦时期,墨家学说与儒家学说并称'显学'。墨家学说以兼爱为核

心,以节用、尚贤为支点,共有十大主张,即兼爱、非攻、尚贤、尚同、尊天、事鬼、非乐、非命、节用、节葬。"

胡适讲得津津有味,甚至有点自我陶醉,可下面的学生个个心不在焉,郭心刚不时向楼下告示栏望去。

胡适朝郭心刚瞟了一眼,继续说:"兼爱,是墨家学说的核心。所谓兼爱,包含平等和博爱的意思。墨子要求君臣、父子、兄弟都要在平等基础上相互友爱,'爱人若爱其身'。他认为社会上出现强执弱、富侮贫、贵傲贱的现象,是因天下人不相爱所致。"

郭心刚心有所动,突然举手要求发言。得到胡适示意后,他起身问道:"胡先生,我有一事不明。西洋人、东洋人霸着我山东不还,这是典型的强执弱现象,这难道也是'不爱'造成的吗?"

同学们都笑了。

胡适依然一本正经,一副导师派头:"郭心刚同学,你能提出问题很好,这说明你思考了。但是我们今天讲的是中国古代哲学,这是学界讨论的问题。你所提的是政治问题,是政界讨论的问题。学生可以关心山东问题,但是,山东能不能还给中国,那是巴黎和会政治家们讨论和决定的事情,不是今天我们在课堂上能够讨论和决定的问题。"

郭心刚不服气:"我认为学术和政治是很难完全分开的。所谓'覆巢之下,焉有完卵',一个国家如果连主权都保不住,那还有什么学术可言?"

同学们议论纷纷。

胡适用教鞭点了点黑板:"请安静!郭心刚同学,请问你在课堂上喋喋不休地讨论山东问题有用吗?山东问题的决定权在威尔逊,而不在你一个学生。学生的任务是学习,学习的正确状态应该是心静如水,而不是像你这样心猿意马。"

郭心刚满脸通红:"先生,我还是想不通。中国的大学生并不多,如果连我们都不关心山东问题,他威尔逊一个外国人凭什么要关心我们的山东。把山东的主权拴在威尔逊的嘴上,靠得住吗?"

胡适愕然,说不出话来。

六

俭洁食堂只有工读互助社的社员在吃饭,原来的两张桌子变成了一张桌子。

桌上有一盆棒子面粥、一筐窝窝头。俞秀松、易群先吃得直咧嘴。

俞秀松放下筷子,不满地说:"我说刘海威同志,这伙食怎么越来越差了?我们晚上还要去放电影呢,就吃一个窝窝头扛得住吗?"

"我还想顿顿给你们做葱烧海参呢,可你们吃得起吗? 这些天除了那十几个包伙的以外,已经好几天没有一个客人来吃饭了。就这窝窝头还是透支的,明天有没有还说不定呢。"刘海威一脸晦气,愤愤地答道。

易群先也不吃了,问俞秀松:"为什么就我们几个在这儿吃窝窝头,还有好几个同志都干什么去了?"

俞秀松低声说:"我本想晚上开会时告诉大家。我们放映组的张一迪同志退社了,他给我们留下一封信,今天中午已经回天津了。"

易群先非常惊讶:"啊,这才一个多月就有逃兵了? 那还有好几个同志呢,他们也退社了吗?"

"郭心刚心情不好,晚上不吃了。白兰去东交民巷做家教,在外面吃了。柳眉被她妈妈拉到她姑姑家去了。"

易群先不高兴了,大声嚷嚷:"我认为我们互助社应该整顿了。心情不好就不参加集体活动,外出打工就可以下馆子,家里来人了就可以回去享受,这还是共产主义吗? 入社的时候大家不是说好同甘共苦、亲如一家的吗? 怎么现在就出现了特权和差别呢?"

施存统也有同感："我们互助社有很多问题没有讨论清楚。比如入社以后还有没有个人财产,和原先的家庭是什么关系,还能不能谈恋爱、结婚,等等,这些都是实际的问题,应该有个明确的说法,不然势必影响社员之间的关系。"

"我觉得当前最紧迫的是勤工问题。开社以来我们一直是入不敷出,现在老本啃得剩下不多了。白兰昨天跟我说,照这样下去,最多还可以维持一个月。所以,我们的当务之急是挣钱。"陈延年说。

刘海威附和道："没错,再这样下去我也要退社了。我是来给大家做鲁菜的,不是来蒸窝窝头的。"

易群先看了刘海威一眼："你是食堂的负责人,没有搞好大家的伙食,没有盈利,首先你要负责任。"

刘海威反驳道："我们食堂好歹还有十几个人包伙,比你们洗衣组天天亏本要强得多。"

俞秀松一摆手："大家别吵了。我同意陈延年同志的意见,首先还是要解决生存问题。各个组都要拿出新办法来才行。"

陈乔年站起来说："我和郭大哥说好了,明天青岛学生请愿团来了,就让他们在我们这里包伙。还有,我们这一期《新青年》杂志的发行劳务费也都充公归社。"

何孟雄接着说："我和群先同志商量了,明天我们就去找学校的斋夫,多给她们一成的提成,看看她们能否帮我们揽生意。"

俞秀松不同意："你这是不正当竞争呀。"

易群先反驳道："物竞天择、适者生存,顾不了那么多了。"

施存统表示明天他也和易群先一起去,并提议下周抽半天时间专门开会讨论一下工读互助社的章程修改问题。何孟雄和陈延年都表示赞同。

门外传来柳眉的声音："延年、乔年,你们出来一下,毛润之找你们有事。"

陈延年、陈乔年、柳眉好长时间没见毛泽东了,围着他问这问那。

陈乔年说:"润之兄,都半个月没见到你了,我们还以为你回湖南了呢。"

"这半个月我干了两件事,一是在章士钊先生帮助下把我们湖南赴法勤工俭学第一批学生送走了,二是和李大钊先生去了几趟长辛店。每天都是早出晚归,实在顾不上到这边来。"说着,毛泽东从衣兜里掏出几块大洋递给柳眉说,"我今天是来还你们餐费的。"

乔年问:"毛大哥,你要回去了吗? 你不参加我们互助社啦?"

毛泽东有些不舍地说:"是的,一晃半年多了,北京的事情终于办完了。新民学会还有很多事情要办,我得回去了。在北京这段时间得到你们兄弟很多关照,我是特来辞谢的。"

陈延年拉着毛泽东的手不放:"润之兄客气了,能结识你是我们兄弟俩的荣幸。说实话,从你的身上,我看到了一种在北京看不到的东西。"

毛泽东不解:"此话怎讲?"

陈延年摇摇头:"我也说不清楚,总觉得只有在你身上才能真正感受到蔡元培先生所说的那种'接地气'。"

毛泽东笑了,说:"延年,你们办工读互助社,自己养活自己,这也是接地气呀。"

陈乔年小声告诉毛泽东:"毛大哥,我们互助社快办不下去了,要失败了。"

毛泽东拍拍乔年的肩膀:"失败了不要紧,还可以再来,我们再找找别的路。艰难困苦,玉汝于成。"又看看陈延年,"你说呢,延年?"

陈延年沉思片刻,说:"这互助社办了快两个月了,很不顺,我总觉得还是缺了点什么。好像只是个壳,没有魂。"

毛泽东感叹道:"延年,你现在成熟多了,学会思考了。我赶来辞行,就是想和你说一句话,北京有'王气',仲甫先生、守常先生谈的就是'王气'。他们是我们青年的导师,是我们的精神领袖。而我们这一代青年,应该把'王气'和'地气'接通,把他们给我们指引的那条道路走通,这是我们的责任。"

陈延年激动地握住毛泽东的手："江山代有才人出,各领风骚数百年。润之兄,为了这个国家和人民的幸福,我愿和你同行。我们一起努力、加油!"

毛泽东:"对,我们一起努力、加油!"

毛泽东、陈延年、陈乔年,三个人紧紧地拥抱在一起。

一抹晚霞映红了远方的天空。

北大红楼图书馆门口,陈独秀、李大钊为毛泽东送行。

毛泽东身着长衫,背着一个包裹,手拿一把油纸伞,三个人并排而行,边走边聊。

陈独秀关切地问:"润之,你回去以后准备做些什么?"

毛泽东答道:"我想回去做一些调查研究工作,好好地了解一下我们的中国,搞清楚我们这个国家缺的到底是什么。"

陈独秀大笑道:"哈哈,这个问题我现在就可以告诉你答案,科学与民主,中国最缺的就是这两样东西。"

毛泽东理了理衣服:"先生说得是,说得准。不过我想了解的是在我们这样一个农民占大多数、生产水平又很低的国家,怎样才能走通科学、民主的道路。"

李大钊赞许地看着毛泽东:"润之,你想得很深啊,这确实是个大问题。"

毛泽东的话引起陈独秀的思考,对这个问题,他有自己的看法。他郑重地告诉毛泽东说:"年轻人敢想敢干,这值得提倡。不过我要告诉你,这条路很难,因为这个国家已经烂透了。中国要发展,必须引进最先进的理论。"

毛泽东听了,想了想,鼓起勇气说:"先生,有一句话我一直想问您。"

陈独秀说:"你问吧,我对你毫无保留。"

毛泽东似乎有些顾虑地问:"先生,您真的认为当今中国的根本问题是传统文化落后吗?"

陈独秀笑道："非也,中国落后的不是文化,是观念,是缺乏引导社会持续发展的科学理论。"

毛泽东接着问道："那二位先生为什么要花那么大精力去抨击旧文化呢?"

"那是因为它压制和阻碍了科学与民主的生成。更重要的是,有人要把它奉为救国、治国的指导思想,不把它打倒,新的理论就没有立足之地。所谓不破不立,就是这个道理。"陈独秀回答。

毛泽东若有所悟："如此说来,二位先生并非要全盘否定传统文化了?"

陈独秀断然说道："当然不是。中华文化博大精深,谁也否定不了。假以时日,国泰民安了,我倒是很乐意在故纸堆里安度晚年,这是一件多么惬意的事情啊。"

李大钊附和道："这也是我的理想和情怀。"

毛泽东说："我明白二位先生的良苦用心了。"

"不过,当下最要紧的还是寻找新的科学理论。润之,你不打算去法国勤工俭学吗?"李大钊问道。

毛泽东答道："我不想去法国。如果要出国的话,我还是想去俄国。"

"要去俄国你得多请教守常,他现在是个俄国迷,对列宁的思想可谓奉若至宝。"陈独秀说。

"那是以后的事,我现在还是想多看看中国。"毛泽东回答。

"好,我们还会见面的,下一次见面我要好好听听你对中国的见解,看看你关于中国农民调查到了哪些东西。"陈独秀高兴地说。

说话间他们走到了北大大门,毛泽东向陈独秀、李大钊深深地鞠了一躬:"二位先生留步,我告辞了。"说完,大踏步向前走去。

陈独秀和李大钊站在门口,目送渐行渐远的毛泽东,陷入了沉思。

七

施存统、何孟雄、易群先垂头丧气地回到俭洁食堂。

易群先一屁股坐在板凳上大叫："刘海威,我饿死了,什么时候开饭呀!"

白兰抱着一棵大白菜跑进来："哎呀,对不起,刘海威还没有下课,午饭还没做呢。"

易群先生气了："你们食堂组是怎么搞的,刘海威不在就没有人做饭了吗?"

白兰解释道："陈延年他们三人去《新青年》杂志社搬书去了,要到下午才能回来。"

"那郭心刚呢,他干什么去了?"

"心刚这两天一直帮着青岛来的请愿团张罗请愿的事情,他说他就不参加互助社的活动了。"

施存统大吃一惊："什么! 郭心刚要退出互助社?"

白兰答道："是的,刘海威也有这个想法。"

何孟雄急切地问："那你呢,你也要退社吗?"

"我不退社。我要和你们共进退。"白兰说,"你们洗衣组拉到生意了吗?"

易群先一摆手："哎呀,别提多窝囊啦。我们原来想多给斋夫一些提成让她们帮我们揽活,没想到这些斋夫却以此为条件要挟洗衣店。洗衣店说我们搞不正当竞争,设法注销了我们的洗衣执照。"

白兰急了："那怎么办? 我们的食堂也办不下去了。"

这时,俞秀松垂头丧气地回来了。白兰赶紧问他："俞社委,你们挣到钱了吗?"

俞秀松从口袋里掏出三块钱递给白兰："这是我们放映组最后的盈利,都交给你吧。"

白兰很诧异："你们放映组不是生意不错吗？我们还想再成立一个放映组呢。"

俞秀松沮丧说："什么不错！这是人家谢婉莹发动各个学校女生对我们的施舍。堂堂七尺男儿，我受不了这个，不干了。"

白兰目瞪口呆，愣了半天，问："那我们怎么办？"

俞秀松没好气地说："怎么办？先吃饭。白兰同志，你拿这三块钱去学士居给大家买点吃的来。何孟雄同志，你通知所有同志，今晚开会。"

晚上，工读互助社开会，俞秀松主持会议，大家都没什么精神。

俞秀松面色凝重："我们工读互助社原有社员十三人，两人已经退社。今天到会十一人，包括已经口头提出退社的郭心刚同志。另外，有三位从江西来的同志已经向社里提出了入社申请，今天我们特邀姜二虎同志列席会议。"

姜二虎站起来向大家拱手致意，大家鼓掌欢迎。

俞秀松接着说："今晚有三项议程，一是请各小组汇报工作，二是讨论修改互助社章程，三是研究今后工作。"

施存统汇报说："洗衣组的执照已经被吊销了。就是说，洗衣组已经不复存在了。我作为组长，向大家道歉。我的汇报完了。"

刘海威接着汇报说，俭洁食堂开业两个多月以来，一直处于亏损的状态，再不营利只能勉强维持一周。俞秀松汇报电影组没有新的影片可放，只好解散了。

俞秀松接着主持："三个组的汇报都完了。现在进行第二项议程。"

郭心刚无精打采地站起来："俞同志，三个勤工组已经倒闭了两个，还有一个只能维持一周，我看就没有必要讨论下面的问题了吧？"

刘海威跟着附和："我也认为没有必要再讨论什么议程了。应该承认，我们失败了。我们应该正大光明地发个告示，宣布工读互助社第一实验组解散。"

大家七嘴八舌地议论起来,白兰和易群先悄悄地流下了眼泪。

第二天,工读互助社继续开会讨论,争论得很激烈。郭心刚和易群先已经有些剑拔弩张。郭心刚认为无政府主义行不通,要求互助社解散。易群先不同意,要求把问题搞清楚,不能糊里糊涂地就当了一次无政府主义的试验品。施存统认为不是无政府主义行不通,而是大家根本没有真正弄清楚什么是无政府主义的互助论原则。他分析道:"互助论的第一个原则就是共产,互助社内任何人都不得保留私人财产。可是你看看我们这个互助社吧,当易群先把自己的衣服贡献给大家的时候,得到的是讽刺和嘲笑;当大多数社员身无分文的时候,有的社员还有自己的小金库;当大多数人已经脱离了家庭关系的时候,有的人却可以经常回家吃饭。我认为,以上种种情况都严重偏离了共产原则,导致我们中间出现了感情不融洽的现象。一个没有凝聚力的互助社能不解散吗?"

刘海威认为互助社办不下去的关键在于这个社会不能提供让个人自由发展的条件,也就是说,当个人劳动还不足以维持个体生存的时候,互助就只能是一种空想。

易群先气鼓鼓地说:"反正我不同意解散互助社。我从家里跑出来是为了追求自由,互助社的生活虽然苦些,但它给了我自由,特别是给了我追求爱情的自由。"

陈乔年乐了,嬉皮笑脸地问:"群先姐姐,你爱上谁了?"

易群先迟疑片刻,大大咧咧地说:"好吧,我就借这个机会大胆地宣布,我爱上了何孟雄同志。"众人都大吃一惊,何孟雄更是目瞪口呆。

回过神来的何孟雄连忙摆手:"对不起,易群先同志,我已经有我所钟爱的人了。"

易群先哈哈大笑:"你可以去爱你钟爱的人,但这并不影响我对你的爱情。"

大家面面相觑,都没想到易群先会说出这样的话。

一向寡言少语的施存统不知哪里来的勇气:"既然这样,我也不想隐瞒我的感情。我宣布,至少到现在为止我觉得易群先同志是十分可爱的。"

众人又哈哈大笑起来。

俞秀松使劲地敲打桌子:"同志们,跑题了,跑题了。我们现在面临的问题是勤工已经不能维持互助社生存了,应该怎么办。"

郭心刚等人坚持解散,易群先坚决不同意。

俞秀松看了看一言不发的陈延年,说:"延年同志,你是社委,又有特殊身份,说到底我们这些人都是受《新青年》的影响才跑出来寻求新出路的。我们都是陈独秀的追随者,你是他的儿子,你说说吧。"

陈延年慢慢站起来:"我是我们这个工读互助社第一实验组的发起人之一,现在这个实验失败了,我有责任,我对不起大家。首先我要申明的是,我不是陈独秀的追随者。诚然,我在思想上赞同陈独秀倡导的新文化,拥护他提倡的'德先生'和'赛先生',但是,我确实不知道他信仰什么理论,而我是有信仰的。我坚定不移地信仰克鲁泡特金的无政府主义的互助论。我追随吴稚晖先生并响应王光祈的号召,搞工读互助社实验,是因为对于工读互助社,我抱有莫大的希望,希望将来的社会能够成为一个工读互助的社会。但是,今天我们必须承认,我们的实验失败了。失败的原因是什么,我一时还理不清楚,但我相信,无政府、无强权、无法律、无宗教、无家庭的理想社会仍然值得我们去不懈追求。"

大家都被陈延年的一番话感动了,唯有郭心刚不以为然:"延年,理想与现实差距太大了。现在我们应当关心的是巴黎和会,是青岛能不能回到中国。"

俞秀松打断了郭心刚:"老郭,你又跑题了。延年,这么说你的意思也是要解散互助社喽?"

陈延年说:"我的意思不能代表大家的意思,我提议,举手表决吧。"

　　除了易群先和施存统外,其他人都毫不犹豫地举起了手。最终,施存统看看易群先,无奈地摇了摇头,最终也举起了手。

　　俞秀松:"好,结果已经出来了。我宣布,工读互助社第一实验组正式解散。"

　　易群先哇的一声哭了出来。

八

　　四张桌子拼在一起,俭洁食堂要吃散伙饭了。

　　蔡元培、陈独秀、李大钊、鲁迅、胡适以及柳眉妈妈和姑姑,还有互助社的全体社员都来了。

　　高君曼带着柳眉、白兰上菜,摆满了一大桌子。易群先流着眼泪来到李大钊面前恭恭敬敬地鞠了个躬:"感谢李先生对我的再造之恩。要是没有您的帮助,我早就被我父亲抓回去给人家当生育工具了。"

　　李大钊关切地问:"群先呀,这互助社解散了,你准备到哪里去呀?"

　　易群先答道:"到保定去,我已经联系好了,去留法工艺学校读书,我爸爸同意我去法国留学啦。"

　　李大钊赞道:"好样的。群先,我很佩服你,敢于把命运握在自己手里。工读互助社虽然失败了,可是你易群先却胜利了。你不该流眼泪,应该高兴呀。"

　　易群先擦去泪水:"我很高兴,就是舍不得你们。"

　　陈乔年和白兰抱着两坛女儿红来了。鲁迅高兴地说:"没想到今天还能喝到我们绍兴的老酒。"

　　陈乔年指了指身上的挎包:"鲁迅先生,这儿还有孔乙己的茴香豆呢。"

　　蔡元培打趣道:"嗯,多乎哉?不多也!"

　　酒席开始了。俞秀松端起酒杯站了起来:"尊敬的蔡校长,尊敬的各位导师、各位夫人、各位同志——"

鲁迅低声对身旁的李大钊说："同志,这个称呼好,将来定能在中国流行。"

俞秀松心情沉重地说："今天对我们工读互助社的各位同志来说,本来是个悲伤的日子。可是,由于蔡校长和各位大师的到来,它又变成了一个值得纪念的日子。两个多月前,我们在各位大师的支持和赞助下办起来这个工读互助社。我们这个互助社的同志都是二十岁左右的男女青年。这是我们迈向独立人生的第一步,是我们对一种理想社会的追寻与体验。坚持了两个多月,今天我们失败了,同时,我们也长大了。对各位大师的支持和教诲我们无以为报,谨以这杯薄酒代表我们的敬意和感谢吧。请干杯!"

大家一饮而尽。

俞秀松提议请蔡校长讲话。掌声中,蔡元培站起来摆了摆手:"抱歉得很。最近几个月事情太多,没有顾得上工读互助社。听说你们解散了,我很吃惊,所以一定要过来看看大家。我也是互助论的信徒,不过我的这种信,是观念上的,而你们是行动上的,所以你们比我强。我就用手里的这杯酒表示我对你们这些勇敢行为的钦佩吧。我相信,你们的这种实验必将载入中国史册。仲甫啊,《新青年》是青年的导师,我觉得应该开个栏目,好好地总结一下这个工读互助社的经验和教训。"

"好的。"陈独秀说,"这里我就代表《新青年》正式向工读互助社的各位社员约稿了。你们为中国青年做了一次有益的实验,你们的总结和体会是最有说服力的。同时,我也要请守常和适之写稿。对了,适之,你不是说要当青年导师吗?你给大家说说吧。"

胡适站起来:"青年导师我不敢当。不过对于工读,我是有过研究的。在美国,至少有几万人过着工读生活,工读对美国青年是极平常、极现实的选择,算不得什么了不得的新生活。但是在中国,这是十分了不起的事情。至于为什么办了两个多月就失败了,肯定有很多原因。我看到的至少有一条,就是没能摆正工与读的关系,工得多,读得少,结果就是做工的苦趣多,读书的乐趣

少。工读、工读，做工是为了读书，你们这个互助社把本末颠倒了，焉能不败？"

李大钊闻言站了起来："适之，我看你这是饱汉子不知饿汉子饥，他们想实验的就是通过自己的劳动来供给学习之需，不做工，拿什么吃饭、交学费呀？"

蔡元培摆摆手："你们怎么又争论起来了？不说这个，来，大家共同为青年们的勇气干杯吧！"

<h2 style="text-align:center">九</h2>

黄昏，陈独秀回到家，高君曼告诉他柳眉母亲和姑姑来过了，还留下了柳文耀的信。

看完信，陈独秀笑道："这个柳文耀跟我耍滑头，心里想让柳眉回上海，却又说要完全按我的意思办，把做生意那一套都用上了。"

高君曼劝慰他："可怜天下父母心，你也要体谅他的苦衷。"

陈独秀点点头："按理说这柳文耀也算是个开明的人，他应该知道，我陈独秀可以傲视群雄，却独独奈何不得这两个儿子。"

高君曼解释道："柳眉妈妈问了吴稚晖先生，留法勤工俭学的名额是分给震旦学校法文班的，北京法文进修馆的名额早就分配完了，因此延年他们要去法国，必须先回上海完成学业。"

陈独秀有点生气："这还不是柳文耀和吴稚晖串通好的？我早就想开了，既然延年兄弟俩一门心思想去法国勤工俭学，那就让他们去吧。所以，现在让他们回上海我没有意见。关键是谁能当得了他俩的家。"

高君曼忧心忡忡地说："互助社不是解散了吗？现在让他们回上海也说得过去，但这会不会对延年打击太大？你得多关心他。"

陈独秀叹了口气："我自己现在也是泥菩萨过河——自身难保。更何况现在大家注意力都在巴黎和会上，谁还会关注他们那个失败的互助社？不过你放心，延年不会被打垮的。这点他们哥俩倒是继承了我的衣钵。"

高君曼轻轻拍拍陈独秀:"老头子,昨天柳眉姑姑直截了当地对我说,他们柳家希望延年能成为他家女婿,问我们家的意见。"

陈独秀问:"你怎么说?"

高君曼笑道:"我说我们家当然求之不得,但关键要看两个孩子自己。我没有说错吧?"

陈独秀满意地说:"嗯,还算得体。"

晚上,延年和乔年回来,大家一商量,都同意兄弟俩回上海去办理留法勤工俭学的手续。

次日,高君曼为延年、乔年准备行李。延年和乔年教子美和鹤年认字。陈独秀和李大钊从书房里走出来,陈独秀高声说道:"延年、乔年,你们明天就要去上海了,今天我们好好谈谈。"

陈乔年冒出一句:"您又要训话呀?"

陈独秀不悦:"怎么,你不想谈吗?"

陈乔年吐吐舌头:"是您一个人和我们谈,还是您和李先生一起跟我们谈?"

陈独秀问道:"你是希望我单独和你们谈,还是李先生和我一块跟你们谈呢?"

陈乔年想都没想就说:"我们希望和李先生单独谈。"

陈独秀笑了,望着李大钊说:"守常,我说的没错吧,你不出面还真是不行。请您出山吧。"

李大钊也笑了:"你们这一家子真有意思。那好,延年、乔年,我受你们父亲的委托和你俩聊聊天,行吗?"

延年高兴地说:"非常乐意。"

李大钊问:"你们看我们在哪儿聊?"

"自家人,就在这里谈。乔年,给你李叔叔搬把椅子来。"高君曼转身对陈

独秀说,"老头子,你回避吧。"

"我当听客行不行?"

高君曼对陈独秀叮嘱道:"说好了,你是听客,只听不说啊。"

李大钊招呼延年、乔年坐下,问:"今天吃饭的时候,大家都在谈工读互助社失败的原因,怎么没见你们两个说话呀?延年,我想听听你的看法。"

延年答道:"工读互助社失败的原因很多,我想沉淀沉淀再说。"

"你们想听听我的意见吗?"李大钊问。

陈延年:"我们一直想向您请教,又怕打扰您。"

李大钊:"我想问问你们,工读互助社的失败,归根到底,是内因还是外因呢?"

延年望着李大钊:"李先生,我不懂您说的意思。"

李大钊:"这些天我听过关于工读互助社失败的各种原因,大家都是停留在操作层面上。你们有没有想过更深层次的原因?"

延年有点蒙:"您的意思是——"

"我是说,你们有没有从互助论这个理论本身去找原因呢?"李大钊微笑地看着他们。

"您是说互助论本身有问题,不科学?"延年激动了。

"我认为我们应该做更深入的研究。第一,无政府主义的互助论是不是一个科学的理论?第二,这个理论是否适合中国?"

延年迫不及待地问:"您的结论呢?我很想听到您的结论。"

李大钊望了望前方,说:"我现在还拿不出一个明确的结论。不过我已经开始研究这个问题,并对它产生了极大的怀疑。"

"李先生,说实话,到目前为止,我对互助论还是深信不疑的。"

陈独秀忍不住插话:"我说延年,经过这次失败,你难道不应该对互助论多问上几个为什么吗?你才二十一岁,怎么能故步自封、一成不变呢?"

延年看了父亲一眼："我对自己的理想坚定不移。我认为,互助社会才是人类应该追求的理想社会。"

陈独秀问："可是你有没有想过,它可能只是一种空想,或者还有很多局限呢?"

"如果您认为互助论不科学,那么,请您告诉我们一个既科学又适合于中国的理论来。"延年问他。

陈独秀："现在我还说不上来,不过我正在寻找,而且最近已经看到了一丝曙光。"

"您寻找您的,我坚守我的。咱们各走各的路,这样行吗?"延年目光直视着自己的父亲。

陈独秀勃然大怒,站了起来："犟驴,不撞南墙不回头!"

高君曼赶紧拉住陈独秀："老头子,不是说好只当听客不说话的吗?"

李大钊也站了起来："仲甫,我看今天就谈到这里吧。这个问题也确实不是一两次就能谈清楚的。"

高君曼连声说："对,对,守常说得对! 老头子你还是回书房去研究你的理论吧,行不行?"

陈独秀生气地一甩手,转身去了书房。

十

前门火车站站台。

高君曼带着子美、鹤年给延年、乔年、柳眉和柳眉妈妈送行。俞秀松和施存统回杭州,正好与延年他们同行。易群先和何孟雄也来为他们送行。

柳眉的姑姑也来了。高君曼把裱好的一幅字送给她,说："我们家老头子上午有事,不能来车站了。这是他送给柳眉姑父的一幅字。"

柳眉姑姑喜出望外："哎呀,太感谢陈夫人了。我家老爷想仲甫先生的墨

宝都想疯了,今天终于如愿以偿,真是完美。我回家要把这幅字挂在正堂上,做我们家的镇宅之宝。"

"那可不行。仲甫说了,他的字是苦体,不能挂在正堂的。"

柳眉姑姑越看越喜欢,满意地说:"苦体好,苦体能驱邪。我们就托仲甫先生的福了。"

俞秀松、施存统等人过来问候高君曼。高君曼特意把施存统拉到一边说:"延年爸爸让我给你带话,他特别欣赏你写的那篇《非孝》,说要写文章声援你。他还说,你们两位杭州才子志存高远,将来必是国家栋梁,今后有需要他帮忙的可以随时来找他。"

俞秀松、施存统激动地说:"请伯母代我们谢谢陈先生抬举。"

这边,陈延年焦急地四处张望。

柳眉问:"你找什么?"

"老郭怎么还不来?"

柳眉安慰道:"你放心,老郭一定会来的。谁不知道你俩是难兄难弟呀。"

正说着,郭心刚拉着白兰,刘海威跟在他们后面,匆匆跑过来了。

陈延年和郭心刚激动地拥抱着,久久不愿分开。

一旁的易群先有些嫉妒地说:"至于吗! 又不是生离死别,这么激动干吗?"

郭心刚还是抱着陈延年不放:"延年,今生今世,我们永远是同志和战友。"

陈延年关心地叮嘱道:"老郭,你身体不好,千万不要过于激动和劳累。"

郭心刚故作轻松地说:"没事,我现在就像上了弦的发条,根本停不下来。"

白兰对陈延年说:"他现在是着了魔了,一听到青岛就要发疯,让人害怕。还有海威,也走火入魔了。"

高君曼拍了拍白兰:"白兰,这青岛是心刚的心结。四年前你们从日本回来不就是因为那'二十一条'吗? 现在好不容易我们打胜了,青岛要收回来了,他能不激动吗?"

郭心刚高兴地说:"还是师母了解我。我现在就怕巴黎那边出问题。你说咱们这叫什么国家,老让人提心吊胆地过日子。"

高君曼拍拍郭心刚:"你也不要太紧张了。仲甫不是说了吗? 威尔逊是世界第一大好人,这次公理必定战胜强权。"

郭心刚面露忧色:"不好说。我现在听到的可都是一些不好的消息,什么英国、法国和日本有秘密协定呀,什么曹汝霖、章宗祥、陆宗舆跟日本人穿一条裤子呀。我就纳闷了,把一个国家的命运完全寄托在美国总统威尔逊身上,这靠谱吗?"

火车缓缓开动了。陈延年探出身体,向郭心刚拼命地挥手。

郭心刚目送火车驶去,静静地站了许久。

第二十一章

泪洒凯旋门

一

四月的北京,春色宜人。红楼门前有一红一白两棵玉兰树,都开花了。

二楼文科学长室,陈独秀和李大钊在商量校役夜校的课程,胡适手持电报匆匆走进来,面带微笑地说:"仲甫兄,好消息,我的老师杜威先生已经确定 27 日从日本启程来华讲学了,到时我要向您请假,到上海去接他。"

"看把你高兴的,27 号还早着呢。再说了,到那时我这个文科学长已经卸任了,你也不用跟我请假了。"陈独秀随手放下手中的文稿,说道,"杜威来华讲学是件好事。虽然我并不完全赞同他的实用主义观点,但他那务实的理念确实让人耳目一新。适之啊,你和蒋梦麟、陶行知都是杜威先生的弟子,你们要好好谋划一下,趁着现在国人对美国和威尔逊有好感,争取让他在中国多住些日子,多讲几次。"

"关于杜威先生的行程,我们已经筹划一个多月了,我希望他这次中国之行能在中国掀起一股实用主义的浪潮。实用主义对现在的中国很有用,中国要强大起来,就应该走实用主义的道路。"胡适眉飞色舞地说。

李大钊最近与胡适一见面就争论,他毫不客气地说:"我说适之,你这是妄自菲薄。我问你,美国建国才多长时间,我们中华文明又多少年了?就文化传统来说,美国与中国不能相提并论。"

　　陈独秀接过话题："我同意守常的观点。以前我认为威尔逊是世界上第一大好人，现在我称他为威大炮。"

　　胡适不解其意："威大炮？什么意思？"

　　李大钊笑了："放空炮呗！威尔逊的十四条和平意见，根本就是不可实现的理想，是放空炮。现在国人都把收回山东的希望完全寄托在威尔逊身上，我看前景恐怕不妙。"

　　胡适："仲甫、守常，你们太悲观吧？"

　　李大钊："但愿事实不要让我们悲观。"

　　胡适不想和他俩辩论，转移话题说："汪孟邹来信了，带来两个好消息。其一，亚东书社已经按照仲甫兄的意思搬出弄堂，迁到大马路上了。"

　　陈独秀一拍桌子："好，这个汪孟邹，我早告诉过他，要死就还缩在弄堂里，要活就一定要上马路。看来他果然不想死呀。"

　　胡适继续说道："其二，孟邹兄得知你要就任北大编纂处主任，决定以后亚东书社主要经营北大出版部的书籍，相关发行事宜他想让延年来代理。他说延年办事有主见，果断沉着，这倒有点像你。"

　　陈独秀不以为然："这算什么好消息？再说了，如此重任，延年他一个犟小子怎么担当得起！"

　　陈独秀嘴上这样说，心里却很高兴。胡适看在眼里，也不戳穿，拱手道："仲甫兄，我还有一事相求，冬秀快要生了，我想请君曼夫人给她传授一些科学生育的知识。她一个村姑，这方面什么都不懂。"

　　陈独秀说："这事好办，今天晚上就让君曼到你府上去看看冬秀，叫她好好跟冬秀讲讲，不过你不能旁听啊。"

　　胡适和李大钊都笑了。

　　吃完晚饭，高君曼带着子美，拎着个包袱来到胡适家中。江冬秀挺着大肚子出来迎接。进到屋里，没见到胡适，高君曼奇怪地问："怎么，适之还真的回

避了？"

江冬秀笑着说："他去学校了,临走时怪里怪气地跟我说不妨碍我和嫂子说些女人的话。"

高君曼笑道："都是我们家老头子教的。"说着,从包袱里拿出一些衣物,对江冬秀说："这些都是我之前怀子美的时候穿的,你要是不嫌弃就穿着试试。你这衣服也就还能穿一个月,肚子再大就穿不上了,过几天我带你上街做几件更宽松点的衣服。"

江冬秀接过衣服："这城里头怀孩子规矩太多,适之让我好好跟你学学。"

高君曼拉着江冬秀坐到床边,说："冬秀,乡下生孩子靠接生婆,城里生孩子讲科学,大多都到医院。乡下的接生方法既不卫生也不安全,不能带到城里,让人笑话事小,出了问题事情就大了。来,我给你讲讲一些基本的科学生育知识,将来用得上。"

胡适从北大二楼下来,看见一楼图书馆还有灯光,便去李大钊办公室,没想到蔡元培和陈独秀也在里面。蔡元培见是胡适,笑道："今天可是出奇的巧,想找的人都在这碰上了。"

胡适也很奇怪："这么晚了蔡校长还没回家？"

蔡元培解释说："这汪大燮在内阁会议上和曹汝霖、陆宗舆闹翻了,甩手不干,躲进了小汤山。林长民打电话让我去他那商量对策,我在他那儿听到一些巴黎和会的消息,就想来学校找人聊聊,正好碰到仲甫和守常从夜校回来,就一起过来了。"

胡适忙问："巴黎和会那边有什么消息？"

蔡元培叹了口气："不乐观。汪大燮、林长民、熊希龄为了与亲日派抗衡,搞了个国民外交协会,把我和范源濂、王宠惠都安了个理事。这汪大燮今天跟我说,巴黎和会情况不妙。日本人拿出了两份密件,一份是段祺瑞为了向日本借钱，签订的承认日本可以继承德国在山东权益的条约，上面有章宗祥白纸黑字立下的保证，还有一份是英、法等国默认日本在山东权益的密约。现在日本人很可能要拿这两份文件逼美国人就范。"

陈独秀一听，急了，问："这么说威尔逊也不要他的公理了？"

蔡元培表情非常严肃："汪大燮估计，美国人要利益均沾，肯定不想让日本人独享，但是威尔逊能硬到什么程度，这不好说。"

李大钊很是失望："这么说英国、法国和意大利是指望不上了。"

"不一定，威尔逊信誓旦旦，还是靠谱的。"胡适倒是很乐观。

蔡元培说："关键看美国下一步针对日本的要求会拿出什么方案。我给你们通气的意思是大家要有个思想准备，万一出事了我们北大怎么办。现在我们可是出头的椽子，大家都盯着我们。仲甫和守常还上了警察厅的名单。更重要的是，我们的学生早就蓄势待发了，听说那个郭心刚这些天就没上什么课，天天领着山东请愿团的学生到处演讲。一旦巴黎那边出了状况，国内必定要出大事。仲甫，这一点我们一定要想在前面，得未雨绸缪才是。"

李大钊说："大家的爱国热情都高涨起来了，这是好事呀，我们应该因势利导才对。"

胡适有些担忧："我觉得北大千万不能乱，这是我们因势利导的原则。"

蔡元培看着陈独秀："仲甫，你怎么不说话？"

陈独秀说："我得好好想想。"

"你是得好好想想，尽量不要走极端。"胡适显然是话里有话。

陈独秀瞪了胡适一眼："问题是有人要走极端，我们怎么办？"

二

法国外交部会议大厅内，巴黎和会五国会议继续进行。美国总统威尔逊正在发言："关于中国的山东问题，和会一直议而不决。日本坚决反对中国的

提案,而三国会议又对日本的提案颇有异议。鉴于这种情况,美国认为,德国在中国的各项权利、利益,应均由和会暂时收回。"

日本代表牧野站了起来:"我奉日本帝国之命郑重声明,山东问题如何处理,只能由日本和中国商议解决,和会及其他国家无权过问。如果和会强行干涉日本在山东的权益,日本将退出和会。"

会场一片沉寂。威尔逊示意劳合·乔治和克里孟梭表态,两人却毫无反应。

十五分钟过去了,克里孟梭说话了:"既然无人表态,两个提案都暂时搁置,明天再说吧。"

这个时候,吕特蒂旅馆中国代表团驻地,人人坐立不安,心急如焚。

陆徵祥扯着嗓子对秘书长岳昭燏说:"立即给汪大燮发电报:北京中国外交委员会汪大燮委员长,美、英、法、意、日五国正在举行第二次会议,讨论中国山东问题,中国参会要求已被驳回。自昨晚到现在,我等已经三次请求拜会威尔逊、劳合·乔治和克里孟梭,均不得见。请速告对策。"

岳昭燏将电文递给工作人员:"你速去发报,一有回电,立刻送来。"

顾维钧给陆徵祥倒了一杯水:"总长,您休息一会儿,不要着急。"

陆徵祥不停地走来走去:"现在我就是那热锅上的蚂蚁,不知道该往哪里爬才能活命,能不着急吗?"

顾维钧安慰道:"您要保重身体,您要是垮了,就更麻烦了。"

陆徵祥:"王正廷他们都在干什么?"

顾维钧答道:"都在会议室里等着呢。"

岳昭燏快步进来报告:"北京汪大燮委员长复电。"

陆徵祥立刻命令道:"念。"

岳昭燏:"不惜一切代价求助威尔逊总统。"

陆徵祥接过电文,对着顾维钧发愣半晌,然后咬牙道:"行,不要脸了,你去喊他们过来。"

中国代表团会议室,王正廷等代表团成员都来了。

陆徵祥挥舞着手里的电报:"事到如今,我们不能坐以待毙。这样,兵分五路,在法国外交部会议大厅的四个门口和地下室电梯口蹲守,无论谁见到威尔逊都要不顾一切地拦住他,并迅速通知我。行动吧。"

王正廷站起来:"这叫什么事! 天下有这样办外交的吗?"

法国外交部会议大厅内,会议继续进行。

威尔逊表态:"关于中国山东问题,昨日我曾提出德国在中国的各项权利、利益都由和会收回,暂时代管。遗憾的是,这个提案各国并不认同。为妥善解决这个问题,今天,我再次提议,将德国在中国的各项权利、利益移交美、英、法、意、日五国共管。我认为,这个提案已经充分考虑了日本在中国的利益,希望各国能够接受这个提议。中国山东问题已经耽搁了我们很长时间了,希望今天能够有个了结。"

劳合·乔治和克里孟梭看着日本代表牧野,没有说话。

牧野傲慢地站起来:"我受日本帝国之命再次申明,日本在中国有特殊利益,绝不能将日本在中国的事情交由五国处置。既然各国都承认山东问题日中之间已有成约,那么就应该顺理成章地履行成约,把德国在山东的权益全部交给日本。如果和会不能这样做,日本不仅将退出和会,还将拒绝加入正在筹备的国际联盟。"

场上一片沉寂。

威尔逊打破沉默:"美国和日本的态度都已经表明,请各位表态吧。"

还是没有人发言。

威尔逊问劳合·乔治:"乔治阁下有话要说吗?"

劳合·乔治面无表情:"我无话可说。"

威尔逊将目光转向克里孟梭,克里孟梭耸耸肩:"我和英国首相一样。"

威尔逊生气了:"既然都不表态,那就散会,再议。"说完,不等别人说话,起身离席。走出会场,来到走廊上,威尔逊想了想,转身走向电梯,对身边的人说:"从地下室走。"

威尔逊没有想到一出电梯就被顾维钧候了个正着,想转身已经来不及了,只好硬着头皮向顾维钧伸出手去。顾维钧紧紧握住威尔逊的手,声音有些颤抖:"尊敬的威尔逊总统,请您无论如何要帮助我们中国。"

威尔逊无奈地摇摇头:"密斯特顾,我坦诚地告诉您,我提出的第二个方案刚刚又被搁置了。"

顾维钧仍然握着威尔逊的手不放。陆徵祥和其他几个代表也都过来了。

陆徵祥已经近似于哭腔了:"总统先生,您提出的十四条和平意见在中国已经家喻户晓,几亿中国人都在眼巴巴地盼望您主持公道,兑现您亲口说过的公理必定战胜强权的承诺。"

威尔逊无奈地摇摇头:"密斯特陆,我没有放弃公理,可是他们都放弃了。你们中国有句古语,'双拳难敌四手,猛虎抵不住群狼'。我尽力了,希望你能理解。"

陆徵祥颤声道:"总统先生,您可是答应过我们的,而且您有主导大局的能力,我们充分相信贵国的影响力。"

威尔逊看着陆徵祥,不耐烦地说:"陆总长,我借用你们中国人的一句话,'早知今日,何必当初'。如果没有你们当初签订的那个'二十一条',如果没有章宗祥手书的那个'欣然同意',我想无论如何也不会有今天的局面。"

陆徵祥满脸羞愧,无地自容。

顾维钧还在做最后的努力:"总统先生,难道就一点希望都没有了吗?"

威尔逊答道:"有没有希望要看明天你们自己在大会上的努力,那将是你们最后的机会。"

当晚,吕特蒂旅馆彻夜灯明。

陆徵祥吩咐秘书长岳昭燏:"给北京发报,电文如下:国务总理钱能训,威尔逊总统今天提出的五国共管山东方案再遭日本否决。英、法两国已默认日本提案,美国斡旋无望,我等当在明日大会上做最后一搏。"

岳昭燏走后,陆徵祥伏在桌上放声痛哭。哭了一会儿,他想想不对劲,硬撑着来到了顾维钧的房间。

顾维钧正坐在椅子上发呆,桌上放着一大摞文件。陆徵祥关切地问道:"少川,准备得怎么样了?"

顾维钧一动不动:"一团乱麻。"

陆徵祥拱手作揖道:"少川,拜托了。明天你的发言是我们自救的最后希望。"

顾维钧还是一动不动:"子欣兄,您认为我们还有希望吗?"

陆徵祥:"死马当作活马医,即便是垂死挣扎我们也得试试呀。"

顾维钧直视前方:"子欣兄,今天我才明白,为什么民国以来会有那么多仁人志士自杀。哀莫大于心死。心死了,要那副皮囊有什么用?"

陆徵祥心里也在滴血:"少川,让你为难了。我若不是背着签订'二十一条'的罪名,拼了这条老命也不会让你明天冲到前面的。"

顾维钧同情地看着陆徵祥:"子欣兄,你想多了。我不会退缩的。还是那句话:'苟利国家生死以,岂因祸福避趋之。'林则徐能做到,我顾维钧也一定能做到!"

第二天,金碧辉煌的凡尔赛宫,巴黎和会举行第二次全体参会国大会。大会破例邀请中国代表团全体成员出席。陆徵祥、顾维钧、王正廷、施肇基、魏宸组全部穿上正装,面色凝重地走进会场。

大会主席宣布第一项议程,讨论中国山东问题,首先请日本代表牧野发言。牧野神情依然傲慢:"根据 1915 年 5 月 25 日日中条约和 1918 年 9 月 24

日日中关于山东问题善后事宜的换文,日本要求和会批准把德国在中国的各项权益全部移交日本。详细的条款文本已经提交给了和会,这里不再赘述。"

大会主席:"对于日本代表提出的观点,中国代表可以发表意见。"

中国代表顾维钧慷慨陈词:"各位代表,众所周知,牧野先生提到的1915年5月25日中日条约是中国在日本武力胁迫下签订的。对于这个条约,中国政府已经向巴黎和会提出了废止的申请。更重要的是,这个条约是在中国对德国宣战之前签订的。根据国际通行法则,中国既然已经向德国宣战,那么之前有关德国的条约就不能执行。因此,德国在山东的权益,理所当然要交还给战胜国中国。"

陆徵祥站起来为顾维钧鼓掌。会场里许多代表点头称是。

牧野再次发言:"顾维钧先生,1918年日中有关山东问题的换文是在中国参战以后签订的,这总不能说是受到日本的胁迫了吧?这个条约比'二十一条'规定得还要充分和详细。按照这个换文,日本应该在中国获得更多的权益。"

顾维钧再次反驳:"关于牧野先生所说的这个换文,我们所知甚少。但是有一点可以肯定,那就是这个所谓的秘密协定并没有得到中国国会的批准。因而在某种程度上说,它并不具备法律效应。"

牧野理屈词穷:"主席先生,我对顾维钧先生这种无理的妄言表示强烈抗议。"

顾维钧义正词严地驳斥道:"主席先生,最近几个月来,我在巴黎听到最多的两个词是公理和强权。今天,我从牧野先生身上看到了赤裸裸的强权。现在我和我的国家都期待着和会的公理。"

会场上议论纷纷,有人点头有人摇头。威尔逊端坐不语,目光游离。牧野向劳合·乔治和克里孟梭暗投一丝含义复杂的眼神。

大会主席:"肃静!中日两国代表陈述均已结束,现在请各国代表自由发言。"

英国首相劳合·乔治率先表态:"我认为,在山东问题上,中国可以有两种选择,一是按照中日成约办,一是让日本继承德国权益。"

顾维钧再次回到发言席:"乔治先生,如果我没有理解错的话,你所说的这两种办法,实际上只有一种办法,那就是牺牲中国。"

劳合·乔治笑了:"密斯特顾,您说得很对。除此之外,还能有别的办法吗?"

法国总理克里孟梭发言:"英国首相劳合·乔治所说代表了法国的意见,我完全赞同。"

大会主席看着沉默的威尔逊:"总统先生有何评论?"

中国代表团五位代表的目光齐刷刷投向了威尔逊,他们屏住呼吸等待着。

威尔逊缓缓说道:"我虽然同情中国的立场,但爱莫能助,因为我无法驳斥1918年中日签订的那个换文。"

场上一片哗然。

中国代表团五位代表全部瘫倒在座位上……

三

紫禁城护城河边,小路上开满各种野花。

郭心刚把三轮车停到路边,和白兰手拉手沿护城河漫步。

白兰用手轻轻扫过花草:"平时没注意,这河边居然还有这么多漂亮的野花。"

郭心刚伸了伸胳膊,拍了拍刚刚穿上的新衣服。

白兰笑道:"我看你是臭美吧,出来干活还穿件新衣裳。"

郭心刚得意地说:"不懂了吧,这衣服是陈师母专门给我做的,叫工作服,就是干活的时候穿的。延年回上海了,仲甫先生就把《新青年》发行这一摊子

都交给我了。现在我可是财大气粗,能给家里寄钱了。"

白兰激动地说:"咱们的苦日子总算到头了。"

郭心刚点点头:"兰子,还有三个月我就毕业了。仲甫先生说,他准备让我参加《新青年》同人编辑,还要推荐我留校做助教。我们可以在北京结婚、安家了。"

白兰嗔怪道:"看把你高兴的。你不打算和我一起去法国了?"

郭心刚揽过白兰:"仲甫先生说,北大很快就要招收女生了。我看你也不用去法国勤工俭学,就上北大吧。我们把家安在北京,将来再把青岛的老娘也接过来,好不好?"

白兰温柔地答道:"行,我听你的。"两个年轻人紧紧地依偎在一起。

突然,大街上不少学生向北大跑去。看到他们紧张慌乱的神情,郭心刚赶紧松开白兰,大声问:"你们跑什么?"

一个学生一边跑一边说:"巴黎出事了,山东完了。"郭心刚大惊失色,拉起白兰就跑。

北大红楼北操场已经变成愤怒的海洋。

傅斯年、罗家伦、邓中夏、许德珩手里拿着报纸,分别在四个地方演讲。

郭心刚气喘吁吁地跑来,听到邓中夏的演讲后,一屁股坐在地上,脸色煞白。

陈独秀、李大钊、胡适和许多教授也都来了。同学们围着陈独秀,陈独秀焦急地问庶务长:"蔡校长在哪儿?"

正说着,蔡元培一溜小跑着过来了。大家拥上去,陈独秀急切地问:"蔡公,什么情况?"

蔡元培上气不接下气地回答:"刚接了汪大燮电话,昨天在巴黎和会大会上,威尔逊正式发话了,他要中国同意日本人的提案,把山东交给日本。中国外交彻底失败了!"

胡适急了:"前两天不是说还有五国共管山东的希望吗,怎么转眼就变脸了? 这是怎么回事?"

李大钊气愤得直挥拳头:"流氓! 帝国主义全是流氓!"

陈独秀爆发了:"什么公理战胜强权,我看威尔逊就是个大骗子,我们上当了!"

郭心刚已经完全失控了,一个劲地大喊:"山东不能丢! 我要去美国大使馆自焚。"

两个同学把傅斯年抬起来,傅斯年高呼道:"同学们,山东告急! 中国告急! 大家行动起来,我们上街游行去!"

操场上吼声震天,群情激奋。

蔡元培很着急,不停地对陈独秀耳语着。陈独秀高喊道:"同学们,安静一下,听蔡校长讲话。"

蔡元培站在一把椅子上,大声说道:"同学们,大家要冷静。事态还在发展,还不是最后的结果,还有回旋的余地。现在我们北大能做的就是利用各种平台,把我们的声音传出去,表明我们决不退让的鲜明态度,促使中国政府和中国代表团拿出有效措施,进行最后的抗争。同学们,我提议大家都行动起来,特别是各个报纸杂志,要抓紧组织文章,尽快出专版、专刊、增刊,发表评论,动员民众,唤醒民众,激发他们的爱国热情。大家说好不好?"

巨大的叫好声响彻云霄。

集会暂时解散,李大钊带领邓中夏、郭心刚、许德珩、傅斯年、罗家伦等来到红楼图书馆,商量起草北大宣言。

郭心刚站到屋子中央,大声念道:"山东北扼燕、晋,南控鄂、宁,当京汉、津浦两路之冲,实南北之咽喉关键。山东亡,是中国亡矣。我同胞处此大地,有此山河,岂能目睹此强暴之欺凌我、压迫我、奴隶我、牛马我,而不作万死一生

之呼救乎？……"

郭心刚热泪纵横，念不下去了。

李大钊走到郭心刚身旁："如果大家都觉得好，我们就把这份宣言通电全国，通告巴黎的中国代表团。"

四

巴黎，中国代表团驻地昌特蒂旅馆已经被华人包围，很多留法学生挥舞着小旗，上面写着"还我山东""还我青岛""还我公理"，口号声此起彼伏。

会议室里，代表们表情凝重。陆徵祥出现在会议室门口，顾维钧等人正欲起身，陆徵祥摆摆手："都坐，都坐。各位，我们现在成了没娘的孩子了。我致电钱能训请求指示，他回电说他做不了主，要我直接找徐世昌。我又给徐世昌发电报，到现在也没有回电。"

顾维钧神色黯淡："子欣兄，那我们现在怎么办，总不能集体辞职、集体自杀吧？"

陆徵祥愁云满面："我没有办法，只能再致电汪大燮，请他出主意。汪大燮回电还是昨天的老办法，他要我们搞一个妥协的提案去求威尔逊、劳合·乔治和克里孟梭。"

外面又传来口号声："打倒卖国贼！还我青岛！"

陆徵祥苦笑："一转眼我们就成卖国贼了。各位，我们当如何自处，请发表意见。"

王正廷："我请示了南方政府，得到的指示是八个字——主权至上，寸土必争。"

陆徵祥不屑地说："豪言壮语有什么用，得问问他们怎么去争！"

顾维钧无奈道："子欣兄，事已至此，我看也只能按汪大燮说的试试了，总不能真当坐以待毙的卖国贼吧？"

王正廷一拍桌子:"我同意。"

陆徵祥摇摇头:"说得容易。妥协方案,怎么个妥协法?这个尺度很难把握。弄得不好这个卖国贼的称号就坐实了。"

顾维钧:"子欣兄,这个时候就不能再考虑个人的名声了,国事要紧。"

王正廷脸涨得像猪肝,腔调都变了:"陆总长,不要再有什么顾虑了,就算是最后的担当吧。"

陆徵祥叹了口气:"既然你们都这么说,那就试试吧。来,大家都别走,我们一条一条地议。"

秘书长岳昭燏带着工作人员把晚餐送到了屋里,说:"各位,先吃饭吧。旅馆已经被华人堵死了,出不去,大家将就点。"

陆徵祥无心用餐,对岳昭燏说:"老岳,你得想办法把请愿的人弄走,不然我们一会儿怎么出去?"

岳昭燏苦恼地说:"陆总长,弄走不可能啊,他们已经在外面打起了地铺,看样子是要静坐到天亮了。今天一天我已经接待了十六拨华人代表了,现在旅馆周围的人还是有增无减。"

陆徵祥急了:"那我们怎么出去?"

岳昭燏答道:"我联系了旅馆的一辆小轿车,除了司机,只能坐三个人,停在后院临街的车库,一开门就上街了。那个地方僻静,遇不到人,绝对安全。"

陆徵祥放心了:"那好,等我们把预案搞好,你带我们出去。"

一个工作人员进来把一摞纸交给陆徵祥。陆徵祥对大家挥挥手,示意大家听他讲话:"各位,中国代表团致美国总统威尔逊、英国首相劳合·乔治和法国总理克里孟梭的妥协方案已经印出来了。这是我们冒着天大的罪名议出来的妥协方案,诸位若没有意见,就由我和王正廷、顾维钧两位代表一起,今晚去逐一拜会三国首脑,争取他们的同情和支持。如果这样的方案他们再不接受,那我们就只能回国接受国人的唾骂了。"

商议已毕,陆徵祥、顾维钧、王正廷三人乘车从岳昭燏说的那扇小门来到美国代表团驻地接待室。负责接待的美国官员问清情况后进去报告,将近一个小时后他才出来说:"对不起,陆总长,我已经转达了您的意思。很遗憾,威尔逊总统今晚实在没有时间与您交谈。他说请您把文件留下,他一定安排时间仔细阅读。"

陆徵祥无奈地把妥协文案交给美国官员:"那就有劳您尽快转交威尔逊总统,如果他有什么疑问可以随时打电话叫我来。请您告诉威尔逊总统,今晚我会彻夜在电话机旁等候他的答复。"

三人先后来到英国代表团驻地和法国总理官邸,像是商量好的一样,负责接待的两国官员都很客气地说本国领导人实在没有时间与中国代表交谈,让他们把文件留下,随后一定安排时间仔细阅读。

陆徵祥只能无奈地把妥协文案交给两国官员,并一再叮嘱接待官员,他会彻夜在电话机旁等候两国领导人的答复。

就这样,中国外交代表团冒着天大罪名起草的妥协方案被三个接待官员三句话就挡在了门外,整整耗费了四个小时。美、英、法三国首脑跟中国人开了个天大的玩笑。

巴黎的春天,大街上有很多鲜花,夜深人静时,花香扑鼻。陆徵祥、顾维钧、王正廷心如死灰般行走在香榭丽舍大街上,汽车缓缓地跟在他们后面。

三个人谁也不说话,闷着头走路,不知不觉走到凯旋门前。

深夜的凯旋门显得格外高大。

三个人站住了,王正廷感慨地说:"来巴黎这么久,我还没有到凯旋门来过呢。夜里看,比我想象的壮观多了。"

顾维钧对陆徵祥说:"子欣兄,你是有意带我们来这儿的吗?"

陆徵祥默默地点点头。

王正廷不解地问:"什么意思?"

顾维钧问王正廷："你知道凯旋门是干什么的吗？是用来祭奠亡灵的。拿破仑和雨果的葬礼车队就经过这里。听说最近法国有人动议，要在这里点燃纪念为欧战牺牲的无名烈士的长明灯。"

王正廷明白陆徵祥的用意了："陆总长，既然来了，我们就在这儿给自己办个葬礼吧。"

三个人并排面对凯旋门站着，低头，双手合十，默默地祷告，眼泪顺着他们的脸庞流淌着。路过的法国人驻足观望，眼神里充满疑问。

三个人绕凯旋门默默走了一圈。

王正廷自言自语道："好了，今夜我的灵魂可以安息了。"

陆徵祥流着泪问王正廷："儒堂，我问你一句话，当初你来巴黎的时候想过怎么回去吗？"

王正廷："我确实想过，而且想得很美，我想过举国迎接我凯旋的热烈场景。"

顾维钧："子欣兄，不怕你笑话，我曾经做过一个梦，梦见前门城楼也变成了凯旋门，你我穿门而过，万众欢腾。"

陆徵祥突然放声大哭："对不起二位，我连累你们了，我把你们的凯旋门变成耻辱柱了。"

静静的春夜，三位有良心的中国外交官在凯旋门前相拥着哭成了泪人。

在别人眼里，他们三人已然是学富五车的显贵了。但是，他们生在一个积贫积弱任人宰割的国家，在这个屈辱的时刻，除了哭，他们别无选择。

五

1919 年 4 月 29 日至 30 日，美国总统威尔逊、英国首相劳合·乔治和法国总理克里孟梭在巴黎举行三国会议，日本代表被邀请参加，会议议定了巴黎和会关于山东问题的条款，决定把战前德国在山东的特权转交给日本。

会后,和会法国秘书来到中国代表团会议室,将和约送达中国代表团团长陆徵祥手中。

陆徵祥手持和约,老泪纵横:"一个战胜国居然得到这样一个丧权辱国的条约,这是人类的耻辱,是亘古未有的奇耻大辱!"

顾维钧气愤地把条约文本交还给法国秘书:"无耻!中国代表团决不接受这个无耻的和约!"

深夜,北京。心力交瘁的汪大燮刚刚入睡,突然,电话铃声大作。汪大燮一下子从床上坐起,把身边的夫人吓了一跳。夫人忙问:"你这是怎么啦?出什么事了?"

汪大燮急忙手指电话:"快,快接电话,肯定是巴黎那边出大事了,不然不会这个时候来电话的。"

夫人连忙起床,却又被汪大燮拉住:"你休息,我来接,我来接。"

衣冠不整的汪大燮拿起电话,电话里传来陈箓的哭腔:"伯棠兄,山东丢了。"

汪大燮完全清醒了,厉声吼道:"陈箓,你堂堂代理外交总长这个时候怎么能做小娘子状?到底发生了什么事,快给我说清楚!"

汪大燮呆呆地听着电话,脸色越来越白。电话里已经没有声音,汪大燮还握着话筒呆呆地站着。

夫人害怕了,连忙从汪大燮手中拿过电话放下,关切地问:"伯棠,怎么啦?"

汪大燮一屁股瘫坐在椅子上,冷笑道:"赢家变成了输家,闹大笑话了。我汪大燮何以面对国人呀?"两行热泪禁不住流了下来。

巴黎和会中国外交失败的消息很快传遍了北京城。

清晨,北京,前门大街。报童来回穿梭,大声叫卖:"看刚刚出版的《每周评论》，陈独秀怒斥卖国贼章宗祥、曹汝霖、陆宗舆；看《新潮》发文，威尔逊发明了一个数学公式，十四等于零；看济南十万人集会，誓死保卫山东，鲁人义无反顾；看北大学子致电巴黎，敦促中国代表团绝地反击！"

太阳出来了，紫禁城外，郭心刚一动不动地坐在护城河边的石凳上，像一尊雕像。他已经坐了一宿了，脸上的泪水已经风干，满头的青丝一夜之间变成了白发。中国在巴黎和会的失败一下子掏空了这个青岛小伙子的灵魂。

刘海威、邓中夏和白兰一路喊着郭心刚的名字，找到了他。白兰扑在郭心刚身上大哭不止："刚子，你这是怎么啦？一夜之间你怎么头发全白了？"

郭心刚一把抓住邓中夏和刘海威："仲澥、海威，青岛不能丢，我们不能把青岛让给日本人，我们得想想办法呀！"

出来买菜的高君曼路过这里，看到这一幕，心疼得直流泪。她拉起郭心刚说："走，跟我回家去，有什么事情你们跟仲甫说，他会帮助你们的。"

陈独秀也是一夜未睡，他在给《每周评论》写文章。稿纸上，一行标题十分醒目：两个和会都无用。

看见同学们来了，陈独秀连忙站起来问："你们怎么来得这么早？出什么事了？"

高君曼悲伤地说："郭心刚想不开，在护城河边坐了一夜，头发全白了。仲甫，你好好劝劝他，我给你们做饭去。"

白兰哭着说："陈学长，您帮帮我们，心刚他怎么会一夜就白了头呢？该不是中了什么邪气了吧？"

陈独秀招呼大家坐下，说："急火攻心，一夜白头，这并不鲜见，史书上类似的记载很多。春秋战国时期被楚王追杀的伍子胥，在极度的焦虑下，一夜之间就白了头发。据说法国国王路易十六的王后玛丽·安托瓦内特，在她被送上断头台的前一天晚上头发也是忽然完全白了，当时她才三十八岁。一夜白头，慢慢调理，应该还可以变回来，所以，这个你不用担心。心刚，我问你，你在外

边坐了一夜,是因为巴黎和会吗?"

郭心刚点点头。

陈独秀轻轻地拍拍郭心刚的肩膀:"你跟我说说,你在外面坐了一个晚上,都想了什么?"

郭心刚突然号啕大哭起来:"我想我的父亲。我想我的老家青岛。"

陈独秀有点不解:"你父亲?"

郭心刚从口袋里掏出一张清朝军官的照片,哭着说:"这就是我父亲。"

陈独秀扶住郭心刚的双肩:"别难过,把你想说的都说出来。"

郭心刚哽咽着说:"我家祖祖辈辈都是胶州湾的。我父亲是清朝登州总兵章高元属下的一名军官。1897 年,德国远东舰队司令、海军少将迪特里希率兵侵占胶州湾时,我父亲力主反击,受到申斥。后来他擅自带领他的部队在即墨县城附近阻击德军,负了伤,并为此被革职遣送回乡。我父亲回乡以后就得了抑郁症,没过几年就去世了。临死前他把我叫到面前,那时我还不满八岁。他拉着我的手问:'儿子,还记得我教过你的陆游的那首诗《示儿》吗?'我说:'记得。'父亲说:'你给我背诵一遍。'我就哭着给他背诵。奄奄一息的父亲强撑着跟我说:'儿子,陆游的这首诗也就是我留给你的遗言。青岛是在你爹的手上丢掉的,我对不起祖宗和国家。你记住,将来什么时候我们中国把青岛收回来了,你一定要到爹的坟上来给我烧一炷香,告诉我这个喜讯。你记住,只有到那个时候,你爹才能够闭上眼睛。'父亲说完,大叫一声,吐血而亡。"

郭心刚泣不成声,一屋子的人都跟着抹眼泪。

陈独秀把郭心刚搂在怀里:"不要难过,你父亲是个值得尊敬的英雄。"

郭心刚伤心地说:"我本来打算再过几个月毕业了就回老家给父亲烧香去,告诉他德国被打败了,青岛终于要回归了。可是没想到现在却成了这个样子。先生,我实在是接受不了这个现实,我不知道怎么去面对我父亲的亡灵。"

陈独秀被感染、被激怒了,他把郭心刚拉起来,大声地说:"心刚,难过是没用的。我们应该像你父亲一样去抗争。你要坚信，通过我们大家的努力，你父亲的遗愿总有一天会实现的。"

郭心刚望着陈独秀："先生，我就是不知道这个时候我能做些什么。"

陈独秀指了指桌子上的稿纸："心刚，你看我和你一样，也是一夜未眠。只不过你在河边坐着，我是在青灯下写了一夜的文章。"

郭心刚问："先生在写什么？"

"我写了三篇文章。"说着，陈独秀把稿子递给郭心刚，"来，你把这篇短文念念。"

郭心刚接过稿纸，念道："巴黎的和会，各国都重在本国的权利，什么公理，什么永久和平，什么威尔逊总统十四条宣言，都成了一文不值的空话。我看这个分赃会议与世界永久和平、人类真正幸福，隔得不止十万八千里。若是靠着分赃会议里那几个政治家、外交家在那里关门弄鬼，定然没有好结果。"

陈独秀问："怎么样，能帮你想明白怎么抗争吗？"

郭心刚摇摇头："还是不明白。"

陈独秀问邓中夏："中夏，你明白吗？"

邓中夏略作思索，答道："先生的意思是靠别人是靠不住的，非中国人民站起来直接解决不可。"

陈独秀拍案而起："对，就是这个道理。心刚，事情已然这样了，悲观、失望、唉声叹气都无济于事。帝国主义靠不住，封建主义政府也靠不住，能靠得住的只有我们自己。现在我们能做而且应该做的就是勇敢地站出来，用自己的力量拯救我们的国家。"

郭心刚期待地看着陈独秀："先生，您说我们应该怎么做？"

陈独秀猛烈地挥动着手臂："我们要行动起来，坚决抵制那个无耻的和约，决不能让北洋政府在那荒唐的和约上签字。"

六

中午，汪大燮从总统府赶回紫光阁，秘书叶景莘手捧一摞文件紧跟其后，蔡元培已经在汪大燮的办公室里等候多时了。

见到汪大燮，蔡元培略感宽慰："伯棠兄，看到你，我就放心了。天，没有塌。"

汪大燮握住蔡元培的手："不瞒你说，两天没睡着觉，鬼门关里转了一圈又回来了。"

蔡元培催促道："快给我说说吧，我那个红楼快要震倒了。"

汪大燮感叹道："岂止是你北大，九州方圆哪里不是冲天怒火？"

蔡元培急了："伯棠兄，总不能光发火吧。再说了，这吴炳湘的警察厅可是到处在灭火呢。我的学生已经和警察发生好几起冲突了。这个节骨眼上，我来这儿等了快一个时辰，就是来听你高见的。"

汪大燮摆摆手说："形势极其严峻，今早梁启超发来电报，巴黎和会那边已成定局。现在威尔逊是指望不上了，我们能做的只有一件事，拒签和约。只要我们不签字，那就不算失败，就还有翻盘的机会。"

蔡元培瞪大了眼睛："这签约是徐世昌、段祺瑞的事，你能当得了他们的家？再说这老段和日本人可是穿着连裆裤，我听说去年为了借款，就是老段让章宗祥签的'欣然同意'四个字。"

汪大燮气愤地说："就是这四个字让我们从赢家变成了输家。所以，这次就是说破了天也不能再签字了。"

蔡元培不安地问："这徐世昌、段祺瑞能听你的？"

汪大燮拍拍胸脯，话语里闪过一丝掩饰不住的得意："签不签和约，徐世昌让我们外交委员会拿方案。我忙活了两天，开了两个会，搞定了这个事。"

蔡元培急切地问："怎么讲？"

汪大燮凛然道："两个字，拒签！这是外交委员会的决议，就连陆宗舆也在上面签了字，一会儿我就给徐世昌送去。"

蔡元培既喜又忧："这大总统会同意吗？"

汪大燮指着公文包里的方案："外交委员会是外交决策的最高机构，有这个决定权，不怕他不同意。"

蔡元培略舒了一口气："这么说还有峰回路转的希望。"

"能不能峰回路转不好说。但是，只要我们不签字，谅他日本人也不敢动硬的，我们就不算失败。"汪大燮说。

蔡元培松了一口气："伯棠兄，听你这么一说，我心里好受多了。"

汪大燮叮嘱蔡元培："现在你们北大要做的是配合国民外交协会不断地给徐世昌和段祺瑞制造压力。国民外交协会已经决定 5 月 7 日在中央公园举行国民大会，你们北大要积极参与，要把整个北京的学生都动员起来。这老段最怕的就是学生。"

蔡元培握紧拳头说："这没问题。现在的学生是一堆干柴，一点就着。我整天提心吊胆，就怕出事。"

正说着，陈箓进来了："徐世昌和钱能训在居仁堂等着听汪委员长您汇报呢。"

汪大燮和陈箓急忙赶到徐世昌的办公室。

徐世昌："伯棠，听说你们外交委员会的意见出来了，说说吧。这陆徵祥可是一天好几个电报催着呢。"

汪大燮呈上文本，徐世昌翻看了一会，说："这么正式，每个人都签了字。"

汪大燮："担着卖国贼的骂名，不敢不认真啊。"

徐世昌一听"卖国贼"这三个字，心中不快："说重了吧？"

汪大燮："重点就两个字，拒签！"

徐世昌问："拒签，说得容易，考虑过后果吗？"

汪大燮毫不犹豫："我们商量了两天，什么后果都考虑到了。"

徐世昌："可是陆徵祥发来电报说,如不签和约,至少日本、英国、法国和意大利四国都会对我们发难。如果他们支持德国在撤废领事裁判权、取消庚子赔款、关税自主及赔偿损失等问题上予以刁难,那么我们丢掉的就不仅仅是山东的权益,而是整个国家的权益,损失就更大了。我们这个战胜国将真正一无所得。这点你们考虑了吗?"

汪大燮惊住了："陆徵祥从未和我说过这些问题啊。他是什么意思?"

"他的意思很明确,他主张签字,丢卒保车,以免因小失大。"徐世昌说得很肯定。

汪大燮勃然大怒："陆徵祥鼠目寸光、阳奉阴违、祸国殃民,当千刀万剐。"

徐世昌没想到汪大燮如此激动,连忙说："伯棠,你这是干什么,这不是在商量吗?"

汪大燮脸都青了："徐大总统、钱总理,请你们睁开眼睛看看,中华民国要是在这个和约上签了字,你们还敢迈出这总统府大门吗?"

徐世昌也急了："伯棠兄,危言耸听了。堂堂中华民国,岂能被北京大学一群毛头小子左右。现在我请你正面回答陆徵祥的问题,签字与不签字究竟哪个对国家利益的损害更大?"

汪大燮吼叫起来："陆徵祥纯粹是杞人忧天,胡说八道! 巴黎和会的所有矛头都是针对德国的,凡尔赛体系就是要把德国撕得粉碎,一个被撕得粉碎的战败国有什么资格和中国讨价还价! 但凡有一点外交常识,也不会提出这样的问题。"

徐世昌心里还是没底："照你这么说,陆徵祥是多虑了?"

汪大燮断然说道："这根本就不是一个问题。"

徐世昌问钱能训："钱总理,你是什么意见?"

钱能训面无表情："我听大总统的。"

徐世昌又转向陈篆："那陈代理总长的意见呢?"

陈箓看看汪大燮："我是外交委员会成员,已经在拒签的电文上签名了。"

徐世昌看完电文,略作思考,说:"既然你们都认为可以拒签,那就请钱总理以国务院的名义发出吧。但是这个事情暂时还是要保密,不能让那些娃娃们知道。"

汪大燮回到紫光阁办公室,对秘书叶景莘说:"你去电讯处,立刻给陆徵祥发电报。"

叶景莘惊疑地问:"现在?汪委员长,巴黎那边天还没亮呢。"

汪大燮气愤地说:"就现在,我要痛骂陆徵祥这个阳奉阴违的小人,他为什么要主张签约?"

叶景莘笑道:"委员长,要是为这事您就不用发电报了,我能告诉您真相。"

汪大燮很是诧异:"什么真相?你知道?"

叶景莘故作神秘地凑上来,低声说道:"陆徵祥根本就没提出要签约,是段祺瑞要他写了一个分析报告,详细分析欧美各国包括德国对山东问题的态度。陆徵祥的长篇分析报告中有一段关于德国的分析,段祺瑞将它单独摘出来,批了八个字:因小失大,得不偿失。曹汝霖便以此为据去找徐世昌,说陆徵祥认为从长远利益着眼主张签约。陆总长被他们设计了。"

汪大燮感到奇怪:"你怎么知道得这么详细?"

叶景莘答道:"刚才林长民来了,您不在,他就把情况跟我说了,要我转告您。"

汪大燮摸了摸脑袋:"我说呢,这个徐世昌跟我谈话的时候样子怪怪的,是想拿我去搪塞段祺瑞呀,这个老奸巨猾的家伙。"

叶景莘问:"徐大总统同意拒签了吗?"

汪大燮点点头:"勉强同意,电文已交钱能训以国务院的名义发给陆徵祥了。"

叶景莘大喜:"委员长这下可以回去好好睡一觉了。"

汪大燮摇摇头:"我还是不放心。一会儿你去电讯处,以我的名义给陆徵祥发个加急电报。你记一下电文:再愚蠢的人也不能两次犯同样的错误,国人

不会容忍第二个李鸿章。"

叶景莘一拍手："好。痛快！我马上去发。您赶紧回去休息吧。"

汪大燮心情轻松了许多："我去找蔡元培,到他那儿讨杯法国酒喝。"

第二十二章

五 四 前 夜

一

胡适的小院子里摆着很多盆兰花,一片春色。他心情不错,抱着出生不久的儿子观赏花草,江冬秀在屋里为他准备行装。

胡适知道妻子粗心,嘱咐道:"西装要准备两套才行,穿一套,带一套。几乎天天都有会议、演讲,衬衣要多带几件啊。"

一番交代后,胡适来到校长室,向蔡元培请假去上海迎接导师杜威。

蔡元培有些不高兴:"适之呀,你这个时候离开北大可容易授人以柄呀。"

胡适为难地说:"蔡公,我也是思考再三,不得已而为之。杜威先生的日程是早就定好了的,我要是不去就没法办了,除非他取消来华计划。"

蔡元培点点头:"也是。杜威来华不是小事。可我就是担心北大要出大事。"

胡适赶忙安慰道:"我想不会出什么大事的。蔡公,这个时候我们需要摆正自己的位置。要知道,巴黎和会不会听北大的,我们把态度表明了,尽力了,也就是了。"

蔡元培忧心忡忡地说:"事关国家命运,怕是没有你想的那样简单。行了,你走吧,反正你现在的心思也不在北大了。不过你可要早去早回呀,真的遇到大事我还是要把你请回来。我这里缺帮手呀,总不能光靠仲甫、守常吧?"

胡适叹道:"我担心的恰恰就是仲甫。他这个人容易走极端,搞得不好就会给北大捅娄子。本来我想请他和我一起去上海的,可他不愿意。"

蔡元培苦笑道:"你呀,还是不了解仲甫。他和你不一样,他是个战士,战士是不会离开战场的。这会儿他一定和守常在一起厉兵秣马呢。"

陈独秀果然与李大钊在红楼一层图书馆开会。

这几天,红楼图书馆阅览室已经变成了会议室。平民教育讲演团、学生会和几个杂志的负责人被召集到这里,分析形势,商量对策。

李大钊主持会议:"我先给大家通报三个情况。第一,汪大燮给蔡校长打来电话,说国民政府已经电令巴黎专使拒签条约。第二,国民外交协会已经发出通知,定于5月7日在中央公园举行国民大会,反对巴黎和约。我们北大和北京各校的学生要成为这次国民大会的主力军。第三,现在全中国都行动起来了,特别是山东、上海、广州等地,都在进行各种形式的抗议活动。"

大家欢呼起来。

陈独秀看了看大家,清了清嗓子,说道:"林长民、汪大燮他们把国民大会定在5月7日,因为'二十一条'是在1915年5月9日签订的,5月9日是中华民国的国耻日,国耻日前开国民大会抵制巴黎和约,有针对性,更有号召力。现在中国是一团火,到处都在燃烧,国民的思想要比那个时候进步了许多。"

李大钊点头称是:"没错。我记得那时候你说过,让你办十年杂志,国民的思想都会改观。这还不到四年,就已经今非昔比了。仲甫,你给大家鼓鼓劲吧。"

陈独秀来了精神:"1915年我从日本回国,办起了《新青年》,树起了民主和科学两面大旗。那时候我说,二十年不谈政治,专心启蒙国人的思想。现在看,这话有些偏颇。民主与科学都离不开政治。民主本身就是政治。你要搞民主,政治就必然会来找你,你躲都躲不开。大家都看到了,北京大学这三年,哪一件事躲得开政治?现在我想问问各位,民主是什么?"

邓中夏站起来回答："民主就是人民当家做主。"

"仲澥说得对!"陈独秀继续说，"中华民国是人民的国家，它的家就应该人民来当，它的主就应该人民来做。可是中华民国建立已经八年了，它的哪一件事是让人民做主的呢？没有。段祺瑞去年与日本人签订密约告诉人民了吗？没有。甚至连巴黎和会中国专使也不知道还有这么个密约。挂羊头卖狗肉，欺世盗名，愚弄民众！所以我说，这次巴黎和会是坏事也是好事，它让中国人第一次切身感受到了民主的重要性，也让我们知道我们有权利去享受民主。"

赵世炎忍不住插话："陈先生您说得没错，这两天连胡同里的老太太都在议论巴黎和会。"

陈独秀点点头："是啊，巴黎和约让中国人惊醒了。民主不能只在我们这个知识圈里，只有北大的民主是不够的，我们需要中国各个阶层的民主。大家都觉悟了，中国才有希望。这几天我就看到了这个希望，民众都起来了。可以说，帝国主义在巴黎烧起的这把火，把整个中国都烧醒了。大家都来关心政治，国家就有希望。"

掌声热烈。

李大钊兴奋不已："中国要发展，不光要反封建搞新文化，还要反帝国主义，捍卫国家主权。要完成这两项任务，就要发动民众。所以，各位同学，现在我们的主要任务就是发动民众。我们平民教育讲演团要赶紧到社区去、到工厂去，我们的各个社团要到社会的各个角落去唤醒民众。大家觉得怎么样？"

"我们正在筹备成立北京中等以上学校学生联合会，把各个学校串联起来，以便组织大规模的活动。"

"我们平民教育讲演团准备分成四个小组，分别到长辛店等地搞系列演讲。"

"我们学生会正在准备5月7日的国民大会，计划来一个十万人大游行。"

邓中夏、赵世炎、傅斯年等一个接一个地说，屋子里欢呼声不断。

天色将晚，郭心刚心事重重。

陈独秀不放心，就对李大钊使了个眼色："守常，晚上到我家吃饭，有你爱吃的葛粉圆子。"

李大钊心领神会："好啊，心刚，我们一起去。"说着拉起郭心刚就走。

当天晚上，陈独秀家，高君曼和白兰正在屋里做衣裳。

子美拿着一件刚做好的婴儿衣服对陈独秀说："爸爸，这是妈妈和白兰姐姐给胡叔叔家的小弟弟做的衣裳，好看吗？"

陈独秀没有搭理子美，招呼郭心刚说："心刚，你坐。今晚我陪你喝两杯。"

高君曼看情形有些不对劲，忙问："老头子，你今天怎么啦？连宝贝女儿都不搭理了。"

"你女儿没事，倒是这心刚啊，还是没想开。"陈独秀说道。

白兰很是焦急："二位先生，你们劝劝刚子吧。他太钻牛角尖了，这几天不吃不喝不睡，急死人啦。"

高君曼眼泪又要下来了，她叹了一口气："心刚呀，国家的事情急不得，要想开些，你们还年轻，后面的路长着呢。"

"谢谢师母。"郭心刚还是郁结在心。

高君曼朝白兰招招手："白兰，来，帮我做饭去。做完饭，我俩去看冬秀，把衣裳送去，再给她带点菜。"

陈独秀插话道："你去把她喊来一起吃不是更好吗？省得她一个人在家里闷着。"

高君曼答道："她不愿意出门，怕人笑话，怕给适之丢脸。你说这个适之，把刚做完月子的老婆留在家里，自己跑到上海、杭州玩去。"

陈独秀赶紧打断高君曼的话："你别胡说。适之是去办正事的。"

上海，翠绿丛中的沧州别墅，幽雅而别致。杜威夫妇在胡适、蒋梦麟、陶行知等人陪同下散步。

杜威话语里透着一丝不安:"密斯特胡,我们这个时候来中国恐怕不是时候吧?听说威尔逊总统这两天在中国一下子从天堂跌到了地狱,美国人也因此由香饽饽变成了臭狗屎。"

胡适连忙摇头:"没有的事。中国人憎恨的是日本,对美国的帮助还是心存感激的。"

杜威还是不放心:"密斯特胡,我这次来中国完全是个人行为,我不希望把我的讲学活动与美国政府关联起来。"

胡适安慰道:"请老师放心,所有的活动都是学界安排的,与两国政府无涉。"

《新教育》杂志主编蒋梦麟是胡适的师兄,杜威的行程主要是他操办的,他对杜威说:"为了帮助中国学者更好地理解老师的思想,明天上午,江苏省教育会安排适之做一个讲座,专门介绍您的实用主义,算是为您在中国的学术活动做一个垫场。后天上午,也就是 5 月 3 日,您开始第一场演讲,适之做您的翻译。"

第二天,江苏省教育会选定的报告大厅里座无虚席。柳文耀夫妇带着柳眉和陈延年、陈乔年也来了。

主持人高声说道:"女士们、先生们,首先让我们全体起立,欢迎远道而来的美国哥伦比亚大学教授约翰·杜威先生和他的高足、北京大学教授胡适先生。"

在主持人的引导下,一身西装的杜威和一身长衫的胡适先后走上演讲台,向全场亮相、鞠躬,场内响起热烈的掌声。见面仪式过后,主持人引导杜威在台下第一排正中就座。胡适开始演讲:"众所周知,约翰·杜威教授是以实用主义哲学家、教育家和心理学家闻名于世的。实验主义,也可翻译成实用主

义,是杜威教授哲学和教育思想的核心。经验就是生活,生活即应对环境,这是杜威先生实用主义哲学的基本观念。实用主义是 19 世纪科学发达的结果,我们首先要明白科学观念的两大变迁,即科学律令和生物进化……"

台下,柳文耀问旁边的柳太太:"你不是胡适之的忠实拥护者吗?他说的这个你听得懂吗?"

柳太太小声说:"听不懂,我就喜欢他的白话诗。"

二

中南海紫光阁,汪大燮和一些人正在办公室里研究他将于 5 月 7 日中央公园国民大会上的发言稿。秘书叶景莘推门向他使眼色,他没有理会,继续讲话:"现在国民政府已经明令陆徵祥拒绝在巴黎和约上签字,因此,这次国民大会上的所有发言一定要注意分寸,决不能出现声讨政府的言辞。"

叶景莘无奈,只好推门进来,同时一个劲地向汪大燮使眼色。汪大燮依然像是没看见,继续侃侃而谈:"还有一点更重要,就是不能出现辱骂威尔逊总统的声音。北京大学的陈独秀和李大钊很不像话,在《每周评论》上公开指责威尔逊总统一文不值,这是不顾大局的行为,不能提倡。我们要把矛头对准日本人和国内的亲日派。"

叶景莘等不及了,高声打断了汪大燮的话:"汪委员长,徐大总统有急事要和您商量,已经等了您很长时间了。"

汪大燮知道肯定有大事,连忙宣布散会。

叶景莘连忙把门关上并锁死,一脸恐慌地说:"不好了,国务院已经密电巴黎专使同意签约了。"

汪大燮一屁股坐到沙发上,目瞪口呆,半晌才说:"这怎么可能?"

叶景莘肯定地说:"电报是林长民的一个老乡亲手发的,他偷偷告诉林长民的,不会有错。"

汪大燮猛地站起来："林长民现在哪里？我要见他。"

叶景莘掏出一张字条："林长民刚刚给徐世昌打了辞职报告，这会儿正在家里生闷气呢，这是他让我带给你的。"

汪大燮赶紧打开字条，上面写着："政府主签，我们当尽己所能反对。"

汪大燮傻了，呆呆地站了半天，喃喃自语道："我也辞职，我也辞职。"说着走到办公桌旁，拿起笔，一挥而就："菊人兄大鉴：政府背信弃义，我不能同流合污，决意去职，不复再见……"

汪大燮将辞呈交给叶景莘："麻烦你帮我转交徐世昌，我回家了。"

叶景莘急了："委员长，这个时候您不能一走了之呀。"

汪大燮不为所动："我得回去好好想想。对了，你赶快想办法联系到巴黎的陆徵祥，让他给我发电报，一有回电你要立马告诉我，我在家里等你的电话，二十四小时全天候地等着。"说完头也没回地走了。

夕阳西下，汪大燮回到寓所。夫人奇怪地问："今天怎么回来这么早呀？"

汪大燮有气无力地说："从今天起我天天在家里陪你。"

尚未更衣，用人急急忙忙来报："叶秘书来电话，说有急事向老爷汇报。"

汪大燮定了定神，自言自语："该来的终归要来的。"

汪大燮拿起电话，那边叶景莘已经泣不成声，断断续续地说："陆徵祥来电了，电文是'请伯棠兄救救我'。"

汪大燮发疯似的对着话筒大声吼叫："徐世昌无耻！段祺瑞无耻！钱能训无能！景莘，你马上再去给陆徵祥发电报，就说，他要我救他，那他就要记住我的话，这个和约坚决不能签。这次他要是签了，可就真的成了中华民族不可饶恕的千古罪人！"

汪大燮放下电话，心潮难平。突然，他高声大叫道："备车，我要去见蔡子民。"

蔡元培在家里后院和夫人手拉手散步，突然心里发慌，这时仆人来报："汪

伯棠不请自到,已进了前院。"

蔡元培慌忙从夫人手中抽出胳膊,对仆人说:"快,客厅请。不,书房请。"又转身对夫人说,"夫人,青岛的大限到了,我说这眼皮怎么跳得这么厉害呢!"

书房里,汪大燮声泪俱下:"子民兄,大事不好了,你得伸手救救我们这个苦难的国家呀。"

蔡元培慌忙扶住汪大燮:"伯棠兄,何以如此?"

"徐世昌、段祺瑞出尔反尔,背信弃义,已于今日电令巴黎专使陆徵祥,同意签订巴黎和约了。"汪大燮伤心欲绝。

蔡元培大惊失色:"陆徵祥签字了吗?"

汪大燮答道:"还没有。刚才他给我发来电报要我救他。子民呀,我救不了他,更救不了山东,现在只能靠你了。"

蔡元培苦笑道:"伯棠兄,您太抬举我了。我一介书生能做什么?"

汪大燮老泪纵横,却声若洪钟:"你能,你蔡子民有北大,北大后面有个中国。四万万中国人要是一条心,青岛就不会丢!"

蔡元培激动了:"我明白了,你这是要用我北大学生的力量去救国呀。"

汪大燮双手抱拳:"子民兄,你执掌北大三年,重塑北大的校魂,讲的不就是天下兴亡、匹夫有责的爱国精神吗?如今国家就要被人给卖了,北大岂能置之不理,作壁上观?"

蔡元培仰天大笑:"哈!哈!不劳伯棠兄点拨,我自有定夺。此时此刻,蔡元培不下地狱,谁下地狱!我知道该怎么做!"

半个时辰之后,东堂子胡同蔡元培寓所客厅里,除胡适外,《新青年》同人编辑都来了,大家神情紧张,不知发生了什么事。

一身长衫的蔡元培从内室走出来:"各位,之所以紧急把大家找来,实在是事之所大、情之所急。刚才我得到确切消息,北洋政府已经电令巴黎专使,同意签订巴黎和约。也就是说,山东移交日本已成定局了。"

李大钊拍案而起："这是公开的卖国行为。蔡公，我们决不能袖手旁观。"

陈独秀拉李大钊坐下："守常，先别激动，听蔡校长说。"

蔡元培一副置之死地而后生的表情："一直以来，我们北大就是爱国的先锋，这次我们当然不能袖手旁观。刚才我对汪大燮说，国难当头，我蔡元培不下地狱，谁下地狱！"

大家都激动地为蔡元培鼓掌。

蔡元培继续说："我之所以第一时间把《新青年》同人编辑找来，是因为北大的爱国精神是在《新青年》和各位的倡导下树立起来的，我相信各位必定是愿意和我一起下地狱的同道。我要和各位商量的是这个地狱我们怎么下，用什么办法来阻止山东的丢失。也就是说，这个时候我们应该做些什么。请大家各抒己见。"

大家你一言我一语，议论纷纷。

蔡元培向大家摆摆手："各位，听听仲甫的意思吧。"

众人的目光都聚集在陈独秀脸上。

陈独秀："这个问题我已经想了很久。显然，光我们几个下地狱是无济于事的。怎么办？守常的一篇文章启发了我，他说俄国的十月革命是庶民的胜利。俄国能行，中国行不行？不知道。俄国的庶民用的是暴力，中国的庶民用民主行不行？我看可以试试。中华民国是人民的国家，现在政府违背民意出卖了国家的主权，怎么办？我说，别无他途，只有让人民站出来直接解决！"

蔡元培："怎么个直接解决？"

陈独秀："最近，我看到了《国际歌》里面的一句歌词——不要说我们一无所有，我们要做天下的主人。好吧，那就让我们北大打个先锋，唤醒天下的民众，争取做一次天下的主人。"

李大钊立即响应："对，我们也要来一次庶民的胜利。"

陈独秀强调说："这一次光靠北大还不行，要把整个北京乃至全国的学生

都动员起来。"

李大钊补充道："邓中夏他们正在筹备北京学生联合会,让他们赶紧动员起来。我看,这次不光是学生,工人、商人、军人各个阶层都要动员起来。"

蔡元培高兴起来："好,这个会开得好。这样吧,各位都是谋士,不宜出头露面,回去写文章,以笔代刀,参加战斗。我去召集北大的学生开会,事不宜迟。庶务长,还有郭心刚,你们赶紧去通知各班班长到食堂集合,说我有重要事情通报。"大家陆续离开。

蔡元培叫住陈独秀和李大钊："仲甫、守常,小站片刻,我有话跟你们说。"

两人站住,蔡元培一边接过夫人递来的帽子,一边说："过去你们二位主张北大要谈论政治,我还有疑虑和保留,现在我总算明白了。这次我豁出去了,就算头破血流也在所不惜。但是仓促行动,难免顾此失彼。二位负责的《每周评论》应该成为这次运动的先锋。创刊时你们确定把评论的重点定在巴黎和会上,我还想不通,现在看来,二位真是高瞻远瞩、深谋远虑。这两天,你们要多写评论,及时出刊。来不及就油印,能每日一刊最好。"

陈独秀很是感动："蔡公,我明白您的用心,您是要保护我俩,让我俩少抛头露面。"

蔡元培解释道："你俩都上了京师警察厅的名单了,出面有危险,而且容易授人以柄,这是一方面。另一方面,这次行动离不开你们的指导。比如刚才仲甫提的'让人民站出来直接解决',这句话就应该成为我们的口号。现在我们要把这个口号喊出去,让大家都行动起来。特别是你俩在青年中有极大的号召力和影响力。我这样说,不知道把意思讲清楚了没有?"

李大钊问："蔡校长,你觉得仲甫说的'让人民站出来直接解决'中的'人民'指的是什么人?"

蔡元培一愣神："这个我现在还没深想。在我的眼里,学生就是人民。段祺瑞最怕的就是学生上街。"

　　李大钊意味深长地说："蔡公，这正是我想提醒您的地方。人民可不光是学生，段祺瑞最怕的也不是学生。"

　　蔡元培诧异道："那你说段祺瑞怕谁？"

　　"民众！工农商学兵都起来抗争，才能迫使反动政府让步。段祺瑞怕的是各行各业的广大民众联合起来与政府做斗争。全中国人都起来了，反动政府的日子就不好过了。"李大钊说得简明通透。

　　蔡元培眨眨眼睛："这个我还真的没想到，我现在只能顾及北大，其他的事情你们去做，我们各司其职吧。"

　　北大西食堂，学生会负责人、各班班长和各个杂志、社团的骨干都来了。

　　邓中夏指挥同学们在食堂中央临时搭了个台子，蔡元培站在上面，慷慨陈词："各位同学，这么晚把大家召集起来，实在是迫不得已。巴黎和会通过了把战败国德国在中国的权益全部移交给日本的不平等条约。现在，北洋政府又致电巴黎中国代表团，要求他们在这个耻辱的条约上签字。这个字一签，山东就成日本的了。同学们，我们能答应吗？"

　　食堂里吼声震天："坚决不能答应！"

　　蔡元培示意大家平静下来："同学们，三年前我来到北大，在就职演讲中就说过，我们北大的学生，不是为了做官，不是为了发财，而是要为国家出力的，我们要成为国家的栋梁之材。爱国是我们北大的校魂。同学们，现在国家到了存亡绝续的关键时刻，我们北京大学要挺身而出，做挽救国家的先锋。我们要唤起民众，迫使政府拒签巴黎和约，捍卫国家的主权。同学们，你们有没有这个勇气和力量？"

　　食堂里再次爆发出惊天动地的怒吼声："有！"

　　爱国家，是中华民族五千年文明的传统。爱国是一种精神，更是一种行为。当精神演变成行为时，爱国就成为一种力量。这力量巨大无边，能惊天地，能泣鬼神，能扭转乾坤！上下五千年，中国之所以能够成为世界上唯一没

有中断历史文明的国家,盖源于我们有爱国的传统。爱国,是生生不息地长在中国人心里的不断的根、不灭的魂!

三

四九城一片漆黑,夜色像一个巨大的铁笼,罩在苍茫的大地上,唯有北京大学灯火通明。

这一夜,北大无眠!

西食堂会议散后,李大钊就在红楼一楼东头图书馆主任办公室召集平民教育讲演团骨干开会,布置接下来的任务。

赵世炎急匆匆跑进来对李大钊说:"李先生,我把葛师傅和长辛店的工人接来了。"

李大钊对罗章龙说:"你和琴生去把长辛店的工人师傅安顿一下,我马上就过来。"

郭心刚、刘海威的宿舍里聚集了十几位山东籍北大学生,大家个个义愤填膺。郭心刚从挎包里掏出高君曼给他做背心的那块白缎子,怒目圆睁,咬破手指,一笔一画地写下四个大字:还我青岛! 血兀自往下滴,同学们全都禁不住抱头痛哭。

同学们簇拥着郭心刚,高举血书来到红楼北门,把它悬挂在门前的白玉兰树上。几百名同学聚在一起,情绪高涨。

一位记者在告示栏上贴出一张大海报,然后登上高处大声喊道:"同学们,国民外交协会已向全国发出通电,这是电文,请大家安静,我给你们念念。"

分送各省商会、省议会、教育会,暨各团体、各报馆,上海、汉口商会、各报馆、各团体共鉴:巴黎和会关于山东问题,消息极紧。查日本所借口之民国四年五月二十一之约,系以武力胁迫。又民国七年九月关系胶济铁路之换文，顺济、高徐铁路之草约，并非正式签订，我国民绝不认为有效。本会定于本月七日即"二十一条"签字之国耻日之前，在北京中央公园开国民大会，正式宣言并要求政府训令巴黎专使，如不能争回国权，宁退出和会，不得签字。望各地、各团体同日开会，以示举国一致。

北京国民外交协会

众人用力鼓掌。

郭心刚站出来大声说："同学们，我们不能等到 5 月 7 号，到那时政府已经签字，木已成舟，就无济于事了。我们要立即行动起来，上街游行示威，要求政府拒签巴黎和约。"

刘海威领头高呼："上街游行，抗议政府卖国！还我青岛！打倒卖国贼！"

一时间，吼声震天，红楼前成了愤怒的海洋。

邓中夏登台向大家喊道："同学们，我们北京学联筹备处已经决定，定于今天晚上 9 时在北大三院召开大会，商量联合行动事宜。大家赶快行动起来，做好大游行的准备吧。"

傅斯年接着宣布："同学们，学校已经拨出专款购买纸张和旗帜。请同学们赶紧以班级为单位，赶制游行用的小旗和各种标语、横幅！"

当晚 9 时，北大和北京其他十二所学校一千多人聚集在北大三院礼堂，召开大游行准备会。原定的议程是先由许德珩受筹备组委托向大家报告北京国民外交协会拟于 5 月 7 日在北京中央公园召开的国民大会的筹备情况。现在情况有变，这个议程取消了。邓中夏宣布："同学们，根据北大郭心刚等同学的提议，北京各学校联合会筹备组正式建议，北京各个学校应提前于 5 月 4 日在天安门举行爱国大游行，请举手表决！"全场学生纷纷举起拳头，会场上像是突然长出了一大片森林。

这时,刘仁静突然拿起一把菜刀冲上主席台。他跪在地上,脱掉上衣,大声叫道:"还表决什么,如果再不上街,我就要以死明志,激励民众。"邓中夏等人连忙扑上去夺下刘仁静的菜刀,将他拖开。

刘海威等人高喊:"无须表决,全体通过。"

雷鸣般的掌声久久不息。

邓中夏宣布:"表决通过,请傅斯年同学宣读决议。"

傅斯年高声宣读:"北京各学校联合会决议:一、联合各界一致奋起力争;二、原定5月7日的国耻日游行,提前于5月4日举行,各校齐集天安门举行爱国大示威;三、通电巴黎专使,拒绝签字;四、通电各省,5月7日统一举行爱国示威游行。"场内再次爆发出雷鸣般的掌声。

郭心刚跑上主席台,大声喊道:"我还有一个动议,明天大游行,我们要向政府提出要求,必须惩治曹汝霖、章宗祥、陆宗舆三个卖国贼。我们给他们做了白旗,明天游行后就把白旗送到他们家里去,让他们遗臭万年。"

郭心刚的话赢得了一片叫好声。

邓中夏:"刚才我们学联筹备组的同学商量,请北京大学文科的许德珩和罗家伦为明天的游行请愿各写一份文言文和白话文的宣言书。同时,大家公推傅斯年同学为明天大游行的总指挥,罗家伦等十位同学为明天请愿的总代表。另外,明天大游行的路线图已经张贴在礼堂外的大门口,请各学校派人去抄一下。现在各学校回去布置明天的大游行活动。"

散会了,郭心刚和刘海威走到礼堂门口,发现张丰载的小兄弟、法科四年级学生刘一品在抄写刚刚贴出的北京学联决议和游行路线图,便走了过去。

刘海威拍了拍刘一品的肩膀:"这太阳打西边出来了,著名的亲日派学痞刘一品居然也对爱国运动感兴趣了?"

刘一品吓了一跳,转身见是刘海威和郭心刚,故作镇定:"怎么啦,就你们能爱国我不能爱国?我不能来吗?"

刘海威鄙夷地看着刘一品："就你这德行还爱国,是给日本人收集情报的吧?"

刘一品涨红了脸:"你不要血口喷人。"

刘海威眼睛里射出怒火:"我血口喷人! 上次是不是你和张丰载向警察告的密? 这笔账我还没找你算呢。"

刘一品虚张声势道:"你一山东佬有什么能耐找我算账,不服的话,哪天咱们找个地方练练!"

刘海威一把抓住刘一品的胳膊:"来,现在我就和你练练。"

郭心刚赶紧上来抱住刘海威并强行把他拉开:"海威,你缺心眼啊! 都什么时候了,还有心思打架!"

刘海威气愤不已:"我看到这帮京痞子就压不住火。北大怎么会出这样的败类!"

刘一品知道不是人高马大的刘海威的对手,乘机溜掉了。

郭心刚和刘海威走到北大门口,看见白兰站在路灯下张望,赶紧跑过去:"兰子,你怎么在这里站着?"

白兰嗔怪道:"你说呢? 等你呀。"

郭心刚急道:"我不是跟你说了吗? 这两天学校里事情太多,咱们就暂时不见面了。"

白兰笑道:"谁要和你见面了? 你忘了,仲甫先生不是说好要我们今天晚些时候去他那儿拿稿子送印刷厂的吗? 明天一早《每周评论》要出刊的。"

郭心刚一拍脑袋:"哎呀,我把这事忘得死死的,差点误了大事。"

刘海威和白兰打招呼:"你俩有正事,我就不在这儿当电灯泡了。我得赶紧去教室写标语。刚子,晚上我不回宿舍,估计要忙活一夜了。"

郭心刚:"我把这边事情办完了就去教室找你。"

刘海威:"你还是好好陪陪白兰吧。"

刘海威走了。白兰挽住郭心刚的胳膊说："仲甫先生要我们 11 点半以后去他家取稿子，现在还早，我们去护城河那边走走吧。"郭心刚有点犹豫，想了想，还是点了点头。

月色朦胧，路上来来往往的学生很多。郭心刚拉着白兰紧走几步，来到护城河边。

白兰问："刚子，陈师母给的那块白缎子是不是被你拿走了？"

郭心刚答道："对不起，忘了告诉你了，我拿去有用了。"

白兰追问："你拿它干什么？"

郭心刚犹豫了一下，说："兰子，我用那块白缎子写了血书'还我青岛'，现在正挂在红楼门口，明天大游行要拿到天安门去。"

白兰大吃一惊："血书？你用的什么血？"

郭心刚安慰道："别担心，我咬破手指写的，不碍事的。"

白兰捧起郭心刚的手，眼泪不住地往下流。郭心刚把白兰揽在怀里，柔声说："就一点点血，没关系的。"

白兰颤抖着说："刚子，最近我很害怕，每天都提心吊胆的。"

郭心刚拍拍白兰："那天你不还说我们的好日子快来了吗？怕什么！"

白兰心里满是忧愁："自从巴黎那边出事后，你就像变了一个人，我整天也见不到你。刚子，你到底是怎么啦？"

郭心刚紧紧抱住白兰，泪流满面："兰子，我得跟你说实话，巴黎和会对我的打击太大了。本来我打算过几个月毕业了就和你一起回胶州湾老家给我爹烧香磕头，告诉他老人家，德国被打败了，青岛收回来了，他老人家可以闭上眼睛了。你知道，这可是萦绕在我心头十几年的一大心病。没想到，眼看快要实现的梦想瞬间就破灭了，我真的没法接受。不瞒你说，我想过去死，想过去找曹汝霖这些卖国贼拼命。那天我在这河边坐了一宿，甚至想过干脆一头扎进护城河里一了百了。可是想来想去我还是不甘心，也舍不得你。"

白兰哭出声来："刚子,你不能这样钻牛角尖。这是国家的事情,不是你个人力所能及的,你忍心丢下我一个人吗?"

郭心刚昂首看看天空,缓缓地说："仲甫先生、守常先生的一席话点醒了我。天下兴亡,匹夫有责,何况我郭心刚还是北大学子。我要像我父亲一样,敢于在国家遇到危难的时候挺身而出,尽自己的一份力量,而不是做一个患得患失的懦夫。只要我尽力了,努力去争取了,即便没有成功,我也不会愧对我的父亲。所以,这些天来,我全身心投入北大的各项活动,忘掉了自己,也忽略了你的感受。兰子,请你理解我。"

白兰掏出手绢擦去郭心刚脸上的泪水："刚子,你爱国,我当然不会拖你的后腿。我只是担心你,你老是咳嗽,有时痰里还带血,太累了会受不了的。"

郭心刚故作轻松地笑笑,说："不会的。你看我现在浑身有使不完的劲。兰子,我想好了,等这件事过去了,我们就结婚。我带你回老家烧香祭祖,然后好好地过我们的小日子。"

两个人紧紧地抱在一起。

当天夜里,张长礼、张丰载和刘一品来到京师警察厅吴炳湘的办公室。吴炳湘对张长礼拱手致礼道："这么晚了,张议员定是有要事吧?"

张长礼答道："炳湘兄,我是无事不登三宝殿。来,我给你介绍一下,这是我侄子张丰载。"

吴炳湘略一点头："久闻大名。听说你被北大开除了,有不少人在为你鸣冤叫屈呢。张议员向我推荐过你,说你才华出众,还兼着好几家报社的记者。你要是愿意,可以到高等警官学校去当个教员,有兴趣没有?"

张丰载答道："谢吴总监栽培。不过学生今天来是为了另一件更紧要的事情。"

吴炳湘有点好奇："什么事情?你说。"

张丰载把刘一品拉到身前："这位刘一品先生是北京大学法科学生,他有重要情报向您报告。北京大学和其他多个学校已经串联起来,决定明天举行大游行。"

吴炳湘点点头："这个情况我已经知道,我们正在调配警力。你们有什么更具体的情报吗?"

刘一品向吴炳湘呈上一张纸条："这是他们刚刚通过的决议和明天的游行路线图,请吴总监过目。"

吴炳湘很快看完了纸条,说:"嗯,这个情况很重要。"

第二十三章

扭转乾坤的一天

一

1919年5月4日,是中国近代史上一个特别的日子。下午1时,太阳冲破云层,强烈地照射大地。近千名北大学子聚集在红楼北操场,他们挥舞着各种各样的旗帜,列成几个整齐的方阵,蔚为壮观。站在队伍最前面的是邓中夏、郭心刚、刘海威、张国焘、许德珩、罗章龙、刘仁静、罗家伦、何孟雄等活动积极分子。

游行总指挥傅斯年站在台上大声宣布:"同学们,今天我们举行大游行,各个学校的队伍将在天安门会合,我们将在那里举行一个短暂的集会,然后开始游行,路线是从天安门到东交民巷美、英、法、意四国使馆,由昨晚公推的罗家伦等代表向上述使馆递交说帖,然后游行队伍向崇文门大街进发。这次大游行的口号是'外争主权、内惩国贼'。同时,我们还印刷了文言文和白话文两种不同版本的《北京学界全体宣言》,供游行队伍向沿途群众散发。现在我们出发!"

突然有人高喊道:"且慢,我有话说。"只见教育部的几个官员匆匆走来,身后还跟着十几个荷枪实弹的警察。

教育部李司长和警察头目大步走到队伍前面。

"同学们,我受教育部傅增湘总长的委托来看望大家。"李司长高声说道,

"今天上午,徐世昌大总统亲自给傅总长打来电话,明令禁止学生上街游行,以免扰乱社会治安。为此,京师警察厅专门调集警力来北京大学维持秩序。现在,我已经派人去请蔡元培校长了,请同学们稍等片刻,等蔡校长来了之后再做定夺。"

学生们开始骚动起来。

此时,蔡元培正透过红楼四层北面一间小教室的窗户静静地注视着人声鼎沸的北操场,陪伴他的只有新上任的北大教务长马寅初一人。

楼道里,庶务长东张西望,确认没人跟踪后悄悄上了四楼。庶务长刚进教室,马寅初赶紧把门锁死。蔡元培急切地问:"怎么来了这么多警察?他们要干什么?"

庶务长神色紧张地告诉蔡元培,来的都是京师警察厅的,警察带枪到学校来这还是头一回,李司长让蔡元培去劝阻学生。

"我现在不能露面,我一下去游行就黄了。"蔡元培叮嘱庶务长,"你去告诉姓李的,就说我一大早带太太去门头沟了。我就在这上头观察下面的动静,不到非常危急的时候我不下去。"

庶务长匆匆来到李司长面前,告诉他蔡校长一大早就陪夫人去门头沟了。

李司长急了:"那怎么办?大总统明令禁止北大学生上街游行,你去劝劝他们吧。"

庶务长做出十分为难的样子:"李司长,学生的事情不归我管,我去劝他们也不会听。再说,今天是星期天,学校也无权干涉学生的行动自由。对不起,我告辞了。"说完转身走了。

李司长望着警察头目说:"蔡校长不在,兄弟我也无能为力了。"

警察头目生气了,对跟来的警察命令道:"把大门关上,一个也不许离开。"

邓中夏、张国焘、罗家伦等上前和警察头目理论。警察头目只能喋喋不休地解释这是上峰的旨意,他也是奉命行事,难以抗命。双方争论不休,操场上的学生开始骚动起来。

这时,在外面打探消息的刘海威跑进来大声喊道:"同学们,各个学校的队伍都已经向天安门进发了。"

同学们一听这话,纷纷拥向学校东门。

邓中夏、张国焘、罗家伦还在和警察理论。这时,外面传来清晰的口号声。刘海威再次大呼道:"高等师范学校的队伍快到天安门了,我们不能再等了!"

同学们按捺不住了。郭心刚带着几个山东同学猛地拉开大铁门,高呼:"同学们,我们走啊!"

傅斯年站在高台上振臂大呼:"同学们,冲啊!"

学生们像潮水一样冲向校门,警察们被挤得东倒西歪。

白兰一把拉住郭心刚,大呼:"刚子,小心点。"

郭心刚使劲挣脱白兰,回头说了一句:"别担心,等着我。"说着便高举起那幅"还我青岛"血书冲向前去。

北大游行队伍冲出校门后,在西河沿大街拐弯处重新集结。郭心刚的血书"还我青岛"被队伍高举着,血书前有一条类似挽联的黑底白字横幅,上面写着:

> 卖国贼曹汝霖、陆宗舆、章宗祥遗臭千古
> 卖国求荣,早知曹瞒遗种碑无字
> 倾心媚外,不期章惇余孽死有头
>
> 北京学界泪挽

总指挥傅斯年走在队伍最前列,邓中夏紧随其后。一千多名学生,个个手持小旗,打出的标语有"中国被宣判死刑了""拒绝签字巴黎和约""中国是中国人的中国""国民应当判决国贼的命运"等。

四面八方的游行队伍向天安门进发,沿途吸引了众多的北京市民。许多群众自发站在街上倾听学生们的口号,感动得泪眼蒙眬,有的市民还加入了游行队伍。许多外国人前来围观,不少人向学生脱帽致意。童子军和小学生也加入了游行队伍,替大学生们分发传单。沿途还有不少老百姓端着茶水、黄瓜等慰问学生。

天安门城楼前的两座华表下面已经聚满了游行的学生。十几所学校的旗帜集中到了一起,再加上各种各样的横幅、标语牌,看着让人心潮翻滚。同学们大声喊着口号,情绪非常激动。

当北大游行队伍到达天安门时,广场上响起了震耳欲聋的欢呼声。

天安门城楼前,几千面小旗、几百个标语牌、几十条横幅舞动不止。郭心刚的血书"还我青岛"被挂在天安门前华表上。邓中夏、赵世炎、郭心刚等人领着同学们喊口号,几千人跟着高喊,声浪此起彼伏。郭心刚脸憋得通红,不时蹲下身子捂着胸口。刘海威走过来问:"你怎么啦?"郭心刚摆摆手:"没事,我是太兴奋了。"

总指挥傅斯年站在华表旁一张方桌上大声宣布:"北京十三所学校反对巴黎和约游行集会现在开始! 今天的集会有两项议程,一是到东交民巷各国使馆游行示威,二是向政府请愿,要求惩办卖国贼曹汝霖、章宗祥、陆宗舆。"

大家高呼口号表示响应。

傅斯年宣布:"请罗家伦宣读宣言。"

罗家伦身穿长衫,站在方桌上高声宣读:

北京学界全体宣言

日本在巴黎和会要求吞并青岛,接管德国在山东一切权益。中国面临被瓜分的危险,中华民族岌岌可危! 我们北京各学校今天举行抗议游行,到使馆区要求各国出来维持公理,务望全国工商各界联合起来,救亡图存,外争主权,内除国贼。中国存亡,在此一举!今与全国同胞共立誓言:中国的土地可以征服不可以断送,中国的人们可以杀戮不可以低头!

众人齐声高喊:"好!"

郭心刚满脸通红地爬上方桌,声音已经沙哑,但还是拼命大喊:"同学们,我代表青岛同胞说几句话。恳请中国学界、商界、工界、军界及社会各界一致行动起来,决不允许政府签订巴黎和约,坚决要求政府严惩卖国贼曹汝霖、陆宗舆、章宗祥,决不能让美丽的青岛落入日本之手!"

三千学生,数千群众,天安门前沸腾了。

吴炳湘带着上百名警察、步军统领李长泰带着几十名全副武装的步兵跑步赶到了天安门前,邓中夏、张国焘等带领的学生纠察队把他们挡住了。

看着现场数千学生和围观群众,吴炳湘不敢贸然行动,只能拿随行的教育部李司长出气。他抓住李司长大吼道:"你去把学生的头给我找来,我要给他们传达大总统的命令。"

李司长忙不迭地向邓中夏耳语,邓中夏和张国焘等人商量后说:"警察和军人不能进场,你和吴总监、李统领可以来和我们交涉。"吴炳湘无奈,只得答应邓中夏的要求。

邓中夏将吴炳湘一行带到华表下,同学们很快将他们团团围住。李长泰是个大老粗,这时候还是一副耀武扬威的样子:"我奉大总统之命来向你们宣布,是学生就要好好读书,不要干涉国家大事,更不能扰乱社会秩序。你们的队伍若是现在解散,政府对你们的过激行动将不予追究。否则——"

李长泰话未说完,郭心刚就领头高呼道:"中国人可以杀戮不可以低头!打倒卖国贼!"

顿时,广场上吼声震天。

李司长赶紧上前作揖:"各位同学,现在你们游行也游了,宣言也读了,政府也知道大家的意愿了,撤了吧?"

傅斯年给他递过一份议程表:"我们的集会才刚刚开始,现在要去东交民巷使馆区游行请愿。"

李司长为难地说:"你们事先未发通知,恐不能在使馆区游行。我奉教育部命令来此与大家沟通,希望大家体谅傅增湘总长的苦衷,尽快解散队伍。诸位有什么事情,可以派代表到教育部商谈。你们看是否可行?"

邓中夏断然拒绝:"今天是星期天,我们学生出来表达对国家的关心,天经地义,并不违反教育部的规定,没有必要去和教育部协商。"

刘海威知道李司长是山东人,故意问道:"请问这位大人您是哪里人呀?"

李司长:"敝人是山东的。"

刘海威讥讽道:"我看你不是山东人,好像是日本人吧。"

李司长面红耳赤,不敢作答。

吴炳湘见阻止不了学生,便对傅斯年等人说:"这样吧,各位帮我个忙,我和大家说两句,说完我们就走。"

傅斯年、罗家伦、邓中夏、许德珩等人商量后同意了。刘海威扶着肥胖的吴炳湘爬上方桌,因为太重,方桌被吴炳湘压得吱吱作响。吴炳湘死死抓住刘海威的肩膀,不敢直起腰杆,只好弓着身子大声说:"各位同学,我是京师警察厅总监吴炳湘,奉徐世昌大总统的命令来看望大家。既然大家执意要去东交民巷,我愿意帮各位疏通。不过我有一言奉告,这东交民巷是外国人活动的地界,那里有特别的治安条例,这是国际惯例。所以,恳请各位一定谨慎行事,千万不要引出国际纠纷。另外,今天天气很热,各位同学一定要注意身体,千万不要热倒了。我给各位同学保驾护航,好不好?"

有人大喊道:"我们不要警察,我们要自由!"

吴炳湘本能地一跺脚,桌子塌了,他那肥胖的身体重重地摔在地上,学生们发出一阵哄笑。

傅斯年大声宣布："各校列队,向东交民巷进发!"

东交民巷西口围起了铁栅栏,使馆区的巡捕一字排开,与游行队伍对峙着。傅斯年、邓中夏上前交涉,巡捕统领声称已经接到指令,没有中华民国大总统的同意,游行队伍不得进入使馆区。学生代表召开紧急会议商量对策,有人主张硬冲,有人主张谈判,最后决定派傅斯年先与巡捕交涉。

傅斯年对巡捕统领说："游行队伍只是要向美、英、法、意四国使馆递交说帖,并无冲击使馆意图,而且,京师警察厅总监吴炳湘在天安门前答应让游行队伍进入使馆区,你们可以和吴炳湘联系。"

巡捕答应打电话与总统府、京师警察厅联系,如果吴炳湘表示同意,游行队伍可以从使馆区通过。

傅斯年向各校负责人传达了巡捕统领的意思,游行队伍只好停下来等待。

烈日下,几千人的队伍等候了一个多小时,巡捕房那边仍然没有动静,许多学生都不耐烦了。

市民们自发地给学生们送来茶水。

此时,郭心刚的脸色已由满脸通红变成了惨白。赵世炎看到郭心刚脸色不对,忙把他拉到阴凉处坐下,递给他几个煮鸡蛋,并劝他先回去休息。郭心刚没好气地说："家都快没了,还管身体干什么!"

这时,赵世炎拿着几张画像走过来,郭心刚好奇地问："这画的是谁呀?"

赵世炎答道："这是北京高师的几个同学昨晚为曹汝霖、陆宗舆和章宗祥画的像,他们准备这边结束后立即找他们算账去。"

郭心刚高兴地点点头："还是高师的同学想得周到。"

二

中南海居仁堂,徐世昌正在宴请从日本归国的驻日大使章宗祥,钱能训、

曹汝霖、陆宗舆等作陪。

吴炳湘匆匆进来在徐世昌耳边小声报告:"学生游行队伍已经到达东交民巷,被巡捕拦住了。"

徐世昌问:"今天出动的学生到底有多少?"

吴炳湘答:"有说三千,有说五千,总在三千到五千之间吧。"

徐世昌又问:"学生们有什么过激行为没有?"

吴炳湘回答:"据我观察,相当守规矩。现在被拦在东交民巷西口已经一个多小时了,还是比较安静。"

徐世昌悬着的心落下了,问:"这些娃娃到底要干什么?"

吴炳湘答:"据我观察,他们想给美国、英国、法国和意大利使馆送说帖,仅此而已。"

徐世昌如释重负:"既然这样,就让他们送吧。让他们派代表去送,送完了就让他们回学校去。让教育部马上发个通知,各个学校周一必须上课,无故旷课的一律取消学籍。"吴炳湘点头称是,退了出去。

打发了吴炳湘,徐世昌端起酒杯对章宗祥说:"仲和,失礼了。来,我敬你一杯。这些日子你辛苦了。"

章宗祥连忙起身:"谢大总统。辛苦不怕,背着骂名,可是憋屈得很啊。"

一旁的曹汝霖马上说:"你躲在日本,听不到,看不到,憋屈什么! 我和润生如今可是人人得而诛之的大卖国贼。今天一大早我就听到街上喊口号,要打倒卖国贼曹汝霖。我老父亲本来想今天去六国饭店理发的,听到这口号被吓得没敢出门。"

徐世昌端起酒杯:"来,来,这杯酒算是给三位压惊了。"

一饮而尽后,曹汝霖问:"大总统,这学生闹事,政府打算怎么处理?"

徐世昌沉吟片刻,答道:"步军统领李长泰主张来硬的,派部队看管学校。警察总监吴炳湘认为学生只是一时激愤,闹完了就完了,主张先礼后兵,以柔克刚。我们的钱大总理也赞成吴炳湘的意见。"

曹汝霖接着问："大总统是何主张？"

徐世昌拍拍椅子扶手："现在的事情千头万绪，对付南方政府是头等大事。相比之下，几个学生应该兴不起什么大浪，得过且过吧。"

曹汝霖有些心虚地说："大总统，我看恐怕没有那么简单。这次学潮来势汹汹，幕后必有高人指点，万万不可掉以轻心。"

徐世昌摆摆手："润田多虑了。几千赤手空拳的学生能有什么作为？你也太小看我北洋政府了吧？来，你和钱总理喝一杯，他会庇护你的。"

钱能训举杯："润田兄说得不错，小心驶得万年船。现在游行学生正在高呼惩办卖国贼曹汝霖、章宗祥、陆宗舆，我看你们今天就暂留总统府，不要回家了。"

曹汝霖一饮而尽："家要回，有你钱总理保驾，我怕什么？"

东交民巷西口，游行队伍仍在等待警察厅的回复。

两个小时过去了，巡捕统领才慢悠悠地走来告诉傅斯年，因为是星期天，总统府没有管事的，所以游行队伍不能通行。经京师警察厅吴炳湘总监协调，可以派代表去美、英、法、意四国使馆送说帖，游行队伍还在原地坐等。

各校负责人一起商量，决定委派罗家伦、许德珩、张国焘、赵世炎等人为代表，分别去美、英、法、意四国使馆递交说帖。

罗家伦等人来到美国使馆，一名使馆官员出来接待，态度很和蔼，也很有礼貌，但是他说美国驻华大使芮恩施一早就出去旅游了。罗家伦没办法，只好拿出事先准备好的说帖交给他。那官员接过说帖，只见上面写着：

大美国驻华公使阁下：

吾人闻和平会议传来消息，关于吾中国与日本国关于山东问题之处置，有甚悖和平正谊者，谨以最真挚最诚恳之意，陈辞于阁下：一

九一五年五月七日"二十一条"中日协定,乃日本乘大战之际,以武力胁迫我政府强制而成者,吾中国国民誓不承认之。青岛及山东一切德国以暴力掠去,而吾人之所日思取还者,吾人以对德宣战故,断不承认日本或其他任何国继承之。如不直接交还中国,则东亚和平与世界永久和平,终不能得确切之保证。煌煌宣言,及威尔逊总统几次演说,吾人对之表无上之亲爱与感戴。贵国为维持正义人道及世界永久和平而战。吾国与贵国抱同一主义而战,故不得不望贵国之援助。吾人念贵我两国素敦睦谊,为此直率陈词,请求贵公使转达此意于贵国政府,于和平会议予吾中国以同情之援助。谨祝世界永久和平万岁!

北京专门以上学校学生一万一千五百人谨具

中华民国八年五月四日

张国焘、许德珩、赵世炎分别向英国、法国和意大利驻华使馆递交了说帖,内容与向美国使馆递交的大致相同,但这三国使馆人员和美国使馆一样,均声称该国公使有事外出,说帖将待公使回来后转交。

四个人回来刚把情况报告完毕,有人立即高喊道:"天下竟有这样奇巧的事吗?这一定是四国使馆事先得到密报,串通好了愚弄我们!"

此言一出,全场哗然。两个小时就等来这样的结果,学生们愤怒了,队伍开始向东交民巷里面涌动。

吴炳湘、李长泰指挥警察和军队将东交民巷入口堵住,和游行队伍形成相持之势。围观的人群被警察驱散了。大家倍感屈辱,郭心刚忍不住号啕大哭起来。

这时,北京高等师范学校队伍里有人高喊:"据可靠消息,曹汝霖、章宗祥和陆宗舆在中南海参加过徐世昌大总统的宴会,现在已经回到家里。"

学生们义愤填膺:"到外交部去,到曹汝霖家里去!"

郭心刚举起血书高喊:"同学们,跟着我,向赵家楼前进!"

总指挥傅斯年刚想劝阻,队伍已经出发了。浩浩荡荡的游行队伍拥出东交民巷,调头向北,沿户部街、东长安街、东单牌楼和石大人胡同,经米市大街北行,喊着口号,直奔赵家楼。

三

赵家楼位于北京东长安街北面,原是明代大学士赵贞吉的宅邸,因后花园假山上的凉亭似楼,故名赵家楼。曹汝霖搬到这里后,又稍加整修,现在的赵家楼有五十多个房间,分东西两院。西面是中式楼房,曹汝霖自住,东面是西式平房,曹汝霖的父亲曹成达住在这里。

曹汝霖刚到家里,章宗祥和日本记者中江丑吉就跟来了。二楼客厅里,三个人正围着一张茶桌品茶。仆人慌慌张张来报:"老爷,游行学生可能奔这里来了。"

曹汝霖大惊失色,一时不知如何是好。中江丑吉提醒道:"赶快打电话,请求政府给予保护。"

曹汝霖连忙给钱能训打电话,请求保护。章宗祥已经不敢出声。警察总监吴炳湘接到钱能训的指令,立即派两百名警察火速赶往赵家楼,一百五十人在胡同口列队,五十人进入院内。

警察头目对曹汝霖和章宗祥说:"二位放心,几个书生不会采取什么暴力行动。他们在东交民巷几个小时,也就是喊喊口号而已。"

曹汝霖还是心虚:"我的老父亲也住在这里,年岁大了,你们务必要阻止学生入内,保证他不受惊吓。"

警察头目把胸脯拍得山响:"总长放心,一切交给兄弟我了。"

游行队伍来到赵家楼胡同西口,只见军警林立,胡同口也被铁丝网拦住

了。学生们停在胡同口高呼:"卖国贼曹汝霖快出来谢罪!"

手持警棍的军警和游行队伍发生了冲突。邓中夏、许德珩等人上前与军警头目交涉,希望他能够允许学生队伍进入胡同向曹汝霖示威,以此警告他不得卖国。军警头目表示很理解学生的爱国热情,但进入曹宅须经吴炳湘同意。

这时游行队伍发生了意见分歧。因为到赵家楼来是临时决定,有不少同学在东交民巷撤离时就自动返校了,到赵家楼来的学生已不到两千。有的学校主张今天的行动告一段落,有的学校主张不达目的不能休兵。

总指挥傅斯年说:"各位,现在已近黄昏,同学们都累了,我们的目的虽然没有完全达到,但原定任务已基本完成。到曹汝霖家示威是临时决定的,现在既然已经到了,也示威了,就可以结束了。"

罗家伦表示同意:"我看我们的目的已经达到了。大家在这里喊喊口号,把白旗扔给曹汝霖,也算是对他卖国行径的惩戒。"

北京高等师范学校的同学不同意:"我们好不容易摸清赵家楼的情况,现在既然已经来了,又把曹汝霖堵在了家里,就必须见到他,不然我们来干什么?"

郭心刚强烈反对傅斯年的意见:"我认为傅斯年这个总指挥太软弱。你口口声声高喊打倒卖国贼曹汝霖,可是现在到了曹汝霖家门口又要撤退,请问你是什么居心?"

傅斯年被噎住了,半天说不出话来。

许德珩同意郭心刚的意见,说:"我们既然来了,就不能打退堂鼓,今天要是见不到卖国贼曹汝霖,不能当面斥责他的卖国行径,决不能罢休。"

张国焘见大家争执不下,便说:"我看这样,既然是警告,那么我们就不要硬闯。我建议大家到曹宅门口示威、喊口号、扔白旗,然后回校再做商量。"

多数人同意张国焘的意见。

警察头目正在曹汝霖家的客厅给吴炳湘打电话,转达学生的要求。

听了警察的报告,吴炳湘说:"徐大总统希望不要闹出大事来,如果学生确实没有进入曹家的企图,可以让他们分批进入赵家楼胡同,但决不能让学生闯进曹宅,一定要确保曹汝霖等人的安全。"

警察头目拿着话筒连连称是,接着把话筒递给了身旁的曹汝霖。

曹汝霖接过话筒,说道:"吴总监请讲。"

吴炳湘:"润田兄,实在对不起,只能让你委屈了。让学生在你家门口喊几句口号,你看如何呀?"

"一切听吴总监安排。只要能让学生尽快离开,怎么样都行。"说完,曹汝霖无奈地放下话筒,一屁股坐在椅子上。

警察头目匆匆跑到胡同口,对傅斯年等人说:"各位同学,大总统十分同情和理解你们的心情。既然同学们一定要到曹宅前示威,那么大家可以分批进入胡同。为避免发生事故,每批两百人,时间不得超过十分钟。"

十多位学生代表商量后,表示同意警察意见。傅斯年高声宣布:"同学们,警察已经同意大家分批进入赵家楼胡同示威,希望大家遵守秩序,服从指挥。"

学生们欢呼起来,有人开始拥入胡同。

傅斯年急忙大呼:"同学们,不要挤,不要挤!胡同较窄,容纳不下那么多人,路远的和疲劳的同学可以回校了。"

傅斯年讲话的时候,郭心刚已经领着学生冲进胡同了。大家一拥而上,警察头目紧张得连声大叫,但已经无济于事。傅斯年、罗家伦、邓中夏等学生领袖被隔在队伍后面,眼看着场面即将失控,焦急万分。

曹家大门紧闭,许德珩领着学生在曹宅门口喊口号。许多同学把手中的旗帜扔进院子。

北京高等师范学校的几个学生领着郭心刚、刘海威等情绪激动的山东籍学生在曹宅四周绕行,试图找到进院的途径。

警察头目好不容易挤了进来,撕破的衣服上挂着一颗纽扣,帽子也没了,一脸狼狈。他不停地朝学生们拱手,同时气喘吁吁地说:"大家目的已经达到,请回吧,请回吧。"

这时傅斯年挤了进来,扯着嗓子大喊:"同学们,外面已有不少同学被挤伤,大家尽快散了吧。"

郭心刚跟着北京高等师范学校的同学围着院墙找了一圈,一无所获。一个学生试图徒手爬墙,但围墙太高,爬了几次都失败了。旁边有个大个子学生双手把那个同学举上围墙,那个同学纵身跳了下去。

院子里有不少军警,跳进院子的同学大声喊道:"是中国人就不要拦我。"军警们不知所措,只能眼睁睁地看着他走向大门。

曹宅门前的学生正要散去,大门突然开了。跳进去的同学打开大门高呼:"同学们,痛打曹汝霖呀!"大家一哄而上,冲进了院子。

警察头目大惊失色:"这下完了!"

四

曹宅西院二楼,曹汝霖、章宗祥和中江丑吉正在商量对策,仆人慌忙走来,疾呼道:"学生冲进来了,学生冲进来了!"

曹、章大惊失色。曹汝霖对仆人说:"你快领章大人和中江先生去地下锅炉房躲避一下。"说完,自己打开衣柜钻了进去。

章宗祥和中江丑吉跟着仆人躲进黑暗的锅炉房里,章宗祥吓得直哆嗦。中江丑吉因为有求于章宗祥,就给他壮胆说:"章大人不必紧张,凭我直觉,他们一时半会找不到这儿。来,咱俩换个衣服,他们是来找曹总长的,不会为难日本人,你穿上我的衣服,即使被发现也没事。"

章宗祥慌乱地换上中江丑吉的和服。中江丑吉安慰道:"别怕,我在门口给你望风。"

在北京高等师范学校同学的引导下，郭心刚和刘海威领着一个小队冲进内院东厢房。事出突然，警察们没有接到指令，都站在那里，一动也不敢动。曹汝霖的父亲吓得浑身直打哆嗦。

郭心刚喝问道："你是何人？"

曹父说不出话来。一个仆人战战兢兢地说："这是曹老太爷，吃斋念佛的人。"听说是曹汝霖的父亲，北京高等师范学校的同学举手要打，被郭心刚拦住。

郭心刚对曹父说："你是卖国贼的父亲，你生的儿子出卖国家，是不肖之子。但念你年事已高，今天先放过你，你快走吧！"曹父随即被军警送走。

学生们冲进内屋，只见一个小孩在独自玩耍。突然冲进这么多陌生面孔，小孩吓得哇哇大哭。众人四处寻找，发现床底下露出了一只脚，拖出来一看，是个穿着和服的日本女人，已经吓得面如土色，浑身发抖。

学生中有人说："听说曹汝霖有个小妾是日本人，应该就是她。"

郭心刚对身边的女学生说："你们去安慰安慰她，告诉她不用害怕，我们是来找曹汝霖的，不会伤害他的家人。"

两位女学生扶起日本女人，对她解释了一通，那女人似懂非懂，只是不停点头。郭心刚对两位女同学说："你们赶快把她交给警察，千万不要让别的同学伤着她。"两位女学生搀扶着日本女人走了。

小孩吓得号啕大哭。郭心刚找来一个仆人打听，原来这小孩是曹汝霖的小儿子。刘海威把他抱起来，小孩哭得更加厉害了。郭心刚接过小孩，从口袋里摸出一块糖果，小孩立刻破涕为笑，抓过郭心刚手上的小旗挥舞起来。

赵家楼胡同西口，狭窄的入口被学生们挤得水泄不通。外面的人不知道里面发生了什么，一个劲地往里挤，里面的人连搁脚的地方都没有了，拼命往外挤，结果不少学生被挤倒、踩伤，发出尖叫声、求救声。傅斯年、邓中夏、罗家伦、张国焘等大声呼喊："游行已经结束，请大家自行撤退。"

邓中夏对傅斯年、罗家伦等人说："现在已经失控了,情况很危险,接下来不知会发生什么事情。"

傅斯年气得捶胸顿足："糟了糟了,这下可怎么向蔡校长交代呀?"

罗家伦冲着傅斯年大声吼道："无能!都是你这个总指挥的无能造成的。"傅斯年气得说不出话来。

邓中夏大声说："你们别吵了!来,我们几个分分工,傅斯年、罗家伦、张国焘,你们分别带领外面的同学从不同方向撤离,各回各校。我和许德珩、罗章龙等冲进去疏散院内的同学。事不宜迟,赶紧行动!"

傅斯年、罗家伦、张国焘等跑去引导学生撤离,邓中夏和许德珩则冲进胡同。

郭心刚和北京高等师范学校的几个学生在东院没有找到曹汝霖,便转向西院。院子正面厅房前有一个花池。中江丑吉见学生都在东院,就拖着章宗祥想从西院后门跑出去,没想到在花池边与刚从东院转过来的学生撞了个正着。

学生一见穿和服的章宗祥,以为是曹汝霖,齐声高呼:"打倒卖国贼曹汝霖!"

十几个学生把章宗祥团团围住。有人带头踢了一脚,众人紧跟着拳打脚踢,不一会儿,章宗祥就被打得头破血流。眼看形势危急,章宗祥心生一计,顺手把头上的血往脸上一抹,突然倒在地上,一动不动,像是猝死了一样。

同学们被吓着了,顿时作鸟兽散,一边跑一边喊:"卖国贼曹汝霖被打死了,曹汝霖被打死了!"

听到喊声,胆小的拼命想冲出去,胆大的想冲进来看个究竟,一时间,从曹汝霖家大门口一直到胡同口乱成了一锅粥。

中江丑吉知道章宗祥是在装死,一看学生走了,赶紧扶起章宗祥就往外屋跑,同时招呼进来的警察说:"这是章宗祥大人,你们赶快把他架出去。"

几个警察架着满脸是血的章宗祥出了曹宅。大门口全是人，有学生、看热闹的市民，还有闻讯赶来的中外记者。大家都在往里面冲，想看个究竟，没有人注意到章宗祥。

警察架着章宗祥往胡同口走去，正好曹宅对面有一个皮蛋店，中江丑吉招呼警察把章宗祥扶进店里。章宗祥趴在桌子上，中江丑吉蹲在一旁给他擦血。

郭心刚、刘海威等山东籍同学和几个北京高等师范学校的同学原本在东院寻找曹汝霖，听到西院有人高喊曹汝霖被打死了，连忙跑向西院。刚到西院，又听到有人在喊："错了，刚才那个不是曹汝霖，是章宗祥，我们打错了。曹汝霖还在东院。"刘海威一听便大喊："好啊，大卖国贼曹汝霖还在东院。走，再到东院去。"

曹汝霖的卧室已经一片狼藉，还是找不到人，大家都十分懊恼。最先翻墙的那个同学被绊了一跤，跌倒在曹汝霖的床上，支着的蚊帐被压下来，盖在他的脸上。本来就气愤不已的他一把扯下蚊帐，一眼看到曹汝霖吸大烟用的火柴，二话不说，拿出火柴就把蚊帐点着了。卧室里顿时火光冲天，浓烟滚滚。刘海威赶紧拉起郭心刚往外跑。

外面的学生见着火了，不知道发生了什么事，十分惊恐，里面的学生纷纷往外跑。傅斯年、张国焘、罗家伦等赶忙指挥大家迅速撤离。

警察总监吴炳湘和步军统领李长泰带着大批警察和宪兵赶到赵家楼胡同西口。李长泰骑在一匹高头大马上，大声吼叫："奉徐世昌大总统和段大帅之命，对聚众闹事、危害治安的学生严惩不贷！"警察和宪兵一窝蜂地向胡同里冲去。

郭心刚、刘海威等人和北京高等师范学校的学生撤出曹宅，经过皮蛋店时，一个学生认出了趴在桌子上的章宗祥，高呼："章宗祥，章宗祥在这儿！"

学生们一下子围了过来，众人拿起店里的皮蛋，一股脑地砸向章宗祥。中江丑吉见状，伏在章宗祥身上，死死地护着他。

吴炳湘听到这边的喊打声,和李长泰带着警察、宪兵赶来了。皮蛋店前,学生和警察、宪兵打成了一团。吴炳湘和李长泰救出了章宗祥。吴炳湘忙问:"曹汝霖何在?"章宗祥摆摆手:"恐怕是凶多吉少了。"

李长泰以为曹汝霖已被打死,气急败坏,大声命令:"给我打,统统都给我抓起来!"警察和宪兵抡起大棒,疯狂地殴打和抓捕学生。胡同里一片尖叫声。

郭心刚本来就有肺病,加上这几天连日带夜的忙碌,病情越来越重,这时已经支持不住,脸色惨白,躺在了地上。刘海威和几个山东籍同学搀扶着他往外挤。

警察和宪兵的大棒雨点般落下。被搀扶的郭心刚看见一个女生被打翻在地,赶紧上去扶她。一个宪兵过来飞起一脚,郭心刚惨叫一声倒在地上。刘海威俯身扶起郭心刚,郭心刚已经站不住了。

刘海威和几个山东籍同学把郭心刚抬起,拼命往外挤。好不容易挤到胡同口,郭心刚已经昏死过去。邓中夏等人一看大事不好,赶紧招呼几个学生四处大喊救命。

一辆黄包车开了过来,刘海威把郭心刚抱上车,邓中夏大喊:"快送医院。"黄包车直奔附近的法国医院,邓中夏等人紧紧跟在后面。

五

浓烟滚滚,远处响起刺耳的汽笛声,消防车开来了。

胡同太窄,消防车勉强能过,警察和宪兵只好撤出来堵住胡同口。许德珩本来是冲进去疏导学生的,警察看他是个学生头,上去就给他一棒子,把他五花大绑捆了起来。军警们不管三七二十一,只要是从胡同里出来的,出来一个抓一个,不一会的工夫就抓了三十几个学生。

消防车开到曹汝霖家门口,很快就把火扑灭了。

吴炳湘带人进了曹宅,东院西院找了个遍也没有见到曹汝霖,又转身来找章宗祥,章宗祥已经被送往医院了。找不到曹汝霖,吴炳湘心里发慌。来之前,段祺瑞亲自给他打电话,要他一定保证曹汝霖的安全。现在曹汝霖活不见人死不见尸,回去怎么向段祺瑞交代呢?

这时候,警察把曹汝霖的父亲、小妾和小儿子带来了。吴炳湘见他们个个毫发无损,心中稍稍安定了一些。

吴炳湘问曹老太爷可知道曹汝霖在哪里,老太爷摇摇头,想了想,又对吴炳湘说:"我看见你们抓了很多学生,请不要虐待他们,这些娃娃还是年轻,一时糊涂,他们也没有对我和孩子行凶。"

吴炳湘扶住曹老爷子,说道:"我有数,现在先请曹老太爷和眷属到六国饭店暂住,其他的事等找到曹总长之后再说。"

天已经黑了,曹汝霖还是找不到,吴炳湘真的怕了,赶紧转回胡同口和李长泰商量。李长泰一听就炸了:"我早就说对这些学生不能手软,你就是不听。你看,这下事情闹大了吧。这曹汝霖要是死了,咱俩都得陪葬。"

胡同口一片混乱,警察头目问吴、李二人如何处理被抓的学生。吴炳湘有些犹豫,一旁的李长泰大叫道:"统统押走,都押到我京师步军统领衙门去。"

宪兵临时从牢房里调来二十多个站笼,把被捕的学生强行塞了进去,学生们在里面根本动弹不得。站笼不够,许德珩等几个为首的学生被一个个绑在拉猪的手推板车上,由军警拉着走。

从赵家楼到前门户部街京师步军统领衙门,一路上出现了一道从未有过的景观:二十余辆站笼,好几个平板车在几十名全副武装的宪兵和警察的押送下缓缓前行。学生们没有一个认怂的,一路上唱着歌,喊着打倒卖国贼的口号,引来沿路市民一片叫好。

被捕的学生被带到了京师步军统领衙门,一共三十二名,集中关在一个大院子里。步军统领李长泰拿着鞭子在被捕学生面前晃来晃去:"我说你们这些娃娃,胆子也太大了吧,光天化日之下就敢放火打人,今天落到老子手里,我要

让你们知道什么是法度。"

许德珩大声抗议:"你们胡乱抓人,执法犯法,我要抗议!我要控告!"

李长泰挥舞着鞭子喝道:"你还要抗议?行,来人,把这些站笼和板车放在院子里,让他们站上一宿,有什么事明天再说。我要去内阁开会去了。"

李长泰走了。宪兵们把站笼和平板车集中放到院子里。有学生大叫要小便,宪兵头也不回地说:"要尿就尿在裤裆里吧。"

北京大学,蔡元培带着教务长、庶务长和一些教授一直在红楼前守候。

傍晚时分就有回校学生说赵家楼那边闹起来了。天黑以后,傅斯年、罗家伦、张国焘等分别带着一部分同学回到学校。庶务长已经让食堂准备了饭菜。

白兰找到张国焘,焦急地询问郭心刚的情况。张国焘说:"郭心刚冲到曹汝霖家里去了,一直没看见他。不过刘海威和几个山东籍同学和他在一起,应该没事。"

不一会儿,邓中夏满脸惊慌地跑来报告说,警察在赵家楼大打出手,郭心刚被送进了法国医院,命悬一线,许多同学都被打得头破血流。白兰当场昏倒在地。李大钊赶紧叫邓中夏带人把白兰送进医院。白兰醒来,发疯般向法国医院跑去。

白兰刚走,罗章龙来报:"许德珩和几十名同学被警察和宪兵抓了,被关进站笼,送到京师步军统领衙门去了。"

一个个坏消息接连传来。罗家伦气愤地朝傅斯年大吼道:"傅斯年,你这个总指挥是怎么当的?今天这个情况你要负全责!"

傅斯年不服:"我不同意去赵家楼,你们为什么不表态?现在凭什么要我一人负责?"

李大钊怒了:"现在都火烧眉毛了,你们还在这争吵!现在不是谈责任的时候。通知各校马上开会,研究下一步计划。"

蔡元培急得团团转："这可怎么办！是我害了同学,我要引咎辞职。"

李大钊镇定地对蔡元培说："蔡公,我看当务之急是想办法先把同学们营救出来。"

蔡元培问："仲甫何在?"

钱玄同答道："刚才高一涵来说,仲甫和夫人去法国医院看望郭心刚了。"

蔡元培拉着李大钊的手："守常,赶快让同学们吃饭,饭后到三院礼堂开会,商量营救被捕同学事宜。"

六

天已经黑透了,赵家楼胡同慢慢恢复了平静。

曹汝霖一直躲在暗室里,不敢吭声也不敢出来。躲了好久,等到外面听不到一点声音的时候,他才悄悄地打开衣柜探出头来看了看。原来曹汝霖在重修赵家楼的时候留了个心眼,在衣柜的挡板后面暗藏了一个夹层。郭心刚上来搜查的时候也打开了衣柜,但只是翻了里面的衣服,根本没有发现挡板后面暗藏的机关,曹汝霖这才逃过一劫。

死里逃生的曹汝霖在夜色掩护下走到胡同口。不一会儿来了一辆黄包车,曹汝霖拦下黄包车,低声说："去六国饭店。"

曹汝霖在六国饭店有固定的房间。进了房间,惊魂未定的他端起桌上的凉水咕咚咕咚喝了个半饱。

在沙发上坐了一会儿,他拿起电话："给我接段祺瑞大帅。"

段祺瑞因为一直没有曹汝霖的消息,正在向吴炳湘发火,吴炳湘低着头一声不敢吭。秘书拿起话筒,一听是曹汝霖,连忙大呼："是曹总长的电话。"

段祺瑞赶紧接过话筒："润田呀,你怎么样,跑哪儿去了? 可急死我了。"

曹汝霖听到段祺瑞的声音,禁不住号啕大哭。

段祺瑞叹了一口气："润田啊,你能逃过此劫,大难不死,必有后福。我知

道你这是代我受过,放心,我一定替你出气。"

曹汝霖哭着说:"段帅,你饶了我,我还是辞职吧。"

段祺瑞怒道:"这是什么话!堂堂中华民国还能任凭几个乳臭未干的学生摆布?你在六国饭店等着,我派人去接你,给你摆酒压惊!"

中南海,国务总理钱能训刚刚受过段祺瑞和徐世昌的严厉训斥,此时正在主持内阁紧急会议,研究解决学生游行问题。钱能训看看左边,又看看右边:"这么晚把各位找来,也是因为事情紧急。今天北京大学和北京其他十几所学校的学生上街游行,火烧赵家楼,想必各位都已经知道了。徐大总统十分生气,要求我们内阁即刻拿出预案,以防事态进一步扩大。段帅也打来电话,要求对闹事学生严加管束。现在请步军统领李长泰介绍详细情况。"

李长泰:"各位阁员,本来介绍情况是吴炳湘的事,这个吴炳湘滑头,不敢来,让我来替他,我就给大家说说吧。"

李长泰添油加醋地介绍了火烧赵家楼的情况,然后说:"这次学生闹事,性质特别严重,影响特别恶劣。大总统已经下达了立即取缔游行和制止学生闹事的命令,并要求内阁迅速制定行动方案,以防明日学生闹出更大的乱子。"

钱能训点点头:"李统领已经把情况说清楚了,大家议议吧。"

会场上众人七嘴八舌,有的主张将参加游行的学校一律解散,有的提出将各校校长就地免职,还有的提出要对学生实行大逮捕。

李长泰:"依我看,学生闹事固然可恶,但是更可恶的是那些在幕后指使的人。北京大学校长蔡元培和他身边干将陈独秀、李大钊等人是罪魁祸首,也应该严惩。"

有人附议:"我看这个蔡鹤卿自从执掌北大以来就没有干过什么好事,应该立即将他革职查办。"

傅增湘站了起来:"学生闹事,教育部和北京大学固然有很大责任。不过,我要提醒诸位,学生游行,起因是那个丧权辱国的巴黎和约。蔡元培是中华民国首任教育总长,他执掌北大以来,采取一系列改革措施,深得人心。如果现在让他离开北大,势必引发更大民怨,后果不堪设想。"

李长泰:"我看傅总长和蔡元培是穿一条裤子的。学生闹事,是你们姑息养奸的结果。"一些亲日派总长们也都纷纷指责傅增湘,要求罢免蔡元培。

钱能训示意大家安静:"我认为傅总长有些危言耸听了。你说蔡元培的地位不可动摇,那么,要是蔡元培死了,北京大学就要关门了吗?"

傅增湘想要说话,钱能训迅速朝他摆摆手并使以眼色:"当然喽,今天我们要讨论的不是罢免蔡元培的问题,而是如何防止事态进一步扩大的问题。这件事从根本上说,责任还在教育部。我们是中华民国,办事要讲法度。学生的事,当然要教育部来管。治安的事,当然要警察厅来管。京师步军统领衙门是军队,最好不要插手此事,免得把事情搞复杂了。我听说你们抓来的学生到现在还被关在京师步军统领衙门,这就不合法度,还是交给警察厅吧。"

李长泰生气地站起来:"闹了半天我出力不讨好,还落个不合法度。新鲜!行,老子不管了,我找段大帅说理去。"说完拂袖而去。

钱能训接着说:"诸位,刚才我和徐大总统商量了。对付学生闹事,手段要严厉,态度要怀柔,目的是不扩大事态。目前最重要的是要坚决阻止5月7日在中央公园举行的国民大会,无论如何不能让他们开这个会。这国民大会一开,后果不堪设想。现在我们就讨论这个事情。秘书长,你看吴炳湘来了没有,赶紧请他过来。"

秘书长答道:"吴总监去京师步军统领衙门接学生了,正在往这里赶。"

黑夜中,被捕的三十二名学生被困在站笼里和平板车上,又冷又饿。

许德珩不时给大家打气:"同学们,害怕吗?"

大家齐声喊道:"不害怕!"

许德珩:"我看了一下,有不少同学都不是第一次被捕。我们大家一起唱

首歌吧。来,我们唱《苦百姓》,我起个头。"

清一色的男声,浑厚嘹亮。

吴炳湘带着警察来了,听到学生唱歌,嘲讽道:"看来你们还挺有雅兴呀。各位,我告诉你们,这次可不比以前,你们的麻烦大了。"

许德珩愤怒地说:"曹汝霖卖国求荣,我们上街请愿,要求政府严惩卖国贼,何罪之有?我们抗议宪兵虐待学生!"

吴炳湘不以为然:"好,我接受你们的抗议。来,把他们请出来。"

警察把学生们拉出来,在院子里排成两排。吴炳湘大声宣布:"诸位,依照法度,现在把你们移交京师警察厅看守所管押候审。来,执行法律,把他们捆起来送走。"

三十二名同学被五花大绑押往京师警察厅。

七

法国医院,昏迷的郭心刚躺在病床上,脸色惨白,呼吸困难。白兰扑在郭心刚身上,大哭不止。刘海威带着几个山东籍学生发疯似的到处喊医生。

陈独秀和高君曼来了。刘海威含泪向陈独秀夫妇讲述事情经过。高君曼不停地拍着白兰的后背,小声地安慰她。

陈独秀和刘海威找到医生询问郭心刚的病情,医生告诉他们,这个学生本来就有比较严重的肺病,加上过度劳累,又被打伤,导致大出血和深度昏迷,情况非常危险,医院已经下了病危通知单,学校要做好处理后事的准备。听了医生的话,陈独秀等人心情十分沉重。

刘仁静匆匆跑来,说蔡校长请陈独秀和邓中夏赶紧回校议事。陈独秀向刘海威交代了一番,让高君曼留下陪着白兰,自己和邓中夏等人匆匆赶回北大,刚到红楼,看见告示栏前围着一群人观看警察刚刚贴出的一张教育部训令。

陈独秀对邓中夏说:"我眼神不好,你给念念。"

邓中夏凑到告示跟前,借着昏暗的灯光念道:"教育部训令第一八三号。查学生在校修业期间,一切行为言论自当束身法则之中,不得轶出规范以外。乃本日午后一时,因外交问题,本京各校学生聚众千人开会游行,竟至酿成事端,殊堪惊骇。本部为维持秩序,严整学风起见,特切实通令各校,对于学生当严尽管理之责。其有不遵约束者,应即立予开除,不得姑宽,以敦士习,而重校规。仰即遵照。此令。中华民国八年五月四日。"

同学们议论纷纷。有同学说:"教育部不是天天喊着学生不能光顾自己和家庭,要爱国和报效国家吗? 怎么出尔反尔? 岂有此理!"

有同学问:"陈先生,听说被捕的学生要受到审判,有的还可能被判处死刑,这是真的吗? 听说教育部要裁撤我们北京大学,把北大并到天津去,这是真的吗? 我们坚决不答应!"大家的情绪渐渐激动起来。

陈独秀示意大家安静:"同学们,我现在的心情非常沉重。我刚刚从法国医院过来。我的学生郭心刚在游行时被警察踢倒,已经昏死过去了。现在我们北大已经放不下一张平静的书桌了。卖国有功、爱国有罪,这个国家已经完全没有公理可言。我们北大学子,是民国的新青年。我呼吁,大家要立刻行动起来,要把整个北京乃至整个中国的同学都团结起来,营救被捕同学,拒签巴黎和约,保卫北大,捍卫主权,当一回这个国家的主人,决不能让反动统治者为所欲为!"

邓中夏站了出来:"同学们,请大家马上去三院礼堂开会,蔡校长要和大家商量营救被捕同学事宜。我们赶快走吧。"

深夜,北大三院礼堂内外都挤满了师生。张国焘正在通报情况:"同学们,根据各个学校的核实,现已查明,共有三十二名同学被捕。其中我们北大二十人,高等师范学校八人,高等工业专门学校二人,中国大学二人。这些同学被当作重刑犯囚禁在站笼里,我们北大的许德珩等同学还被五花大绑地捆在平

板车上,受尽了凌辱。有消息说,反动军阀段祺瑞为了给卖国贼曹汝霖出气,已经下令要严惩被捕同学。这些被捕同学正面临生命危险,我们决不能袖手旁观!"

同学们叫着喊着,乱成一团。

邓中夏护送着蔡元培来了,同学们把蔡元培围了起来。

罗家伦站了出来:"蔡校长、同学们,今天上街游行,是我们大家集体的决定,这个后果决不能仅让这三十二名被捕同学承担。我提议,我们北大全体同学集体到京师步军统领衙门去'自首'、蹲监狱,看他们能把我们怎么样。"

罗家伦的提议得到不少同学的响应。大家一起高呼:"对,我们誓与被捕同学同进退!"

蔡元培用力挥舞着双手,大声喊道:"同学们请冷静。同学们上街游行,我是支持的。但是,发生了这种事情,出乎我的预料,我感到极为痛心。为此,我这个当校长的是要引咎辞职的。不过,当务之急是把被捕的同学营救出来。我刚刚得到准确消息,三十二名被捕同学已经被转送到京师警察厅了。这是喜是忧,目前还不清楚。所以,我决定现在就去京师警察厅找吴炳湘总监,向他要人。请大家在学校里少安毋躁,等我的消息。"说完,蔡元培在邓中夏护送下快步走出礼堂。

陈独秀、李大钊等人在三院门口等到了蔡元培。

邓中夏对陈独秀说:"仲甫先生,蔡校长交给您了,我还要回礼堂开会去。"

蔡元培一把抓住邓中夏:"仲澥同学,我现在心里很乱。我问你一句话,明天同学们还能正常上课吗?"

邓中夏回答:"我们就是要商量这件事情。"

李大钊郑重地对邓中夏说:"要抓紧成立北大和北京的学生组织,把各校学生联合起来,统一行动,决不能单打独斗。"

邓中夏用力点点头:"我明白了。"

邓中夏走后,情绪低沉的蔡元培拉着陈独秀的手,痛心地说:"仲甫啊,我真的没想到会出这么大的事情。我做下如此大孽,愧对北大呀。"

陈独秀握紧蔡元培的双手:"蔡公不必自责。你应该看到我们北大没有错。不仅没有错,我们还带了个好头。你看,现在同学们的爱国热情都被激发出来了,这是好事。蔡公,您功德无量啊,历史会记住今天的。"

蔡元培依然痛心不已:"可是我把几十个学生送进了监狱,一旦出了问题,我怎么向他们的家长和社会交代呀?"

李大钊走上前来:"蔡公,我们现在应该想办法把大家都发动起来和政府抗争。我们的动静越大,政府就越害怕,就越不敢伤害被捕的同学。"

蔡元培:"我现在方寸已乱。我得去找吴炳湘,不能让他虐待我的学生。"

陈独秀:"蔡公,我和守常陪您一起去吧。"

蔡元培:"还是我一个人去吧。你和守常都是上了警察厅名单的人,去了反而不好。我是北大校长,我去向他要人,名正言顺,他奈何我不得。你们还是在家好好想想下一步的对策吧。一个中心,就是要千方百计把被捕同学救出来。"

八

内阁会议临近结束,钱能训宣布:"根据段祺瑞的指示,会议一致决定封闭北京大学,撤换北大校长和严厉处置被捕学生;责成京师警察厅总监吴炳湘负责提出对被捕学生的处置方案;责成吴炳湘、陈箓、傅增湘负责阻止5月7日在中央公园召开的国民大会;责成教育部负责恢复各校秩序。"

散会了,傅增湘坐着不走。钱能训见了,也坐在那里不动。两个人各怀心事。

傅增湘率先打破沉默:"傒丞兄,我要辞职,这个差事我实在干不下去了。"

钱能训慢条斯理地说:"沅叔,国难当头,一走了之,可不是你的风格呀。"

傅增湘猛地一拍桌子："我不走又能做什么？学生游行，是爱国之举，并非闹事，但凡是个明白人都看得出来。现在你们抓了那么多学生，还要封闭北大、撤换蔡鹤卿，这样做不但不能平息学潮，反而会火上浇油，激怒更多学生，甚至波及社会各界，势必引发更大的动荡。我不能跟着你们去蹚这个浑水。"

钱能训声调提高了一些："沅叔啊，我的心思你真的不明白吗？我和你是一样的想法，可是你拗得过段祺瑞吗？学生烧了赵家楼，打伤了章宗祥，徐树铮扬言要在景山上架起大炮把北大夷为平地，这种情况下你不拿出几条措施能交代得过去吗？段祺瑞能善罢甘休吗？"

傅增湘反问道："你们撤了蔡元培，准备让谁来当北大校长？"

钱能训答道："段祺瑞提名马其昶，被我搪塞过去了。先做个姿态，把事情平息了再说吧。就现在这个北大，除了蔡元培我看谁也掌控不了。"

傅增湘："我的大总理，现在的问题是警察厅抓了几十个学生，这是祸根。要是不放学生或者出了什么问题，那这事就闹大了，你我谁也担待不起。"

钱能训："你说得很对，学生的事情很棘手。安福系的人一致要求严惩，只有吴炳湘还算聪明，他想利用这批学生作为挟制蔡元培、平息学潮的筹码，并希望我能支持、配合他。"

傅增湘："这个吴炳湘可是段祺瑞的嫡系，你能相信他？"

钱能训："他也是职责所系。他要维持京师治安，就不能得罪学生。事情闹大了，第一个被问责的就是他。"

傅增湘："我看这事悬得很，像在走钢丝。"

钱能训长长地叹了口气："勉为其难，得过且过吧。大不了我和你一起辞职。"

这边京师警察厅，吴炳湘正在和李长泰商量取缔中央公园国民大会的事情，蔡元培只身一人闯了进来。守卫的警察一边追一边大喊："蔡校长，蔡校长，等一下等一下，我还没给您通报呢。"

李长泰对蔡元培是只闻其名未见其人,为示尊敬,站起来笑脸相迎。吴炳湘因为火烧赵家楼的事情遭到段祺瑞一通痛骂,还在气头上,故而坐在那里一动不动。

李长泰拱手施礼道:"蔡校长大驾光临,有何贵干呀?"

蔡元培:"我为我的学生而来,恳请京师警察厅和京师步军统领衙门释放被捕学生,一切责任由我蔡元培承担。"

吴炳湘大怒道:"你蔡子民还好意思来要求放人!我看就应该把你一起抓起来。"

蔡元培冷笑道:"好啊,吴总监,只要你把学生放了,蔡某情愿进你的牢房,哪怕是把牢底坐穿!"

李长泰赶紧打圆场:"蔡校长言重了。吴总监刚刚受到大总统严厉训斥,心情不好,蔡校长不必当真。蔡校长的心情我们理解,只是这抓人和放人都不是我们能决定的,必须有大总统的手令才行。"

蔡元培:"我自然会去找大总统解释的,只是现在天色已晚,二位能否行个方便,让我先把同学们带回去,明日再来负荆请罪?"

吴炳湘哼了一声:"亏你还是北大校长,居然拿着国家的法度当儿戏!这些学生是国家的犯人,怎么能让你说带走就带走?笑话!"

蔡元培憋了一肚子火,想了想还是忍住了:"既然不能放人,那就请二位行个方便,让我去看看这些同学,行不行?"

吴炳湘还是那副口气:"你说得好听。探监是要有手续的,除非你拿来大总统的手令,否则门也没有。"

蔡元培逼问道:"这么说,吴总监今天是非要和我蔡某过不去了?"

吴炳湘蛮横地说:"你算说对了。都说你蔡元培是老虎屁股摸不得,今天我就要摸摸,让你知道知道我们京师警察厅的规矩。"

蔡元培气得浑身发抖,但想到三十二名学生还在他手里,没有当场发作,

双手用力一甩,愤然离去。

当夜,京师警察厅看守所,三十二名被捕学生被关在一间大牢房里。牢房里只有一个大炕,上面铺了一些烂稻草,东西两边各放了一个尿桶,室内臭气冲天。

门开了,两个狱警抬着一筐窝窝头进来,给每人发了一个。

一个狱警站在门口大声宣布牢房纪律:"收监的犯人不许相互说话、嬉闹;睡觉时,每人必须半小时抬头一次,翻身一次;犯人可以到尿桶小便,大便必须憋着,要等到第二天中午放风的时候才行。"

许德珩带领学生大声抗议。

牢头撂下一句:"你们尽管抗议,但规矩必须执行。"说完,关上牢门扬长而去。

深夜,北大各班的学生代表聚集在小礼堂里商量对策。罗家伦还在对火烧赵家楼的事情耿耿于怀,指责傅斯年指挥失当,提议撤销其总指挥职务。傅斯年一气之下拂袖而去。张国焘提议,为加强对学生运动的组织领导,便于联络北京各个学校,应立即成立北京大学学生干事会。这个提议得到大家的一致赞成。在场的几百名同学都报名参加干事会,并当场选举邓中夏等五人为干事。

刘仁静来报:"蔡校长与吴炳湘交涉无效,已从京师警察厅回到学校,此刻正在打电话联络北京各学校校长明日到北大开会,共商营救被捕学生之事。"

赵世炎和北京高等师范学校的几个同学也来了。赵世炎说:"高师的同学都拥到了学校的操场上,一致要求举行罢课,以营救被捕同学。"他建议由北大牵头,紧急联系北京各个学校实行总罢课。

邓中夏和学生干事会的干事们紧急磋商后决定,即刻组织人力,以北大学生干事会的名义分头联络北京十四所中等以上学校于明日上午9时在北大开会,协商成立北京中等以上学校学生联合会并举行总罢课。

大家立刻行动起来。

第二十四章

杀君马者

一

5月5日天刚亮,教育部李司长在一队警察保护下匆匆在北大红楼前的告示牌上贴出一张告示:"教育部通令。本部为维持秩序,整顿学风,特通令各校严查五月四日火烧赵家楼事件,对为首滋事者,一律开除,不可姑息。仰即遵照。此令。"见不少学生围了过来,李司长对身边警察说:"切莫生事,快走,快走。"

罗章龙念完后一把撕掉通令,大声喊道:"不用你们开除,这个学我们不上了。"

众同学高呼:"罢课!罢课!"

北大三院小礼堂门口高悬着一块白布血书,上面写着四个大字"杀卖国贼"。北京十四所学校几百名代表在此集会。邓中夏登台高声说:"本次会议议程如下:一、商讨北京各学校联合总罢课;二、成立北京中等以上学校学生联合会,通过联合会章程,选举产生干事会;三、讨论相关决议。大家如果没有异议,请鼓掌通过。"

小礼堂里掌声如雷。新当选的北京中等以上学校学生联合会干事赵世炎英姿勃发地走上讲台,大声宣读:"北京中等以上学校学生联合会决议:一、立即开展营救被捕同学活动,各校一律罢课,至被捕同学回校为止;二、敦促各高

等学校校长与政府交涉,营救被捕同学;三、联合上书政府,要求惩办曹汝霖、章宗祥、陆宗舆;四、致电巴黎和会我国专使,对青岛问题要死力抗争,决勿签字;五、通电全国教育会、商会,一致行动。北京中等以上学校学生联合会。一九一九年五月五日。"

会场上旌旗挥舞,喊声震天。

与此同时,在蔡元培的策动下,北京十四所学校校长齐聚红楼会议室,商讨营救被捕学生事宜。蔡元培一宿未眠,红着眼睛向大家通报:"昨日我们北京十四所学校三千多名学生上街游行,共有四所学校三十二名学生被捕,还有许多同学被打,其中我北大一名学生现在还在医院里昏迷不醒。今天又听说曹汝霖、陆宗舆、徐树铮等人昨晚在六国饭店商量了一夜,一致要求政府严惩被捕学生。警备司令段芝贵已经正式提出要以刑事罪名将被捕学生移交法庭审判。事情紧急,辛苦各位和我一道去请愿吧。"大家一致表示责无旁贷,愿与蔡元培共进退。

蔡元培等十四位校长来到京师警察厅门前,集体请愿。一排全副武装的警察站立在大门两边,把蔡元培等人挡在门外。吴炳湘从里面快步走出来,双手抱拳,连连作揖:"各位大贤齐聚我京师警察厅,敝厅实在是蓬荜生辉。不知各位有何贵干呀?"

蔡元培说:"我等前来保释三十二名被捕同学,请吴总监恩准。"

吴炳湘故作惊讶:"哎呀,蔡校长,我记得您昨天不是对我说您要辞职吗?怎么还来管学生的事呀?"

陈宝泉不想把事情弄僵了,口气平和地说:"吴总监,只要您释放被捕同学,我等十四位校长都将集体辞职。您看行不行?"

吴炳湘冷笑道:"陈大校长,您辞不辞职,不干我事。不过这释放学生的事情,在下实在是做不了主。这一点,昨晚我已经和蔡校长说得明明白白,还请各位大贤体谅,莫使在下为难。"

汤尔和软中带硬地说:"吴总监,现在北京各校均已开始罢课,起因就是这些被捕学生。一旦事情闹大了,后果不堪设想。您吴总监担负着京师治安的责任,还望三思啊。"

吴炳湘频频点头:"我知道汤校长是政界首脑的座上宾,只是释放学生之事确实不属在下权限。如果汤校长能讨得徐大总统一纸命令,在下立刻放人,您看如何?"

汤尔和问道:"这事就一点不能通融吗?您放人,我们去做学生工作,叫他们复课,这样行不行?"

吴炳湘冷笑道:"汤校长,这是警察厅,不是菜市场,何来讨价还价?我理解各位大贤的心情,不过你们这是病急乱投医,走错了门。我劝各位还是去求徐大总统吧。只要有他的手令,我保证亲手把学生送到你们手里。对不起,在下公务繁忙,失陪了。"说完,转身就走。

"且慢!"随着一声洪亮的声音,汪大燮凛然而至。

吴炳湘转过身来,见是汪大燮,立刻满脸堆笑:"原来是老乡来了,有失远迎,见谅见谅。"

汪大燮一脸严肃:"咱俩是同乡,但不同行,两股道上的车,我不敢高攀呀。"

吴炳湘做出一个邀请的手势:"汪委员长大驾光临,有何训示?我们进去谈吧。"

汪大燮拿出一张纸说:"不必客套。我和王宠惠、林长民三人联名保释三十二名被捕学生。这是我等三人的保释呈文,我念给你听听。"

吴炳湘连忙摆手:"怎敢劳驾汪委员长!"

汪大燮厉声喝道:"吴炳湘,你到底听还是不听?"

吴炳湘从未见过汪大燮以如此严厉的口气跟他说话,一时蒙了,只好点头:"听,听,我洗耳恭听。"

汪大燮看了一眼蔡元培,高声念道:"窃本月四日,北京各校学生为外交问题,奔走呼号,聚众之下,致酿事变,当时喧扰场中,学生被捕者三十余人。国民为国,激成过举,其情可哀。而此三十余人者,未必即为肇事之人。大燮等特先恳交保释放,以后如需审问,即由大燮等担保送案不误。群情激动,事变更不可知,为此迫切直陈,即乞准保。国民幸甚。呈警察总监。具呈人汪大燮、王宠惠、林长民。"

汪大燮念完,十四位校长热烈鼓掌。

汪大燮双手向吴炳湘递上呈文,吴炳湘愣在那里,一时没有反应过来。过了片刻,他接过呈文,说道:"汪委员长的呈文,我收下了。不过,要释放学生,还是得有徐大总统的批文,请各位体谅在下的苦衷。"说完,吴炳湘转身就走。

蔡元培一把抓住汪大燮:"伯棠兄,事情到了这个地步,实在是出乎我的意料。你得救救我,救救学生,救救北大呀!"

汪大燮满眼热泪:"孑民兄,不是我救你,是你们北大救了中国,我要好好地谢谢你,谢谢你的学生,谢谢北大。"说完,他重重地拍了拍蔡元培的肩膀:"你看,你真的把天捅了个窟窿。整个中国都动起来了。五月四日这一天把我们中国这头沉睡的雄狮唤醒了!"

二

北京沸腾了。

前门大街,十几个报童高声叫卖:"号外,号外。看北京学生全体总罢课;看北京学界致电巴黎中国代表团,恳请万勿屈辱签字;看北京十四所学校全体学生致函大总统,要求立即释放被捕学生;看孙中山致电徐世昌,要求政府立即释放被捕学生;看各地致电蔡元培声援北大学生运动;看《每周评论》陈独秀、李大钊发文要求与学生同罪;看北大学生郭心刚昨日被打、命悬一线……"叫卖声此起彼伏,路人驻足观看,不少人争相购买。

教育部门口，蔡元培等十四位校长集体静坐，要求释放被捕学生；北大红楼北操场、清华园运动场、北京高师操场，数千名学生打着各种横幅、标语罢课静坐；中南海大西门，北京各专门学校几百名学生穿着铁路、税务、邮政、警察、法官等各种制服集体静坐，要求和被捕学生一起坐牢。

京师警察厅里更加忙碌。吴炳湘布置了六个审讯室，连夜审讯被捕学生。他召集警员训话说："我们可能只有一个晚上的时间，要通宵审讯。目的只有一个，挖出学生的幕后指使人。"

一警员问："能用刑吗？"

吴炳湘断然答道："不能。记住，一个耳光也不能打。"

六个审讯室，被捕学生挨个被提审。

吴炳湘亲自提审许德珩，厉声发问："二十九岁，多好的年龄，不好好读书，为什么要干杀人放火的勾当？"

许德珩理直气壮："我干的是爱国的好事，从未杀人放火。"

吴炳湘一拍桌子："还敢狡辩！爱国？有你们这样爱国的吗？我只问你一句话，是谁指使你们上街游行的？"

许德珩昂首答道："国家兴亡，匹夫有责。我自己的脑袋自己做主，用得着听别人指使吗？"

吴炳湘眨了眨眼睛："不对吧，我可听说你是陈独秀、李大钊的信徒。你给我说说，这陈独秀最近都给你们说了些什么？"

许德珩紧盯着吴炳湘，答道："吴总监，您可是高抬我了。这陈独秀是全国闻名的大学者，李大钊是图书馆的主任，我不过是个一般学生，平时连他们的面都见不到，怎么知道他们说了些什么？"

吴炳湘强压住怒火："许德珩，你要知道，我吴炳湘亲自来和你谈，就是想放你一条生路的，看来你是不想和我合作喽？"

许德珩语带讥讽："承蒙吴总监看得起，我很想和您合作，所以我说的都是

实话。难道您要我说假话和您合作吗?"

吴炳湘气得说不出话来,一摆手示意警员把许德珩带回去!

吴炳湘把其他几个审讯室的警官找来,他们的答复一模一样:"什么也没问到,都是些无关痛痒的话,看来这些学生是串通好的。"

徐世昌在总统府紧急召集政要开会,研究学生罢课问题。钱能训通报情况:"自5月5日来,风云突变。北京国民外交协会、商会、农会均致信政府并通电全国,支持学生运动,要求释放被捕学生。南方政府孙文、林森、唐绍仪以及康有为、吴佩孚、张敬尧、陈光远等都表示支持学生,要求罢免曹汝霖、章宗祥和陆宗舆。国会参议员中已经有数人联名致信大总统,要求释放被捕学生。除北京、广州外,上海、南京、天津、长沙、武汉以及欧洲、日本等地也都发生声援北京学生的活动。近两日来,总统府和国务院收到的声援北京学生的电报有一百多份。各地声援活动都有下列特征:一、成立学生组织,统一指挥;二、矛头直指政府外交政策、巴黎和约和学生被捕事件;三、发起全面抵制日货运动。从这些迹象看,政府已经面临严重的信任危机。"

徐世昌打断钱能训的通报:"好了,不要再说这些了,大家说说我们应该采取什么对策吧。"

傅增湘双手递上辞呈:"大总统,这是我第三次向您递交辞呈,我实在难以胜任。请您批准。"

徐世昌火了:"傅增湘,你这不是辞呈,是要挟! 这个时候你想撂挑子不干,门也没有。"

傅增湘是个学究,不吃徐世昌那一套,脖子一梗道:"不辞职也可以,那就得释放被捕学生。学生罢课已经两天了,法国医院里还躺着一个快要断气的学生,再发展下去局面将无法收拾!"

李长泰一拍桌子:"不行! 段大帅说了,学生不能放,曹汝霖也不能撤职。

我就不信,这么几个学生,还真能翻了天?"

吴炳湘却一反常态,站了起来:"谁说学生不能翻天？他们已经把京城闹得天翻地覆了。你知道学生下一步要干什么吗？他们正在对全社会发起总动员。刚刚成立的北京学联正在策划到街头、社团、工厂去演讲,他们还打算到上海、武汉、长沙等地去演说。现在不仅是学界,商界都已经被他们鼓动起来了,眼看着军界也在分化。等到 5 月 7 日中央公园国民大会一开,必定是一座座火山爆发,到那时任你再想什么办法都无济于事了。"

徐世昌一听,心惊肉跳,但嘴上还是不得不装硬:"吴总监,危言耸听了吧?"

吴炳湘冷笑:"是不是危言耸听,大总统问问钱总理便知。"

徐世昌转向钱能训:"俣丞,你也这么认为吗?"

钱能训沉着脸回答:"我认为有过之而无不及。"

徐世昌没主意了,又问吴炳湘:"既然如此,你这个警察总监有什么对策?"

吴炳湘说:"对策只有一个,就是释放被捕学生。"

徐世昌颇感为难:"释放学生,不是打自己的脸吗？再说,老段那里怎么交代?"

吴炳湘是个明白人,他非常清楚,这件事已经把全中国人的火都烧起来了。现在站在老百姓对立面前台的,首先是他吴炳湘,其次是钱能训,别人都在后台躲着。他想起了同乡李鸿章,觉得不能当这个冤大头。同时他也确实觉得,这三十几个被捕学生在他手上是个烫手山芋,万一死了一个那他的责任就大了。想到这他不寒而栗,心一横,耍起蛮来:"我的意见,眼下只有释放学生或许还能挽回局面。若是总统执意不放,我别无他法,只能辞职,请总统另择贤能。"说罢,起身就走。

徐世昌急了,喝道:"你给我站住！这个时候,要什么孩子脾气。都要辞职,我看是逼我辞职吧?"他转过头去问钱能训,"你是国务总理,你说怎么办?"

"我与吴总监的意见完全一致。"钱能训好像是和吴炳湘串通好的。

徐世昌叹了口气:"既然你们都是这个意见,好吧,镜潭,你去办吧。"

深夜,蔡元培坐立不安,在厅堂里走来走去。仆人来报:"京师警察厅吴总监来访。"

蔡元培大吃一惊,心想:"莫非吴炳湘真的要来抓我?"慌乱之中穿上拖鞋,赶紧迎出门去。

吴炳湘一身长衫,手里还拎着一盒点心,见了蔡元培,双手作揖:"蔡校长,这两日多有得罪,吴某特来登门谢罪。"蔡元培悬着的心放下了,赶紧把他请到厅堂,蔡夫人奉上茶水,退下。

吴炳湘喝了一口茶:"我吴炳湘没官运倒有口福,竟然能在蔡校长这里喝到明前的黄山毛峰。"

蔡元培无心寒暄,单刀直入地问:"想必吴总监不会是来寒舍品茶的吧?有什么话就请直说吧。"

吴炳湘放下茶杯:"好,那我就不跟蔡公绕弯子了。恭喜蔡公,徐大总统已经批准释放三十二名被捕学生。"

蔡元培像触电一样站起来:"此话当真?"

"千真万确。只是尚有两个条件。"

"什么条件? 请讲。"

吴炳湘把徐世昌交代的要求重复了一遍:"第一,确保 5 月 7 日各校一律复课;第二,确保所有学生、教员一律不得参加 5 月 7 日在中央公园举行的国民大会。"

蔡元培已经被学生被捕事件弄得接近崩溃,现在突然出现转机,内心十分激动,想也没想就说:"行,两件事我都答应。"

吴炳湘站起来:"好,只要明天上午学生复课,我立即把学生给您送到学校。"

　　蔡元培兴奋得来回踱步道:"不,我亲自去接。"

　　第二天,吴炳湘亲自陪同蔡元培、陈独秀等人到牢房接被捕学生。

　　吴炳湘站在门口对被捕同学说:"各位学子,徐大总统怀仁厚之心,下令宽容各位的鲁莽行为,本厅亦奉命送各位回校。希望各位能感恩政府,安心学习,不再闹事。"

　　三十二名学生竟无一人起身。吴炳湘蒙了,尴尬地说:"各位,蔡校长亲自来接你们了,请吧。"

　　许德珩站起来:"吴总监,请神容易送神难。我们因为爱国被你们不明不白地抓进来关押了两天,现在以一句大总统怀仁厚之心来打发我们,哪有那么容易?我们十分清楚,我等学生在这里多被拘留一天,对国民就多刺激一天。倘若我等三十二人皆被尔等所杀,就可以惊醒全中国四万万的人民。我们不走,我们要把你这个牢底坐穿!"

　　吴炳湘急了,来到蔡元培身边:"蔡校长,你看这叫怎么回事?"

　　蔡元培走进牢房,眼含热泪:"同学们,你们的精神让蔡某万分敬佩。可是你们要知道,为了营救你们出狱,北京各校师生已经付出了巨大努力和代价。今天,各校已经复课了。大家都在望眼欲穿地期盼你回到学校,请各位千万不要辜负了北京几十万师生的一片赤诚之心呀。"

　　三十几个同学都是热血青年,都认为牺牲自己拯救国家是光荣的。他们商量后一致决定,不达目的决不出狱。听了蔡元培一番话,许德珩说:"蔡先生,您不用再劝我们了,我们很感激大家的救助,也向往牢狱外自由的生活。但只要能唤醒中国的民众,我们哪怕付出生命,也在所不辞。"

　　蔡元培束手无策地望着陈独秀。

　　陈独秀沉思片刻,突然仰天大笑不止,整个牢房仿佛颤抖起来,所有人都感到莫名其妙。狂笑中,陈独秀满含热泪地指着狱中的同学说:"你们可真不

是一般的自大呀！你们以为唤醒一个被封建思想禁锢了几千年的民族是那么容易的吗？你们以为，要扫除我们这个民族血液里面的奴性思维是一日之功吗？那是要经过几代人努力奋斗才能换来的！凡事要分轻重缓急。今日中国，当务之急，是抵制那个可耻的巴黎和约。在这个节骨眼上，你们没有权利去死，我们这个灾难深重的国家需要你们活着，需要你们去奋斗！"

被捕的同学都被陈独秀的话震住了、感动了。大家不约而同地站了起来，没有商量，由许德珩领着集体向蔡元培和陈独秀鞠了一个躬，齐声说："仲甫先生、蔡校长，我们跟你们走！"

三

法国医院里，郭心刚已经奄奄一息。高君曼、赵世炎等人陪着白兰守在郭心刚身边。白兰已经哭不出眼泪了。刘海威领着陈独秀、李大钊和邓中夏等匆匆赶来。

郭心刚已经气若游丝，看见陈独秀、李大钊来了，挣扎着要坐起来。陈独秀和李大钊连忙上前扶住他："心刚，不要激动。"

郭心刚紧紧握着陈独秀和李大钊的手，拿起他写的"还我青岛"血书递给陈独秀，拼尽力气，断断续续地说："二位先生，我要和你们再见了。此生能认识二位先生，是我最大的荣幸。只是我生不逢时，国家多难，政府却以狮子搏兔之力弹压我等爱国之心……这样的国家还有什么希望？"他语气渐弱，用尽最后气力大呼，"二位先生，你们要救救这个国家，救救这个苦难的民族呀！"

陈独秀泪流满面地接过血书，把郭心刚紧紧抱在怀里："心刚，你是这个国家的英雄，你给这个国家的青年树立了榜样。"

躺在陈独秀的怀中，郭心刚艰难地抓住白兰的手："兰子，对不起，我不能照顾你了，以后你就跟着两位先生吧。我死之后，你要把我的尸骨送回我胶州湾老家，埋在我父亲旁边。将来你如果有幸看到中国收回青岛的那一天，一定要给我们烧一炷香,这样我们父子就可以含笑九泉了。"

白兰哭成了泪人。

郭心刚深情地望着白兰,突然间,头一歪,永远地闭上了眼睛。

陈家小院里,陈独秀一个人呆呆地坐在院子里。他捧着郭心刚的白缎子血书,脑海里回闪着四年前与郭心刚认识以来的一幕幕场景。

1915 年在日本邮轮上,郭心刚、白兰被日本船警侮辱殴打,陈独秀挺身而出怒斥日本人。

1917 年初,陈独秀、汪孟邹来京涮羊肉时偶遇郭心刚和白兰,四人同锅涮羊肉。

1918 年,郭心刚为营救被捕的陈延年等人,头扎白布条在北大食堂前静坐,与张丰载拼命。

数天前,就在这个院子里,郭心刚一夜白头,向他倾诉家世……

满院的花香里,陈独秀静静地回忆着,情到深处,潸然泪下。

高君曼走过来,递给陈独秀一条手绢,含着热泪说道:"仲甫,得告诉延年他们,让他们回来送心刚一程。"

陈独秀没有搭话,无力地点点头。回到房间,他提笔给胡适写了一封信。

适之吾弟:

沪上方几日,京师已千年。你离京这几日,北京和北大发生了天崩地裂的震动。五月四日注定要成为中国历史上的一个里程碑。是日,以北大为主的十四所学校三千余学子上街游行,要求拒签巴黎和约,严惩卖国贼,捍卫我中华主权。此举震惊了中国和整个世界。反动政府派出大批军警,殴打并逮捕了三十二名学生,引起全社会强烈反对。各个阶层都行动起来了!到七日,反动政府不得不释放被捕

学生,斗争取得了阶段性胜利。

适之,我要告诉你,五四运动已经成为新文化运动的一个拐点,它以人民大众站起来直接解决社会问题的崭新形式开辟了中国人民反对帝国主义和封建主义的新时代。当然,这也需要牺牲。我们的学生郭心刚今天牺牲了。请你把这个消息告诉延年,让他来北京送郭心刚烈士最后一程,他们是好朋友。

此时,胡适正在上海陪同他的老师杜威讲学。

复旦大学礼堂座无虚席,杜威的演讲还没有开始,他正在休息室里和柳文耀等人交谈。

胡适身穿长衫,一手拉着陈延年,一手拉着陈乔年,柳眉跟在陈延年后面来到休息室。胡适高兴地向杜威介绍:"亲爱的老师,我来给您介绍两位出色的青年人。"说着,把延年、乔年推到杜威面前:"这是我的好朋友陈独秀先生的两位公子,人称安庆小英雄。别看他俩年纪小,可都是克鲁泡特金的信徒,不久将去法国勤工俭学。"

杜威十分高兴地拥抱并亲吻延年、乔年的脸颊:"陈独秀的大名我早已如雷贯耳,他是中国新文化运动的领袖。二位陈先生,我此次来华还有一个心愿,就是拜会你们的父亲。今天能够见到他的两位公子,真是高兴。看到你们,我想起了中国的一句古语,叫什么?适之,应该怎么说?"

胡适马上接过来说:"自古英雄出少年。"众人大笑。

陈延年拉着陈乔年,很有礼貌地向杜威鞠了一个躬,说:"杜威先生,见到您我们很高兴。您忙,我们就不打扰了。"说完,转身走了。柳眉赶紧给杜威鞠了个躬,也追了过去。

杜威有些失落,不解地看着胡适。柳文耀赶紧过来解释:"明天全市举行国民大游行,两个孩子是震旦学校的召集人,正忙着准备呢。"接着他贴在胡适的耳边说:"北京形势甚为紧张,要出大事了。"

深夜,搬迁不久的亚东书社里,胡适和汪孟邹、陈子沛、陈子寿以及柳文耀等人谈论着北京近几天发生的事情。

柳文耀简要介绍了自己所知道的情况:"5月4日,北京发生了大游行和火烧赵家楼事件,北大已成焦点,据说有不少学生被捕。"

胡适低着头,来回踱步:"我一直主张少介入政治,现在看来不介入不行了。"

前去报馆打听消息的陈延年、陈乔年和柳眉气喘吁吁地跑进来。陈乔年紧张地说:"北京出大事了,许多学校都在罢课,抗议政府逮捕游行学生。北大通电全国,呼吁抵制巴黎和会。蔡元培受大总统和教育部训斥,一日三递辞呈。"

汪孟邹赶紧递上一杯水:"慢点慢点,先歇歇再说。"

柳眉问胡适:"明天全市大游行,声援北大,您和汪叔叔参加吗?"

胡适毫不犹豫地说:"参加。游行完了我就回北京,这个时候蔡校长和仲甫他们一定很困难,我得回去帮他们。"

陈延年马上说:"胡叔叔,我们也想和您一起回北京去,报上说郭心刚被打伤了,住在法国医院,我要去看看他。"

第二天,柳文耀陪着吴稚晖从震旦学校教学楼走出来,看见一群学生在告示栏上张贴标语,上面写着"声援北京""严惩卖国贼曹汝霖、章宗祥、陆宗舆"等。陈乔年和柳眉正在散发传单。

陈延年站在台阶上,正向一些青年发表演讲:"北京形势甚为紧急,三十二名学生被捕,我的一位好朋友被警察殴打,受了重伤,生命垂危。现在全国都在声援北京,我们上海的爱国学生不能袖手旁观。同学们,赶快行动起来吧,走出校园,走上街头,走向战场!"

柳文耀对吴稚晖说:"敬恒兄,你的这两位高足现在可是成了学生运动的

领袖了。这是你的期望吗?"

吴稚晖毫无表情地说:"人家是青年导师陈独秀的儿子。打虎亲兄弟,上阵父子兵。他们要干什么,我说了不算。"

"听说仲甫先生现在都成职业革命家了,可谓天从人愿。"

"这是意料之中的事。北大改革后,陈独秀就不能当北大文科学长了,挂着历史教授的头衔,专职编《每周评论》,这倒正合他意,如今又成职业革命家了。"

柳文耀问道:"这么说他现在是一手托着两个刊物。《每周评论》和《新青年》有何区别?"

吴稚晖显出一副莫测高深的表情:"我也说不清楚,大概是《新青年》鼓吹科学、民主,《每周评论》抨击政府、鼓动学生运动吧。这两样都是他的强项。"

柳文耀摇摇头:"陈先生这么干可是要担很大风险的。"

吴稚晖长叹一声道:"这个人,心太大,以为整个中国甚至整个世界都应该听他的,整天对那些学生说什么'不要说我们一无所有,我们要做天下的主人'。一无所有还要做天下主人,这不是胡说八道吗?"

柳文耀话语中透着愁意:"哎呀,不是一家人,不进一家门。你看这延年、乔年,跟他父亲真是一脉相承。我这个傻闺女,一根筋地围着延年转,八匹马也拉不回来,我实在替她担心啊。"

吴稚晖拍拍柳文耀的肩膀:"心魔!你知道什么是心魔吗?"

柳文耀感慨道:"这个时代变得太快了,一转眼,全是外国的东西,让人眼花缭乱。现在我真的不知道该拿什么标准来衡量人和人生了。"

吴稚晖摆出一副教师爷的姿态:"那说明你没有信仰。老弟,生逢乱世,没有信仰就没有定力,那是很危险的。这一点,你还不如你的那个小丫头柳眉,你看她活得多充实、多自信。"

柳文耀摇头:"她哪里是什么信仰,那是盲目崇拜!"

吴稚晖笑道："那是你还没有真正理解他们。"

亚东书社前院，月光下，陈延年捧着陈独秀给胡适的来信，神色呆滞，陈乔年和柳眉都在掩面痛哭。

陈延年把头深深地埋在怀里，泪水很快浸湿了他的衣衫。他的脑海里浮现出与郭心刚车站离别的一幕：郭心刚那奔跑的身影，那热切的目光，历历在目，挥之不去。过了许久，他抬起头，擦干眼泪，站起来说："乔年，走，我们去工人夜校，我要给他们讲讲老郭的故事。"

柳眉应声而起："我也去！"

亚东书社后院，小花园里，胡适心情久久不能平静。

汪孟邹不无忧虑地说："我看了仲甫给你的信，感到他变了，好像又回到了二次革命时的那个状态。"

胡适点点头："不光是仲甫人变了，最重要的是这个社会变了。五年前，中国没有多少人知道欧洲和美国的理论，现在各种思潮涌入中国，把人心都搅动起来了。这件事是仲甫做的，在这个过程中他也就自然而然地改变了。诚如仲甫所说，中国现在到了一个拐点，对社会、对个人都如此。"

汪孟邹试探道："你好像有些伤感？"

胡适感慨地说："孟邹兄，我是经您介绍认识仲甫的，是他让我走上了一条我以前没有想到过的道路。不光是仲甫，我也一样，现在似乎都到了一个十字路口。对我而言，是跟着仲甫一心一意搞政治，还是关起门来做学问，我真的不知道该做何选择。说实话，我的内心很纠结。"

汪孟邹笑道："来，小老弟，咱俩喝一个。我给你说点酒话，不知你爱不爱听？"

胡适一饮而尽："酒后吐真言。你是我的恩人，我当然愿意听你的真话。"

汪孟邹点点头："当初我为你引见仲甫，是想让他提携你。那时候你离家

多年,还是个青年,我也并不知道你的底细。现在看,你和仲甫完全是两种不同类型的人。"

胡适来了兴趣:"愿闻其详。"

"在我看来,陈独秀如关东大汉,豪放刚烈。你胡适之似江南女子,多愁善感。陈仲甫雄才大略、气吞山河、一枝独秀,是天生的拓荒者、思想者和社会活动家。而你胡适之,诚如蔡鹤卿所言,'旧学邃密,新知深沉',是天生的学问家。陈独秀心里想的是大事,他搞思想启蒙、社会革命,奋不顾身,九条牛也拉不回来;你却一直在政治和学问之间犹豫徘徊、瞻前顾后。仲甫一旦确定了新的理念,必定九死不悔,笃信终身;你却注定一辈子要在新与旧的矛盾中挣扎,这种痛苦必将伴你终身。"汪孟邹说得情真意切。

胡适闻言,起身拱手:"汪大哥,没想到您竟有如此非凡的洞察力。佩服!佩服!来,我敬您一杯。"

汪孟邹直摆手:"你高抬我了,我不过是旁观者清而已。你和仲甫都是我的好朋友。我断定,你们俩终究是要分道扬镳的。但是,小老弟,眼下你要听我一句劝,国家危亡,匹夫有责。仲甫深陷旋涡,作为朋友,你决不能袖手旁观。"

胡适再次举起酒杯:"汪大哥,我和仲甫将来怎样,暂且不论。不过眼下这场学生运动,说到底,是仲甫和《新青年》多年运作的一个结果。我作为局内之人,理所当然要和仲甫同心同德。"

四

5月9日,中央公园的垂柳依旧在风中摇动。

吴炳湘、李长泰亲自指挥数千警察、宪兵蛮横地驱散游客,在公园大门上贴上了封条,封锁了天安门附近方圆几公里的交通。

教育部李司长在一队警察保护下来到北大红楼,庶务长要去找蔡元培。

李司长摆摆手："不必惊动蔡校长，我在这里和你说就行。"说着从公文包里掏出一张纸："本人奉傅总长之命来北京大学宣读教育部命令。中华民国教育部令：一、北京大学将保释学生移交法庭审讯；二、北京大学即刻整饬学风。"念完，李司长将文件交给庶务长。

庶务长为难地说："李司长，这个您应该当面交给蔡校长呀。您知道，我就是个跑腿的，根本无权接受这个命令。"

李司长凑到庶务长耳边小声说："你就代为收下吧，做个样子。本来这命令有三条，第一条就是查办北大校长蔡元培，是傅总长私自把这一条画掉了，所以这个命令是不能交给蔡元培的。"庶务长目瞪口呆，半晌说不出话来。

八大胡同兰香班，张丰载和刘一品带着几个小兄弟正在寻欢作乐。

刘一品端起酒杯："各位兄弟，好长时间没有来这兰香班了。今天丰载兄荣升《公言报》高职，可喜可贺，大家高兴，来，干杯。"众人鼓掌尖叫。

张丰载举起酒杯："各位兄弟，蒙吴总监举荐，兄弟我现在是《公言报·学海春秋》栏目主编了，这是我的公开身份。我的另一个身份是京师警察厅在册的高级警探，是吴炳湘总监直管的第二情报组的副组长，职责是跟踪学生运动，收集北京学界情报动态，瓦解北京学生联合会。从今天起，你们就是我的线人了，这兰香班就是我们接头的一个点。"众人又欢呼起来。

一个学生问："丰载兄，我听说《公言报·学海春秋》栏目是支持学生运动、专门跟政府唱反调的，这跟你干的事情不符呀。"

张丰载摇头晃脑道："说得好！挂羊头卖狗肉，这就是我们情报工作的特点。不入虎穴，焉得虎子！各位作为京师警察厅的线人，今后也要学会做两面人才行。"

"各位，这线人可是有佣金的。大家多搞些有价值的情报，丰载兄少不了你们的钞票，这小凤梨咱哥几个就给她包了。"刘一品鼓动着。

张丰载的情报组织很快就开始行动了。

北大三院礼堂门口聚集了不少学生。刘一品手下的几个人在忙着发传单、贴告示。

刘一品对一群学生说:"蔡元培把北大给出卖了,他让你们复课,说是为了保护被捕同学,这是圈套。你看,这被捕的同学放出来才几天,现在又要被警察厅带去审讯,听说还要被判刑。你们上了蔡元培的当了!"

一个马仔凑过来说:"曹汝霖出重金雇人要刺杀蔡元培和北大学生,徐树铮已在景山架起大炮准备轰炸北大了。"

一时间谣言四起,人心惶惶。

箭杆胡同9号《新青年》编辑部,陈独秀、李大钊、鲁迅、钱玄同、刘半农、高一涵、周作人、沈尹默等人正在分析形势、研究对策。

鲁迅连日来在《每周评论》上发表了许多文章,篇篇似匕首如投枪,直刺反动政府的心脏。北洋政府对外的懦弱和对内的暴行,特别是郭心刚之死,彻底引爆了积压在他心中多年的怒火,他爆发了。此刻,他激动地挥舞手臂,大声说:"同人们,中国几千年的封建统治造就了几万万顺民,可现在我们连顺民也做不了了,他们把我们逼上绝路了。决战的时刻到了,不在沉默中爆发,就在沉默中灭亡!"

鲁迅的话强烈地感染和震动了陈独秀,他觉得鲁迅说得很透彻。火烧赵家楼,一下子把中国多年来所有的矛盾都点燃了。爱国和卖国,现在成了摆在所有中国人面前的一道选择题,何去何从,谁也绕不过去。

李大钊想得更仔细、更深远,他认为现在的形势比前两天更加微妙。虽然被捕的学生暂时放出来了,但矛盾更加激化了。安福系军阀要借学生复课和取消国民大会的机会做两件事,一是签约,二是镇压学生运动,以显示他们对中国政权的控制力,而要做成这两件事,首先要把北大的领头羊制服。北大的领头羊是谁?是蔡元培,蔡元培已经成为反动派攻击的首要目标。

高一涵认为李大钊分析得很对："今天警察局已经发出传票,要传讯已被释放的被捕学生,并声称要依法追究他们的法律责任。总统府、政务院和教育部均已发出训示,斥责蔡元培渎职。"

鲁迅知道些内情,补充道："据悉,安福系已经内定胡仁源取代蔡元培做北大校长了。"

钱玄同接着说道："蔡校长最近心情不太好。今天早上我给他打电话,想去他家里看他,被他拒绝了。"

当夜,东堂子胡同,蔡元培一脸倦容地坐在椅子上,心情沉重。蔡夫人端来一盆热水,问道："你怎么一天也没有出门? 有什么心事吗?"

蔡元培叹了口气："警察厅又来了传票,要传讯被捕的学生,想给他们定罪。一旦这些学生再次身陷囹圄,我恐怕就无力回天了。都是些活蹦乱跳的青年英才,要是因为我断送了前程,我蔡元培何颜以对社会和国家啊!"

仆人来报,外交委员会汪大燮委员长来访。

汪大燮一手拿着徐世昌签署的给蔡元培和北大的训令,一手提着一包茶叶,看见蔡元培,赶紧放下东西,鞠躬致意："孑民兄,我向你请罪来了。"

蔡元培不解："伯棠兄何出此言? 前两天你还说我是中华民族的功臣,怎么今天又来请罪了?"

汪大燮面露愧色："好事多磨,好事多磨。千秋功臣您是当仁不让的,但眼下要吃些瓜落也在所难免。"

蔡元培不解地问："此话怎讲?"

汪大燮说："实不相瞒,下午段祺瑞召见我,明令外交协会不得干预巴黎和会签约,不得召集国内集会,不得散布与政府不同的言论,并说北京学生一万五千人所为之事,祸首在北大一校,北大一校之罪魁祸首在校长蔡孑民一身,蔡孑民断然不能再当北大校长了。他已给徐世昌打了电话,提议由胡仁源取代你做北大校长,田应璜取代傅增湘为教育总长,不日将提交内阁议定。"

蔡元培并不意外，说："我早有准备，已经三次提交辞呈了。伯棠兄，我当不当这个北大校长无所谓，关键是不能再为难那些学生了。"

汪大燮一脸的神秘："孑民呀，我思前想后，是我汪大燮连累了你，所以我要来向你报信，再给你出个主意。孑民兄你是北大的一尊大佛，我要送佛送上天。"

蔡元培苦笑："如今我已是众矢之的，声名狼藉，拿什么当佛，拿什么去普度众生啊！"

汪大燮笑道："所以我要你再演一出戏。你附耳过来……"

五

红楼二层文科办公室，教授们心神不定，议论纷纷。

辜鸿铭问刘师培："申叔兄，我请教你一个问题，你说这'天要落雨，娘要嫁人'的'娘'说的是谁？"

刘师培不解其意，一脸茫然："什么意思？"

"我认为这个要嫁人的'娘'，不是孩子他娘，而是尚未出阁的小姑娘。"辜鸿铭卖弄道。

刘师培一脸不屑："亏您老还是个享誉全球的国学大师，却不知道这个典故，要我给您补补课吗？"

辜鸿铭并不懊恼："据我考证，你说的那个典故是瞎编的。最近我看了清人王有光的《吴下谚联》，他对'天要落雨，娘要嫁人'是这样解释的：'天，纯阳无阴，要落雨则阳之求阴也；娘，孤阴无阳，要嫁人则阴之求阳也。如矢赴的，如浆点腐，其理如是，其势如是。'你看，这个王有光显然是把'娘'当作未婚女子的，如果是已婚的'老娘'，就不能说是'孤阴无阳'了。所谓'男大当婚，女大当嫁''女大不中留，留来留去留成仇'，讲的就是'娘要嫁人'，这是人道；'天要下雨'这是天道。人道和天道，皆不可抗逆。"

刘师培眨眨眼睛："辜汤生，您跟我卖弄这个到底是想说什么？"

辜鸿铭一本正经地说："我想告诉你，还有在座的诸位，该来的它一定要来，该走的它一定要走，不以人的意志为转移。"

就在这时，上任不久的教务长马寅初气喘吁吁地跑来大声说："不好了，蔡校长出走了！"

众人大惊失色。唯黄侃冷不丁地对辜鸿铭说了一句："汤生兄，果然是'天要落雨，娘要嫁人'了。"

次日，前门大街，报童疯狂叫卖："蔡元培离校出走，留下谜一样的纸条！"

蔡元培的留言被印成传单，醒目地张贴在北大红楼前的告示栏上。不少学生围着，读着——

"我倦矣！'杀君马者道旁儿'，'民亦劳止，汔可小休'，我欲小休矣。北京大学校长之职，已正式辞去；其他向有关系之各学校、各集会，自五月九日起，一切脱离关系。特此声明，惟知我者谅之。蔡元培。"

辜鸿铭、刘师培和黄侃从红楼出来，立刻被学生们围住，学生们问道："三位老师，蔡校长这字条到底是什么意思啊？现在有各种各样的解释。您三位是国学大师，能参透其意，跟我们说说吧。"

辜鸿铭开腔了："要想知道蔡校长的意思，你首先得知道字条上的两个典故。这第一个，'杀君马者道旁儿'，典出汉代应劭所撰《风俗通义》，原文是这样的，'长吏马肥，观者快之，乘者喜其言，驰驱不已，至于死'。"

刘一品急于知道字条的意思，好到张丰载那里邀功请赏，催促道："辜先生，您给我们讲白话吧。"

辜鸿铭鄙夷道："一看就知道你不是文科学生。这个典故的意思是说，有位官员养的马很肥，路人因马奔跑快而大加赞美，骑马的人听了这些话很是得意，于是不停鞭策，让马奔跑不已，结果把马给累死了。"

刘一品还是不懂，追问道："蔡校长引用这个典故是什么意思？"

辜鸿铭得意扬扬地说:"别着急呀,蔡公的留言还有一个典故呢。这第二句话'民亦劳止,汔可小休',典出《诗经·大雅·民劳》,原文是:'民亦劳止,汔可小休。惠此中国,以为民逑。无纵诡随,以谨惽怓。式遏寇虐,无俾民忧。无弃尔劳,以为王休。'"

一旁的黄侃不耐烦了:"汤生兄,您摇头晃脑半天可是跑题了。人家问的是蔡元培这个字条是什么意思。同学,我告诉你吧,'杀君马者道旁儿',这君指的是政府,这马指的是曹汝霖和章宗祥,而这道旁儿,就是你们这些学生啦。蔡元培的意思是,你们学生惹了祸,害得他不得不跑了。"

辜鸿铭一听,大为不满,指着黄侃说:"你这是对蔡公的污蔑。我告诉你们,君者指学生,马者是蔡元培本人,而道旁儿就是那个该死的巴黎和约和卖国贼曹汝霖、章宗祥、陆宗舆。蔡公出走,是被奸人所逼迫,他是为同学们着想、为北大分忧的。蔡公是伟大的!"

同学们纷纷为辜鸿铭鼓掌。

是夜,邓中夏、罗家伦、许德珩、张国焘、刘海威等同学在李大钊办公室开会,《新青年》同人编辑应邀参会,主题是讨论蔡元培出走事宜。大家纷纷猜测蔡元培的用意。

鲁迅拿着报纸,心情沉重地说:"蔡公是被政府逼走的,他走了,矛盾转到了他的身上,学生们才能脱险。蔡公他是为了保护学生才不得已辞职的。"

"我同意鲁迅的说法。蔡校长之所以跟我们不辞而别,一是为了保护学生,二是要我们不能妥协,继续抗争。各位要明白,蔡校长不在,大家正好放开手脚。"陈独秀说道。

"从现在起,我们北大的中心工作是发起'保蔡运动'。不光是北大,我们还要把这运动推向北京乃至整个中国。"李大钊说道。

"我们还是商量一下具体怎么做吧。是不是还是请学联出面组织?"刘半农建议道。

"光学联还不够,'保蔡运动'直接的对象是政府,首先出面的应该是教员。要赶紧联络北京高等师范学校的陈宝泉,请他抓紧牵头成立北京各校教职员联合会,出面和政府交涉。"李大钊有力地挥起手来,"学联要做好广泛的宣传发动工作,要通电全国,把'保蔡运动'扩展到社会各个层面,让全中国都动起来。必要的时候,要来个总罢课。"

在李大钊的带领下,北大马寅初、钱玄同、刘半农、高一涵、辜鸿铭、刘师培等几十位教授聚集在教育总长办公室前请愿。

傅增湘慌忙跑出来:"各位教授,你们这是做什么?"

李大钊手持呈文说:"傅总长,蔡校长因受外界胁迫辞职他去,他是我们北京大学的主心骨,北大不能没有蔡校长,北大师生誓与蔡校长共进退,故恳请傅总长设法挽留蔡校长。如蔡校长不留,则北大全体教授都将辞职。"

傅增湘双手接过呈文:"各位,你们的呈文我接受了。我个人对蔡元培辞职深表遗憾,当全力挽留。不过我不能代表总统、总理,请各位体谅。各位请先回学校,维持好正常教学秩序,等候消息。"

傅增湘回到办公室,一屁股坐在椅子上发呆,左思右想之后,喊来秘书。

秘书问道:"总长,有何吩咐?"

傅增湘把请愿书交给秘书,说道:"这是北大全体教授的请愿书,你马上转呈钱总理。桌上这些公文亦请你一并处理。我累了,要走了。"

秘书不解:"总长,您要去哪里?"

傅增湘苦笑,指着自己的椅子说:"这个位置不是人坐的。我要效法蔡元培,一走了之。你们不要找我,你们也找不到我。我去也!"

秘书慌了:"总长,您走了,这一摊子事情怎么办?"

傅增湘大笑道:"'天要落雨,娘要嫁人',随它去吧。"

第二十五章

进 退 之 间

一

北京前门火车站,邓中夏站在一张桌子上高声演讲,赵世炎、刘海威在一旁焚烧日货。火光闪烁,浓烟滚滚,围观的市民拍手称快。

北京城的每条大街上都有许多学生和市民演讲、示威、焚烧日货。

中南海内,陈宝泉、汤尔和等十八位北京中等以上学校校长集体站立在总统府门前,要求面见徐世昌。

总统府秘书长出来接待各位校长:"大总统身体不适,委托我代为接受各位校长的呈文。蔡元培辞职一事,大总统表示将尽快敦促国务院拿出意见。"

陈宝泉递上呈文,说:"请转告大总统,我们十八位校长明天来此聆听政府意见。"

十八位校长的呈文给北洋政府造成了很大压力,徐世昌召集钱能训、吴炳湘、李长泰等紧急开会。

徐世昌面色焦虑:"这一晃半个月了,学生闹事一波未平一波又起,搞得我晕头转向。蔡元培跑了,北京十八位校长要求我们予以挽留,否则都要跟着辞职。不得已,我下达了挽留令,可是他们得寸进尺,非要我表态不搞秋后算账。这个态我不能表。蔡元培的事情还没解决,没想到这傅增湘又来个不辞而别,蒸发好几天了。现在学生天天在大街上闹,到处演讲,到处焚烧日货,听说还死了人。吴总监，你说说是怎么回事。"

吴炳湘汇报："前天清华学校高等科一个叫徐曰哲的学生上街演讲后疲劳过度，猝死了。昨天一个叫周瑞琦的人在太平湖投湖自尽，这是原京师大学堂的毕业生，他留下了一份颇具煽动性的遗书，估计学生会拿这份遗书做文章。"

听完吴炳湘的陈说，徐世昌松了口气："大家都说说吧，现在怎么办？我想各位都清楚，学生越闹越凶，任其下去，后果不堪设想。"

李长泰依旧坚持自己的意见："要我说，根子还是我们太软了。就说傅增湘这个王八蛋，他说只有安抚才能不出事，现在安抚出个炸药包，他自己溜之大吉。这种人根本不能用。"

徐世昌望着吴炳湘："吴总监，你是什么意见？上次是你硬要把那些学生放了的，现在你怎么看？"

吴炳湘上次提议释放被捕学生后被段祺瑞找去狠狠地骂了一通，出于维护政权统治的本性，也出于段祺瑞嫡系这层关系，他对待学生运动的态度有了明显的改变。听到徐世昌的问话，他马上表态道："大总统，此一时彼一时。上次是事发突然，我们警力不够，准备不足，更重要的是不知底细。现在不一样了，我们从各地抽调了警力，我认为，不能再让了。"

李长泰一听吴炳湘也主张来硬的，更来劲了："我早说了，这知识分子就是欺软怕硬，你软他就硬，你硬他就软。"

"钱总理，你怎么看？"徐世昌看着钱能训。

钱能训看着软弱，心里明白，他可不愿背锅："要我看，这次学生闹事的根子还在巴黎那边，和约的事情不解决，学生的事就解决不了。"

钱能训的话触到了徐世昌的软肋，他不满地说："一码归一码，先说学生的事怎么办。"

钱能训并不争辩，埋下了头说："我没有办法，全听大总统的。"

徐世昌生气地瞪了钱能训一眼："那我就说说。关于学生闹事，老段和我

商量,提出这么几条:第一,免去傅增湘教育总长职务,由田应璜代之;第二,曹汝霖、章宗祥、陆宗舆继续重用;第三,鉴于蔡元培辞职不归,由胡仁源暂时执掌北京大学;第四,责成京畿警备司令部、京师步军统领衙门、京师警察厅不惜一切手段维护京城治安,遇有纠众滋事不服弹压者,依法严惩;第五,依法审讯5月4日滋事学生。"

李长泰使劲鼓掌:"好啊,早就该这样了。"

徐世昌拍着桌子说:"该我说的我都说了,下面就是你们的事了,各负其责。谁要是打了折扣,出了娄子,我就要照章办事了。散会。"

北京各主要街道很快就布满了全副武装的警察和宪兵。军警们骑着高头大马横冲直撞,看到成群结队的人,不问青红皂白立即驱散。很多地方,学生、市民和军警发生激烈冲突,形势骤然紧张。

是夜,北京学生联合会和北京教职员工联合会在北大三院小礼堂举行联席会议,商量对策。

邓中夏红着眼圈说:"前天,我们的一位校友周瑞琦在太平湖投湖自尽了。他留下一份遗书,我给大家念念:'中国有如此严重的内忧外患,不久也许就要亡国了。山东回归已是无望,南北和平遥遥无期。国人徒然旁观,学生空举双手,怎敌棍棒如林、刺刀如丛!我已万念俱灰,不忍目睹国破家亡之惨象,我宁愿做自由鬼而不愿做活奴隶。同胞们,如果我之死能唤醒沉睡麻木的国民,能激励你们挺身而出,奋然前行,则幸莫大焉,我愿把我的微薄之躯奉献给我的中国……'"

念着念着,邓中夏哽咽得说不下去了。停了好久,他说:"我提议,为周瑞琦义士默哀一分钟。"

全体起立,默哀。

邓中夏调整情绪后说道:"下面我宣读北京中等以上学校学生联合会和北

京各校教职员联合会决议：为抗议政府的倒行逆施，决定自5月19日起举行北京各学校全体总罢课。"

许德珩面色凝重，声音低沉："我们北大文科四年级学生郭心刚5月4日在赵家楼被警察殴打受重伤，于5月7日不治身亡。郭心刚同学是五四运动中为国捐躯的第一位烈士，是我们北京大学的光荣和骄傲。为悼念烈士，弘扬爱国精神，激励我们的斗志，北京大学学生干事会决定，于5月18日下午在北大法科礼堂隆重举行郭心刚烈士追悼大会，诚邀各校代表参加。"

北京高等师范学校的一位老师站了起来："郭心刚烈士不仅仅是北大的，他还属于我们北京学界，属于整个中国。他是五四精神的一个象征，他的追悼会应该以北京中等以上学校学生联合会的名义举行。大家同意不同意？"

场内齐声高喊："同意！"

二

津浦线上，火车呼啸北上，胡适和陈延年相对而坐，胡适低头不语。汪孟邹的话深深触动了他的灵魂，他在沉思。陈延年面无表情，两眼直直地盯着火车的顶盖发呆。郭心刚之死给了这个坚强的青年沉重一击。陈乔年在点数刚刚带上来的传单。柳眉把上海学生声援团的旗帜折叠起来，来回地摩挲。

北大法科礼堂，郭心刚的灵堂设在这里，前来悼念的人一批又一批，挽联和花圈一直摆到了礼堂外面。

葛树贵带着长辛店机车厂工人也来了。李小山拿着工人们用野花编的花圈，葛树贵手捧着白布挽联。

见刘半农、高一涵等教授在摆放挽联，邓中夏问："各位教授，这是长辛店工人送来的挽联，放哪儿合适？"

刘半农抬起头来，念道："御国敌除国贼匹夫有责，振民气合民力万众一心。嗯，不错，有气势！往前面放。"

礼堂一侧,高君曼、白兰等在做小白花。

刘海威带着陈延年、陈乔年和柳眉进来了。白兰看见陈延年他们来了,紧走几步迎了上去,几个人抱在一起,失声痛哭。

白兰拉着陈延年的手说:"刚子醒来的时候对我说,'好想再见一见延年,我答应他要陪他一起去青岛看看的,可惜没有机会了。你对延年说,青岛真的很美丽。'"

陈延年伤心得失去了理智,一把抓住刘海威,猛地摇了几摇,刘海威差点跌倒。陈延年叫道:"海威,不是说好让你看着老郭的吗?"刘海威悲愤不已,放声大哭。

高君曼把刘海威拉起来,安慰道:"孩子,别伤心了。来,我们一起做小白花吧。"

李大钊送葛树贵等人回去,正看到陈独秀和胡适站在礼堂门口交谈。葛树贵走上去,紧紧握住陈独秀的双手:"我是代表长辛店几千工友来悼念为国捐躯的烈士的。陈先生,工友们都托我给您带句话,拜托您和各位教授一定要挺住,决不能让这混蛋政府把青岛给丢了。如果徐世昌他胆敢卖国,我们工人坚决不答应!"

陈独秀激动地说:"好啊,有工友们做后盾,我们就更有底气了。葛师傅,请替我好好谢谢工友们。"

走进礼堂,胡适望着挽联,心情沉重:"我一直主张远离政治,可到头来还是绕不过去。你不想惹它,可它拉着你不放。仲甫,我现在同意你的观点,既然绕不过去就直接面对吧。"

陈独秀欣慰地说:"适之,救国和做学问,孰轻孰重,孰大孰小,不辩自明。个人和国家的命运是分不开的。心刚的死,让我对很多问题有了新的认识。除了让人民站起来直接解决问题之外,现在我还要再加上两个字——牺牲。当年谭嗣同就说过,'今中国未闻有因变法而流血者,此国之所以不昌也'。没有牺牲就不可能有胜利,我们要做好随时牺牲的准备。"

李大钊立刻响应:"我同意!"

胡适思考片刻,说:"我同意进行斗争,但我不主张蛮干。"

陈独秀看着胡适,欲言又止。

三

5 月 18 日,大雨滂沱。

北大法科礼堂里一片庄严肃穆的气氛。主席台上方悬挂着巨大横幅:郭心刚追悼会。

会场上悬挂着社会各界送来的近百副挽联,中间是蔡元培亲笔题写的四个大字"疾风劲草"和北大的挽联:"君去矣,甘将热血红青岛;吾来也,不许狂奴撼泰山。"

邓中夏宣布追悼大会开始,全体肃立,为郭心刚默哀。许德珩致悼词,追忆了郭心刚为救国救民奔走呼号、为收回青岛泣血明志的悲壮而短暂的一生,最后说:"我们今日悼念郭心刚,实无异于追悼我们自己,因郭君未了之事业,全凭我们继行其志,做到他现在的地位,方肯罢休。郭心刚同志的爱国精神并天地共存,与日月同辉。"

陈延年含泪发言:"郭君心刚,长我四岁,我们都亲切地称他为老郭。老郭是青岛人,他的父亲是为捍卫青岛主权而死的。今天,老郭又为争取收回青岛献出了他的生命。他用他的死告诉我们这些还在读书的青年,今日何时,尚有我们苦读寒窗的可能吗?我们若是只管读书,终无争回青岛的那一天。若是我们都能像老郭那样奋起力争,或有达目的之一日。老郭,我们向你宣誓,一定拼尽全力,决不允许政府签订那个丧权辱国的巴黎和约。"

各界代表发言,纷纷表示继承烈士遗志,完成烈士未竟之事业。最后全场高唱挽歌:黄河如带,泰山若砺,大好是中原;商于献地,督亢呈图,媚外无心

肝;血性男子,爱国健儿,赤手挽神州;城狐未除,陈东骤死,一死警千秋。

当晚,箭杆胡同,陈独秀家中,高君曼轻轻抚摸着白兰日渐消瘦的脸颊,柔声说:"兰子,从今往后,你就是我的女儿了,你这段时间搬过来和我们一起住吧。你陈叔已经给吴稚晖先生写了信,请他给你争取一个去法国勤工俭学的名额。等名额下来了,你就和延年、乔年、柳眉他们一起去法国勤工俭学。心刚只能先葬在北京,等你从法国回来再把他迁回青岛,葬在他父亲身边。延年、乔年,这是心刚对白兰最后的嘱托,你们俩一定要帮着白兰完成心刚的心愿。"

陈延年点点头:"白兰,你放心,我们一定会把老郭送回他的老家,跟他父亲在一起。"

白兰忍不住大哭起来。

陈独秀把郭心刚的"还我青岛"血书郑重地交给白兰,说:"白兰,这是心刚用生命书写的,还是交给你吧。你要好好保存,等到收回青岛的那一天,把它拿出来送给青岛的人民。"

北大红楼图书馆,李大钊和邓中夏、张国焘、赵世炎、许德珩、罗家伦、刘海威等学生骨干在办公室开会,商量总罢课事宜。

李大钊做了部署:"罢课的主体是学生,你们的行动不能局限于单纯的不上课,你们还要组织学生上街演讲、宣传,以发动民众,争取社会各界支持。同时要组织学生到上海、广州、南京、济南、长沙、武汉等中心城市去开展宣传发动工作,争取全国的支持。"

邓中夏率先表态:"守常先生说得对,我准备过几天去一趟长沙。毛泽东他们在那里搞得风生水起,我去向他们取取经。"

"我去上海宣讲郭心刚的事迹。"许德珩紧跟其后。

"我正在组织南下宣讲团,不日将赴广州宣传发动。"赵世炎说道。

箭杆胡同,陈独秀住所,高君曼挨个给几个孩子收拾房间。客厅里,陈延年、陈乔年、柳眉和白兰在做小旗。陈独秀拿着稿子走过来:"延年、乔年,我写了一篇文章,题目叫《为山东问题敬告各方》。这篇文章是为明天总罢课写的,内容很重要。为了让明天游行时大家都能看到这篇文章,今晚就要把它油印出来,你们能行吗?"

陈乔年答道:"行,我们干个通宵也要把它印好。"

柳眉跟着说:"我也参加。"

高君曼担心白兰的身体,关切地看着白兰说:"兰子,你就不要去了,早点睡吧。"

白兰摇摇头,轻声说:"师母,我也睡不着,给他们帮帮忙。"

陈延年看了陈独秀的文章,心中暗自叫好,嘴上却说:"为了老郭,我们不睡了,抓紧时间行动吧。"

一家人难得这么心齐,陈独秀很高兴,说:"好,现在我来刻钢板,延年和乔年去图书馆,把油印机和纸张拿来,我们在家里印。"

延年和乔年来到红楼,李大钊他们还在开会。延年把陈独秀写文章的事和李大钊说了。李大钊兴奋地对在场的人说:"你们看,仲甫先生跟我们想到一块去了,而且比我们想得更深、看得更远、行动更快。"

邓中夏对陈延年说:"仲甫先生的这篇文章今晚一定要印出来,而且要尽量多印一些,明天演讲和请愿时都要用。你们家人手不够,我们可以再去几个人。"

四

5月19日,天空云卷云舒。

北京大学、清华大学、北京高等师范学校、高等工业专门学校、政法专门学校、农业专门学校、中国大学、国民大学、汇文学校……各个学校大门上都挂起

同样的横幅:"今日罢课"。

北京各大学校一致举行总罢课,参加罢课的学生近三万人。

近千名学生在北大北操场集会。许德珩登台宣读"罢课宣言",阐述学生的失望和不得不以罢课来敦促政府的理由。

中南海大西门前,北京中等以上学校学生联合会的各校代表聚在这里集体请愿。邓中夏代表全体罢课同学宣读致大总统徐世昌的宣言,提出了六项要求:"一、欧会不得签字;二、惩办卖国贼;三、挽回蔡元培北大校长、傅增湘教育总长,取消田应璜执掌教育部的成命;四、收回警备命令;五、交涉留日学生被捕之事;六、维持南北议和。"

教育部大门前、前门大街,北京学校教职员联合会各校教授代表集体请愿,宣读"请愿宣言"。

从宣武门内大街一直到西四牌楼,十余里长的大街上到处都是演讲的学生,每隔一段就有一面大旗,上书"十人团"三个大字。各校学生以十人为单位组织演讲,形式多样,生动活泼,吸引了众多市民。许多市民给学生送茶送水,送鸡蛋、黄瓜。高君曼带着子美和鹤年在其中忙得不亦乐乎。

西四牌楼下,一个老板听了演讲后深受感染,主动登台说:"我是北京普通工厂纺纱机专卖处处长沈德铃,各位同学的爱国热情深深地感化了我,我愿意将我持有的纺纱机专卖权公开,送与国人,以强我国力。"他的行为赢得大家一片喝彩。

宣武门下,一队警察奉命驱赶讲演团和群众,双方形成对峙,僵持不下。陈延年跳上台子高喊:"各位警官,我知道你们也是奉命行事,现在我们不为难你们,我们不演讲了,我们给大家表演一个活报剧怎样?"

民众和警察们一齐说:"好!"

延年对一个警察说:"帮个忙,借您的衣裳用一下。"

延年换上衣裳扮演警察,白兰扮演学生,两人演了一场警察追逐学生的活报剧。追了两圈之后,一向温文尔雅的白兰突然转身指着延年扮演的警察大声责问:"你头上戴的不是中国帽子吗?你脚下不是中国的土地吗?你们穿的、吃的难道不是中国国民的血汗?我们这些学生为国家演讲,你们反而替敌人追逐我们,你们是中国同胞吗?"

白兰说得声情并茂,警察们听得感极泣下,有的甚至和同学们抱在一起痛哭。

长辛店机修厂,一个废弃的车库里,葛树贵召集了几百名工人听李大钊演讲。李大钊表情凝重:"我今天给大家讲一讲巴黎和约的事情。我们国家的青岛,清朝的时候被德国人侵占了。这一次世界大战,德国被打败了,我们是战胜国。青岛归还给我们,这是天经地义的事情。可是,日本人却说我们民国政府为了向他们借钱,曾经答应把青岛交给日本。巴黎和会上,美国、英国、法国不敢得罪日本,就答应了他们的要求。这样一来,我们这个战胜国不但什么也没有得到,反而把眼看就要回归的青岛让给了日本。我请工友们想一想,我们中国的事情,中国人做不了主,得让外国人给我们做主,这还有什么公理可讲?"

葛树贵振臂高呼:"打倒小日本!"

工人们齐声高呼:"打倒小日本!"

李大钊继续说道:"更可气的是,这样一个卖国的条约,政府居然接受了,同意签字了。工友们,我们现在叫中华民国。什么叫民国?民国就是人民的国家。可是在这个国家里,有哪一件事情是由人民决定的?各位工友,你们每天出力流汗,拼命地工作,自己吃不饱、穿不暖,是你们养活了国家。可是,国家哪一件大事征求过你们的意见?你们可曾有一天当过国家的主人?"

葛树贵愤怒地大喊:"没有!我们只是被人看不起的臭苦力。我们连饭都吃不饱,还当什么主人!"

李大钊提高了声调:"这次学生们上街游行,为的是什么?为的就是抗议

政府签订卖国的巴黎和约,为的就是捍卫中国的主权,为的就是你们能真正当家做主。现在,同学们的这种爱国行为却遭到政府的镇压,他们用棍棒殴打学生,还要把学生关进监狱,我的一个学生郭心刚前几天就被他们打死了。我们工人兄弟能够置之不理、袖手旁观吗?"

工人们愤怒地齐声高喊:"不能!打倒反动政府,为郭心刚报仇!"

不光是北京,全中国许多大城市,学生和市民都行动起来了。

上海龙华体育场,几千人集会声援北京学生运动。专程从北京赶来的学生代表许德珩正在大声演讲:"这次我们来上海,就是要让上海民众行动起来,响应北京总罢课行动。我们北京学生发动总罢课,对政府提出了四项要求。不达目的,我们决不复课!"

湖南长沙,二十多所学校的学生代表聚集在楚怡小学,除何叔衡外,都是朝气蓬勃的年轻人。大家群情振奋、议论纷纷。

毛泽东和邓中夏手拉着手走进来。

毛泽东挥手示意大家安静:"各位老师和同学们,今天,我们新民学会把长沙二十几所学校的代表召集到这里,主要是协商声援北京的五四运动,敦促政府抵制巴黎和约。这位是北京大学学生会的负责人邓中夏先生,他是受陈独秀和李大钊二位先生的委托来长沙寻求支援的。现在请他给大家介绍北京的情况。"

邓中夏开始发言:"各位老师和同学们,我也是湖南人,看到你们非常亲切。首先我要感谢毛泽东领导的新民学会,感谢各位对我们北大和北京学联的支持。目前北京的情况很令人振奋,但也充满着危机。从5月4日的学生大游行到现在,学生行动已经发展成为全社会的反帝反封建的爱国运动。眼下,民众与北洋政府处于紧张对峙阶段,我们必须坚持下去,举全国民众之力、全民族之力把这场斗争坚持到底。我们北京学联和北大学生会已经组织了二十多个宣讲团到各省去寻求支援,旨在掀起一场全民族的爱国运动,拯救这个濒临崩溃的国家。希望长沙各界迅速行动起来,给其他城市做出表率!"

何叔衡深受感染:"仲澥,我很想知道,这次运动我们要达到什么目的? 有没有一个具体的目标?"

"直接目的就是促使政府拒签巴黎和约,决不能把青岛让给日本。最终目的是要通过这次运动,唤起全民族的觉醒,彻底改造社会。按李大钊先生的说法,就是要实现劳动者成为天下的主人。"邓中夏说着,把《每周评论》散发给大家,"传着看看,从中可以了解北京的情况和我们的主张。"

毛泽东手持《每周评论》,激动地说:"各位,你们看,陈独秀先生提出的口号是让全体人民站出来直接解决问题。我们湖南不能落后。我代表新民学会提议,迅速成立湖南学生联合会,发动全省学生总罢课。同时,紧急联络社会各界,筹备成立湖南各界联合会,实现民众的大联合。"

毛泽东的提议得到大家一致响应。

新民学会会员、湖南商业专门学校学生彭璜站了出来,说:"润之,我们湖南商业专门学校可以牵头筹备湖南省学联并组织举行总罢课。不过,由于大家都缺少经验,我建议由新民学会承担起全省民众大联合的领导责任。润之,这件事你不能推辞,你要多担待一些才是。"

"责无旁贷!"毛泽东说,"为了有效地指导湖南的爱国运动,我提议仿效北京的做法,由湖南省学联主办一份杂志,就叫《湘江评论》,和北京的《每周评论》呼应起来。"

大家齐声叫好。

邓中夏很是兴奋:"润之的这个提议太重要了。现在北京的五四运动就是在陈独秀、李大钊二位先生主办的《每周评论》指导下进行的。仲甫先生每期都要发表好几篇文章,他就是我们的总司令。《湘江评论》也应该发挥这样的作用。"

彭璜："润之，我看《湘江评论》的主编非你莫属了。你不是北京大学新闻学研究会的会员吗？你来吧。大家同意不同意？"

大家一致高呼同意。

天津南开学校，天津学生联合会正在召开联席会议。马骏和赵世炎、周恩来手拉着手走进会场。

马骏向大家挥挥手："同学们，请安静。我首先向大家介绍两位同学。这位赵世炎同学是北京学联的代表，是受陈独秀和李大钊二位先生的委托来我们天津学联寻求支援的。这位周恩来同学刚从日本留学归来，是我们即将创办的《天津学生联合会报》的主编。现在请赵世炎同学给我们介绍一下北京的情况。"

赵世炎介绍道："京津一体，唇齿相依。现在北京的形势非常紧张，迫切需要全国各地的支持。月底前，北京学联将组织一次大规模的示威请愿活动，希望全国各大城市的学联都参加，一方面彰显全中国学生爱国运动的气势和决心，另一方面为成立全国学联做准备。这是我此次来天津的目的和使命。"

邓文淑介绍赴京请愿的安排情况："这次赴京请愿的天津代表团由马骏、刘清扬带队，天津各个学校都要派出代表参加。"

马骏接着介绍："天津学联决定效仿北大的《每周评论》，创办《天津学生联合会报》。鉴于周恩来同学以前在南开就主办过《敬业》和《校风》等刊物，有丰富的办刊经验，学联聘请他做会报的主编。"

周恩来神采奕奕地介绍办刊理念："我刚刚回国就赶上了五四运动。学联委我以重任，主编《天津学生联合会报》，对我而言，自然是义不容辞的责任。我们以北京的《新青年》《每周评论》《新潮》等刊物为参考，初步拟定以主张和时评为重点，设置了《新思潮》《新动态》等八个栏目和二十条办报宗旨。最主要是：本民主主义的精神，发表一切主张；本'革心'同'革新'的精神立为主旨,宣传新思潮,报道与评论国内外时事和全国学生运动;根据天津和全国形势发展,及时提出斗争口号,指导革命青年学生的反帝反军阀的斗争。"

邓文淑举手问周恩来:"您能给我们说说什么是'革新'和'革心'吗?"

"简单地说,革新,就是要改造社会。革心,就是改造我们自身的思想。革心是革新的前提和基础,革新是革心的目的。我准备以'革新和革心'为题,写一篇会报的创刊词,号召广大爱国青年自觉地把改造自身思想与改造社会结合起来,用世界新思潮、新思想武装我们的精神,唤醒民众的觉悟,把有这样志愿的人团结起来,实行对中国社会的根本改造。"

周恩来的演讲博得一片掌声。

五

北大红楼北操场上,十几面鲜红的旗帜迎风飘扬,旗帜上都写着醒目的白字:北京护鲁学生义勇队。

每一面旗帜下都是一支由几十名身强力壮的学生组成的队伍,每支队伍前面站着两位警察专科学校派来的教官。

义勇队总指挥刘海威站到队伍前面,高声说道:"今天,我们北京护鲁学生义勇队正式成立了。我们肩负着十几万名同学赋予的光荣使命。我们的任务是刻苦训练,强壮体魄,随时准备投笔从戎、保家卫国。现在请各队在教官指挥下进行训练。"

一时间,操场上龙腾虎跃,群情激昂。

5月中旬以来持续出现的抵制巴黎和约、反对日本接管山东的浪潮把日本政府惹怒了。5月21日,日本驻华公使小幡西吉紧急会见北洋政府代理外交总长陈箓,向他递交了抗议照会,要求北洋政府采取切实措施保护在华日本人的利益和人身安全,对严重侵害日本人安全的行为予以压制。

陈箓接过照会,例行公事地向小幡西吉表示歉意:"公使先生,请您原谅,

对于学生,我们的国家还缺少对策。"

小幡西吉轻蔑地看着陈箓:"亲爱的代理总长先生,恕我直言,对待学生,您的国家不仅缺少对策,还缺少霸气。这一点,请您代为向徐世昌总统转告。如果不及时处置,一切后果都要由贵国承担。"

小幡西吉的这份照会还真的把北洋政府吓住了。

中南海总统府,徐世昌召开内阁会议商议处置学生的对策。徐世昌介绍了陈箓报告的日本公使递交抗议照会的情况,接着说:"今天一大早,芝泉就给我打来电话,说清华大学和其他学校的学生不上课改练武了,竟然还组织了军队。我说列位,本月以来,光学生问题,我已经主持开了十几个会了,学生闹事不但没有平息,反而愈演愈烈。吴炳湘,你把情况给大家说说。"

吴炳湘会前被段祺瑞找去臭骂了一顿,严令他履行职责,拿出有效办法。所以他憋着一肚子火,站起来说:"5月19日起,北京各校举行总罢课,到现在已经一周了。此次学生虽然没有游行,但规模较之五四更大,卷入的人多,连中小学也罢课了。更严重的,不光是学生,各个阶层都不同程度卷入了;不光是北京,全国各大中心城市都闹起来了。全社会卷入,这是前所未有的事情。据悉,北京学生组织了数十个'十人团',每十人一组,南下各地宣传鼓动。北京的十几所学校,成立了北京护鲁学生义勇队,请军事教官教授打枪、格斗;北京的商人和劳工也蠢蠢欲动,大有和学生联手的趋势。五四的时候,学生提出的要求是严惩卖国贼,而现在,他们已经开始把矛头直接指向了政府。因此,卑职认为,如果此时不果断采取强硬行动,学潮势必形成燎原之势,迅速扩散到全国。我们不能对学生听之任之,要采取果断措施,该抓的抓,该判的判,该杀的杀。"

钱能训是怕事的人,知道学生不好惹,想给自己留条后路,硬着头皮说:"我对吴总监的意见不敢苟同。我认为这次学潮的根子是蔡元培出走。我们要想办法把蔡元培请回来,把北大的学生交给他来管,这比动硬的会更加有效,成本和风险要小得多。"

吴炳湘明白钱能训的心思:"我看你这是剃头挑子一头热。蔡元培和他身边那些鼓吹新文化的教授就是学生运动的幕后指挥者。你想靠他们来帮助政府平息学潮,无异于痴人说梦、与虎谋皮!"

会场顿时变成了辩论场,众人七嘴八舌,争得面红耳赤。

总统府秘书长在徐世昌耳边嘀咕了几句,徐世昌起身离开会场。场上继续争吵不休。

没多久,徐世昌回来了,他使劲地敲打桌子,大声说:"学生闹事,非同小可。刚才芝泉和我通了电话,他主张不能软,不能退,不能让洋人特别是日本人笑话我们没有执政能力。怎么办?我权衡再三,就照芝泉的意思办。吴炳湘,你要加强警力。李长泰,你们宪兵要加强执法巡逻,马队要全天候出动。该抓的抓,该管的管。中华民国,依法办事嘛,不能让学生扰乱了社会治安。教育部和其他职能部门要立场坚定、态度鲜明,对那些捣乱分子要敢于硬碰硬。当然,也不能光来硬的,霸王硬上弓也不行,要软硬兼施,两条腿走路。钱总理,我话就说到这里。具体怎么办,你负责落实吧。"说完,转身离去。

钱能训接着主持会议,研究落实方案。他说:"解决学潮问题,总的原则就是刚才徐大总统说的四个字——软硬兼施。硬到什么程度,要有个底线。"

吴炳湘反问他:"抓人行不行?"

钱能训并不直接回答:"我只说原则,怎么办是你的事。"

吴炳湘气得直拍桌子:"钱能训,你这是耍滑头,应该判你渎职罪。"

钱能训一声冷笑:"好呀,求之不得。你要是能把我送到监狱里躲过这一劫,我还真的要好好感谢你呢。"

李长泰不耐烦地打断他们:"别斗嘴了。总统不是说清楚了吗?该抓的抓,该打的打。不光是我们宪兵和警察要来硬的,教育部也要来硬的。"

京兆尹站起来说:"不能光来硬的,都来硬的,还叫什么软硬兼施,还有什

么好研究的?"

李长泰很是不屑:"软的你来,老子不会。"

京兆尹站了起来:"三条:一是让各个学校都提前放假;二是宣布举行公务员考试;三是多派些密探、特务,打进学生内部,做好策反工作。"

钱能训拍手叫好:"这软的方案,就按京兆尹说的办。第一、二条由教育部落实,第三条由吴总监落实。吴总监,你手下不是有许多密探吗?花点钱,让他们策反去呀。"

六

马神庙北大理科小礼堂,刚刚成立的北京商学界联合会,近百人正在召开联席会议,专题研究抵制日货。部分学校校长、学生联合会、教职员联合会以及商会会长等在座。

突然,校园里一下子拥进了几百名警察和宪兵,马队也开进来了。小礼堂被团团围住,只许进不许出。

吴炳湘和教育部官员都来了。教育部李司长奉命宣布教育部训令:"勒令北京各学校校长会同教职员于三日之内督促学生一律上课,违令者开除。"

接着,吴炳湘宣布大总统令:"京师乃首善之区,严禁集会游行、演说、散布传单等激切行为,严令文武长官严密稽查。如再有前项情事,务当悉力制止,其不服制止者,应即依法逮办,以遏乱萌。"

刘海威带着北大护鲁学生义勇队的同学赶来和警察理论。吴炳湘指挥警察大打出手,当场抓走多名学生。

午后,同学们聚集在北大红楼告示栏前,围着教育部训令议论纷纷。胡适正好路过,站在训令前面沉思了许久。

当晚,北大学生干事会、教职员联合会会员以及《每周评论》《新潮》《国民》等刊物负责人在图书馆阅览室开会,分析形势、研究对策。

张国焘汇报情况："自小幡酉吉照会之后，北洋政府加大了惩罚力度。内务部昨天已经对京师警察厅发出训令，要求北京警务机构不择手段平息排日风潮。今天上午，东城学生讲演团与日本人发生口角，遭到警察拘捕。据说徐世昌已经给北京及各省下达命令，要求对集众游行、演说、散布传单等行为悉力制止，其不服制止者，将立刻依法查办。"

"今天不光是警察，连步兵和马队都上街了，而且见人就打，气焰十分嚣张。"赵世炎介绍。

邓中夏代表北大学生干事会提议："北大各个组织、刊物、社团一致决定不执行教育部三日内复课的训令。所有罢课学生将行李、书籍等物收拾整齐，一旦政府强行执行解散令，学生全体离校，另谋救国出路。"

大家一致通过了这个提议。

箭杆胡同9号，电灯拉到了院子里，大家都在忙碌着。自从学生开始罢课，高君曼每天都要买一担黄瓜回家，晚上洗干净，第二天带着孩子们上街送给讲演团的学生。此刻，她正在和白兰、柳眉、陈乔年洗黄瓜，陈延年在起草募捐宣言，陈独秀在书房写作。

陈独秀拿着稿子走出书房："延年、乔年，你俩去红楼图书馆把油印机搬来，今晚我们要把这篇《对于日使照会及段督办通电的感言》印出来，明天交由讲演团散发，让国民都能看清楚日本的狼子野心和政府的卖国嘴脸。"

延年、乔年和柳眉来到红楼图书馆，李大钊正在写文章。陈乔年说明来意，李大钊朝地下指了指说："这油印机正被你们的胡叔叔占用着呢。你们去看看他用完了没有。"

三个人来到地下一层印刷厂，胡适正带着傅斯年、罗家伦几个同学在油印一份传单，传单是胡适起草的建议把北大搬到上海去的签名信。

乔年很是吃惊："胡先生，为什么要把北大迁到上海呀？那样的话，就不能

叫北大,而应该叫上大啦。"

胡适笑了:"叫什么名字不重要,重要的是北京这个地方是个政治的旋涡,总统府打个喷嚏学校就要闹地震,根本不能安心做学问。搬到上海去,远离这个旋涡,对学校的发展有利。"

延年不解地问傅斯年和罗家伦:"不是说明天所有'十人团'一起出动上街宣讲吗,你们两个总指挥怎么现在还有空来搞这个签名?"

傅斯年有点尴尬地摇摇头:"师命不可违。"

胡适的签名信印完,陈延年三人把油印机搬回家里。

陈独秀听到动静,醒了,出来问:"怎么了?红楼那边有事吗?"

陈乔年抢着报告说:"胡适先生写了个倡议,要把北京大学迁到上海去。他亲自带着傅斯年和罗家伦几个同学油印传单,数量特别多,我们一直等到他们印完。"

陈独秀一头雾水:"什么倡议?我怎么不知道?"

柳眉递上一份传单:"陈伯伯,我拿了一份,您看看。"

陈独秀接过传单一看,勃然大怒,声音都在发抖:"这个胡适之吃错药了吧?这么大的事情,怎么不跟我商量?简直是胡闹!北京这边好戏刚刚开场,他就要谢幕拆台子,简直不可理喻!延年,你去把胡适给我喊来,就说我找他有急事商量。"

陈延年心里同意父亲的意见,反对把北大迁到上海,但又觉得父亲的态度很不恰当:深更半夜把人家喊来训话是很不礼貌的事情。犹豫之间,陈独秀又说话了:"怎么回事?你到底去不去呀?"

陈延年想了想,还是表明了他的态度:"提倡议、印传单是人家的自由,你可以不同意,但无权干涉人家的自由。再说这大半夜的你把人家叫来训话,是典型的封建家长制的做法,我不能同意。"

陈独秀被噎住了,气得直咳嗽,但又拿陈延年没办法。高君曼走过来,一边拍着陈独秀的后背一边责怪道："你怎么还是这么大脾气？"

陈独秀推开高君曼，一把拉住陈乔年："乔年，好儿子，你跑一趟，把胡适给我叫来。这件事非同小可，弄得不好会出大事。"

高君曼以商量的口气问："老头子，明天再说不行吗？"

陈独秀怒气冲冲地说："不行！"

陈延年缓和了一下口气："不是我不愿意去，是你这种做法太不合适。胡适先生是大教授，不是你的跟班。"

陈独秀怒气冲冲地说："我去找适之，这节骨眼上决不能让他动摇军心。"

他气呼呼地赶到北大红楼，傅斯年和罗家伦等正在阅览室里分发倡议书。陈独秀厉声问："适之先生呢？"

傅斯年答道："已经回家了，陈先生您怎么来了？"

陈独秀逼视着傅斯年、罗家伦："你们知道你们这样做的后果吗？你们这是在制造分裂！"

傅斯年为胡适辩护道："胡先生这么做也是出于好心，他不想让政府把北大肢解了。"

陈独秀猛地一拍桌子："糊涂！大敌当前，这么做是自毁长城，帮卖国贼的忙，结果必然是亲者痛、仇者快！"

傅斯年小声说："可这传单已经印好了，胡适先生说明天一早就交给各个'十人团'沿街散发。"

陈独秀把手里的传单撕得粉碎，大声说："这个传单和签名信一份也不能发，必须马上统统销毁！"

傅斯年急了，但又不敢阻拦，只好说："陈先生，这事要不要和胡教授说一下？我们负不了这个责任。"

陈独秀两眼直视傅斯年："你傅斯年不是口口声声要做真理的追随者吗，怎么到了节骨眼上就趴下了？现在全中国甚至全世界都在看着北大，这个时

候要把北大迁走,就是吹灯拔蜡,扼杀革命! 这么浅显的道理你难道还看不明白? 你们要做卖国贼和日本人的帮凶吗?"

一张张传单被撕得粉碎。

初夏的夜晚,凉风习习,陈独秀与李大钊两人绕着红楼漫步。陈独秀不无伤感地说:"守常,我真的不能理解适之为什么要这么做。"

李大钊叹了口气:"仲甫兄,延年他们来取油印机之前我就和适之争论过了。他有他的想法,而且其中还有为你着想的成分在里边。从他的立场和角度考虑,他的想法也无可厚非。所以,你也不必想得太多。"

陈独秀吃惊地问:"为我考虑,什么意思?"

李大钊解释道:"适之认为,你在北大树敌太多,已经成为众矢之的,如今又被免了文科学长。蔡校长走了,没人能够保护你,而以你的脾气,早晚要出问题。如能趁这个机会把北大搬到上海去,逃离京城这个是非之地,北大和你自然都解脱了。"

陈独秀问:"他是这么说的?"

李大钊答:"没有明说,但我看出他有这个意思。"

陈独秀强压住怒火:"他有没有想过,这个根节上北大迁走了,郭心刚就白死了,巴黎和约就没有人反对了,中国就没有出路了?"

"他和我们的立场和视角不同,观察问题不在同一个层面。你我也不能把自己的立场和观点强加于他。"李大钊说。

陈独秀追问道:"你认为他是什么立场和视角?"

李大钊答道:"他认为北大是做学问的地方,不能跟政治搅和到一起。学术自由、思想交锋、百家争鸣,文人圈里怎么碰撞都不过分,但绝对不能跟政权和军队对抗。按他的话说,学校毕竟是政府养着的嘛。"

陈独秀一声冷笑:"那政府腐败、卖国怎么办? 北大就不要爱国、不要抗争、不要行使国民的民主权利了? 如此下去,这个国家还有什么希望?"

李大钊无奈地摇摇头："他也不是反对爱国和抗争,他说他不远万里回来就是要报效国家。但是他不主张对抗。他还对我发了脾气,说区区北大和政府、军队对抗,无异于以卵击石,到头来吃亏的必定是学校和学生。现在北洋政府来硬的了,它要真的把北大解散了,你还怎么爱国? 皮之不存,毛将焉附? 现在我们必须把皮保存下来才行,其他的事可以慢慢来。这就是我们的青年导师胡适教授的立场和视角,他代表了很多人的观点和利益。"

陈独秀急了："一年以前他胡适之还是豪气冲天、冲锋在前的反封建斗士,怎么转眼之间就成了瞻前顾后、畏缩不前的模样? 如此精神,怎么能成就复兴中华民族的大业!"

李大钊是个极其感性的人,他被陈独秀的精神感动了,停下来真诚地说:"仲甫兄,我敬佩你是一个纯洁的、眼里容不得沙子的人。但是,人各有志,不能强勉。适之是个有学问的好人,但他和你我只是一段征程上的同路人,迟早是要分道扬镳的。"

陈独秀从未想过胡适会与他离心离德,他不解地问李大钊:"同路不同志? 守常,你这话是什么意思? 你说的我们要走的路又是什么?"

李大钊盯着陈独秀,目光如炬,十分坚定地说:"仲甫兄,这个问题我想了很久了。我认为,俄国人的路,就是我们今后要走的路。我非常想和你好好谈谈这个问题。"

陈独秀不以为然:"守常,你扯远了,现在不是谈这个问题的时候。现在我们要做的是与北洋政府做斗争,迫使其拒签那个可耻的巴黎和约。我们不能半途而废。现在我要去找适之,把他拉回到我们现在的路上来。他是我引荐到北大的,我不能不管。"说完,径直向校门口走去。

李大钊一把拉住陈独秀:"你这人啊,这么多年脾气一点也没改。你也不看看现在几点了,胡适家里可还有刚满月的孩子呢,你现在跑去和他吵架,合适吗?"

陈独秀站住了，不好意思地摇摇头。

此时，陈延年、陈乔年和柳眉已经把传单印好了。高君曼让他们赶紧去睡觉，自己坐在客厅里等陈独秀回来。

陈延年搬个小板凳坐在高君曼旁边埋怨道："姨妈，你说这老头子怎么这么霸道？他凭什么那样对待胡适先生？"

高君曼叹了一口气："你爸爸就是这个脾气，到处得罪人。不过，你要相信，他不是为自己，他是为大家好，他心里装的都是大事。"

陈延年仍然心绪难平："我看过一本外国心理学的书，说'习惯决定性格，性格决定命运'。我看他这种老子天下第一的性格是成不了大事的，好事也会被他给弄坏了。"

高君曼摇摇头，笑了："我看你们爷俩是前世冤家，针尖对麦芒。不过这样也好，总得有个人敢呛他才行。"

柳眉从里屋走出来，对陈延年使了个眼色："我想和你探讨个问题，行吗？"

陈延年转过身来："你说吧。"

柳眉拉起陈延年就往外走，两人来到院子里。

夏夜，院子里的花草正在吐露芳香，散发着清新的气息。陈延年问道："什么事，还非要到院子里来说？"

柳眉认真地看着陈延年："延年，你不觉得你对你父亲的态度太过分了吗？"

陈延年诧异道："我怎么过分？明明是他不对嘛。"

柳眉又问："难道你也认为胡适先生把北大迁到上海去的倡议对吗？可行吗？"

"胡叔叔的倡议确实不妥，而且也不可操作，可是老头子不能采取这种蛮横的态度。胡适先生并不比他的名气小，更何况这种事情他指使我一个晚辈去做，让胡适先生情何以堪？"延年辩解道。

柳眉不满地说："可是你毕竟是他儿子,你这样顶撞他,他会很伤心的。"

陈延年依然固执："像他这样的独裁者就得有人敢顶撞他才行。"

柳眉气愤地质问道："陈延年,你怎么能这样薄情?"

陈延年吃惊地看着柳眉："我薄情吗?"

第二十六章

患难见人心

一

鸽子在院子里咕咕叫唤。一大早,陈延年他们几个年轻人就起来了,吃过早饭,收拾好旗帜和传单,便来到前门演讲。

陈独秀昨晚回来得很晚,打了个盹天就亮了。他来到南池子缎库胡同 8 号胡适家。

"仲甫兄来了。"胡适开门,满脸堆笑道。他早就料到陈独秀会一早来找他。

陈独秀劈头就问:"适之,昨晚我去红楼找你,你怎么那么早就回来了?"

胡适答道:"老兄知道,我有家规,10 点钟必须睡觉。家有悍妇,不敢不从。"

陈独秀被逗笑了:"想不到名冠中华的胡适教授在家里竟然是个唯唯诺诺的好丈夫呀。"

胡适直摇头:"仲甫兄见笑,快请屋里坐。"

江冬秀产后刚满月,体态臃肿。她端着茶具出来迎接陈独秀:"我来谢谢陈学长。您看,君曼嫂子送我的这身衣服,正合适。不然的话,我这会儿还真没有衣服穿呢。"

陈独秀忙说:"客气客气,我已经不是文科学长啦,现在和适之一样。"

胡适连忙接过茶壶,故意打趣道:"我说夫人,你这鸭蛋模样的身材就别在陈兄面前显摆了,我来吧。"

陈独秀本来是要训斥胡适的,一看这个场合实在不合适,便对江冬秀说:"弟妹,我想借适之到外面去说几句话,您看行吗?"

江冬秀大大咧咧地说:"看您说的,好像是我用裤腰带拴了他。他就是在家也不和我说话,有他没他一个样。"

陈独秀和胡适从南池子出来,本想找个小酒馆,可是因为学生罢课,酒馆也关门了,两人就沿着紫禁城边漫步,很长时间都是沉默。

还是陈独秀先开了口:"适之,我来找你为什么事情,你知道吗?"

胡适苦笑:"知道。"

陈独秀面带愠色:"昨天晚上,我把你的倡议书和签名信都撕了。"

胡适平静地说:"今天一大早傅斯年就告诉我了。"

陈独秀有点不自在,说:"你怎么不生气?"

胡适答道:"仲甫兄,不要说你撕了我的倡议书和签名信,就是把我的家给烧了,我也不会生气的。为什么呢? 第一,你对我胡适有知遇之恩,恩将仇报不是我胡适的做派。第二,你明明知道我提议北大南迁上海是为你好,却毅然决然地把它撕了,你这么做,完全是出于国家和民族大义,如此襟怀,我胡适怎么能生气呢?"

陈独秀被感动了:"这么说你想通了?"

胡适摇头:"不生气和想通了是两码事。"

陈独秀又不高兴了:"适之,小道理要服从大道理,这有什么想不通的? 我问你,现在北京几十万人都行动起来了,全中国几万万人都行动起来了,全国都在声援北大,你却提出要把北大迁到上海。北大走了,五四运动的中心就没了,大家的努力就全都白费了,郭心刚就白白送命了,就没有人能够阻止签订巴黎和约了。这个道理还用得着多想吗?"

胡适不想和陈独秀吵架,但也不愿服软,他努力用平缓的语气说:"仲甫兄,你说的这个我焉能不知?可是现在北洋政府已经来硬的了,明令三日之内必须复课,不复课就要采取强制措施。我也请你想想,北大的解散和搬迁,两相比较,哪一个更有利呢?"

陈独秀站住了,高声吼了起来:"北大是中国的北大,堂堂中国一流大学,是它北洋政府说解散就能解散的吗?解散北大,北大的同学和老师能答应吗?中国民众能答应吗?你胡适之什么时候变成一只被驯服的小绵羊了?"

胡适脸上挂不住了:"仲甫兄,既然你把话都说到这儿了,那我就不隐瞒我的观点了。两年前,我从美国回到中国,为的就是爱国和救国。那时你对我说二十年不谈政治,要一心致力于启蒙国民的思想。我认为这就是一个学者爱国和救国的根本之道。在这条道上,我们《新青年》各位同人齐心协力,把新文化运动搞得风生水起,把过去死气沉沉的旧北大搞得生机盎然。可是后来你变了,你说搞新文化离不开政治,甚至说新文化运动本身就是政治。"

陈独秀紧紧盯着胡适:"难道我说的不对吗?你怎么不想想我为什么要变呢?一个战胜国,去巴黎参加世界和平大会,得不到胜利果实,反而把青岛给丢了。在这种情况下,不变、不斗争,我们还是中国人吗?我们这个国家还有主权和尊严吗?"

胡适毫无退缩之意:"争取主权,反对强权,这些我都理解。所以,五四运动,学生上街游行,反对巴黎和约,我真心支持。在上海,我还和延年他们一起参加了示威游行。可是现在不同了。学生不上课,教授不教书,整个北京的学校都罢课了,整个国家的教育都瘫痪了,我们还拿什么去爱国救国?仲甫兄,像你这样一味蛮干是不行的。"

陈独秀第一次被胡适顶撞,自尊心受到极大伤害,脸色发青,手指发颤:"胡适之,我正告你,国家利益大于天。什么叫蛮干?反对政府签订巴黎和约叫蛮干?反对把青岛拱手送给日本人叫蛮干?难道我们中国人就应该像猪一样任人宰割吗?"陈独秀声音大得出奇,不少路人都疑惑地盯着他们。

胡适害怕了,口气缓了下来:"仲甫兄,你不要激动。我不是主张不抗争,也不是说罢课就是蛮干,我是说斗争要讲究策略,要尽量减少损失。我之所以提出把北大迁到上海,也是想把北大保留下来。留得青山在,不愁没柴烧。仅此而已。"

陈独秀已经被胡适气晕了,他几乎歇斯底里地喊道:"你这是妥协,是投降! 我算看明白了,中国之所以如此窝囊,就是因为郭心刚太少,胡适之太多了!"

路上的人看到陈独秀这个样子,以为两人要打架,都围了过来。胡适也是第一次见到陈独秀这个样子,一下子被吓到了,赶紧服软,连连拱手:"仲甫兄息怒,我贸然提出北大南迁,没有和你商量,这是我的不对。幸好倡议书和签名信都没有发出,没有产生实际影响。这事就算过去了,改日我请客,向你赔罪。咱们回去吧。"

二

陈独秀和胡适抄近道来到北沙滩,发现北大已被大批军警团团围住,还有马队在大街上横冲直撞。

两人来到校门口,大铁门已经关闭,只有一个小门开着,荷枪实弹的军警严密把守,只准进,不准出。

陈独秀上前询问情况,警官告诉他,大总统徐世昌三天复课的时限已经到了,现在要按照命令封闭学校、整饬校规、抓捕纠众滋事者。一名老师告诉陈独秀,前门、西单、宣武门等地都打起来了,抓了很多学生,情形惨不忍睹。

陈独秀急了,要进校园找人商量,被胡适死死地拽住:"仲甫兄,这个时候进去就出不来了,不如在外边想想办法。"

陈独秀想了想,点点头:"走,我们先回家商量。"

北大这边被封锁了,大街上却没有动静,演讲的、抵制日货的都没有军警干涉。

到了傍晚,风云突变,手持警棍的警察、荷枪实弹的步兵和横冲直撞的马队都上街了。这次学生主要是演讲和抵制日货,并无暴力行为。这种情况下对学生采取武力镇压,主要是屈从于日本人的压力。钱能训反复强调的一点就是可抓、可打,但绝对不能死人。他的理由是,一旦死了学生,就可能引发全社会的反抗。值此南北两个政府和谈僵持之际,民众就会倒向南方政府,那就对北洋政府极其不利。根据这个精神,吴炳湘决定在傍晚动手,这个时候学生正准备回校,围观的市民也都要回家,只要用马队略微一冲,就能收到很好的效果,也不会遇到很大反抗。

前门大街上大约有十个"十人团"。陈延年他们那支队伍里面有陈乔年、赵世炎、刘海威、何孟雄和柳眉、白兰、易群先等,马队冲过来的时候,他们正要收工。马队第一轮冲击就把他们冲散了,旗帜和传单撒了一地。

刘海威忙着去抢旗帜,陈延年忙着收拾那些还没有散出去的传单。后面的警察和步兵冲上来了,警察抡起大棒子,步兵端着枪杆,不管三七二十一,见人就打,围观的民众顿时作鸟兽散。刘海威把附近几个"十人团"召集在一起,带着赵世炎、何孟雄等男生围成一个圈,把几个女生围在中间,小心翼翼地离开危险地带。

警察接到的命令是驱赶,步兵接到的命令是抓捕,马队接到的命令是打人。面对刘海威他们组成的大圆圈,步兵要硬冲进去抓人,警察做驱赶状撵人,现场看起来有点像老鹰捉小鸡。

陈延年忙着收拾传单,落了单。持枪的步兵跑过去想抓住他。柳眉看见步兵嗷嗷叫着向陈延年那边跑,马上大叫道:"延年快跑,步兵抓人了!"说着,不顾一切地从包围圈中冲出来奔向陈延年。

就在这时,马队冲了过来。慌乱之中,奔跑的柳眉被绊倒了。眼看着马队就要踩到柳眉,千钧一发之际,陈延年奋勇向前,一个鱼跃,一把拉过柳眉,把她护在身下。马队疾驰而过,陈延年被挥舞的马鞭狠狠抽中,顿时倒在地上。

天渐渐黑了,人群被驱散了,空荡荡的大街上一片狼藉。

被吓晕的柳眉醒了,睁开眼,发现陈延年伏在自己身上,满头是血,不省人事,慌忙大叫"救人"。她用尽气力翻过身来,把陈延年搂在怀里,掏出手绢,一边帮他擦血,一边喊着他的名字。

陈延年被叫醒了,躺在柳眉怀里问:"这是什么地方?"

柳眉说:"我也是刚刚醒来,不知道这是哪里。"

陈延年挣扎着站起,定了定神,脑海里回忆起呼啸的马队即将踩到柳眉的情景,对柳眉说:"我想起来了,这是前门大街。"

天下起了小雨,路灯都被打坏了,大街上没有人,静静的。这时,不远处传来刺耳的警笛声。陈延年头晕得厉害,站立不住,又倒下了。柳眉拼命地把他扶起来,不知道该往哪里去。

过了好半天,一个老巡警走过来,问道:"是学生吗?"

柳眉流着眼泪点点头,说:"老人家,请帮帮忙,他被打晕了,我们不知道该往哪里去。"

老巡警摇摇头说:"作孽呀。"说着,帮柳眉扶起陈延年,告诉柳眉他们奔大栅栏那边去,因为那里商铺多,警察不查。柳眉感激地对老巡警连连作揖,扶着延年走了。

被冲散的陈乔年和白兰相互搀扶着回到箭杆胡同家里。高君曼正在给学生们蒸馒头,看见陈乔年拖着一只衣袖、白兰披头散发地回来,惊慌地问:"怎么这副狼狈样? 出什么事了? 延年和柳眉呢?"

陈乔年慌忙问:"我哥还没回来吗?"

高君曼说:"没有啊,你们不在一起吗?"

陈乔年一拍脑袋,懊恼地说:"坏了,他俩肯定被抓了。"

高君曼一听，急了，拿起衣服就要出门。陈独秀恰好回来，高君曼一把抓住陈独秀，声音里带着哭腔："老头子，不得了啦，延年和柳眉不见了。"

陈独秀听乔年、白兰把事情经过叙述一遍之后说："今天反动派下手了，围了北大校园，还抓走几个跟他们辩论的学生。不过出去演讲的同学回校时并没有和警察发生冲突。如果延年和柳眉被警察抓走了，倒没有大问题，就怕被马队冲散了。"

高君曼一把拉住陈独秀："走，乔年，你带我和你爸到前门大街找去。"

前门大街，雨下得很密。陈独秀和高君曼、陈乔年三人撑着伞，一边走一边喊："延年、柳眉——"

一个老巡警走过来："你们找什么人？"

高君曼急忙回答："我们找两个孩子，一男一女，都不到 20 岁。"

老巡警问："是演讲的学生吧？"

高君曼犹豫了一下，说："是，下午在这儿演讲的。"

老巡警告诉他们，演讲的学生要么早被赶跑，要么就被抓走了，要么就自己找地方躲起来了。

高君曼问："那我们该去哪儿找呀？"

老巡警说："要找被抓走的学生，去警察厅；要找受伤的，去医院；要找受伤躲起来的，去大栅栏看看。说实话，警察厅和医院都不好找，我劝你们去大栅栏那边去碰碰运气吧。"

听了老巡警的话，六神无主的三个人赶紧向大栅栏跑去。大栅栏的商铺都关门了，街上一团漆黑，除了下雨声，别的什么都没有。

陈延年为救柳眉挨了一马鞭，又被马踩了一脚，此时正一阵一阵地犯迷糊。

雨下得挺大，两个人都睁不开眼，浑身都湿透了。柳眉背不动陈延年，只好坐在一家商铺前的石阶上，抱着陈延年手足无措地干等。她怕极了，流着眼泪,一遍一遍地喊着:"延年,你要坚持住,一定要坚持住啊!"

绝望中,远处传来呼喊声。渐渐地,柳眉听清楚了,一个女声两个男声,交替地呼唤着"延年、柳眉"。

柳眉听出来了,欣喜若狂,大声回应:"我们在这儿呢,在这儿呢!"

陈独秀、高君曼和陈乔年跑过来了。陈独秀紧紧搂住延年。柳眉抱着高君曼放声大哭,高君曼拍着柳眉说:"不怕,我们回家。"

陈独秀果断地说:"延年有危险,要赶快送医院。"说着,扶起延年,招呼乔年:"来,搭把手,我背着他。"

雨越下越大。漆黑的街道上,陈独秀背着陈延年,在雨中艰难地行走。他第一次感到这个倔强的、经常顶撞他的儿子离他如此之近,在他心里又如此之重。

陈乔年为他俩打着伞,高君曼搂着柳眉,一家人在黑夜中缓缓向医院走去。

第二天清晨,法国医院。昏迷一夜的陈延年终于醒了。他睁开眼睛,望着雪白的天花板,转了转脑袋,看见了正在写文章的陈独秀。他没有惊动父亲,因为不知道该和父亲说些什么。他努力地回想之前发生的事情,渐渐想起了前门大街的马队,想起了向他跑过来的柳眉,想起了向他挥舞的马鞭,想起了昏暗冰冷的大栅栏。想着想着,他一下子坐了起来。

一宿未睡、正在全神贯注写作的陈独秀被吓了一跳。他看见儿子坐了起来,关切地问:"醒了?"

陈延年像是自言自语:"这是什么地方? 我怎么会在这里?"

陈独秀看着他:"这是法国医院。昨晚你被警察打伤了,轻度脑震荡,我们把你送到了这里。不过你放心,医生说了,没有大碍,静养几天就好了。你姨妈和乔年、柳眉昨晚淋了大半夜的雨,我让他们回去睡一会。我在这儿陪着

你,正好赶着写了一篇文章。受昨晚事件的启发,来了灵感,一气呵成,写成了这篇《山东问题与国民觉悟》。怎么样,我给你念一段吧?"

陈延年点点头。陈独秀拿起稿子,念道:"现在中日两国的军阀,不都是公理的仇敌吗?两国的平民若不用强力将他们打倒,任凭你怎样天天把公理挂在嘴上喊叫,他们照旧逆着公理做去,你把他们怎样?所以我们不可主张用强力蔑弃公理,却不可不主张用强力拥护公理。我们不主张用强力压人,却不可不主张用强力抵抗被人所压……一个人、一民族若没有自卫的强力,单指望公理昌明,仰仗人家饶恕和帮助的恩惠才能生存,这是何等卑弱无耻不能自立的奴才!"

陈独秀停下来问道:"延年,你同意这里的观点吗?"

陈延年想了一会儿,点点头。

陈独秀叹道:"可是有人不同意。"

陈延年问道:"谁不同意?"

陈独秀情绪有点激动:"胡适之,就是那个被你们奉为导师的胡适教授。"

陈延年不说话了。

高君曼拎着饭盒走进来,看见爷俩在说话,心里很高兴,笑眯眯地说:"延年醒啦。你们爷俩在聊什么呢?"

陈独秀也很高兴:"我给他念我刚刚写好的文章。"

高君曼笑着责怪道:"你这老头子,儿子刚刚醒过来,你给他念什么文章呀,还想让他上街游行去?"

陈延年脑子里想的还是抗议的事:"姨妈,今天学联还组织上街演讲吗?"

高君曼答道:"这个我不清楚。柳眉和乔年淋了雨,两人都伤风了,我让他们在家里躺着。老头子,你一夜没睡了,回家去吃饭睡觉吧。"看着陈延年,又说,"昨晚你爸爸发了脾气,非要把我们赶回家,说我们在这他不放心,他一个人在这儿看着你。"

陈独秀站了起来："好，你来了我就走了。大夫说了，上午还要打针，你在这看着，我去红楼把这篇文章印出来。"

高君曼叫道："你不要命了！先回家吃饭、睡觉，然后再印不行吗？地球离了你就不转啦？"

陈独秀笑笑："你还别说，这会儿要是离开我还真有可能转不动了。"说着，朝陈延年摆摆手，"好好休息。"说完转身走了。

陈延年望着父亲的背影，心里有一种从未有过的感觉，嘴上却说："姨妈，您看，他也太狂了吧！"

三

同一天上午，北京十八所中等以上学校的校长都被紧急召集到教育部开会。

北京高等师范学校校长陈宝泉向身边的汤尔和打听内情："教育部总长并未到任，各校都在罢课，这时候把我们找来有什么事情？你消息灵通，给透露透露。"

汤尔和说："具体什么事情我不知道，但是我敢肯定，一定与罢课有关。昨天来硬的了，今天有可能来点软的。"

一干官员匆匆走进会议室。李司长向大家挥手致意："各位校长，教育部傅总长离职，田总长尚未到职，兄弟我勉为其难，奉命向各位校长通告一事。根据国务总理钱能训签署的批复令，鉴于目前北京各个学校的现状，教育部决定自即日起北京各校停课，提前放暑假，但各校毕业班照常举行毕业考试，不参加毕业考试的学生不得毕业。"

校长们交头接耳地议论起来。

停了一会，李司长说："兄弟的公事完了，请各位校长落实吧。"

见李司长要走，陈宝泉赶紧说话："现在学生正在罢课，没法举行毕业考

试,这个训令我们高师没法落实。"不少校长表达了同样的意见。

李司长摆摆手:"兄弟我只负责宣读训令,怎么落实是各位的职责。对不起,我告辞了。"说完便起身离去。

陈宝泉问汤尔和:"这算什么招?"

汤尔和神秘地说:"高招!这一招叫三十六计,走为上计。厉害得很呀。"

陈宝泉不解:"怎么讲?"

汤尔和解释道:"你想呀,提前放假,学校里的一切运作都得停止。食堂关门了,图书馆关门了,教员回家了,这样学生在学校就多了很多困难。再说,既然已经停课了,你罢课还有什么意义,跟政府也没有关系了。"

众人恍然大悟:"原来是这么回事。"

汤尔和继续显摆:"更厉害的是毕业班不停课,照常毕业考试。这各校毕业班的学生大体占到罢课学生总数的三分之一。这部分学生得为自己的前途着想,不参加毕业考试就不能毕业,就拿不到毕业证书,拿不到毕业证书就很难找工作。他们为个人前途计,就得参加考试,而一旦参加考试,就意味着自动复课,总罢课也就自动瓦解了。"

陈宝泉一拍桌子:"就是啊!这一招真厉害。咱们怎么办?"

汤尔和一副无所谓的样子:"能怎么办?让学生自己决定呗。"

从医院出来,陈独秀来到北大。北大门口站了不少警察和步兵,大街上不时有马队来回巡逻。大门已经可以自由出入了,警察只管把成群结队的学生分开,并不限制学生单独行动。

红楼告示栏上新贴出了两张告示,一个是教育部关于提前放暑假和毕业考试照常进行的通知,另一个是钱能训签发的国务院关于提前举行文官高等考试和外交司法官考试的通知。不少人都在围观,大家议论纷纷。有人说,文官考试提前了,得赶紧复习去。陈独秀凑上去看了几眼,皱起了眉头。

陈独秀来到红楼图书馆,李大钊、胡适等关切地询问:"听说延年昨晚被打了,现在怎么样?"

陈独秀答道:"轻微脑震荡,送到法国医院,医生说无大碍,过几日就可以出院。"

胡适叹了口气:"我觉得不能这样硬顶下去,损失太大了,得不偿失。"

陈独秀瞪了他一眼,拿出《山东问题与国民觉悟》一文交给刘海威:"我在医院里写了一篇文章,海威,你赶紧找人刻蜡纸,印成传单,今天就散发出去。"

胡适连忙拦住:"且慢,仲甫,大街上全是军警、马队,明令不许演讲、散发传单。为安全计,我看你这篇文章还是不要印成传单了。"

陈独秀冷笑道:"适之,我一夜没睡,就是为了写给你这种不敢跟政府对抗的人看的。海威,你给适之教授念一念吧。"

刘海威念道:"我们国民因为山东问题,应该有两种彻底的觉悟。一、不能单纯依赖公理的觉悟;二、不能让少数人垄断政权的觉悟。由这彻底的觉悟,应该抱定两大宗旨,就是强力拥护公理,平民征服政府。"

李大钊兴奋得拍手称快:"好,过瘾!这个时候最需要这样的文章,我同意马上印成传单散发。"

胡适明确反对:"与强权斗争可以有多种方式,为什么一定要走极端,一定要做那些无谓的牺牲?"

陈独秀愤然道:"我也不想走极端,可是政府在走极端,我们怎么办?"

李大钊站起来:"邓中夏和许德珩他们去北京高等师范学校参加学联临时代表大会了,我们正在等待大会的决定。仲甫,你什么意见?"

"我的态度已经在这篇文章中表明了——要坚决斗争。当然,也得考虑适之的意见,不能做无谓的牺牲。"陈独秀说。

李大钊挥挥手:"好,你的意思我明白了。仲甫,你一夜未睡,回家休息去吧。有紧急事情我会去找你商量的。"

陈独秀想了想,说:"行,我先回家吃点东西,肚子已经抗议了。"

陈独秀走后,北大各个社团刊物以及学生干事会和教授团的代表来了,大家一起分析形势、商量对策。张国焘报告说:"昨天教育部发布停课和毕业班照常考试的训令,对各校影响极大。北京农业专科学校、法政专科学校等学校中的许多应届毕业生自动取消了罢课。另外,国务院发布的关于提前进行文官和外交司法官考试的消息也在一部分学生中产生了消极影响。从今天的情况看,罢课的学生人数锐减。同时,由于政府采取了严厉的镇压措施,影响了一部分同学的心理,加上军警封锁阻拦,今天各校'十人团'都取消了上街演讲活动。下一步怎么办,需要找到有效的方式方法,否则斗争将难以为继。"

大家各抒己见。

"我赞成仲甫先生提出的'强力拥护公理,平民征服政府'的口号,决不能屈服于反动派的淫威。明天我们各校的护鲁义勇队上街,为'十人团'保驾护航。实在不行,就和警察来个硬碰硬。"刘海威旗帜鲜明地发表了自己的意见。

胡适不客气地打断了刘海威的发言:"你这是蛮干。你曲解了仲甫的意思,刚才他不是说得很清楚吗?不要做无谓的牺牲。我认为,这个时候应该以退为进,取消罢课,合法斗争。"

李大钊不同意胡适的意见,认为他说的那个以退为进,说到底就是取消抗争,缴械投降。

大家争吵了起来。

邓中夏、许德珩还有赵世炎等同学回来了。邓中夏宣布:"北京学生联合会临时代表大会一致决议,北京学生联合会所属三十八所学校继续罢课,坚持把斗争进行到底,不达目的决不罢休。同时决定,为减少牺牲,各校'十人团'应暂时取消演讲、游行活动,可以变换方式,动员学生用卖国货的方式发动市民抵制日货,抵制巴黎和约。"

大家热烈鼓掌。胡适松了一口气,对刘海威说:"这就是我所主张的以退为进的方式。”

第二天，从西四牌楼一直到宣武门内大街，到处都是吆喝卖国货的学生。他们或一人，或三三两两，不扎堆，单兵作战，警察和步兵不知怎么回事，只能干看着。

街上有许多青年，包括邓中夏、赵世炎、陈乔年、何孟雄等人，他们各个手拿布袋，有的上面写着“国货”，有的写着“提倡国货”，见人就鞠躬，劝说路人、市民买国货，有牙粉、肥皂、手巾、香水、纸烟等，也有卖《新青年》《每周评论》《新潮》《国民》等杂志的。买的人很多，同学们还趁机做宣传。

四

学生运动的新变化很快引起了当局的注意，吴炳湘召集警察厅情报组开会商讨对策。京师警察厅共有三个情报组，一共有近二十人。

吴炳湘清了清嗓子：“自政府采取强硬措施之后，学生运动得到有效遏制。虽然学联决定继续罢课，但已经有不少学校毕业班开始复课了，参加罢课的人数减少了很多。根据线报，这两天已经没有‘十人团’上街演讲、游行、散传单了。不过，这还仅仅是开始，据说他们现在换了花样。具体的情况，请负责学生运动的第二情报组副组长张丰载给大家介绍。”

张丰载表情很严肃，略微有点拘谨：“上周北京学联召开临时代表大会，一致决定所属三十八所学校继续罢课，与政府抗争到底。同时还强调，为避免牺牲，暂时取消‘十人团’，化整为零，由学生单兵作战，采用卖国货的形式进行宣传鼓动。从这几天的情况看，北京每天都有几万名学生上街，在各种场合卖国货、搞募捐，有的还发传单。最近我们收集到了几十份陈独秀撰写的《山东问题与国民觉悟》的传单。这份传单公开号召‘强力拥护公理，平民征服政府’，鼓动民众与政府进行武力对抗，影响极坏。我们分析，学生卖国货势必会与日本商人、军人发生冲突，这将给政府带来极大的危机。对此，我们要未雨绸缪，

及早拿出对策。"

吴炳湘问:"你们情报二组对学生运动的趋势是怎样评价的?"

张丰载答:"我们认为,情况并不乐观。现在学生是主动示弱,正在酝酿更大的动作。"

吴炳湘追问:"什么大动作?"

"具体什么动作现在还看不出来,不过有一点可以肯定,他们在等待全国的响应。现在南方政府明确支持学生运动,上海、济南、南京、武汉、长沙、广州等地都在蠢蠢欲动,一旦形成燎原之势,局面将无法挽回。"张丰载说。

"你们有什么对策?"吴炳湘再问。

张丰载答:"我们认为,学生运动策源地是北京大学,学生背后的操纵者是那些鼓吹新文化的旗手。从多种迹象分析,起指导作用的是《新青年》《每周评论》《新潮》《国民》等激进刊物。学潮期间,这几个刊物都加大了出版力度。学生的口号,大都出自这些刊物。这表明,陈独秀、李大钊这些人是学生运动的幕后指挥者。我们建议对这些人加强监控,必要时采取强制措施。"

一个老警司提醒说:"陈独秀这些人是社会名流,在社会上影响极大,没有切实证据,不能轻举妄动。我们的行动稍有不慎,就会成为社会动荡的一个新的导火索。"

会场上议论纷纷。

吴炳湘朝大家摆摆手:"好了,我说几句。今天这个会开得很好,特别是第二情报组的介绍和分析都很好,给我们制定下一步对策提供了依据。下一步怎么做?四个字:软硬兼施。硬的我们已经做了,软的也收到了成效。现在看来,软要比硬效果更好,这方面还要加强。大家要多想想办法。好,到饭点了,散会吧。"

食堂里,吴炳湘独自在他的专桌上吃饭,看见张丰载打好了饭菜在找座位,便让勤务兵把他喊过来。

张丰载端着盘子坐在吴炳湘对面,谄媚地问:"总监有什么训示?"

吴炳湘:"丰载,刚才你的分析很对,陈独秀就是学生运动的总后台。过去他是利用蔡元培控制学生,现在是利用刊物指导学生。对于他你有什么想法?"

张丰载狠狠地说:"最简单的办法是以煽动罪直接把他抓起来判刑。"

吴炳湘摇摇头:"这可不行。刚才刘警司说得有道理,陈独秀在社会上影响太大,没有证据抓他反而会激化矛盾,引发更大动乱。"

张丰载眨巴了几下小眼睛:"那就想办法孤立他、恶心他、折磨他,让他自顾不暇,顾不上也没有心思操心学生的事。"

吴炳湘顿时来了兴趣:"这倒是个好主意。你有什么高招?"

张丰载探身上前,低声道:"陈独秀脾气暴躁,锋芒太露,到处得罪人,在北大就有很多宿敌,像辜鸿铭、刘师培、黄侃等,这些人本来就和他意见不合。现在连一些曾经和他走得比较近的人也对他心有不满。陈独秀已经不当北大文科学长了,正是策动这些人找陈独秀算账的好时候,同时我们也可以借此瓦解学生运动。"

吴炳湘点点头:"那好,你是北大出来的,这个工作你来做。"

张丰载面露难色:"辜鸿铭这些人都是北大元老,我够不上,恐怕得您亲自出马才行。"

吴炳湘思考片刻,说道:"嗯,那我来想办法。你能做些什么?"

张丰载神秘地说:"我可以去离间陈独秀的两个儿子,让他后院起火。"

吴炳湘诧异道:"陈独秀的儿子?"

张丰载介绍说:"陈独秀和原配生有三男一女。大儿子陈延年、二儿子陈乔年现在北京和他住在一起。这两个儿子天生与陈独秀不对付。特别是陈延年,笃信无政府主义,倔得很。前两天他参加演讲在前门被打伤了,现正住在医院。我可以试着去策反他,看能不能通过他来钳制陈独秀。"

吴炳湘兴奋得猛地一拍桌子,菜汤溅了张丰载一脸:"好,你把手上的事情停下,专心做这件事,我给你拨专款。办成了,我为你请功、升职。"

张丰载顾不上擦脸,连忙点头:"谢总监栽培。"

吴炳湘叮嘱道:"不过你要注意,不能暴露你在警察厅的身份。"

张丰载点头哈腰:"这个属下明白,我是《公言报》专栏主编。"

回到办公室,吴炳湘给张长礼打电话,让他想办法找到辜鸿铭。

傍晚,一辆小汽车把辜鸿铭、刘师培、黄侃接到了六味斋。

下了汽车,刘师培和辜鸿铭心里都不踏实。刘师培问黄侃:"这个乱哄哄的时候,李司长请我们三人吃饭,蹊跷呀。他要干什么?"

黄侃是居中牵线的,也在犯嘀咕,他不安地说:"我也不清楚,是国会议员张长礼告诉我,说教育部李司长久慕我等三人大名,想和我们交个朋友,所以他做东请我们一起吃个便饭,介绍大家认识。"

辜鸿铭不高兴了:"是张长礼做东,你怎么不早说,这肯定是鸿门宴。"

黄侃:"说实话,我心里也不踏实。不过既来之,则安之,谅他也搞不出什么大名堂来的。"

正说着,张长礼和李司长迎了出来,张长礼把李司长介绍给辜鸿铭等三人:"这位是即将升任教育部次长的李司长。"

李司长赶紧拱手作揖:"久仰三位教授大名,今日相识,不胜荣幸。"

三人随张长礼进入饭店,一桌丰盛的酒菜早已备好。张长礼热情招呼道:"来,三位大师,直接入席吧。"

刘师培在官场上混过多年,预料这里有名堂,他没有就座,拱手施礼道:"敢问两位先生,何故宴请我等?"

张长礼笑道:"三位先请入席,坐下再说。"

辜鸿铭站着不动:"无功不受禄,我老辜向来不吃无名之席,还请二位说个明白才好。"

张长礼有点尴尬："不为何事。李司长上任在即,想和三位交个朋友而已。三位不必多心,请坐下再说。"

三人没办法,只好坐了下来。

张长礼举起酒杯："来,为大家相识,先干一杯。"

刘师培站起来,用手挡住张长礼和李司长举过来的酒杯："二位且慢,恕我无礼,在下一向胆小,实在不敢饮这无名之酒,还请二位先说出缘由才好。"

辜鸿铭也站了起来："二位,我老辜来也来了,坐也坐了,算是给足你们面子了。二位要是再不说出事由,我可要脚底抹油开溜了。"

张长礼一看僵住了,只好对李司长说："李兄,那就开诚布公吧,三位都是性情中人。"

李司长放下酒杯："既然三位大师执意要喝个明白酒,那我就直言了。兄弟在教育部担着大学管理的责任。自五四以来,北大在陈独秀、李大钊、胡适等人煽动下闹学潮已近一月,眼看北京的教育已经瘫痪,损失难以估量。在下以国家为念,为职责所系,恳请三位大师能出面拨乱反正,率先走上讲台,恢复教学。如此,北大幸甚,国家幸甚,教育幸甚。"

张长礼一旁帮腔："李司长知道三位多年来遭受陈独秀压制,一直郁郁不得志,非常愿意为三位出头。"

辜鸿铭向刘师培使了个眼色,坐了下来："李司长愿意为我等出头,好啊。请问李司长,怎么个出头法?愿闻其详。"

李司长："三位若能帮助政府尽快恢复北大教育秩序,便是北大的功臣。兄弟将保举三位与新任校长胡仁源一同执掌北大。"

刘师培和辜鸿铭不约而同拉开身后的椅子站起来,黄侃见状,也跟着站了起来。

刘师培不阴不阳地说："我说我怎么六神无主的,原来是在闹鬼。二位,明说了吧。我刘师培虽然不赞同蔡元培、陈独秀、胡适的文化观,但我并没有忘

记自己是一个中国人。我决不赞同政府签订卖国的巴黎和约;我虽然并不主张学生罢课,但是我绝对不会出卖自己的学生。"

辜鸿铭晃着小辫子说:"我老辜火眼金睛,早就识破了尔等诡计。你们一桌酒菜就想收买我,也太不拿我辜鸿铭当回事了吧? 告诉你们,和洋人斗,我还是学生娃的祖师爷呢。对不起,告辞!"

辜鸿铭和刘师培拂袖而去。

黄侃愤怒地指着张长礼:"助纣为虐,为虎作伥!"说着赶紧跟了出去。

气急败坏的李司长看着张长礼,摔掉酒杯,大骂:"吴炳湘这个王八蛋,出的什么馊主意!"

五

法国医院,陈延年头缠绷带躺在病床上闭目养神,柳眉在给他读《每周评论》。陈乔年、赵世炎、何孟雄、易群先悄悄摸进来,四个人用布袋子遮住脸,一起说:"先生,请买点国货,为罢课的学生尽点力吧! 牙粉、毛巾、肥皂,都是您需要的。"

陈延年坐起来,一把扯开一个布袋子:"乔年,你又搞什么鬼?"

陈乔年笑起来:"哥,不让我们演讲,我们就改卖国货了。用这个宣传鼓动市民,还能筹集资金,警察只能在旁边干瞪眼。"

陈延年好奇地问:"这是谁的主意?"

赵世炎得意地说:"学联的决定,当然主要还是受到仲甫先生的指点。"

陈延年惊讶地说:"他不是主张用强力维护公理的吗,怎么还会出这种软招数? 老实说,这种打水不浑的方式,我看不上。"

赵世炎指着陈延年:"你呀,对你父亲有偏见。他可是个真正的高人。"

陈延年不服气:"我看不出来他高在哪里,你那是盲目崇拜。"

"你呀,'不识庐山真面目,只缘身在此山中'。"赵世炎笑道,"好了,不说这个。你怎么样？我们可是想死你了。刚刚收工，易群先就非要来看你，连饭都顾不上吃。"

陈延年："我根本就没有大碍，是姨妈和柳眉死活不让我出院，急死我了。"

柳眉放下报纸，叫道："都脑震荡了，还说没事，后遗症很厉害的，需要观察一段时间。"

陈延年不答，看着易群先："易同志，谢谢你来看我。还没回河北？"

易群先瞥了何孟雄一眼："哎呀，好长时间没有听到有人叫我同志了，好亲切呀。我是从河北来看望何孟雄同志的，可是人家不领情，不搭理我。保定法文专科学校也罢课了，还不如在北京和你们一起战斗。"

柳眉笑道："群先，人家何孟雄早就跟你说了，他有对象，而且特别优秀，鼎鼎大名。我看你就知难而退，适可而止，不要自讨没趣了，给我们女生留点面子好不好。"

易群先并不气恼："他有和别人谈恋爱的自由，我有追求爱情的权利。我呀，就是要'咬定青山不放松'，跟他死磕上了。"

大家都笑了。

柳眉摇摇头，冲着易群先说："知道当初那个踩人张丰载是怎么评价你的吗？"

易群先又恨又气："踩人这个大流氓，他怎么说我？"

柳眉做了个手势："六个字。"

易群先更好奇了："哪六个字？快点说。"柳眉一字一顿地说："二百五，缺心眼。"

除了陈乔年，大家都憋着笑，不敢出声。

易群先满不在乎地说："你知道这叫什么吗？初恋傻三年。懂不懂？"

这回大家都毫无顾忌地笑了。

在病房外楼梯口偷窥很长时间的张丰载,看见陈乔年他们都走了,便蹑手蹑脚地抱着一捧鲜花走进来。

陈延年看见西装革履、手捧鲜花的张丰载,甚为吃惊,连忙坐起:"怎么会是你,走错门了吧?"

张丰载满脸堆笑:"听说老弟光荣负伤,我受北京学联宣传部委托特来探望,祝你早日康复。"说着,双手送上鲜花。

陈延年有些发蒙:"你不是被北大开除了吗,怎么成了学联宣传部的人了?"

张丰载面无惭色:"老弟,北大开除我不假,可我现在是《公言报·学海春秋》栏目的主编。我们这个栏目支持学生运动,受北京学联宣传部直管,负责报道学生运动。"

陈延年更奇怪了:"《公言报》不是安福系的报纸吗,怎么会支持学生运动?"

张丰载面不改色:"安福系里也有爱国的。我虽然不赞成搞什么新文化、工读互助,但是我坚决反对巴黎和约。我老家也是山东的,我决不允许把山东拱手交给日本人。"

陈延年眼睛睁得老大:"你也爱国,这真是太阳打西边出来了!"

张丰载佯装恼怒:"老弟,你可不能门缝里看人。我主编的《学海春秋》栏目是北京学联指定的宣传学生运动的栏目,你看,这是学联发给我的采访证,货真价实。"

陈延年瞥了一眼:"这么说,士别三日,当刮目相看。直接说吧,找我有何公干?"

张丰载见陈延年接受他了,心中窃喜:"你是受伤的英雄,又是学运领袖陈独秀先生的大公子,我受命来采访你,想给你写一篇报道。"

陈延年冷笑道:"黄鼠狼给鸡拜年,能安好心?你又是像上次欺骗柳眉一样来我这里套话的吧？"

张丰载没想到马上就被泼了一盆冷水，有点沮丧："你要是这么想，那我就无话可说了。"

陈延年淡淡地说："我明确告诉你吧，我不接受你采访，更不需要什么报道。你走吧，不然一会儿刘海威他们过来非揍你一顿不可。"

张丰载听到刘海威的名字，心中发怵："行，我不采访你，我跟你说件事行吧？"

陈延年好奇地问："我们俩能有什么事？"

张丰载答道："关于你父亲陈独秀的事。你愿意听吗？"

陈延年拉下了脸："你要跟我说陈独秀的事情？对不起，我不感冒！"

张丰载凑了过来，神秘兮兮地说："我知道你不感冒，可这事非常重要，太大了。"见陈延年有点犹豫，张丰载赶紧说，"最近我们《学海春秋》栏目接到许多读者来信和匿名信，都是关于你父亲的。我们不知道该怎么处理，想听听你的意见。"

陈延年觉得好笑："新鲜，陈独秀的事情要听听我的意见，你安的是什么心？"

张丰载从包里取出一些信件和传单递给陈延年："你先看看这些东西，非常严重，触目惊心。"

陈延年看了看张丰载带来的材料，冷笑道："陈独秀自从来到北大，天天受到坏人攻击，报纸造谣污蔑早已有之。你现在又把这些陈芝麻烂谷子的小道消息搬出来，是何用意？"

张丰载故作认真："老弟你看清楚了，这可不是陈芝麻烂谷子的消息，是最近的事情。你看看这个，陈独秀北大失意情场得意。你看，这还有一大堆目击者的陈述材料。"

陈延年火了："张丰载，你跟我说这些干什么？你究竟想干什么？"

张丰载赶忙拉起陈延年的手:"老弟,你别误会,我可真是好心。你想想,这些材料在我手里还好,一旦登了报纸,肯定是爆炸性新闻。我虽然和陈独秀、蔡元培不对付,但我知道轻重。如今学生运动正是关键时刻,蔡元培跑了,陈独秀是公认的青年导师,有人甚至说他是五四运动的幕后总指挥。在这关键时刻他这个关键人物闹出这么大丑闻,对学生运动是一个毁灭性的打击啊。我作为学联领导下的报纸栏目主编,不能眼看着学生运动夭折,所以把这些材料都压了下来。"

陈延年有点犯糊涂,他弄不清张丰载现在究竟是什么角色、什么用意,便问:"这事你找我干什么?我又能为你做些什么?"

张丰载一本正经地说:"我是受学联宣传部的委托来找你的。你是陈独秀的儿子,你有责任阻止你父亲在这种时候再干这种蠢事,不能再让他给学生运动抹黑。"

陈延年更糊涂了,再问:"你说这些有什么证据?"

张丰载指着那些材料:"这些难道不是证据?"

陈延年把材料扔给张丰载:"这算什么证据!人证、物证,你有吗?陈独秀要真是你说的那种人,我自有分寸。"

张丰载窃喜,心想目的快要达到了,连忙说:"这样的事没有证据我能来找你吗?你可以不相信我,但你可以去问问北大教员胡均,他就是第一证人。他天天去报社告状,我可以把他带来见你。"

陈延年对张丰载提供的情况嗤之以鼻:"胡均乃人人皆知的卑劣小人,不足为证。"

张丰载亮出了底牌:"好,胡均你可以不信,你父亲的老朋友、《新青年》的同人编辑沈尹默你总该相信吧,还有医专校长汤尔和也是证人。他俩就是因为这个才力主免去陈独秀文科学长职务的。"

陈延年大吃一惊:"沈尹默、汤尔和可以做证?这绝不可能!"

张丰载奸笑着递过一张纸条："这是沈尹默家的住址和汤校长家的电话，你不妨去问问他们，看我说的是否属实。"

陈延年本能地接过字条，呆呆地一言不发。

张丰载走了，陈延年瘫坐在病床上，心里像打翻了五味瓶一样不是滋味。他虽然一直和陈独秀较着劲，但毕竟血浓于水。在他心里，陈独秀不是没有缺陷，但本质上他是认可父亲的。他虽然看不惯父亲的专制，或者说是霸道，但他心里知道父亲是一个思想的强者，是一个干大事的人。他不愿相信张丰载的话，但张丰载信誓旦旦地提到沈尹默可以做证，这让他非常吃惊。沈尹默是《新青年》的同人编辑，是陈独秀的战友。汤尔和是医专校长，也是社会名流。两人都是陈独秀的朋友，如果连他们都指控陈独秀的话，事情就相当严重了。想到这里，陈延年满脑子一片空白。

高君曼带着子美来送饭，在病房里找不到延年，就找到院子里来了。子美看见哥哥，高兴地扑了过来。陈延年抱起子美，一个劲地亲她，子美哇哇大叫。回到病房，陈延年狼吞虎咽地一口气吃了六个大包子。子美在旁边看着，吃惊得一时说不出话来。

高君曼递上一个汤碗："喝口汤，别噎着。"

延年看着姨妈，想了想，忍不住问道："最近老头子是不是回来很晚？"

高君曼有点好奇，心想这孩子怎么关心起父亲来了，这可是头一回，答道："你爸爸每天晚上写文章，嫌我老咳嗽，影响他思路，所以大多在学校里写，有时晚了就住在办公室。他呀，干起事情来不要命。"

延年听了，心里有些发紧，但没有再说什么。

下午，陈延年按张丰载给的地址找到了沈尹默家。

学校罢课，蔡元培出走，《新青年》这几期都不是沈尹默编辑的，他就待在家里练书法。快一年了，他和陈独秀走动不多，和陈延年不熟，见他来了，有些奇怪，也有些心虚。

沈尹默把陈延年请进屋里："听说你被打伤了,住进了医院,怎么样,不碍事吧?"

陈延年拱手致谢："谢沈先生惦记,我不碍事,明天就出院了。冒昧来访,打扰您写字了。"

沈尹默笑道："你这孩子跟我还客气上了。你能来看我,我很高兴。这些天学生罢课,我没有事做,就在家里练练字。我的字受了南京仇涞之老先生的影响,用长锋羊毫,至今不能提腕,所以你爸爸老批评我是'字俗入骨'。说来惭愧,最初听到你爸爸批评时,我很不服气。后来想想,他说得有道理。所以我现在临摹汉碑,每天写完一刀纸,打算坚持三年后,再转而临摹北魏隋唐体,以消俗气。"

陈延年敬佩地说："早就听说沈先生是书法大师,没想到如此谦虚。"

沈尹默不安地问："延年,恕我直言,你来我家,是兴师问罪的吧?"

陈延年甚为诧异："沈先生,此话怎讲?"

沈尹默面带歉疚,说："前一阶段社会上盛传令尊有失私德,汤尔和因此向蔡校长建议提前取消北大学长制,免去仲甫文科学长职位,当时我是附议的。如今满城风雨,都说我和你父亲不和,为此我一直后悔得很,觉得对不起仲甫。延年,如果因为这件事影响了你们家庭关系,我愿意向你赔罪。"

陈延年连忙说："沈先生,我真的不是为这事而来。只是有人给我看了一些材料,说陈独秀严重失德,而且非常荒诞离奇,并说您和汤校长是知情人,所以我想当面问个究竟。"

沈尹默没想到陈延年会问这个,想了想说："你说的是风传仲甫与胡均争风吃醋一事吗?"

陈延年点头道："正是。"

沈尹默摇摇头："这恐怕是恶意编造的,不可信。"

陈延年直视沈尹默："为什么?"

沈尹默解释道："传单和小报的东西，大多都是空穴来风。"

陈延年又问："汤校长知道这件事情的真相吗？"

沈尹默答道："我想他也应该知道这是有人故意诽谤。我记得你父亲曾经当面责问过汤尔和。汤尔和自知理亏，不敢回答，落荒而逃。"

"这么说你们都认为这件事是捏造的？"

"至少我是这么认为的。"沈尹默表情严肃，"仲甫和胡均本就不是一路人，两个人从来不打交道，不可能为这事搅到一起的。"

陈延年心中轻松了一些，又问："那汤校长和您为什么要提议提前取消学长制？"

"汤尔和是怎么想的我不清楚。"沈尹默面有愧意，"我当时的考虑是，仲甫过于耿直，得罪人太多，已成众矢之的，给北大和蔡校长带来了很多麻烦。既然已经决定取消学长制，莫若早实行，这样蔡校长可以主动些。我和蔡元培是同乡，是站在他的角度考虑问题的。当然，我也有私心。仲甫脾气暴躁，口无遮拦，常常让我当众难堪，所以我不希望他当我的顶头上司。"稍稍沉默了一会，沈尹默痛苦地摇头道，"延年，你今天来得正好，让我把这些憋在心里的话说了出来。这些天，就为这点私心，我坐卧不安，后悔莫及，连《新青年》编辑部都不敢去。"

陈延年终于松了一口气，连忙说道："沈先生不必自责，我只想弄清楚事情真相。您说我还用去找汤校长核实吗？"

沈尹默略一停顿，说："汤尔和和我的想法是一样的，主要是为了蔡元培。他现在和你父亲有芥蒂，你去找他也没有用。我记得胡适之好像专门调查过此事，并严厉批评过汤尔和，你不妨去问问他。"

陈延年闻之大喜："那好，谢谢沈先生，我告辞了。"

从沈尹默家回到病房，陈延年一直在回想刚才和沈尹默的交谈。

柳眉来送晚饭，两人一起吃饭。陈延年问柳眉："那天晚上下大雨，你们是

怎么把我弄到医院来的?"

柳眉想了想,说:"我特别佩服陈伯伯,那天晚上雨下得真大,他一个人背着你,路上都没有歇。你问到这事我倒想起来了,延年,你以后对陈伯伯态度真的要好点。"

陈延年将信将疑:"怎么可能? 他一个人背我,还下着大雨?"

柳眉叫道:"可不是嘛! 人的潜能真是可以无限大地被激发的。"

陈延年笑了:"没想到你还是个哲学家。怎么讲?"

柳眉看着陈延年:"你想啊,你父亲一个文弱书生,平时看上去手无缚鸡之力,好几里的路,一口气把你背到医院,哪儿来的那么大能量? 是父爱,父爱的力量真是太神奇、太伟大了!"

陈延年不吃了,他陷入了深深的自责中。

"你想什么呢?"柳眉深情地看着陈延年。

陈延年回过神来,想了想说:"黄凌霜约我写篇文章,我想今晚把它赶出来。你早点回去吧。"

柳眉眨眨眼睛:"那行,我回去帮白兰整理国货去。你可不能熬夜呀。"

晚上,陈延年一个人从医院里溜了出来,走了很长时间,来到胡适的住宅。江冬秀见是延年,高兴地叫了起来:"糜哥,你看,陈家大少爷来了。"

胡适本来已经准备睡觉了,闻言赶紧迎出来,奇怪地问:"延年,你来找我有事吗? 你这身体还弱着呢。"

陈延年看看江冬秀说:"婶子,不好意思,能否请先生出来说话?"

江冬秀爽快地说:"这有什么不好意思的,你俩出去走走吧。"

微风习习,胡适和陈延年沿着紫禁城护城河走着,感觉到了久违的惬意。

胡适问陈延年:"这么晚你从医院里跑出来找我,一定有重要的事情吧。"

陈延年也不兜圈子,把张丰载怎么来找他告状、他怎么去找沈尹默核实等和盘托出,然后说:"胡叔叔,我就是想知道陈独秀是不是一个不道德的人。"

　　胡适听了,斩钉截铁地说:"延年,我可以明确地告诉你,这是敌人的阴谋。张丰载是什么人你应该知道,据说他被北大开除后去了安福系控制的《公言报》做了栏目主编,有人说他可能还有警察厅背景。说到底,他是一只鹰犬。这个时候他来找你说这些话,意图很明显,就是要挑拨你们父子的关系,就是要给仲甫添堵,让他分心,让他脱离学生运动。延年,你已经不小了,这个道理应该看得明白。"

　　陈延年点点头:"我知道张丰载不怀好意,我就是想知道他说的这件事情是否属实。"

　　胡适稍感放心:"延年,既然你问到这,我就实话实说。仲甫确实生活上比较随性,但你刚才讲的这件事是捏造的。我曾经就此事专门问过汤尔和,他说他也是从传单上看到的。这样的谣言只有别有用心的人才会去制造,目的是显而易见的。"

　　陈延年还是心存疑虑:"可是张丰载说,因为陈独秀失德,蔡校长才免了他的文科学长。"

　　"胡说八道。"胡适很气愤,"蔡校长一直把仲甫看作最信得过的人,汤尔和等人提议提前免掉仲甫的文科学长的时候,蔡校长还与他们争执过。可是你父亲自己担心拖累蔡校长和北大的教学改革,加上他确实想把精力投向刚刚办起来的《每周评论》,就主动向学校请了长假。实际上,他这个文科学长是自己辞掉的。至于说到你父亲的德行,我告诉你一件事你就知道了。前不久,北大进德会选举评议员。在几百名社员中,蔡元培得票第一,二百一十二票;仲甫第二,一百五十二票;第三名章士钊,一百一十一票;而我落选,几乎没票。进德会是有严格道德规范的。仲甫能得到如此高票,他的道德、人品可见一斑。"

　　陈延年又问:"胡叔叔,那您刚才说陈独秀生活上比较随性是什么意思?"

　　胡适连忙解释:"我指的是你父亲性格上的问题。他刚愎自用,天马行空,

脾气暴躁，说话不注意分寸，太容易得罪人。就连我，也经常被他骂得抬不起头来，其他人可想而知。老实说，像他这样的人搞政治，迟早要吃大亏的。"

胡适确实有学问，一番话让陈延年心悦诚服。其实，他和胡适的看法是一致的，便说："胡叔叔您说得太对了。我之所以经常和他争执，除了因为观点不同，更重要的是看不惯他的专制作风。他这个人太霸道了。"

胡适不无忧虑地说："延年，说实话，我真的每天都在为他担心。你看看这些天他都在干些什么。"

陈延年连忙说："胡叔叔，我姨妈说他经常夜不归宿，他晚上都在什么地方干什么？"

胡适没有直接回答，问道："你想知道你父亲每天晚上都在干什么吗？"

陈延年点点头。

"那好，你跟我走。"胡适领着陈延年来到北大红楼前。夜已经很深了，只有二楼陈独秀办公室的灯光还亮着，透过窗帘，可以看见陈独秀正在伏案写作。

胡适对陈延年说："你知道他每天晚上都在干什么了吧。他一个人主管两份杂志。《每周评论》实际上只有他和守常在弄。五四以来，《每周评论》几乎成了每天评论了。仲甫一个人写了将近一半的文章，这些文章对学生运动又起到了什么作用，我想你应该多少知道一些。正因为如此，才有人把他看成眼中钉、肉中刺，千方百计诋毁他。延年，我知道你对你父亲有很深的成见。可是我要告诉你，他确实是一个值得我们大家尊敬的人。这个时候你可千万不能上张丰载这些人的当啊！"

陈延年望着陈独秀奋笔疾书的身影，转身对胡适鞠了一个躬："谢谢胡叔叔，我知道该怎么做了。"

夜风轻拂，陈延年内心很轻松。

第二十七章

暴 风 骤 雨

一

阳光明媚,鸟儿在枝头雀跃。

陈延年要出院了。

高君曼带着乔年、子美、鹤年、柳眉和白兰来接他。办完出院手续,陈延年把一封信交给病房护士,说如果有一位姓张的先生来找他,请把这封信转交给他。

出了医院,延年悄悄地问乔年:"都通知了吗?"

乔年点点头:"妥了,大家都在红楼图书馆等着呢。"

陈延年对高君曼说:"姨妈,昨晚我写了篇文章,缺些资料,我想去北大红楼图书馆找找,您和弟弟妹妹先回家吧。"

高君曼知道陈延年这些天在医院里憋坏了,就说:"行,你们去吧,记得早点回来,还要吃药呢。"

陈乔年、柳眉和白兰都跟着说要去红楼有事,子美和鹤年想跟去而不得,不高兴地噘起嘴来。

北大图书馆《国民》编辑部,刘海威、何孟雄、易群先、邓中夏、赵世炎等同学接到陈乔年的通知,早已在此等候。

赵世炎有点着急:"手上好多事呢,陈延年把我们找来干什么?"

"可不是嘛！我也纳闷,乔年说有非常重要的事情,神神秘秘的。"刘海威说,"我那儿护鲁义勇队还等着我去开会呢。"

邓中夏安抚他们:"延年是个沉稳的人,肯定有大事。"

陈延年等四人一起来了,陈延年把张丰载到医院找他的事情和他去找沈尹默、胡适核实的情况跟大家说了一遍,众人听了都很气愤。

易群先爆发了:"这个张丰载,上次就便宜了他,这次一定要和他算总账。"

刘海威非常生气:"不为别的,就为老郭,这次我也要废了他。我这就招呼护鲁义勇队去。"

邓中夏摆摆手:"你们怎么这么沉不住气！延年说的这件事情十分重要,我们要好好地研究研究才行,不能乱来。"

刘海威怒气冲冲:"那你说吧,怎么办？我跟你说,刘一品最近到处炫耀,说他是京师警察厅的内线。这个张丰载肯定和警察厅有关系,不然他不会这么做的。"

邓中夏冷静地说:"我同意胡适先生的分析,这是破坏学生运动的一个阴谋。至于张丰载究竟受什么人指使,他们的意图究竟是什么,现在还不完全清楚。所以我们得先把这两个问题搞清楚,然后再想对策。"

陈延年点点头:"张丰载不知道我今天出院,他肯定会去医院找我。我已经托护士给他留下一封信,约他晚上到法文进修馆见面。我想看看他到底想干什么。"

邓中夏一拍桌子:"好,想得周到。我们认真研究一下,怎样唱好今晚这台戏。"

天黑透了。

法文进修馆一间小教室里,陈延年端正地坐着。

张丰载果然如约而至。他穿了件风衣,手里提着一个提包,一边东张西望,一边轻手轻脚地走进来。

看见只有陈延年一人,张丰载放心了,他大大咧咧地说:"老弟伤愈出院,恭喜啊!我说你怎么约了这么个地方,黑咕隆咚的,又这么大老远,弄得我一路提心吊胆。"

陈延年不露声色地说:"本想约你去北大红楼图书馆,但考虑到你现在去那里不合适,所以选了这里。这个地方你来过,僻静,好谈事。"

张丰载坐下来:"听说你去找汤尔和核实了,我没有骗你吧。"

陈延年答道:"我不但去找了汤校长和沈尹默,还找了胡均,他们都直接或者间接地向我证实了那件事,我气得快要崩溃了。"

张丰载喜形于色:"老弟,你准备怎么办?"

陈延年一脸忧愁:"我能怎么办?我现在就想赶紧带着我弟弟到法国去,躲开这个是非之地。"

张丰载强压住欣喜之情,向前探身道:"逃避可不符合你安庆小英雄的性格。"

陈延年故作不解:"那你说我该怎么办?"

张丰载不知是计,答道:"你至少应该站出来规劝你父亲检点言行,这段时间不要抛头露面,更不要参与学生运动。"

陈延年假意露出为难的表情:"你大概也知道,我们两兄弟和陈独秀向来关系紧张,我们不会去劝他的,他也不可能听我们的劝。"

张丰载早有预谋:"要是这样的话,你们还可以走另外一条路,只是……"

陈延年故意装作很有兴趣:"只是什么?"

张丰载卖了个关子:"这个我不便说。"

陈延年佯作不悦:"你不说,那你来干什么?"

张丰载低头思考了好一会儿,一时拿不定主意。

陈延年故做烦躁状:"丰载兄,你就不要藏着掖着了。你是京师警察厅第

687

二情报组副组长,你想要我干什么就直说了吧。我实话告诉你,经过这一连串的变故,我已经厌倦了这个地方。只要你能帮助我们哥俩到法国去,我可以按你的意思去做。"

张丰载大吃一惊:"你怎么会知道我的身份?"

陈延年一本正经地说:"你别忘了,柳眉的姑父可是京城大佬,你们警察厅那些事他能不知道?不信的话,你可以去问问你们的刘副总监。"

"哎呀,你看,我怎么把柳眉这茬给忘了。"张丰载一拍脑袋,"咱们把底亮明了也好,省得绕弯子了。延年老弟,我问你,你刚才说想让我帮你们哥俩去法国,是真的吗?"

陈延年答道:"当然是真的,不然我约你到这儿来干什么?"

张丰载从提包里拿出几张纸:"那好,你看好了,这是五百大洋的银票,你先拿着。只要你和陈乔年在这张声明上签个字,明天一见报纸,我立即帮你俩办好官费去法国留学的手续,你看如何?"

陈延年佯装不懂:"这是什么?我的签字有那么值钱?"

张丰载轻描淡写地说:"一张揭露陈独秀道德败坏和宣布跟他脱离父子关系的声明而已。对你们来说,这是大义灭亲的行为,不但不会影响你俩的小英雄形象,还会提高你俩的知名度。"

陈延年做出担心的样子:"可是这样一来,陈独秀就声名狼藉了,他所指导的学生运动也就难逃厄运了。"

张丰载恶狠狠地说:"那时候你已经远走高飞,管不了那么多了。"

陈延年装作很有兴趣地问:"你能告诉我为什么要花这么大本钱来搞臭陈独秀吗?"

张丰载不敢直接回答:"这个嘛,你以后就明白了。"

陈延年追问道:"那你能告诉我又是谁指使你这样做的吗?你们最终想达到什么目的?"

张丰载有点警觉了："你问这么多干什么？我可以告诉你，我的背景当然不仅仅是警察厅，这是一个大计划的一部分，至于到底是什么，你不用打听。"

陈延年冷笑一声："我知道，你的背景是日本人。可是你知道我的背景吗？"

张丰载有点摸不着头脑："你也有背景？什么意思？"

陈延年大笑："你的背景是日本人，我的背景是美国人。你受雇于京师警察厅，知道我受雇于谁吗？我受雇于美国三K党。"说着，向外面大叫一声，"喂，你们都出来吧。"

几个身穿黑衣、手持棍棒的蒙面大汉推门而入。

张丰载大惊失色地望着陈延年："老弟，你这是干什么？"

陈延年大声喝道："我们怀疑你是日本人的密探。今天你必须如实交代你的后台和动机，否则，这个门你进得来可就出不去了。来，先把他衣服扒了，吊在这个门框上，让他凉快凉快。"

张丰载转身就跑，几个大汉冲上来把张丰载摁倒，先是来了个五花大绑，然后把他吊在门框上。张丰载大叫："我抗议，你们这是私设公堂，绑架政府雇员。"

……

二

第二天一大早，邓中夏、陈延年、赵世炎、刘海威等人早早聚在红楼图书馆门口等待李大钊。李大钊因为孩子生病，回家照看了一晚上，早上连饭都没顾得上吃就赶到北大来了。看到邓中夏一干人等坐在台阶上，李大钊很是吃惊，忙将他们带到自己的办公室。邓中夏等将张丰载交代的情况以及昨天晚上和张丰载交手的经过做了详细汇报。

李大钊皱起眉头："这么重要的事情，你们为什么事先不和仲甫商量就擅

自行动？出了问题怎么办？"

邓中夏解释道："延年考虑这件事情不能让仲甫先生知道，觉得以仲甫先生的脾气当时就可能出大事，所以我们就自己处理了。"

李大钊下意识地敲敲桌子："你们说的这些情况非常重要。现在斗争已经白热化，反动派软硬兼施，对总罢课采取多种分化行动，拉拢了不少师生。你们要把这些情况向学联通报，及时揭穿反动政府的阴谋。我们还要尽快想出对策，特别是要对大规模镇压行动做好充分准备。"

邓中夏向李大钊报告说："我和世炎一会儿就去学联开会，我们打算把张丰载的口供交报社刊登出来，您看行吗？"

李大钊点头："我同意，这个时候就是要针锋相对。一会儿我去找仲甫，跟他商量一下。"

邓中夏又说："据张丰载交代，警察厅已将您和仲甫先生等人列入调查的名单，并向总统府提出了取缔《每周评论》《国民》等杂志的申请。你们一定要注意安全。"

李大钊："这个我明白。你们去开会吧，延年、乔年，我们去找你爸爸。"

在去箭杆胡同的路上，李大钊对延年和乔年说："我之所以要你俩和我一起走，是要交给你们一个任务，你们能完成吗？"

乔年："肯定能。什么任务？李叔叔您快说。"

李大钊严肃地说："现在你们的父亲已经成为政府的眼中钉、肉中刺，反动派随时可能对他下毒手。你父亲是个容易冲动的人，这个时候千万不能让他到处抛头露面。所以，你们要看住他，这些天尽量不要让他出门，要在家里待着，这样相对安全些。"

陈延年皱起眉头："这个恐怕有点难。您知道，我们和他不对付。再说他也不会听我们的。"

陈乔年倒是胸有成竹："我有办法，我们让姨妈出面。这家里只有姨妈能管得了他,必要时再加上柳眉姐和白兰姐,大家一起上,不怕治不了这老头子!"

李大钊笑了:"对,还是乔年聪明,有办法。"

京师警察厅总监办公室,吴炳湘刚刚受到钱能训一通数落,心里正憋着火,脸色非常难看。秘书送来当天的《晨报》,指了指头版标题,吴炳湘一看,一行大字标题十分醒目——鹰犬张丰载的自供状。

秘书向吴炳湘报告,说大门口来了许多记者要求采访他。

吴炳湘不解地问:"采访我什么?"

秘书指着报纸:"您看看这个就知道了。"

吴炳湘拿起报纸刚读了几行就勃然大怒,大喝道:"张丰载何在?"

秘书慌忙回答:"正在前院医疗室疗伤。"

吴炳湘惊问道:"怎么回事?被人打了?"

秘书探身向前,轻声答道:"听说是被几个黑衣蒙面人打的,鼻青脸肿,特别是背上被人用油漆写了五个字——'汉奸臭流氓'。现在干了,很难擦掉,狼狈不堪。"

吴炳湘暴跳如雷:"这个蠢货,活该!你去把他给我叫来。"

秘书来到前院医疗室,张丰载光着脊梁趴在桌子上,大夫正给他清除背上用油漆写的五个大字。因为油漆已经干了,轻易擦不掉,医生只能用毛刷子刷,张丰载疼得杀猪似的大叫,旁边的警察差点笑出声来。秘书传达了吴炳湘的命令,张丰载不敢怠慢,穿上衣服爬起来就往吴炳湘办公室赶。来到吴炳湘面前,吴炳湘斜眼看了他一眼,揶揄道:"北京大学的才子,《公言报》的栏目主编,怎么一下子变成了这副模样?"

张丰载快要哭了:"吴总监,您要给我做主,我遇到美国三K党了。"

吴炳湘气急败坏地把报纸往桌子上一拍:"你小子可真有能耐啊!钱赔

691

了,人被打了,脸丢尽了,还写了供词上了报纸,把我们京师警察厅都给出卖了。这会儿你又弄出个什么三 K 党,还是美国的。真是太有才了!来,给我把这不说人话的孬种带下去,让那条大狼狗教教他怎么说人话!"

秘书知道吴炳湘是吓唬张丰载的,站在那里没动。张丰载哭丧着脸说:"吴总监,我没有胡说,陈延年他们真是三 K 党啊。"

吴炳湘大喝道:"放屁,三 K 党在美国也没有几个,什么时候跑到中国来了!连这个都不知道,还要当密探,丢人!"说着,把桌上的报纸扔给张丰载:"你这个软蛋,把什么都说了,现在外面来了一堆记者,你去跟人家解释!"

张丰载小眼珠骨碌一转:"属下遇到了三 K 党,不说就回不来了。"

吴炳湘眼睛一瞪:"再胡编什么三 K 党,我真把你拉去喂狼狗!"

张丰载赶紧解释:"总监,您怎么不明白呀?既然他们自己说是三 K 党,那不就是罪证吗?三 K 党插手学生运动,抓了报社的记者,记者为了活命,不得不按他们的要求供认自己是警察厅的密探,这就是真相呀。"

这下吴炳湘脑子转过来了:"嘿,你小子还真能胡编。我问你,这么编能应付那些记者吗?"

张丰载得意地说:"我就是记者,他们都知道我的记者身份,可是并没有人知道我是警察厅的人,这么说完全能圆过去。"

吴炳湘高兴了:"行,歪打正着,这还真是个不错的理由。这样,你把你编的这些都写出来,我给钱能训报上去,做个证据。学生勾结美国三 K 党,这个罪名可不小呀,够那些人喝一壶的。"

张丰载连忙从口袋里掏出一摞纸:"属下早就准备好了。"

三

西单到府前街一带,很多学生在街上叫卖国货。陈延年和柳眉、陈乔年和赵世炎、何孟雄和易群先、刘海威和白兰,两人一组,都在叫卖土布。布是易群先找亲戚从湘西拉过来的蜡染,颜色鲜艳,花样繁多,价廉物美,吸引了不少买主,其中还有一些外国人。几个欧洲人围着柳眉砍价,柳眉趁机向他们宣传学生运动,军警拿着警棍在旁边转来转去。柳眉和他们说的是英语,军警听不懂,干瞪眼没办法。

从六部口那边过来几个日本兵,看见陈乔年、白兰手中的蜡染,也上前询问、砍价。白兰看见日本兵,转身就走,被日本兵拽住,其中有一个会说中国话的日本兵大声质问白兰为什么不卖货给他们。白兰没好气地说:"不卖就是不卖,没有为什么。我问你,你们日本人为什么强占我们山东?我不但不卖东西给你,还要号召民众起来抵制日货,焚烧日货!"

日本兵恼羞成怒,拉着白兰不放。刘海威迅速跑过来把日本兵推开,并指挥民众把几个日本兵围住。赵世炎带着大家高喊口号:"还我青岛!抵制日货!坚决反对巴黎和约!"

易群先不知从哪里找来一些日货,她指挥何孟雄、陈乔年、刘海威把日货堆放在日本兵跟前,拿火柴点着,烧了起来。大街上的民众顿时欢呼起来。不少外国记者对着日本兵拍照,军警赶过来强行把围观群众驱散,给日本兵解了围。日本兵气急败坏,哇哇乱叫。

天色渐渐晚了,刘海威招呼大家准备收工,忽然从东边传来一阵喧闹声,大家赶紧拥了过去。只见一队日本兵持枪在府前街游行,抗议中国学生抵制日货,为首的正是下午那几个围着白兰强行要买蜡染的日本人。

刘海威赶紧把白兰拉到一边,并招呼大家到自己身边来。刘海威焦急地低声说:"这些日本兵肯定是因为下午的事情来找茬的,看这劲头他们是要闯新华门,我看要出事。何孟雄和陈乔年,你俩带几个女生先回去,我和陈延年、赵世炎在这里看看究竟会发生什么事。"

易群先大叫道:"要回你们回,我不走,何孟雄也不许走。我就不相信这几个日本兵敢闯新华门。不要命了!我倒要看看我们这些警察、宪兵是干什么

吃的。"

大家拿易群先没办法，只好催陈乔年和白兰、柳眉快走。柳眉本不想离开陈延年，可禁不住大家劝说，又怕连累白兰，只好先走了。

府前街上围观的人越来越多。日本兵从来没有把中国人放在眼里，这时依然耀武扬威，叽里呱啦地列队朝新华门走去。一个宪兵首领上前拦住了日本兵。那个会说中国话的日本兵傲慢地说："今天下午，我们有几个士兵在府前街一带受到中国学生和刁民的侮辱，不仅受到围攻，还被迫观看学生焚烧日货。为此，我们要示威游行，向中国政府提出严正抗议。"

宪兵首领忙问："你们准备怎么抗议？"

日本兵昂首答道："我们要持枪通过新华门，到天安门前示威。"

宪兵首领傻了，心想这新华门可是中华民国总统府所在地，一般行人都不准通行，甭说持枪了。他看看这些日本兵，面露难色："各位，你们要持枪通过新华门，这可是亘古未有的事情，我做不了主。"

日本兵不依不饶："谁做得了主你就赶紧问谁去，反正我们今天一定要从新华门经过。"

宪兵首领忙说："那就请你们等会儿，我打电话请示去。"

京师警察厅里，吴炳湘正在写报告，秘书带着一个警官急匆匆跑进来。秘书对吴炳湘耳语了几句，吴炳湘惊讶地问警官："怎么回事？"

警官答道："新华门值班警署打来电话，说有一队日本兵持枪上了府前街示威游行，要通过新华门去天安门，态度十分蛮横，警察不知该怎么办。"

吴炳湘一下子火了："什么！持枪经过新华门，这还了得！那里是禁行区，'车马行人，不准经过'，日本人没看到吗？他们要干什么？"

警官回答："日本兵说他们下午在府前街受到学生侮辱，学生还当着他们面焚烧日货，他们要向中国政府提出抗议。"

吴炳湘问："又是学生惹的事。日本兵有多少人？"

警官说："好像有一个排,不过人人都扛着枪。"

吴炳湘怒道："游行示威扛枪干什么!难道他一个排就敢当街杀人不成?"

警官很是担心："现在府前街聚集了许多学生和民众,搞得不好就要出事。真的闹起来,无论是日本兵还是学生,哪一边死了人都不好交代。"

吴炳湘气急败坏地说："我看这些学生就是该死,天天给老子找麻烦。"

警官催促道："吴总监,新华门那儿还在等回话呢,您看怎么办?"

吴炳湘急得满头大汗,拿起电话吼道："给我接徐大总统。什么,下班回家了?那给我找钱总理。什么,也回家了?"吴炳湘气得摔了电话,大喊道："都回家了,就我吴炳湘不能回家?老子也回家去。"

警官急了："新华门那边怎么办?"

吴炳湘没好气地说："怎么办?你问我,我问谁去?日本人军舰都开到天津了,你惹得起?他们要过就过呗,你们看着办,我不管了!"

新华门警察值班室里,宪兵首领急得直挠头。外面大街上,日本兵在叽里呱啦地喊口号,大街上人越来越多,后面的挤着前面的,一点点向前推进。

电话铃响了,宪兵首领急忙拿起话筒,里面传来一个声音："现在上级全都下班了,大总统和钱总理也找不到,没法给你们下指令。"

宪兵首领急了："那吴总监是什么指示?"

电话里的声音回答："吴总监说要你们自己灵活处理,以不出事为原则。"

宪兵首领惊呆了："我们自己处理?这么大的事我们怎么处理?现在大街上来了成千上万的学生和老百姓,还有许多外国人,一旦发生冲突,后果不堪设想,属下就是有十个脑袋也担待不起呀。"

电话里的声音并不理会："所以吴总监说了,要以不出事为原则。你记住,千万不能出事。"

宪兵首领还想说什么,那边电话已经挂了。宪兵首领愣了愣神,把带班的警察叫来说："我家里有急事,要回去一趟,你去把大街上的警察都撤回来。"

带班警察为难地说:"我们的人撤回来了,那日本人要是硬闯怎么办?还拦不拦?"

宪兵首领:"拦什么拦!他们要硬闯就让他们闯,记住,千万别出事。出了人命我们都得脑袋搬家。"说完转身跑了。

府前街上已经水泄不通,日本兵还在喊口号。刘海威、陈延年、赵世炎针锋相对,也领着围观群众喊口号,一下子盖住了日本人的声音。一群中外记者忙着拍照。

六部口一角,几个看热闹的老北京蹲在地上争论着,有的说日本兵肯定要过,有的说日本兵不敢过,争得面红耳赤。

正当人们议论纷纷的时候,新华门里跑出来一个警官,只见他朝新华门前巡逻的宪兵说了些什么,几十个宪兵就列队撤离了。宪兵们进了新华门后不久,新华门竟然关闭了,只留下门前几个宪兵站岗。

日本兵见宪兵撤了,心里直发毛,以为是中国军队用计,反倒不敢轻举妄动了。会说中国话的日本兵问站岗的宪兵得到了什么指示,站岗的宪兵站在那里像雕塑一样,一动不动,一声不吭。

日本兵头目虽然心慌,但表面上不甘示弱,就指挥日本兵试探性地向新华门移动。两百米、一百米……日本兵离新华门越来越近了,但里面一点动静也没有。日本兵头目放心了,一挥手,持枪队伍大摇大摆地走过了新华门。

围观的中国人炸锅了。

赵世炎气愤不已,带头大喊:"日本人滚回去!"

万众齐呼,气势如虹。

一位白发苍苍的老者蹲在地上,泪如雨下:"祖宗,您开开眼吧,这还像个国家吗?"

日本兵通过新华门后,大门又打开了,里面跑出来几十个全副武装的宪兵、警察。不一会儿,马队也从西单冲过来了。警察不断挥舞警棍驱赶人群,不少人被打伤,围观群众很快就被冲散了。

四

中华民国外交部接待室,日本驻华公使小幡酉吉联合美、英、法、意等国外交官正紧急会晤中国外交部代理总长陈箓。

小幡酉吉一脸傲慢:"尊敬的代理总长先生,非常遗憾,这个月我已经是第三次约见您了。这将近一个月来,日本侨民在北京屡屡受到侵害,他们不敢上街,甚至不敢穿日本服装。尽管如此,他们的商铺、住宅、饭馆等还是不断遭到围攻,不断有学生在上述地点焚烧日货。今天下午甚至发生了学生和市民侮辱日本国民和驱赶日本士兵的严重事件。因此,我大日本帝国向中国政府提出严正抗议,强烈要求中国政府采取有效措施保证我日本侨民和士兵的人身安全,要求中国政府立即制止中国市民抵制日货的行为。同时,日本政府郑重声明,中国政府必须对上述行为承担一切后果。"

英、法、意等国外交官也纷纷表示抗议,要求中国政府采取有效措施保障在华外国人的安全。

陈箓接过各国公使的抗议照会,连连致歉:"请各位公使放心,中国政府正在制定对策,以尽快恢复北京的社会秩序,确保外国公民在华人身安全。"

外国人一抗议,北洋政府就慌了神。

中南海总统府,徐世昌再次召开紧急国务会议,气氛非常紧张。

徐世昌拍着桌子说:"学生闹事已近一月,外国人非常不满,以至于昨天发生了日本军队持枪通过新华门事件。美、英、法、意、日等国驻华公使联合向外交部提出了抗议,情况非常严重。今天我们必须商量出一个有效的、可以操作的方案来。"

国务总理钱能训通报情况说:"自上次国务会议决定采取严厉措施之后,北京情况已经有所好转,但是三十三个学校的总罢课仍在进行,种种迹象表明

学生正在和政府进行拉锯战,并期望得到南方政府和全国其他城市的支持,以形成燎原之势。现在,上海已经实行总罢课,天津、南京、武汉等地也都出现了罢课,上海商会、学生联合会等正在进行全面动员。上海有可能和北京一样成为学生运动的第二个中心,一旦南北学潮合流,将十分可怕。目前北京的学生运动很复杂,教育总长傅增湘辞职,蔡元培至今不归,教育部和北大群龙无首,严重失序,情形堪忧。"

外交部代理总长陈篆通报说:"日本公使接连抗议,日本军队蠢蠢欲动,英、美、法近日和日本联手对中国政府施压,看来各国对北京秩序严重不满,已经失去耐心。"

徐世昌问吴炳湘:"京师警察厅有什么打算?"

吴炳湘不无担忧地说:"学生运动背景复杂,有各种政治势力渗透,如不断然采取行动,势必不可收场。"

徐世昌重重地拍打着桌面:"各位,刚才几位把形势已经说得很透彻了。第一,我们采取的严厉措施是收到成效的,目前的情况要比月中缓和得多。这说明什么?说明学生也是欺软怕硬的。第二,学生运动拖了这么久,各方面的忍耐力已经到了极限,已经到了该了断的时候了。当断不断,反受其乱。会前我和老段通了电话,他的意见很明确,要求明日发布大总统令,采取强硬措施,强令各校复课,不准学生以任何名目和借口上街活动,不服从者,严惩不贷。具体行动由钱总理统一协调,京师警察厅、警备司令部和步军统领衙门协同执行。"

徐世昌刚走出会议室,尾随其后的钱能训跟上来说:"大总统,我想单独和您谈谈。"

徐世昌看见后面的吴炳湘和新任步军统领王怀庆以及警备司令段芝贵也在等着找他,便对钱能训说:"快走,到我办公室去谈。"

在徐世昌办公室里,钱能训不无担心地说:"这个时候采取强硬措施,不知大总统考虑到后果没有?"

徐世昌不满地说:"刚才你不也主张强硬吗,怎么一转眼就变卦了?"

钱能训赶忙解释:"强硬当然需要,但是否需要强硬到警察、宪兵、军队一起出动,这得慎重。菊人兄,这个王怀庆号称'屠夫',段芝贵天天叫嚷'宁可十年不要学校,不可一日容此学风',现在让他们联手对付学生,将来恐怕不好收场啊。"

徐世昌:"段祺瑞坚持让王怀庆和段芝贵出马,我也没办法。不过我跟他们说了原则,不能出人命,他们都答应了。"

钱能训:"还有,巴黎那边怎么办? 明天要发表拒绝曹汝霖、章宗祥和陆宗舆辞职的大总统令,舆论可不好交代呀。"

徐世昌火了:"这个时候你来跟我说这个有什么用,刚才会上你怎么不说? 你怕收不了场,那要你这个总理干什么吃的?"

钱能训也火了:"我说话管用吗? 谁把我这个总理放在眼里了?!"

徐世昌怒道:"你跟我发牢骚,我还不知道找什么地方诉苦去呢。这么烂的一个国家,这么烂的一个政权,你纵然有天大本事,又能有什么作为! 事已至此,只能走一步看一步了。大不了咱俩一起下野。"

次日,北大红楼前,告示栏上很快贴出了两道大总统令。

围观的人比往常更多。许德珩念道:"在京责成教育部,在外责成省长及教育厅,谨饬各校职员,约束诸生,即日起一律上课,毋得借端旷废,致荒本业。其联合会、义勇队等项名目,尤应切实查禁。纠众滋事、扰及公安者,仍依前令办理。"另一道大总统令前聚集着一群教授,黄侃正在摇头晃脑地念:"曹汝霖迭任外交、财政,陆宗舆、章宗祥等先后任驻日公使,各能尽维持补救之力,案牍俱在,无难复按。"

辜鸿铭讥讽道:"大总统徐世昌这是在驳回曹、章、陆的辞呈,还振振有词,莫名其妙呀。"

钱玄同愤慨地说:"爱国有罪,卖国有理,普天之下,岂有此理!"

五

北京街头局势突然紧张起来。

大街上到处都贴着徐世昌的大总统令,街上增加了许多警察和步兵、宪兵,北大周围更是军警林立,如临大敌。从东华门到东安市场,各处都开始驻扎军队,许多士兵在搭帐篷,引来不少市民围观。

上午,邓中夏、刘海威、罗章龙、刘仁静等人在北大法科开会,中午散会走出法科大门时,突然发现大门两边出现了许多帐篷。刘仁静数了数,正好每边十个。大家都愣住了。

邓中夏神色严峻地说:"不好,政府要下黑手了。我们赶紧去红楼看看。还有,通知各班班长立即到图书馆阅览室。刘仁静,你赶紧去报告李大钊先生。"

刘海威急忙向南跑去。罗章龙大声问道:"你往大街上跑什么?"

刘海威头也不回地答道:"我去前门找白兰,他们在那儿卖国货,恐怕要出事。"

前门大街,陈延年一行像前几日一样卖蜡染。日货已经被烧得差不多了,易群先不知从哪里找来两件日本的戏装,打算挂在树上焚烧,引来了很多围观者。突然,大批的警察和步兵出现了。以前他们对卖国货的学生主要是监视,今天不同,他们个个手持军械,见到卖国货的学生就打、就抓,把被抓的学生捆成一长串,像赶牲口一样驱赶着。

人们四处奔跑,警察领着抓人的任务,也不管了,看见学生模样的就抓,结果抓了很多看热闹的市民,大街乱成了一锅粥。

看见警察来势汹汹,陈延年和柳眉吸取教训,连忙招呼大家往大栅栏跑。何孟雄忙着去取挂在树上的日本戏装,半天没取下来。军警赶到,一警棍把他打倒在地,捆了起来。

易群先本来已经和柳眉一起往大栅栏跑了,看见何孟雄被打,不顾一切冲上去紧紧抱住何孟雄。警察看她是个女孩子,本想把她赶走,没想到易群先却说:"有本事你们把我和他绑在一起。"几个警察不由分说,把何孟雄和易群先捆了起来。

陈延年带着陈乔年、柳眉、白兰躲进大栅栏商铺,看着许多卖国货的同学一个个被抓走,既焦急又愤怒。

当晚,北京学联所属三十八所学校的代表在北京高等师范学校礼堂召开紧急会议,通报当天发生的情况,商量对策。

北大共有二十三人被抓,近百人被打,大量国货被警察收缴或毁坏。其他各校也都有学生被捕或被打伤。代表们义愤填膺地控诉警察罪行,一致表示决不屈从政府淫威,要坚决抗争到底。经过紧急磋商,邓中夏宣布北京学联决定:从第二天起,各校统一行动,恢复大规模街头演讲和宣传活动,各校要做好持续斗争的准备,如果有学生被捕,次日将加倍出动,直至全体学生被捕为止。

有人喊出"打倒卖国贼"的口号,礼堂里发出震天的吼声。

刘一品和他的小兄弟混在学生之中,悄悄地把学联的决定记在小本子上。

是夜,京师警察厅,吴炳湘和段芝贵、王怀庆在一起商量如何处置被捕学生。

吴炳湘愁眉不展:"今天抓了七十多个学生,警察厅已经装不下了。明天有可能出现两种情况:一种是学生怕了,不上街了;一种是学生玩命了,全都上街了。如果出现后一种情况,我们怎么办?"

段芝贵表情淡然:"估计他们怕了,看这天气,明天会下大雨,学生有可能不上街。"

张丰载带着刘一品进来,吴炳湘给众人介绍:"这是我们警察厅情报组的负责人和线人。"

张丰载汇报道:"刚才北京学联在高等师范学校礼堂开会,一致决定明天恢复大规模演讲活动,估计会有几千人上街。现在各个学校都在连夜准备。一品,你给几位长官说说北大的情况。"

刘一品是第一次来警察厅,不免有些紧张。他先给吴炳湘等人鞠躬行礼,然后掏出一个小本子来,像背书似的报告起来:"北大学生现在都在制作小旗和标语,准备明天上街演讲用。从这个阵势看,北大红楼、法科和马神庙三个地方明天可能出动五百人左右。"

王怀庆一拍桌子:"嘿,这些学生还真不怕死。要我说,明天全员出动,出来一个抓一个,关起来饿他几天,看他们还有没有劲折腾!"

吴炳湘露出鄙夷的表情:"这么多学生抓起来关在哪儿?京师警察厅看守所已经满了,没地方了。"

段芝贵不屑地说:"关我们警备司令部去,我在那里好好伺候他们。"

王怀庆马上跟着说:"我让步军统领衙门连夜赶做站笼。"

吴炳湘摆摆手:"不行,你们二位那里不能关一个学生。请你们二位记住了,别说不能死一个,就是弄一个重伤出来,到时候问起责来,都得我们三个背着。那个时候你后悔可就来不及了。"

"那你说怎么办,就不抓了?"王怀庆问。

吴炳湘:"当然要抓。"

王怀庆追问:"抓了关哪儿?"

吴炳湘看了看张丰载:"上次你被学生抓了关在什么地方?"

张丰载答道:"法文进修馆,关了一夜。"

吴炳湘皱皱眉:"太小了,装不下那么多学生。"

张丰载赶紧说:"北大红楼可以,能装一千人。"

吴炳湘摇摇头:"红楼也不行,太扎眼,而且里面全是教授,咱一时还惹不起。我看就关在北河沿北大法科算了。老段,北河沿不是驻扎了你们不少兵吗？"

段芝贵答道："校门两边各十个帐篷。"

吴炳湘一拍桌子："好，就这样，他们从哪儿出来就把他们送到哪儿去。这叫管制，不叫逮捕。先饿他一天再说。记住了，只能饿一天。"

王怀庆对吴炳湘的安排很是不满："这叫什么事！瞻前顾后，缩手缩脚，真的能镇住学生吗？太不爽快了！"

吴炳湘撇撇嘴："老兄，别逞能，先按我说的做。五天以后你要还能在这个位置上坐着，就由你说了算。"

王怀庆不以为然："行，我就先忍五天。"

"二位，明天先出七成警力。我估计后天才是关键，得全员出动。现在大家分头准备去吧。"吴炳湘面色凝重地说。

六

陈独秀连夜赶写了《本是同根生，相煎何太急》一文，准备第二天见报。陈延年、陈乔年把它印成了传单，准备分发给各个演讲队。陈乔年拿着传单，看着看着就禁不住念起来。柳眉不由得赞叹道："写得太好了，肯定能大大鼓舞士气。我也要上街发传单！"

陈延年马上紧张起来："不行，今天警察可是要抓人打人的，柳眉和白兰姐今天就不要上街了。"

柳眉不依："那可不行。我们三个是一体的，谁也别想把我甩掉。"

高君曼一脸焦急："要我说呀，今天你们都别去了。延年的伤还没好利索。我一晚上没睡着觉，老梦见群先，也不知道她被关哪儿了，得想办法通知她父亲把她保出来呀。真是急死我了！"

有人敲门，陈乔年跑出去开门，只见刘海威满头是汗，气喘吁吁。高君曼连忙问："知道群先的消息吗？"

刘海威一边擦汗一边回答："不知道，只听说昨天被抓的学生都被关在京师警察厅。"

柳眉露出放心的表情："那个地方我去过，还有书看，没事的。"

高君曼很是担心："傻闺女，这次和上一次不一样。"

刘海威紧张地说："延年、乔年，李大钊先生特意让我来告诉你们，今天千万不要出门，一定要在家看着仲甫先生。"

陈延年忙问："为什么？今天讲演团上街演讲，大家都出动了，我们怎么能临阵脱逃，躲在家里呢？"

刘海威急忙解释："这是守常先生反复强调的，说是前些天已经和你们说好了，要你们一定顾全大局。"

陈延年很是郁闷，急得直抓头发。

"守常先生和邓中夏都说了，要是你不答应，就让我在这儿看着，决不能让仲甫先生出门。"刘海威补充道。

高君曼对陈延年说："别难为海威，听守常先生的话没错。"

陈延年不甘心地点点头："好吧。"

刘威海又对白兰说："白兰，你也别去了，太危险。再说上海、广州都要召开郭心刚追悼会，邀请你参加，你准备一下吧。"白兰流着眼泪点点头。

刘海威要走，高君曼拉住他，给他塞了几个鸡蛋："海威，小心点，可不能再出事了。"

刘海威故作轻松："放心吧师母，我不会有事的。"

陈延年把印好的传单交给刘海威："记住了，别逞能，遇到危险就往大栅栏跑，那里商铺多，马队进不去。还有，无论如何，晚上要来给我们报个信。你要是不来，我就去警察厅找你。"

刘海威点点头："放心吧，兄弟，晚上我来看你们。"

北京街头，各个学校的学生都来了。他们拿着小白旗，佩戴统一的徽章，打着讲演团的横幅,很快遍布了大街小巷。

学生都上街了,军警把北大法科团团围住。近百名军警持枪封锁各个教室、礼堂,食堂的厨师、清洁工、花匠等校工都被强行赶出了校门,整个北大法科成了一座空楼。

中午时分,陈独秀醒了。他披着衣裳走出来,看见一大家子都在,非常吃惊:"你们怎么都在家?今天不是要恢复演讲吗?"

孩子们不作声,高君曼只好答话:"守常专门来打招呼,要孩子们不要出门,说是今天要下大暴雨,演讲取消了。"

陈独秀似信非信:"今天有雨吗?"

正说着,雷电交加,狂风大作。陈延年和柳眉跑出屋去向天上仰望,只见黑云压城,暴风雨已经来了。

大雨过后,北京街头混乱不堪,满地的旗帜、横幅、标语、传单,间或还有一些血水。一批批被捆绑的学生被押进了法科礼堂。这个昔日学生集会的地方,今天成了关押学生的监狱。傍晚,一百七十多名参加演讲的学生陆续被关到这里。到了晚上,前一天被抓的学生也从京师警察厅转移到了这里,何孟雄和易群先正在其中。

礼堂关不下,有人被关进了教室。

学校里的校工都被赶走了,被抓的学生被扔在礼堂和教室里没人管,既没有饭吃,也没有水喝。有的学生被打伤了,还在流血,有的学生开始发烧……这一夜,北大法科礼堂里满是痛苦的呻吟声。

陈独秀一家人一天都没有出门,对外面发生的事情一无所知。晚饭后,陈延年悄悄对高君曼说:"天黑了,老头子不会出去了,我去红楼那边看看守常先生在不在。"

高君曼有些犹豫:"还在下雨呢,你头上的伤也没有全好,不能淋雨,再等

等吧。你们哥俩去看看你爸爸,他憋在书房里写了一天,也该放松放松了。"

延年有些犹豫,柳眉在旁边鼓励说:"去吧,我陪你一起去。"

陈独秀一直在书房里写信,是给章士钊的。延年、乔年、柳眉、白兰四个青年人敲门进来,陈独秀见到延年,有点意外,不由自主地站了起来,一时竟不知说些什么。

乔年实话实说:"姨妈让我们来看看你,怕你太累了,给你放松放松。"

陈独秀笑了:"你们来看我,我就放松了。来,来,我们聊聊天。"

乔年挺放得开:"你在屋里写了一天了,又有什么高论说给我们听听吧。"

陈独秀拿起刚写好的信说:"我在编辑下一期《新青年》,突然觉得缺了点什么,就想写一封信,澄清大家都很关心的两个问题。"

乔年来了兴趣:"两个什么问题?"

见乔年有兴趣,陈独秀很高兴:"一个是我们新文化运动中革新派与保守派的争论是什么性质的问题,一个是我们革新派对待中国旧学究竟应该持什么态度。"

延年一听,来了精神:"我正想搞清楚这两个问题,你给我们说说。"

延年的关注让陈独秀非常高兴:"来,你们坐下,听我好好给你们说说。"白兰从堂屋搬来小板凳,四个青年人围着陈独秀坐下来。

陈独秀侃侃而谈:"第一,我提出,革新派和保守派的争论是一种学术进步的现象,是学术之争,不是敌我之分。比如我陈独秀、李大钊、胡适、鲁迅、钱玄同与辜鸿铭、刘师培、黄侃之间的争论,就是这样的性质。大家可以各抒己见,甚至双方骂上几句,都属正常。北大能有这样的争论,是蔡元培先生倡导兼容并包的结果。在这方面蔡先生可以说是厥功甚伟,这一点将会被历史证明。至于革新派和保守派谁对谁错,这也没有定论。革新与保守,都是相对的。今天看我们是革新的,辜鸿铭是保守的,明天时势变了,也许还会颠倒过来。这就是辩证的历史观。"

陈延年若有所思:"你的意思是说或许有一天辜鸿铭的观点也是正确的?"

陈独秀答道:"辜鸿铭的观点是否正确有待于历史的检验。首先,你要承认,辜鸿铭、刘师培、黄侃、林纾都是有专门学问的大师。其次,即便放在今天这样的形势下看,他们的观点也有一定的合理性。最后,今天我们跟他们的争论,说到底是社会变革的必然。到了一定时候,人们的思想观念发生了变化,人们对新旧之争的认识也会改变,甚至逆转。我这么说,你们能明白吗?"

白兰点点头:"听先生这么一说,我好像有点懂了。"

陈独秀继续解释道:"好,我给你们说说第二个问题。你们要记住我今天讲的话,将来后人会在这个问题上扯皮的。我总的看法是:中国的旧学,是世界学术的一部分;儒家孔学,是中国旧学的一部分;孔教三纲,是孔学的一部分,而且是很小的一部分。所以,对于孔学,我们并不是全盘否定。我们反对的是把作为一部分的一部分的一部分的孔教三纲定为一尊,尊为道统;同时,我们也反对把全体的全体的全体的中国旧学,都一起踩在脚下,说得一文不值。革新派为什么要攻击孔教三纲? 除了它本身不适合现代社会生活之外,这也是一个重要原因。"

陈延年对陈独秀的观点产生了浓厚的兴趣:"原来你是这样想的呀! 可是像吴虞和易白沙先生态度那样激烈,给人的印象就不是你所说的这样。"

陈独秀:"我前面说了,争论中难免有过激行为。矫枉过正,也是在所难免。"

柳眉听了新观点,语气中带着难以抑制的兴奋:"以前我爸爸老说您有些极端,今天看来他还没真正了解您。"

陈独秀露出欣慰的表情:"我今天写的这封信是准备在下一期《新青年》上刊登的,如果登不出来,将来你们给我做证,我陈独秀对于新文化运动究竟是什么态度。"

柳眉高兴得直拍手:"我做证。"

陈延年沉稳地说："我倒是认为后人怎么看并不重要,重要的是我们自己是不是问心无愧。"

陈独秀点点头："嗯,我完全同意陈延年先生的这个观点。"

一屋子的人都笑了起来。

七

外面雨停了,刘海威推门进来。陈延年一下子冲了出去。陈独秀本来正在兴头上,看到延年走了,略有失望："好了,就说到这里吧。你们玩去,我把它写完。"

几个青年人集中到小院子里,高君曼怕陈独秀听到他们的谈话,把堂屋的门关上了。刘海威一边狼吞虎咽地吃着包子,一边介绍外面的情况:"反动派终于下手了,抓了一百多个学生,全都关在北河沿法科礼堂里。何孟雄、易群先他们也被转到那里了。被捕的同学到现在连一口水都没有喝,反动军警简直毫无人道。"

陈延年拳头攥得咔吧直响:"那我们怎么办?"

刘海威答道:"北京学联晚上在高师礼堂开会,一致决定明天再次举行更大规模的演讲,坚决与政府对抗到底。"

陈延年双手用力一拍:"好啊,我们豁出去了!乔年,明天你在家看着老头子,我上街去。"

刘海威连忙阻止:"不行,你不能去。邓中夏和守常先生再三叮嘱,要你在家里看好仲甫先生。邓中夏说,警察厅已经布置张丰载的情报组专门收集仲甫先生和守常先生幕后操纵学生运动的情报,这个时候万万不能出事。仲甫先生如果出事,不是他个人的问题,而是关系到整个学生运动的成败。"

陈延年急道:"那我不能总在家里傻坐着啊。急死我了!"

刘海威笑道:"有事情做。守常先生说了,现在要动员全北京援救、关心被捕学生,给他们送吃的、送喝的。虽然你们不方便去送,但可以在家里多做一些馒头之类的。"

高君曼从屋里走出来,小声说:"对,今晚我们就开始蒸馒头,明天一早乔年跟我去买黄瓜。柳眉、白兰,到时候你们跟我一起去法科礼堂。"

刘海威继续介绍情况:"学联开会分析,从把被捕同学集中关到北大这个动向看,明天可能还会有更多同学被捕。我刚才来的时候,邓中夏和赵世炎让我给你们带话,说他们要是被抓了,你们得去探监,别忘了给他们送书。"

陈乔年拍拍胸脯:"刘大哥,你放心,交给我们了。"

陈延年问刘海威:"世炎怎么没来?"

刘海威答道:"明天一早他要和守常先生一起去长辛店演讲,正在做准备。他说明晚回来后找你。"

京师警察厅会议室,张丰载、刘一品正向吴炳湘、王怀庆、段芝贵报告学生动态。据张丰载报告,学联刚刚开会决定第二天各校全体出动上街演讲,学生们真的要玩命了。

王怀庆猛地一拍桌子:"好啊,我这正等着呢。明天我们步兵全体持枪上街。"

吴炳湘恶狠狠地说:"看来胜败在此一举。明天我们警察厅也全员出动。不过,北河沿肯定关不下了。老段,你明天上午派人把马神庙也清空了,礼堂和教室都用上。"

段芝贵回答得很干脆:"没问题,我一早就派兵去。"

吴炳湘叮嘱道:"不能太早,得等学生上街以后才行。明天估计还有大雨,你们趁着下雨的时候行动,这样不容易引人注意。"

第二天又是电闪雷鸣、腥风血雨的一天。

北河沿北大三院和马神庙北大二院全部变成了关押学生的监狱。从中午起,被捕学生就源源不断地被送到这两个地方。两天的时间,警察抓了一千多

名学生。昨天被关进来的学生已经一天没吃没喝了,有几个已经晕倒。吴炳湘、段芝贵和王怀庆碰头商量。王怀庆主张不管,先饿上几天再说。吴炳湘坚决不同意,但是他又没办法解决上千学生的吃饭问题,就想放人。王怀庆坚决不同意放人。局面一时陷入了胶着状态。商量来商量去,他们最后决定,敞开北河沿三院和马神庙二院大门,允许市民看望被捕学生并给他们送吃送喝。

这下热闹了。北河沿三院和马神庙二院大门一开,早已聚集在门外的市民潮水一般涌了进来,有送饭、送水、送黄瓜的,还有送衣服、毛巾、被子、脸盆的,甚至有人在小院里支起了土灶,给学生们煮面条。

高君曼、柳眉、白兰拎着装满馒头、黄瓜的篮子到处喊易群先的名字,一个警察走过来,对高君曼说:"别喊了,我带你们去找她。"

高君曼很奇怪:"你怎么会知道易群先?"

警察答道:"这姑娘怪得很,刚进来时被关在小教室,她砸窗户撞门非要和一个男生关在一起,不然就寻死觅活地闹。最后我们没办法,只好按她说的把她和那男生关一起了。"

高君曼等人跟着警察来到教室,隔着窗户看到易群先果然和何孟雄在一起,两人有说有笑。高君曼流下了眼泪,易群先却一副若无其事的样子,反过来安慰高君曼等人:"你们别担心,我在这里挺好的。这两天一直在和何孟雄讨论宗教问题,他说不过我。"

何孟雄央求白兰给他带两本书来,说这间关他的屋子正好是他在北大法科旁听的教室,他要把这里当作课堂,认真看几本书。随后,何孟雄开了个书单交给白兰。接过书单,白兰的眼睛不由得湿润了。

第二十八章

四 十 不 惑

一

北京的雨季一般在七八月,6月份连着下雨并不多见。今年世道乱,事情多,雨水也多。下雨天,从城里到长辛店就要多费不少时间。

李大钊、赵世炎、张国焘等一大早就赶来和工人骨干们座谈,到场的有五六十人。葛树贵主持会议,他义愤填膺地告诉大家:"北洋政府已经对上街游行抵制巴黎和约的学生动手了,抓了一千多名学生,把北京大学当成了监狱。现在,全中国都在声援北京学生,上海的工人已经发起游行示威,我们长辛店的工人应该站出来表明自己的态度。李先生,您有什么要求就直说吧,这些都是靠得住的工友。"

李大钊激动地站起来,高声说道:"各位师傅,上海工人同志不光上街游行,还发出了罢工宣言,并且准备成立全市工人组织领导这次运动。工人阶级已经登上了中国政治舞台,这是开天辟地的大事件。我呼吁我们北京工人迅速行动起来,站到这场运动的最前列! 我们长辛店的工人要做这次运动的领头羊!"

葛树贵应声而起:"李先生说得对! 我提议,散会以后,我们以分厂或车间为单位,分头发动工友,准备进城支援北大学生,到总统府请愿去!"

工友们情绪十分高涨。李小山和几个年轻工人抱来许多小旗子和工人纠

察队的袖章,大伙儿忙碌起来。

傍晚时分,李大钊、赵世炎、张国焘三人坐着李小山的驴车回到北大。快到红楼的时候,赵世炎突然发现刘一品远远地跟在后面。他想了一下,贴耳对张国焘说了几句,便转身迎着刘一品疾步走过去。刘一品见自己已被发现,赶紧溜走了。

北大三个校区已被警察占领了两个。晚上,校学生干事会和各个刊物、社团负责人聚集在红楼图书馆开会。李大钊走进阅览室时,人已经到齐了。

邓中夏白天在街上被军警打了一棒子,头上缠着绷带,他首先传达在刚刚开完的学联碰头会上了解到的情况:"今天是 5 月 4 日以来反动派最疯狂的一天,一共有一千多名学生被捕,这一千多名学生被集中关在北大法科和理科的礼堂和教室,没有水和食品,现在全靠家属和市民送,完全没有保障。学联认为,从明天起,要把斗争的目标转向营救被捕同学,通电全国,动用一切手段给政府施加压力。学联正在起草给全国各界的宣言。明天一早学联要组织五千名学生分三路同时上街。这五千名同学一律背背包,自带行李和干粮,要求陪同被捕同学一起坐牢。其他同学,以校为单位自行组织到教育部、总统府、警察厅等地静坐示威,所提要求一共四条,已经印成传单,一会儿发给大家。我们北大这两天已经被抓走几百名同学了。明天一中和四中的同学支持我们,和我们一路出发。今晚要把行李和干粮准备好。"

大家议论起来,七嘴八舌的,出什么主意的都有。邓中夏急得直摆手:"大家肃静,明天我们如何一致行动,请守常先生给我们讲讲吧。"

李大钊心情很沉重,站起来严肃地说:"同学们,现在是最艰苦的时候。我同意学联的安排。到了这个份上,谁能咬牙坚持住,谁就能取得最后的胜利。我们被捕了一千多人,损失惨重,但也要看到,正是这一千多名被捕学生让我们看到了胜算。为什么?因为这一千多名学生现在成了政府手上一块烫手的山芋,关也不是,放也不是,两头为难,而全国人民却因此被唤醒了。我和赵世炎、张国焘同学今天去了长辛店，那里的工人已经发动起来了。我听说今天上海各行各业的人士也都发动起来了。我估计，只要我们坚持下去，形势很快就会发生变化。大家共同努力吧。当然，这个时候我们还要格外小心，不能莽撞，不能造成无谓的牺牲，要做好反动派狗急跳墙的准备。"

赵世炎紧张地说："我们刚才发现守常先生已经被警察的线人跟踪了。"

李大钊摆摆手："我没有关系，关键是要保护好陈独秀先生，这几天一定不能让他上街。"

邓中夏说："您对我们也同样重要。我们已经做了安排，您就放心吧。好了，如果没有什么要特别嘱咐的，大家就抓紧去落实明天的行动吧。明天，我们北京大中小学生齐出动，来他个铺天盖地。"

果然，第二天，北京城出现了历史上从未有过的大场面。大街小巷，到处是排着队、唱着歌的学生。五千名学生都背着行李、带着干粮，做好了坐牢准备。学生们满大街的向市民们散发北京中等以上学校联合会向全国各界发出的宣言。

东四经东单到崇文门一带，是北大、一中、四中的学生。西四经西单至顺承门一带是法政专门学校、蒙藏专门学校和崇德中学的学生。前门大街是北京高等师范学校和其他一些学校的学生。

总统府前，一千多名来自二十多个学校的女生身穿各种校服，列队请愿，要求面见大总统徐世昌，请求政府拒签巴黎和约、释放被捕学生。徐世昌派他的秘书出来接见女学生。一名女学生上前宣读请愿书，共有四条内容：一、拒签巴黎和约；二、立即释放被捕学生，将受伤、病重学生送到医院救治；三、所有军队撤出北大；四、不得干涉学生上街演讲、抵制焚烧日货。千名女学生请愿，场面蔚为壮观，吸引了国内外众多记者。

北河沿的北大三院成了一个无比热闹的大市场。持枪持械的军人、警察有几百人，他们把守校门、礼堂和用作关押学生的各个房间；给学生送水送饭

送各种用品的学生家属、各校师生和市民,也有几百人;还有来自各个学校主动要求陪同住监狱的学生,他们打着背包、拎着行李、举着旗帜,在礼堂门口静坐、喊口号,也是几百人。

经过抗争,礼堂和各个教室的门窗都打开了。每个门口窗口都有不少军警把守。被捕学生可以自由到门口领取所需食品和用品。最麻烦的是上厕所,得由军警押送。由于人多,厕所门口排起了长队。

临时牢房里很拥挤,脏乱不堪。有学生生病了,各校派来的医生可以进去治疗,但学生不能出来。其间有几个病重的被送进了医院。

市民送来的食品、用品,最初须交给军警分发给学生,后来人多了就乱了。学联来人商量后,决定实行包干制,若干人包干一个牢房,实行定向服务。这样秩序好了一些。

易群先和何孟雄等十几个人被关在一间教室里,由高君曼和另外两家负责。高君曼负责供应晚餐,她和柳眉、白兰忙得不可开交。

二

与北河沿三院和马神庙二院相比,往日喧闹的北沙滩清静了许多。红楼大门对面的学士居已经关张了。校门口有两个警察站岗,一些学生出出进进,多是往三院给被关押的同学送东西的。

赵纫兰是个孕妇,左手挎着一个篮子,上面盖着白布,右手拎着一个罐子,身上背着一个小包,腹部隆起,走路有些吃力。

警察问了几句后,给她放行了。

赵纫兰第一次来北大,不知往哪里走,正踌躇时,碰到了罗章龙。罗章龙带她来到北大红楼。

红楼一层图书馆成了营救被捕同学的临时指挥部。

李大钊已经将近一个星期没回家了,此时正在给邓中夏、赵世炎等布置工作。他满脸憔悴，但精神抖擞，依然是惯常的演讲姿势："现在斗争已经白热化，市民们都被发动起来了。我相信，只要我们再咬牙坚持几天，反动派就撑不下去了，拐点就会出现。越是这个时候，我们越要冷静，防止反动派狗急跳墙。"

罗章龙领着赵纫兰进来。李大钊心头一热，赶紧走过来："兰姐，这么远，你怎么来的？"

赵纫兰已经满头大汗："一路问着走过来的，不远。"

李大钊急了："你这么沉的身子，不要命了？快坐下歇歇。街上这么乱，到处在抓人，不是说好让你在家待着的吗，跑这来干什么？多危险呀。"

赵纫兰眼圈红了："听说学校这边被抓了很多人，我不放心，过来看看你。给你带点吃的和换洗衣裳。"

李大钊高兴了："带吃的来了？太好了，你这是雪中送炭呀。我看看都带了什么。"

赵纫兰揭开篮子上的白布："我自己做的烧饼，还有驴肉火烧，还热乎着呢。"

"都是好东西！这么多！"李大钊笑了，赶紧招呼学生，"来，同学们，我夫人给大家送饭来了。吊桥缸炉烧饼、河间驴肉火烧，都是我们河北的美食。"

大家一哄而上，齐声高喊："谢谢师母。"

赵纫兰从篮子里拿出一个碗，从瓦罐里倒出一碗汤，递给李大钊："这是我炖的鸡汤，我看着你喝。"

李大钊眼圈红了："我喝，一碗不够，我要喝两碗。"

傍晚，天边一抹夕阳。李大钊扶着赵纫兰在校园里慢慢地走着，两个人脸上都洋溢着幸福的光彩。

赵纫兰满足地说："守常，我还是第一次来北大呢，这校园真美。将来等葆

华、星华还有我肚子里的娃娃长大了,都让他们来这里上学。好吗?"

李大钊认真地点点头:"好啊,那时候我们就在这附近租一个小院子,我天天陪你逛校园。"

赵纫兰高兴地笑了:"真的吗,真盼着有那么一天,那可是太美了。"

李大钊边走边摇头,气愤地说:"可惜呀,这么美的学校让反动派给糟蹋了。兰姐,你知道吗,北大的三个校区,有两个成了关押学生的监狱。这是北大的耻辱,是中国的耻辱。"

赵纫兰叹了口气:"我知道。听说很多人都来北大给学生送饭,我也想来,可是带着两个孩子实在走不开。今天是树贵的媳妇来了,我让她帮我看着孩子,我过来看看你。守常,你又瘦了、黑了。瞧这胡子这么长,也不剃剃。"

李大钊望着身怀六甲的妻子,动了感情,他紧紧拉住赵纫兰的手:"兰姐,你看到我在干什么了,害怕吗?"

赵纫兰尽管内心波涛汹涌,脸上还是惯常的大姐神态:"憨坨,你别担心我,我不害怕。我知道你是在为国家、为老百姓干大事、干正事。我为你骄傲,也为你担心。帮不上你什么忙,我心里着急。"

李大钊不走了,他深情地捧起妻子的手,贴在自己的脸上:"兰姐,政府要把山东让给日本,我们不能答应,要唤起民众跟他们斗争,要斗争就会有牺牲。我是豁出去了,就是怕连累你和孩子,心里一直不安。"

赵纫兰用手堵住李大钊的嘴:"憨坨,这话我们夫妻已经说过很多次了。我知道你李大钊是国家的人,不光属于我赵纫兰。今天我再跟你说一遍,我也是中国人,知道轻重。我和孩子铁了心地支持你。你放心地干你的事情,不要为我们分心。我向你保证,就是天塌下来了,我也能把孩子抚养成人。"

李大钊潸然泪下,他动情地望着妻子,抱住她的双肩,情不自禁地亲吻了一下妻子额头:"谢谢你,兰姐!"

赵纫兰替李大钊擦了擦眼泪,幸福地靠在他的肩上,喃喃自语:"守常,你是个真汉子。我想好了，过两天我就带孩子们回大黑坨去，在那里生孩子，免得你分心。"

三

陈独秀在家里足不出户已经三天了，延年、乔年也在家里憋了三天。

第四天中午，在红楼图书馆陪伴李大钊的赵世炎来陈独秀家找东西吃，三个小伙伴在院子里聊了起来。

延年给赵世炎递上热气腾腾的包子，迫不及待地向他打听外面的情况："世炎兄，快憋死我了，快给我说说今天的情况吧。"

赵世炎一口包子还没下肚，急忙说道："我跟你们一样，看着守常先生不让他上街，只能向回来的同学打听消息。"

陈延年："你在红楼，总比我们消息灵通，快说吧。"

赵世炎："先告诉你们两个坏消息。第一，今天上午北京各校数万学生上街请愿，与军警发生冲突，很多同学被打，刘海威、罗章龙等都负了伤，被送进了医院；第二，政府今天已正式下令更换北大校长，由胡仁源取代蔡元培。"

陈延年急切地问："海威负伤了？送哪家医院了？"

赵世炎："你别紧张，据说无大碍，有人看见他头上缠着绷带又回到东单了。"

乔年急忙问："快说说有什么好消息！"

赵世炎来了精神："三个好消息。第一，今天军警没再抓人了，因为已经没有地方关学生了。这说明反动派害怕了。第二，今天不光是学生，不少商人、工匠、市民也都上街了。第三个最重要，上海发出通电。今天上午，上海五个纱厂以及商务印书馆、中华书局和码头的工人开始举行罢工，大小商店举行罢市，连理发店都贴上'国事如此，无心整容，请君不必光顾'的标语。你们知道这叫什么？"

延年、乔年摇摇头。

赵世炎兴奋地说:"这叫'三罢',学生罢课、工人罢工、商人罢市。李大钊先生说,实现了'三罢',学生运动的性质就变了,说明社会各界都加入了这场爱国运动。大家都行动起来,胜利就不远了。"

延年和乔年高兴得跳了起来。

赵世炎说:"守常先生说,这些情况,特别是学生被抓的情况暂时不要告诉仲甫先生,免得他做出过激行动。"

延年握着拳头:"我都快急疯了。"

"我也一样,但我们的任务也很重要。"赵世炎强调,"在这个节骨眼上,保护好仲甫和守常二位先生至关重要。前天,我就已经发现刘一品正在盯守常先生的梢。"

陈延年有些吃惊:"刘一品是张丰载的线人,那说明警察厅已经盯上守常先生了。"

"所以仲澥兄给我下了死命令,让我一步不离地跟着守常先生。这会儿是张国焘替我,我得走了,守常先生还没有吃饭呢。"赵世炎拿着一些包子走了。

高君曼从街上买东西回来,在胡同口看见一个人,好像有些眼熟,走近一看,原来是柳眉姑姑,赶紧打招呼:"夫人,您这是找我的吧?"

见是高君曼,柳眉姑姑喜出望外:"可不是嘛!我这人记性不好,忘了哪个门了,幸亏遇上您。"

两人进门,延年、乔年正在院子里看书,高君曼要去喊陈独秀,柳眉姑姑连忙拦住高君曼:"不用惊扰陈先生,我说完就走。"说着掏出电报,"柳眉爸爸发来电报,听说延年挨打,警察抓了上千学生,他们不放心,催促柳眉赶快回上海去,还说如果柳眉实在不愿回去,一定要让她住到我家里去。柳眉呢,让她赶紧来见我。"

高君曼赶紧回答:"柳眉和白兰去北河沿三院了。"

柳眉姑姑一听急了:"报上不是说被捕的学生都关在三院吗？她去那儿干什么？找死啊？"

高君曼回答:"她去看易群先,您认识的,工读互助社的那个。易群先关在三院,好几天没洗澡了,今天一早嚷嚷浑身痒,我们好容易说通军警,在厨房里烧了点热水,柳眉送水去了。我出来买菜,要给他们做晚饭,一个牢房十几个人呢。"

柳眉姑姑急了:"哎呀,你们这里发生了这么多事！延年,你带我去三院找柳眉去。"

延年正想找个机会出去,赶紧对高君曼说:"姨妈,老头子睡了,估计一时半会儿也醒不了。您在家看着他,我带姑姑去找柳眉吧。"

高君曼想了想,说:"行,我知道你们俩都憋死了,去吧。不过有一条,千万不能上别的地方去,今天东单那边可比昨天还乱呢。"

柳眉姑姑赶紧说:"您放心,我看着这两个小子。"

北大三院临时看守所,易群先坐在窗台上,柳眉和白兰每人端来一盆热水,军警在旁边看着,还有人过来看热闹。易群先一点也不在乎,笑嘻嘻地对警察说:"你们既然答应让我洗头,又不同意放我出来,隔着窗户,我怎么洗嘛?"

正说着,延年、乔年带着柳眉姑姑来了。易群先一见陈延年,隔着窗户就大叫起来:"陈延年,本小姐都被关三天了,到现在才来看我,太不够朋友了吧！"不少被捕学生都认识陈延年,易群先这一叫把他们都吸引过来了,警察见状赶紧上来阻止。

柳眉姑姑对警察说:"看你慈眉善目的,就行个方便吧。女孩子在这擦洗也不方便啊。"

　　警察把柳眉姑姑拉到一边,轻声给她出主意,让她去找长官通融,只要她担保,说不定易群先可以在厨房里擦个身子洗个头,到时候他们警察在外面守着。柳眉姑姑很快做通了警察头目的工作,易群先终于痛快地洗澡去了。

　　延年和乔年在家里憋了好几天,第一次见到这阵势,很是新鲜。他俩隔着窗户和何孟雄交谈,问他有什么感受、什么困难。何孟雄告诉他们,虽然不寂寞,但有两条不好:一是晚上没灯,不能看书;二是易群先老是缠着他,让他一刻也不得安生。

　　延年悄悄地问:"你跟我说实话,是不是真的有女朋友了?"

　　何孟雄答道:"没有。咱俩几乎天天在一块儿,有没有你还不知道吗?"

　　延年不解:"那你为什么说你有个很厉害的女朋友。"

　　何孟雄用神秘的语气说:"那是施存统让我说的。他想和易群先好,就让我说我已经有女朋友了,好让易群先死了心,可是人家不买账。"

　　一旁的乔年乐了:"你们三人可真有意思。"

　　何孟雄没好气地说:"有什么意思,烦死了。你俩帮个忙,等出去以后一定得想办法让她回河北去。"

　　延年笑道:"你不用担心,最多到年底,易群先就要去法国了。你不去,到时候自然就断了。"

　　何孟雄顿感轻松:"但愿如此。"

　　易群先痛痛快快地洗了个澡,一身轻松,又神气起来了。头发散乱的她拉着白兰和柳眉,要她俩陪自己聊天。柳眉姑姑在三院看了一会儿,心里发堵,硬要拉着柳眉回自己家。柳眉不想去,白兰、延年和何孟雄都劝她跟姑姑回去,柳眉没办法,假装答应,和延年、乔年一起跟着姑姑走了。白兰留在三院陪易群先聊天,等高君曼送饭来。

　　延年、乔年和柳眉把姑姑送到家门口,柳眉死活不愿意进去。姑姑好说歹说也劝她不了,只好妥协,让她等局势平稳了再来住几天。

四

箭杆胡同,陈独秀的家里。高君曼买了几斤羊肉、两捆大葱,一个人在厨房里做包子。

陈独秀睡醒了。在家三天,他写出了好几篇稿子,还把下一期《新青年》的稿子编出来了,感到轻松不少。走出书房,看到子美和鹤年趴在凳子上睡着了,他赶紧把两个孩子抱到床上,盖上被子。

延年他们都不在家,厨房里传来咚咚咚咚剁馅的声音。

陈独秀一看时间,已经是下午四点多钟了。他已经三天没出家门,这时就想到街上买份报纸,更想到北大去看看情况。陈独秀心里很清楚,李大钊让他在家编《新青年》、延年和乔年不出门在家里待着,都是为了他的安全。他一来不愿意让大家担心,给大家添乱,二来也很想静下心来把这一期《新青年》编好,所以就在家里宅了三天。这会儿"看守"不在,夫人在厨房里浑然不知,于是他蹑手蹑脚地摸到大门口,轻轻地拉开门闩,溜了出去。

陈独秀沿北池子大街向北走,路上几乎没看到人。走到北沙滩西口,眼前却是另一番景象:很多军警持枪执勤,更有挎着篮子、抱着被子、打着旗子的各色人等朝马神庙方向跑去。

陈独秀拦住一个老者询问情况,老者摇头叹气道:"你自己去看吧,学校都变成牢房了! 什么世道!"

陈独秀一脸惊讶,不由自主地跟着人群向马神庙走去。

马神庙北大二院是北大理科分部,昔日宁静美丽的校园,如今已成监狱和兵营。礼堂、饭厅和各个教室、宿舍的门上都挂着"羁押学生重地"的牌子。二院一共关押着三百多名学生。被捕学生得到学联的指示,全都坐在院中高呼口号:"爱国无罪,还我自由! 还我青岛,维护主权! 拒签巴黎和约,严惩卖国贼曹汝霖、章宗祥、陆宗舆!"

　　校园里挤满了人，有声援的学生，有慰问的社团，更多的是送东西的民众。

　　陈独秀从来没见过这种场面，脑子里乱哄哄的，找了半天，没遇到一个熟人，只好拉住一个穿长衫的人问："这里发生了什么事？怎么变成这样了？"

　　那人答道："这算什么！你到北河沿去看看吧，那里关了小一千学生呢。"

　　陈独秀心烦意乱地出了二院东门，走到北河沿，看见三院大门两旁扎起了几十个军用大帐篷，有的帐篷前面还架着机关枪。校门口，北京大学的牌子被扔在地上任人践踏。校园里就像乱哄哄的菜市场，挤满了当兵的和各个学校的学生，还有老百姓。老百姓送什么的都有，甚至有人挑着水、拿着大洗澡盆，一问，是被捕的学生家长，听说孩子被关在大礼堂，没有水洗澡，就连水和洗澡盆一起搬来了。

　　陈独秀被这乱象惊呆了。他像一个没有灵魂的躯壳，面无表情地走在嘈杂的人群里。到了法科小礼堂，情景更加惨不忍睹。门口的军警叫着号，依次押送排着队等着上厕所的学生。有的学生家长苦苦哀求警察让他们进去看看孩子，有的哀求警察把东西送给孩子，有的跪在地上哭天嚎地。小礼堂里面臭气冲天，一条狭小的通道，不时地抬出生了重病的学生，担架后面跟着号啕大哭的病人家属。

　　天色渐渐暗了下来。

　　陈独秀在法科转了一圈，目光呆滞地走了出来，想了想，向红楼方向走去。

　　天已经黑了，校园里空空荡荡的，老师们都回家了，上街演讲的学生都还没有回来，学校的厨师、传达室的敲钟人、花匠也都跑了。陈独秀晕晕乎乎地走进红楼，里面空无一人，上了二楼，打开自己的办公室，呆呆地走进去，两眼直瞪瞪地望着贴在办公桌前墙上的北京大学校徽图样，突然撕心裂肺地大叫一声，瘫倒在地上。

　　刚才看到的那一幕幕已经远远超出了这个饱经风霜的中年汉子的心理承受能力，他疯狂地用头捣地，血水和泪水挂满了他的面颊，浸湿了他的衣裳。

他的思想第一次崩溃了。

高君曼并不知道陈独秀出门了。她一个人在厨房里忙乎了一下午，蒸了两屉羊肉大葱包子，看着天色已晚，就准备去北河沿给学生送饭。来到堂屋，看见子美、鹤年还在睡觉。陈独秀的书房门关着，她本想推门进去看看老头子是在睡觉还是写作，一转念又退了回来：孩子们都不在家，还是不惊动他为好。万一他想出去，没人跟着，岂不麻烦？

高君曼轻手轻脚地回到厨房，装好包子，挎着满满当当一大篮子出了家门。

延年他们也不知道陈独秀出去了。与柳眉姑姑告别之后，延年、乔年、柳眉商量去北大红楼看看李大钊。没想到，刚到红楼门口就碰到了赵世炎和刘海威。赵世炎刚刚陪李大钊去晨报社送稿子回来，正准备和刘海威一起去箭杆胡同蹭晚饭，五个人就一同走向箭杆胡同。此时，天已经半黑了。刘海威头上缠着绷带，一路上给他们讲述自己受伤的经过。

刚进院门，乔年就大叫道："姨妈，有吃的吗？我们饿死了！"

没有人回应。乔年跑进堂屋，看见子美和鹤年还在床上睡着，一想，可能高君曼去三院送饭去了，便喊陈独秀，还是没有回应，连忙朝着门外的延年喊："哥，爸爸好像也不在家。"

延年连忙向陈独秀的书房跑去，看到屋里没人，大惊失色："不好，老头子不见了。"

赵世炎也慌了："哎呀，这可怎么办？"

延年一屁股坐在地上："这个老头子，看都看不住，这会跑出去不是自投罗网吗！"

正说着，门外有响动，高君曼回来了。

乔年急忙问道："姨妈，爸爸哪去了？"

高君曼没明白过来:"他不是在书房里写文章吗?"

乔年急了:"坏了,老头子不见了。"

高君曼赶紧把子美、鹤年喊醒,两个孩子也是一问三不知。延年埋怨高君曼说:"让你在家看住老头子,你怎么能一个人跑出去呢?"

高君曼急道:"我去三院给学生送晚饭去了。"

延年追问道:"那你走的时候没看见老头子吗?"

"他书房门关着,我没敢进去打扰他,就悄悄走了。我想他在写东西,不会出去的。"高君曼说。

"那他会上哪里去呢? 出了事怎么办?"延年急得抓耳挠腮。

高君曼想起在三院看到军警没有动粗,也没有看见更多学生被抓,再看家里也没人来过,稍稍放了心,便安慰延年说:"你爸爸这么大人,在家憋了三天,出去走走,没关系的。"

赵世炎一跺脚:"哎呀,您什么也不知道,现在有多少双眼睛在盯着他呢。我看你们赶紧去找找吧,我向守常先生报告去。"

高君曼听赵世炎这么一说,又慌了:"会不会我们出去时间长了,他饿了,出去买吃的了? 你们要不放心,就去附近酒馆找找。"

柳眉摇摇头:"今天饭馆都关门了,没人敢做生意。"

高君曼:"那你们去胡适先生家看看,没准他在那儿。"

延年一拍脑袋:"对呀,没准他去南池子了。走,我们看看去。"

五

天已经黑透了。

红楼二层办公室,陈独秀就像一具失去了灵魂的僵尸,一动不动地躺在冰冷的地上已经好几个小时了,满脸都是干涸的血和泪的印迹。

还有几个月陈独秀就四十岁了。钱玄同多次说过,人到四十以后,思想不自觉开始退化,活着便成了社会进步的障碍。他曾郑重地不止一次地公开宣称:"人到四十就该死,不死也该枪毙。"陈独秀是个革命者,经常嘲笑钱玄同的这个观点。但是今天,他突然觉得,钱玄同的这个观点有道理,甚至就是对他而言的。

陈独秀的这四十年,一半以上的时间都在闹革命。十九岁那年,他因参加反清活动受到追捕而投身革命。二十二岁时在家乡安庆创立励志学社,鼓吹革命,后又在日本发起成立青年会,被遣送回国后,创办安徽爱国会和《安徽俗话报》,宣传西方社会的民主思想。二十六岁在上海参加军国民教育会暗杀团,与蔡元培等一起试制炸药,计划暗杀清廷大员。次年在芜湖组织岳王会,筹建反清革命武装力量,多次遭到清政府的通缉、追杀。他积极参加辛亥革命,冒死成功劝说安徽新军投奔革命,因功勋卓著,担任中华民国安徽都督府首任秘书长,极力推行民主新政。在他的心目中,资产阶级民主共和国是拯救中国的最佳方案,为了新生的民国,他愿意献出一切。1913 年,袁世凯窃取辛亥革命果实,实行专制独裁,陈独秀奋起反抗,积极参加"二次革命",被捕后被宣判死刑,在绑赴刑场验明正身时被朋友救了下来。1915 年,他创办《青年杂志》,以民主与科学为药方,提出造就新青年的六条标准,主张通过思想启蒙改造国民性,建设民主国家。1917 年,他应邀出任北京大学文科学长,把《新青年》带到了北大。他倡导新文化运动,反对封建专制,抨击封建旧思想、旧文化,号召青年学生努力学习、接受西方先进的民主思想,希望能够通过建立完善的资产阶级民主共和国来拯救日益沉沦的中国。他领导发动五四运动,督促政府拒签可耻的巴黎和约,号召青年学生和全国民众直接行动起来,行使民主权利,维护国家主权。他知道,北洋政府迫于日本和西方列强的压力,一定会镇压学生和全民族爱国运动。但是他万万没有想到,这个反动的政府居然敢把中国最高学府之一的北京大学变成关押学生的监狱。这种在人类文明史上从未发生过的最可耻的事情,这种任何一个国家和政府都不敢做的事情,竟

然在中国发生了。陈独秀是一个五度出洋求学追求真理的文明人,他是一个在小学、中学和大学都教过书的老师。看到昔日书声琅琅的北京大学变成了关押学生的牢房,看到他的那些满怀爱国热情、一身正气、风华正茂的学生身陷囹圄、痛苦困惑的表情,他的头脑一片空白。他崩溃了、瘫痪了。他突然觉得,之前的一切努力都是徒劳的、无效的,甚至是荒唐的;之前所有的理想和追求都是虚假的、可笑的,甚至是骗人的。资产阶级民主共和国的理想在他的心中彻底地崩塌了。他没有想到,人到不惑之年,他却彻底地困惑了。

他,四十岁的陈独秀,就这样一直静静地躺在地上,任泪水布满脸庞。

几个小时过去了,整整四十年的人生经历在他的脑海里像过电影一样一一闪过,有华彩的篇章,也有尴尬的遭遇。

他想起了 1915 年他从日本回国,在汪孟邹给他接风的宴会上,他对邹永成等说的一句话:"此次归国,我想创办一份杂志,作为唤醒国人政治的觉悟和伦理的觉悟的号角。我向各位保证,让我办十年杂志,全国思想都将改观。"

他想起了张勋复辟时李大钊对他说的一句话:"三年之内,两度复辟。仲甫兄,丢掉幻想,准备战斗吧!"

他想起了郭心刚临死前对他和李大钊说的话:"二位先生,我要和你们再见了。此生能认识二位先生,是我最大的荣幸。只是我生不逢时,国家多难,政府却以狮子搏兔之力弹压我等爱国之心,让我感到在自己的国家和在日本一样受欺负。这样的国家还有什么希望?二位先生,你们要救救这个国家,救救这个苦难的民族呀!"

他想的最多的是毛泽东在红楼图书馆问他的一句话:"先生,民主和科学真的能够改变我们中国的命运,改变我们青年的前途吗?"

想着想着,泪水再次顺着他布满深沟的眼角夺眶而出。

天黑得有如浓墨。

　　楼道里传来匆匆忙忙的脚步声，走廊里出现气喘吁吁的一群人。有人说："这么黑，没人开灯，不会在这儿。"有人说："看，门是半开着的，快进去看看。"

　　陈乔年推开文科学长室，拉亮电灯，看见了躺在地上的陈独秀，大家全都拥了上来。李大钊扶起陈独秀，看到他的额头破了，急切地问："仲甫兄，你这是怎么啦？挨打啦？"

　　陈独秀坐在地上，看到了胡适、陈延年、陈乔年、赵世炎、刘海威和柳眉。他茫然地向大家摆摆手："我没事，就是不小心摔了一跤，碰破了头。你们放心，我不会死！"说着，眼泪又流了出来。

　　大家第一次见到陈独秀掉眼泪，不知道发生了什么事情，都不敢吭声。

　　陈延年心里一阵酸楚，想开口但又不知道该说些什么。

　　柳眉看到陈独秀满脸的血水，害怕了，摇晃着陈独秀的胳膊，哭着说："陈伯伯，您怎么啦？您可别吓我们啊。"

　　陈独秀在李大钊和胡适的搀扶下站了起来，强作笑颜对大家说："我真的没事，就是有点晕，一会儿就好。"说着，他把乔年拉到跟前，"孩子，你们几个先回家去，让你姨妈把饭做好。我想和守常先生、适之叔叔说会儿话，一会儿就回去，今晚我有话和你们说。"

　　几个年轻人不大情愿地转身离去。胡适跟出来对延年说："麻烦你去我家和冬秀婶子说一声，就说我晚点回去，免得她着急。"

　　陈延年点点头："您放心吧，我这就去告诉她。"

　　几个孩子走了。李大钊打了盆水，帮陈独秀擦干净脸上的血水。

　　胡适急切地问："仲甫兄，你去三院啦，挨打啦？"

　　陈独秀摇摇头："我是去三院了，但我没有挨打，是我自己着急上火磕破了头，不碍事的。"

　　李大钊不放心地说："我看还是去医院包扎一下吧。"

　　陈独秀用手指了指抽屉："不用上医院，我这里有云南白药。"

胡适打开抽屉,找到云南白药,帮陈独秀涂上,说:"还好,只是磕破了点皮,没伤到骨头。"

李大钊从来没见过陈独秀这副伤心的样子,知道事情很严重,问:"仲甫兄,你怎么啦?心里有什么话就说出来吧。"

陈独秀缓过神来,表情沉重地说:"守常、适之,谢谢你们对我的关心。你们怕我性子急,好冲动,容易给大家添麻烦。你们让我别出门,还说服我那两个跟我闹别扭的儿子在家陪着我。我知道你们是好意,我心领了。我把自己关在家里编辑《新青年》,想着两耳不闻窗外事,一心一意搞我的思想启蒙。整整三天,我没有出门。可我万万没有想到,仅仅几天,堂堂北京大学就变成了关押学生的监狱,就变成了刽子手的兵营。我无颜面对那些身陷囹圄的学生,无颜面对那些向士兵苦苦哀求的学生家长。这难道就是我陈独秀舍生忘死几十年为之奋斗的民国吗?这难道就是吴樾、徐锡麟、秋瑾等革命先烈用鲜血和生命换来的共和吗?我躺在这里反反复复地问自己,我陈独秀天天号召青年学生爱国、自强,他们听了我的话,却进了牢房。我陈独秀是千古罪人,无地自容啊!"

胡适拍拍陈独秀的肩膀:"仲甫兄,你不要自责,这不光是你一个人的责任,我们大家都要检讨。再也不能蛮干了,否则,受辱的只有学生,受损的只有学校,就像我在《北京学生受辱记》里面写的一样。"

李大钊本想好好安慰陈独秀,但一听胡适的话就忍不住了:"适之,我不同意你的说法。我们有什么错?学生有什么错?你这时候说这样的话实际是为反动政府开脱罪责!"

胡适略显不悦:"守常兄,这个时候你就别给我戴帽子了。刚才你提到你的学生,是,我们都看到了,你难受,我也难受,可是有什么办法呢?如果当初我们不实行总罢课,如果我们采用一些缓和的办法,我们北大就不至于走到现在这个地步。"

李大钊激动了："适之，我问你，学生为什么要罢课？不是因为政府要签订那个丧权辱国的巴黎和约，不是因为我们一而再再而三地去抗议、申诉无效，不得已而为之的吗？难道爱国有罪、卖国有功吗？"

胡适也激动了："爱国有很多途径，救国有很多方式和方法！还有，守常，我听说你最近一直在鼓吹俄国革命，说我们中国必须走俄国人的道路，这很危险。"

李大钊反唇相讥："走俄国人的路有什么不好？适之，我劝你不要只把眼睛盯在美国人身上，只信奉杜威的实用主义，应该像蔡校长说的那样兼容并包，要看到世界大战之后时代的变化和发展趋势。"

胡适生气地说："你又扯远了，现在我们谈的是眼下如何救北大，如何解救我们那些被捕的学生！我们要想办法呀，要想办法！着急没用的，我们要冷静，静能生慧。我的意见是，我们要取消罢课，要给政府一个台阶下。"

李大钊猛地一拍桌子："这个时候绝对不能取消罢课！我们现在没有第二条路，只有一条路，那就是采取更加坚决的方式，我们去斗争！"

胡适也拍起了桌子："斗争，你还要斗争吗？斗争有什么用？现在你和陈仲甫满身都是伤痕，你还要斗争，还要走极端吗？仲甫是我们新文化的领袖，我们三个人是新文化的领军人物，我们为什么要往政治这汪浑水里面蹚呢？再这样下去，不仅是北大完了，还有你们俩，你们俩会断送你们的学术前程，断送你们幸福的家庭！"

陈独秀一直在旁边看着他俩争论，没有插话。这时，他走过来双手扶住胡适的肩膀："适之，你不要说了。这个问题我已经想了整整一个下午和一个晚上了。不错，当初我创办《新青年》的时候是说过要二十年不谈政治，要致力于启发人民的思想。可是，人民觉悟了之后怎么办呢？觉悟了就要有行动。光有思想没有行动是救不了中国的。所以，到头来我们还是离不开政治。"

胡适看着陈独秀的泪眼："仲甫兄，我不是说我们完全不介入政治问题，我

是说你们一定不能再走极端!"

李大钊再也忍不住了,他挥舞着双拳大声地对胡适喊道:"极不极端应该有一个客观的标准。如果一个国家强权压倒了公理,如果一个国家遇到涉及核心利益的问题,而人民的意愿却不能表达,那么这个国家的公民就可以行使民主的权利。我们拿中日关系为例,甲午战争,中国战败了,我们割地、赔款,甚至把台湾都让给日本人了,没办法,我们没脾气。可现在我们是战胜国呀,适之,凭什么要把战败国德国抢占的青岛让给日本呢? 这还有公理吗? 如果我们放任那些卖国贼肆意妄为践踏民意的话,那我们这个国家还能叫民主共和国吗? 我们还配叫民主国家的公民吗? 所以为了国家利益,我们现在需要一个彻底的革命! 把思想觉悟和行动觉悟结合起来! 我李大钊愿意当这个急先锋,九死而不悔,虽万千人吾往矣!"

胡适没有见过李大钊发这么大脾气,他怔住了。

没想到陈独秀却一声冷笑,大声高叫:"共和? 今天我算是彻底地看清楚了,共和死了,民国死了!"

李大钊和胡适看到陈独秀歇斯底里的样子,齐声问道:"仲甫兄,你怎么啦?"

陈独秀依然冷笑:"共和死了,我没死。我饿了,我要回家吃饭去。"

话音未落,高君曼来了。

六

高君曼是在听到柳眉说陈独秀满脸是血躺在地上后,不顾一切地从家里跑来的。延年和乔年不放心,紧紧地跟在她后面。

高君曼推门进来,看到陈独秀并无大碍,一屁股坐到椅子上喘着大气说:"老头子,你吓死我了。"

陈独秀拉起高君曼:"你来得正好,我饿了,我们回家吃饭去。适之、守常,你们也赶紧回家吧。"

几个人一起出了校门,陈独秀、李大钊、胡适三人拱手互道珍重,各回各家。

宁静的北池子大街,高君曼挽着陈独秀的胳膊在前面走,两人窃窃私语。延年和乔年不远不近地跟在后头。

几个人回到家,柳眉正带着子美、鹤年玩游戏。两个小家伙睡了一下午,现在精神了。

高君曼问:"白兰呢?"

子美抢着回答:"白兰姐姐在厨房切羊肉片呢。"

高君曼找出一个铜火锅,要涮羊肉。大家围坐在一起。陈独秀纳闷,问君曼:"怎么都没有吃晚饭?"

高君曼抢白道:"岂止是晚饭,延年、乔年和柳眉连中饭都还没吃呢。来,老头子,为庆祝你平安归来,今晚咱们来个全家福——火锅宴。"

陈独秀,这个从不顾家的男人真真切切地感受到了家庭的温暖。经过今天这几个时辰的思想炼狱,他已然破茧成蝶,发生了裂变。想到自己又要去冲锋陷阵了,他内心涌出一丝冲动与愧疚,于是对君曼说:"难得今天一家人这么齐心,咱们喝点酒吧。"

高君曼瞥了丈夫一眼,说:"果然是父子连心,你儿子早就给你准备好了,二锅头原浆。"

一通忙碌之后,热气腾腾的火锅和鲜嫩的羊肉片上桌了。陈独秀夫妻俩,四个儿女,外加柳眉和白兰,围成了一桌。

望着温馨的一家人,陈独秀动了感情。他举起酒杯,特意站了起来:"君曼,我要跟你说声对不起,因为我不是一个合格的丈夫。延年、乔年、鹤年、子美,还有远在老家的玉莹和松年,你们从小到大,因为我吃了很多苦,我也要对你们说声对不起,我不是一个合格的父亲。"

高君曼被感动了,噙着眼泪连连摆手:"坐下说,坐下说。"

陈独秀依然站着:"你听我说完。我在家里憋了三天,今天出去转了一圈,你们应该能够想象到,我看到了什么。在别人眼里,我陈独秀是个硬汉,可是今天你们都看到我流血流泪了。为什么呢?因为我看到了一个国家居然把一所大学变成了关押学生的监狱,我看到了我的那些学生,为了爱国,为了抵制那个可耻的巴黎和约而身陷囹圄,受尽了侮辱。我是一个老师,是一个从年轻时就立志救国的革命者。我爱这个国家,我要为这个国家去做点什么,我决不能眼看着我的学生流血流泪而无动于衷,我必须和他们一起战斗。孩子们,我们家刚刚过上安定的日子,现在我又要跟你们说声对不起了。因为今后,你们可能还会受到我的连累,可能还会因为我吃苦受罪,所以,我必须跟你们说声对不起。这杯酒是向你们赔罪的。"说完,陈独秀一饮而尽,老泪纵横。

陈延年默默看着父亲,心中百感交集。这一天的经历,风一般地吹散了十几年里父亲留在他心中的那最后一点阴影。他看到了一个铁骨柔情、顶天立地的父亲,也看到了自己的使命和责任。他激动地站起来举起酒杯:"我有'六不'戒律,不能饮酒,但今天我要敬一杯赔罪酒。我也是立志要为这个国家献身的,作为长子,可能我将来不能为父母尽孝,不能为弟弟妹妹尽责,这里我就先以这杯酒谢罪了。"说着,将酒杯高高举过头顶,然后洒到地上。

乔年也举起酒杯:"我也是。不过这杯酒我自己喝。"说完一饮而尽。

除了子美与鹤年不知道发生了什么,全家人都哭了。

高君曼泪流满面,拍着延年和乔年说:"坐下,坐下。不许说不吉利的话,我们一家都要好好地活着。"

第二天,陈延年和往常一样,黎明即起,洒扫庭除,然后活动活动身体。昨晚一家人都睡得很晚,其他人都没有起床。他看见陈独秀的书房里还亮着灯,就走了进去。

陈独秀趴在桌子上睡着了。

延年悄悄地走过去,看见桌上只有一张写了字的稿纸,标题是《研究室与监狱》。他瞅了一眼,顿时血脉偾张,忍不住拿起那张稿纸,走到院子里小声读起来:

> 世界文明的发源地有二,一是科学研究室,一是监狱。我们青年立志出了研究室就入监狱,出了监狱就入研究室,这才是人生最高尚优美的生活。从这两处发生的文明,才是真文明,才是有生命有价值的文明。

他念了一遍,不过瘾,又念了一遍……

红楼图书馆,陈延年将《研究室与监狱》交给了刚刚进屋的李大钊。李大钊、邓中夏、赵世炎、刘海威等争相传看。李大钊无比激动地挥舞着双手:"这是北大之魂!青年之魂!快,赶快刻蜡纸,把它印出来送到同学们手里。"

三部油印机同时开印,随着邓中夏、许德珩、刘海威等同学手中滚筒飞转,一张张散发着油墨香味的传单很快分发到被捕学生手中。

北大法科小礼堂和马神庙理科小礼堂里,被捕同学整齐地端坐在地上,人人手捧传单,小礼堂里响起了铺天盖地的朗读声:"世界文明的发源地有二,一是科学研究室,一是监狱……"

声音一浪高过一浪,久久回荡在北大上空,迅疾传遍了四九城。

成千上万的学生拥上街头,他们挥舞着旗帜,高呼口号:"严惩卖国贼!还我青岛!还我自由!"

大街小巷,无数民众为学生喝彩。

前门大街,讲演团一个接着一个,吸引了大批民众,不少警察都成了听众。

刚刚从上海回来的许德珩登台演讲:"同胞们,现在,全国的民众都已经站起来了。从昨天起,上海、天津全面举行学生罢课、工人罢工和商人罢市。上

海各大商号都贴出了'忍痛停业,冀救被捕学生''不除国贼,誓不开市'的标语。"

万众欢呼。

长辛店铁路工人在葛树贵等人带领下赶来了。葛树贵带头高呼口号:"坚决声援北京学生! 坚决打倒卖国贼曹汝霖、章宗祥、陆宗舆!"

总统府前,万名学生痛哭国殇。同学们在邓中夏带领下齐声宣读学联决议:"一、惩办卖国贼;二、拒签巴黎和约;三、坚决反对胡仁源任北大校长。"

北洋政府残酷镇压爱国学生的暴行激起了人民群众的极大愤慨。自6月上旬起,北京数十所学校的几万师生走上街头,举行大规模的示威和演讲活动。工人、市民、商人等社会各阶层纷纷罢工、罢市,声援学生运动。上海、天津、济南、武汉、广州等地也爆发了大规模的罢课、罢工和罢市活动。五四运动迅速蔓延,像一座座火山,在全国各地爆发了。

第二十九章

飞蛾扑火

一

国务总理钱能训从总统府一溜小跑回到自己办公室,警察总监吴炳湘和刚刚上任的代理教育总长傅岳棻已经在此等候。

两人见到气喘吁吁的钱能训,立即站了起来。钱能训摆摆手:"请坐,请坐,让二位久等了。事情紧急,我就不绕弯了。北京的情况你们都知道,我就不多说了。先说上海,已经全面罢课、罢工、罢市。到下午4点,上海各界在宁波路卡尔登西饭店举行联席会议,成立了上海商、学、工、报各界联合会,并通电全国,表示卖国贼存在一日,商学工界即停业一日。除上海外,天津、南京、济南、广州、武汉、长沙等地,还有日本东京、法国巴黎等地都出现大规模抗议活动。今天一天,总统府和总理衙门已经收到三百多份抗议电文,前所未有。特别是南方政府蠢蠢欲动,借此收揽民心,大肆攻击我中央政府,一些外国银行、商社也要求我们尽快稳定局势,保护外商利益。"

傅岳棻补充道:"今天北京教育界已经完全失控,前一段刚刚有所缓和的局面瞬间恶化。几乎所有学校,甚至包括一些小学生,也都上街了。"

吴炳湘接着补充:"还有比这更坏的消息。据报,今日长辛店已有工人上街游行。"

钱能训大吃一惊:"消息可靠吗? 工人起来,非同小可。这个局面眼看就

要无法收拾了。刚才总统和我还有段祺瑞在一起紧急磋商,一致认为,当务之急是稳定局势,要想尽一切办法把学生稳住。"

吴炳湘一脸无奈:"张丰载的报告应该可靠。事到如今,还能有什么好办法?"

"办法还是有的,请二位来就是跟你们说办法的。只是这个办法得靠二位去落实。"钱能训的腔调有点怪异。

吴炳湘急了:"您赶快说吧。"

钱能训突然严肃起来:"第一,大总统令,免去步军统领王怀庆、警备司令段芝贵的职务,所有步兵、宪兵等一律撤离,京城社会治安全部交由京师警察厅负责。"

吴炳湘冷笑一声:"我说为什么只让我一个人来受命。这才几天,就把那二位开了。军队走了,那么多学生,光警察怎么能维持过来?"

钱能训面无表情:"吴总监,你要是有牢骚请向段大帅发去,我只是奉命传达。您要是明天还想来开会的话,就请赶紧落实。"

吴炳湘问道:"军队和宪兵都撤了,警察还在那里干什么?"

钱能训:"维持秩序,等候撤离命令。第二,傅总长,责成你速与各校校长协商军警撤离后的处置办法。政府就提一个条件,让学生立即复课。"

傅岳棻看了一眼吴炳湘:"只要放了学生,我可以去协调,但政府必须保证,军警不得再过问。学校的事情,警察一掺和还会出事。"

吴炳湘不高兴了,大骂道:"你以为老子愿意掺和你那点破事!要不是你们管教不严,让一帮文人煽动娃娃闹事,老子舒坦得很。"

钱能训摆摆手:"好了,现在争论这些有用吗?二位赶紧去办事吧。吴总监,王怀庆和段芝贵的免职命令就由你去传达。"

吴炳湘没好气地说:"这是你的事,凭什么让我去?"

钱能训软中带硬地说:"这是大总统和段帅的指令,你看着办。"

不到一个时辰，王怀庆和段芝贵就一前一后来到警察厅。一进会议室，王怀庆就一屁股坐在椅子上喘粗气："我说老吴，什么了不起的急事，非要这会儿把我们叫来，我正在牌桌上呢。这两天让那些该死的学生闹得头昏脑涨的，打错了好几牌，输了好几百大洋。"

段芝贵也是牢骚满腹："我说老吴，咱们一样的级别，凭什么总是我们听你吆喝。我就听不惯你那个秘书电话里的口气，限一刻钟内到警察厅开会。我说你算老几呀？"

吴炳湘一脸严肃："香岩兄，论资历、论年纪我都不敢跟您比，不过您别忘了几天前我在这儿对懋宣兄说过的话。"

段芝贵一脸不解："你说了什么？我不记得。"

吴炳湘看看王怀庆："那王统领应该记得吧？"

王怀庆还在火头上："你有话就说，有屁就放，卖什么关子！"

吴炳湘冷笑一声："好，那我就放屁了。那天我说五天以后你要是还能在这个位置上坐着，就你说了算。不会忘了吧？"

王怀庆一下子蹿了起来："吴炳湘，你什么意思？"

吴炳湘两腿并拢，身体挺直，高声宣布："大总统令，免去步军统领王怀庆、警备司令段芝贵的职务，所有步兵、宪兵等一律撤离，京城社会治安全部交由京师警察厅负责。"

王怀庆和段芝贵傻眼了，异口同声地问："老吴，你是开玩笑的吧？"

吴炳湘来回走了几步，说道："借我十个胆，我也不敢跟二位开这样的玩笑。我早就跟二位说过，段大帅有一句话常挂在嘴边，'这年头咱谁都敢惹，就是不敢惹学生'。二位老想着跟学生动粗，不拿你们当替罪羊才怪呢。"

王怀庆怒气冲冲："不行，我找大总统去。"

吴炳湘摆摆手："算了，大总统这是为你好。这会儿先把你挂起来，学生就不找你茬了。不然的话，你跟曹汝霖、章宗祥、陆宗舆一样，让学生盯住不放，

麻烦就大了。我劝二位赶紧撤兵走人,只要学生不盯着你们,保管风头一过,二位就得高升。"

两人哑口无言,耷拉着脑袋,悻悻地走了。

二

北河沿北大三院大门两侧的帐篷很快被拆掉了,士兵们都在撤离。一些胆大的市民站在校门口观看、起哄,士兵们仿佛没看见。

院子里,全体警察列队集合,京师警察厅刘副总监宣布大总统令,解除对全体被捕学生的关押,警察无条件全员撤出北河沿和马神庙,学校治安交由教育部负责。

小礼堂的两个大门都打开了,教育部李司长带着各校庶务长在礼堂门口欢迎被捕同学,他们还特地准备了鞭炮。

可是,谁也没有料到,竟没有一个同学从牢房里出来。李司长非常尴尬,和刘副总监走进小礼堂,只见所有同学都整齐地坐在地上,其中居然还有几个警察。

一位同学说道:"我们经过集体表决,一致要求政府对被捕学生做出合理解释,否则决不出狱。这几位警察先生留在这里,将作为政府迫害学生的人证。"

李司长连连解释:"各位同学,各个学校的校长都来接你们了,大家就配合一下吧。"

学生代表语气坚定:"我们被捕同学的要求有两条。一是暂不出校,选出学生纠察队维持秩序;二是向政府要求集会、言论、出版自由不受限制。"

李司长连连点头:"这些都可以商量,同学们还是先出来吧。"

刘海威进来,手里拿着一张纸:"这是北京学生联合会刚刚向全国发出的通电电文,我择要宣读:'政府自为儿戏,而学生等无端被拘,决不能自行散去……此次军警蹂躏教育,破坏司法,侵犯人权,蔑弃人道……长此优容,何以为国?学生等应一面质问政府何以处置军警,一面仍应亟筹应对卖国贼之道。'"

学生们热烈鼓掌。

李司长双手一摊:"哎呀,各位同学,兄弟我今天就是受命代表政府向大家道歉的。我再表示一下好不好?我代表徐世昌大总统正式向各位道歉。"说着弯下腰来,深深地向学生鞠了一个躬。

刘海威态度坚决:"你这个不行,看不出政府的诚意。"

李司长万般无奈:"哎呀,那你说到底要怎样才能回校嘛,说得具体一些,我好回去请示。"

刘海威郑重宣布:"底线是两条。第一,罢免卖国贼曹汝霖、章宗祥、陆宗舆一切职务;第二,政府当众向学生谢罪。"

李司长和刘副总监商量了一会儿,无奈地说:"我们这就去请示。"

总统府内,徐世昌召集钱能训、陈箓、吴炳湘、傅岳棻等开会。教育部李司长汇报了学生的要求,徐世昌让与会者发表意见。

陈箓抢先报告说:"陆徵祥一天之内给我发了四封电报,巴黎中国代表团驻地已经被包围得水泄不通,当地华人和中国留学生很可能像火烧赵家楼一样把代表团驻地烧掉。"

钱能训表态:"我仔细研究了学生的要求,其实不算高,毕竟没有把巴黎和约这一条拿出来。说到底,就是要罢免曹汝霖、章宗祥和陆宗舆,给国人出口气而已。我觉得不能因为这几个人误了大事。该痛下决心了。再拖下去,学生还要提出别的要求,那就麻烦了。"

傅岳棻赞成钱能训的意见。

吴炳湘没有表态,徐世昌问他的意见,吴炳湘轻轻叹口气,没好气地说:

"都到这个分上了,我还能有什么意见?你们决策,我去执行就是了。"

徐世昌点头道:"吴总监这个态度很好。好吧,既然大家意见一致,这事我和老段也商量过,到了过不去的坎,也就只好丢卒保车,先委屈一下曹汝霖他们几个了。这样,请傅代理总长和吴总监代表我正式向学生道歉,同时发布撤免曹汝霖、章宗祥、陆宗舆职务的总统令。"

北大法科礼堂前,教育部代理总长傅岳棻代表徐世昌宣读免除曹汝霖、章宗祥、陆宗舆职务的总统令。

同学们欢呼起来:"我们胜利了!卖国贼罪有应得!"

各校代表来了,社会各界代表也都来了。

吴炳湘代表徐世昌当众向学生道歉,恳请同学们回校上课。各校被捕学生和前来迎接的各校代表一一合影留念。

万众欢腾,人们相拥而泣。

东交民巷的六国饭店既是各国公使、官员和上层人士住所,也是下台军政要人的避难所。火烧赵家楼以后,曹汝霖就一直住在这里。前一阵子,包括段祺瑞在内,安福系的大员经常来此和他聚会,商量事情。这一阵子风声紧,他成了卖国贼的代名词,来找他的人少了。五四之后,段祺瑞为了安慰他,多次当众表示曹汝霖是为他背黑锅,受了冤枉,明确表示政府决不会允许他辞职。实际上,曹汝霖确实递了三次辞呈,但都被驳回了。这一次实在是躲不过去了,段祺瑞和徐世昌只能丢卒保车,牺牲曹、章、陆了。为表歉意,段祺瑞请徐世昌去六国饭店慰问一下他和同样被免职的王怀庆、段芝贵。这两人也住在六国饭店。

徐世昌和吴炳湘来到六国饭店,先去看段芝贵。这段芝贵早年曾奉袁世凯、黎元洪的指令抓捕并处决了武昌起义功臣张振武。此刻,他正和王怀庆在包房里打麻将。

两人都是徐世昌的心腹,这会儿心里有气,见老主子来了也不起身,继续打牌,还故意提高了嗓门叫"碰",全然不把徐世昌放在眼里。

吴炳湘看不过去,当场掀翻了麻将桌。

徐世昌知道这两人的秉性,也不计较,挥挥手说:"起来,跟我走,我带你俩去见见真正的冤大头去。"

曹汝霖和他的日本小妾住在一个大套间里。徐世昌和吴炳湘进来的时候,曹汝霖正闷闷不乐地抽大烟。徐世昌递给他刚刚签署的总统令和两万大洋的慰问金,说:"我代表芝泉来看你,既是表示歉意也是表示慰问。这也是没办法的事,希望你能想得开。"

段芝贵发起了牢骚:"润田,跟我比起来,你不冤。人家骂你是卖国贼,免了你的职。我是爱国的,也被免了职。你说我到哪儿讲理去!"

曹汝霖也是牢骚满腹:"免了我的职,我认了。可是那些害我的人,也不能放过。大总统,你要给我们出了这口气才是。"曹汝霖拿出印有陈独秀《研究室与监狱》的传单对徐世昌说:"北大这陈独秀是罪魁祸首,这份传单就是他挑唆学生反对政府的证据。这样的人你们怎么还能让他待在北大,为什么不抓起来?还有一个叫李大钊的,到处鼓吹马克思的学说和俄国的暴力革命,鼓动中国效法俄国。这都是顶级的危险人物,为什么不敢动他们?"

徐世昌问吴炳湘:"这两个人的情况你们掌握了吗?陈独秀我知道,可是个老牌革命家了,你们警察厅有什么打算?"

吴炳湘答道:"我们已有预案。只是陈独秀、李大钊等都是新文化运动的领袖、社会名流,没有确凿证据,很难下手。"

曹汝霖恨恨地说:"你们盯紧了他,他一定会跳出来的。"

三

自蔡元培出走后,北大文科教授们就很少来红楼了。现在被捕的学生都

被无条件释放了,学校基本恢复了秩序,来红楼的教授们渐渐多了起来。

北大的改革因五四运动和蔡元培的出走被迫中断。陈独秀虽然不是文科学长了,但蔡元培提议的文理科教务处制度还没有建立起来,陈独秀作为文科教授和国史馆编纂处主任还负有很多责任,依然是文科的主心骨。这天,他把《新青年》编辑部的同人召集到红楼二层的办公室,商量两个杂志出刊事宜。从5月底以来,同人编辑们第一次聚在一起。北大又平静了,在全国性爱国运动的压力下,北洋政府被迫妥协,免除了卖国贼曹、章、陆的职务,斗争取得了阶段性胜利,大家的心情都放松了不少。

刘半农深有感触地说:"看前一段那阵势我以为北大要完蛋了,没想到现在又活了,真是劫后余生啊。看来什么事情都要再坚持一下才行。"

"我没有你这么乐观。这只是阶段性胜利,蔡公还没有回来,后面少不了更大的折腾。"钱玄同叹气道。

鲁迅非常清醒:"各位不要忘了,巴黎和约还'待字闺中'呢。这个事情不解决,舆论就不可能真正平息。不过,现在我看到希望了。"

刘半农连忙问:"鲁迅先生,您又有什么思想火花,说来听听。"

鲁迅由衷地感叹说:"这一个多月里我看到了中国的脊梁,国民性中逆来顺受的奴气一扫而光。仲甫兄,新文化的启蒙作用见效了,东亚雄狮醒啦!"

高一涵挥舞着双手:"说得好!乘胜追击,逼迫政府拒签巴黎和约,不达目的决不罢休!"

胡适还是那副老调:"不能蛮干。依我看,见好就收,大家各让一步,尽快恢复学校秩序,赶紧上课吧。"

鲁迅挖苦道:"适之,你这是典型的 Fair play(费厄泼赖),很不可取。落水狗不打,上岸了还是要咬人的。"

李大钊愤然道:"我看他不光是'费厄泼赖',更是缴械投降。"

胡适刚想反驳,陈独秀说话了:"各位别争了。危局之中,大家难得一聚,说说我们《新青年》和《每周评论》下一步的计划吧。我有一个想法，《新青年》办了三年多时间，我们一直在启迪民众。现在民众开始觉悟了，觉悟之后干什么，不知大家可曾想过这个问题？"

钱玄同说："依我看，当务之急还是要同心同德抵制巴黎和约，把青岛要回来。这个目的达不到，就不能算胜利。"

李大钊考虑得更加长远："依我看，光抵制巴黎和约还不够，要想真正解决中国的问题，最重要的是找到一条救国富民的道路。我看我们得学俄国。"

胡适不同意李大钊的观点，他认为李大钊太激进："我不主张搞暴力革命。诸位不要忘了，新文化运动的旗帜是科学和民主。我是认真做了比较的，现在世界上科学和民主做得最好的，还是美国。中国要发展，必须全面学习美国。"

鲁迅再次发出嘲笑："适之，美国的月亮真的比中国的圆吗？"

刘半农话语中明显有讥讽之意："我看胡大博士这些日子天天夹个包跟在杜威教授屁股后面，特别像一个人。"

胡适不满地问："像谁？"

刘半农一字一顿地说："辜鸿铭的仆人刘二。"

大家都笑了。

胡适恼羞成怒地指着刘半农："你这鸳鸯蝴蝶派报人，不是也天天想着要去欧洲读书吗？"

陈独秀摆摆手："适之，半农是开玩笑，不要当真。各位，我刚才听了大家的议论，虽然观点各异，但也有共同点，那就是，无论如何我们要对现行社会进行改造。用什么方式改造，大家各有各的想法。不过，有一点可以肯定，那就是这种改造不再是改良，而是一场革命。这是我看到政府把北大变成关押学生的监狱后得出的一个结论。我还想告诉各位的是，既然我们发起了这场运动，那么，到了现在这时候，就应该勇敢地站出来了。"

李大钊看着陈独秀，坚定地说："仲甫，我与你共进退。"

743

鲁迅深吸了一口烟,吐了个烟圈:"我也凑个数吧。"

会散了,陈独秀破天荒地与每一位同事拥抱告别,还特别叮嘱李大钊、胡适、高一涵:"晚上到我家来,我有事和你们商量。"

傍晚,高君曼按照陈独秀的吩咐准备晚饭,白兰给她当下手。柳眉跟延年、乔年在屋里看书。

有人敲门,陈乔年领进一个五十开外的穿长衫的陌生人。柳眉一看,是姑姑家的账房先生,马上想躲起来,但账房先生已经看见柳眉,柳眉只好硬着头皮迎接。

高君曼从厨房出来,账房先生说:"上海舅老爷又来了电报,催小姐回去。我家老爷、太太让我来接小姐回去住几天,商量一下怎么回复上海舅老爷。太太给我下了死命令,说是接不到小姐就让我不要回去了。所以,务请陈太太帮忙劝小姐跟我回去一趟。"

高君曼:"先生您请坐,我一定尽力而为。"

高君曼把柳眉和延年叫到院子里:"眉子,这次你一定要听婶子一句话,跟账房先生回去一趟,把你的想法跟姑姑讲清楚。我是做母亲的,知道为人父母的感受,希望你也体谅一下你父母的心情,不要让他们太伤心了。"

柳眉噘起了嘴:"我早就跟他们说好了,要做一个自由独立的人,我爸爸也说过他是支持我的。"

高君曼劝道:"现在北京这么乱,前一阵子延年又受了伤,做父母的当然不放心,你要理解他们。"

延年也劝道:"无论如何你一定要去姑姑家一趟,跟他们说清楚你的想法。你要是实在不愿意回上海,也要给家里发个电报,跟他们解释一下,别让他们太担心。"

柳眉愁容满面:"我跟他们怎么解释?"

延年耐心地开导柳眉:"要我说,你最好先回去。北京这边确实有危险,别说你家里不放心,我也不放心。你先回去,等这边事情消停了,我和乔年也要回上海,勤工俭学的手续都得在那边办。我们用不了多久又会在一起了。"

柳眉十分不情愿:"我一个人不回去,我和你们在一起习惯了,回去不知怎么过。"

延年认真地说:"柳眉,我们说好的,迟早总得分开。你又何必这样?"

柳眉依然固执:"以后的事以后再说,现在我们要在一起,我们是同志。"

高君曼急了:"说什么胡话呢。你们俩要永远在一起,但是现在必须分开。眉子,你跟账房先生先去姑姑家,过几天你和延年、乔年一起回上海去。"

延年立刻说:"这个时候我不能走,我得防着张丰载报复。"

柳眉眨巴着眼睛:"这样行不行,让白兰姐陪我去姑姑家住一两天,我给我爸爸发个长电报,跟他沟通一下。反正要不了多久我们就要回上海了。"

高君曼想了想,说:"也行。先沟通沟通再说。延年,你同意吗?"

陈延年立刻答道:"行,我送你们过去。"

账房先生听到柳眉答应跟他去,赶紧说:"不劳陈公子送了,我叫了黄包车,在胡同口等着呢。"

胡适家门口,陈乔年拎着一个瓦罐不住地敲门。江冬秀把门打开,见是乔年,高兴得不得了,要把他搂在怀里。乔年不好意思地想躲闪,又怕闪了江冬秀的腰,只好拎着瓦罐站在那里一动不动地任冬秀婶子亲近。

胡适笑了:"你这个样子吓着乔年了,他是大孩子了,别弄得人家不好意思。"

江冬秀这才招呼乔年进屋:"我就喜欢乔年,白白净净的,懂事,比延年招人喜欢。陈先生真是有福气。"

乔年把瓦罐递给江冬秀:"婶子,我姨妈让我来给您送炒米鸡汤,她交代说这汤只能婶子一个人喝,让胡叔叔一口都别喝。"

胡适奇怪地问:"为什么我连一口都不能喝呀?"

江冬秀嗔怪道:"你不懂。我们安徽老家有讲究,老母鸡汤最补奶水,一只老母鸡炖汤,炖到最后才是精华。要是被你喝了,我还补什么奶水。"

胡适笑了:"陈独秀的夫人还信这套巫术,这要传出去,可是一条新闻。"

陈乔年认真地说:"这不是巫术,是科学,是中医养生的理论。"

胡适接过瓦罐,对江冬秀说:"好,好,我一口不喝,把每一滴精华都留给你。你在家慢慢享用,我去仲甫那里吃席去了。"

四

傍晚,李大钊、胡适、高一涵如约来到陈独秀家。

高君曼摆了一桌美味,高一涵垂涎欲滴:"嫂子,终于又吃到徽菜了,馋死我了。"

陈独秀解释道:"严格地说,这不叫徽菜,应该叫皖菜或者安庆菜。徽菜指的是徽州菜。今天你嫂子做的是安庆菜。"

高君曼笑着说道:"时局太乱,仲甫不让我请厨子,我就自己凑合着做的。我们安庆最有名的家常菜有十个:米粉肉蒸茼蒿、山粉圆烧肉、芦蒿炒腊肉、雪湖贡藕、老鸡汤泡炒米、蒿尔菜烧豆腐、剑毫鳝鱼、石塘甲鱼、油淋鮰鱼、酱汁肉。我没有那么多原料,有的我也不会做,照虎画猫做了几样,你们凑合着吃啊。"

陈延年抱来两坛口子窖放到桌上。胡适立刻两眼放光:"仲甫兄,今天是什么大事,把宝贝都搬上来了?"

陈独秀解释道:"这是去年邹永成将军托人给我送来的两坛口子窖,说是放了很多年了,一直没舍得拿出来,今天我们就煮酒论英雄,喝个痛快。延年,你也坐下。"

陈延年想了想,顺从地坐下。

陈独秀感慨地说："我在延年这么大的时候已经儿女双全了,他有'六戒',不喝酒,我不勉强。我让他来给三位叔叔倒酒,也算是我对你们的一分敬重吧。"

胡适一听,觉得陈独秀今天有点反常,不免有点紧张："仲甫,你这是要干什么?"

陈独秀示意胡适放松："没什么大事。学生们被释放了,曹汝霖、章宗祥、陆宗舆被免职了,我高兴。来,喝酒。我先敬三位一杯。"四只酒杯碰在一起,大家一饮而尽。

胡适一口酒下肚,禁不住叫道："好酒!"

高君曼带着乔年、子美、鹤年在厨房吃饭。孩子们的心思都在里屋的酒桌上。乔年不高兴,嘴里嘟囔着："为什么不让我去? 小看人!"

高君曼拍拍他的头："等你十八岁,成人了,就可以上桌了。"

乔年还是不满："老头子算什么新文化领袖,在自己家里搞封建礼教,我抗议!"

子美跟着说："我也抗议! 为什么不让我和延年哥哥在一起?"高君曼被她逗笑了。

客厅里,酒过三巡,陈独秀说话了："各位知道,前两天我受了点刺激,经历了一次脱胎换骨。"

胡适赶紧安慰他："仲甫,你不要心事太重。事情已经过去了,北大不还是北大吗?"

陈独秀摇头道："北大是不是原来的北大,我不清楚,但是我陈独秀已经不是原来的陈独秀了。"说着,招呼延年道,"我昨晚写了个东西,在书房桌子上,你去取来。"

陈延年拿来一张纸,问陈独秀："是这个吗?"陈独秀点点头："你给三位叔叔念一念。"

延年念了起来：

北京市民宣言

中国民族乃酷爱和平之民族。今虽备受内外不可忍受之压迫，仍本斯旨，对于政府提出最后最低之要求如左：

（1）对日外交，不抛弃山东省经济上之权利，并取消民国四年、七年两次密约。

（2）免除徐树铮、曹汝霖、陆宗舆、章宗祥、段芝贵、王怀庆六人官职，并驱逐出京。

（3）取消步军统领及警备司令两机关。

（4）北京保安队改由市民组织。

（5）市民须有绝对集会言论自由权。

我市民仍希望以和平方法达此目的。倘政府不愿和平，不完全听从市民之希望，我等学生、商人、劳工、军人等，唯有直接行动，以图根本之改造。

陈延年念完，陈独秀举起酒杯："来，我们先干了这杯酒再说话。"

大家一饮而尽后，李大钊、胡适和高一涵疑惑地望着陈独秀。

胡适很是不解："仲甫，这是何意？"

陈独秀答道："这就是我昨天所说我们应该勇敢站出来的意思。我有三点说明：一是我同意守常的思路，把学生运动拓展为社会运动、群众运动；二是明确提出进一步的要求；三是公开宣称当局如不尊重民意，我们就将采取直接行动，以图实现对社会的根本改造。我想征求三位的意见，并请适之将它翻译成英文。"

李大钊接过宣言认真看了一遍，说："我同意。要发动民众、广泛印发。延年,你们印好后给我一些,我亲自去散发。"

胡适半晌没有吭声,听到李大钊说要自己去散发传单,不满地说:"守常兄,您一个赫赫有名的北大教授、青年导师,自己上街散发传单,成何体统?"

李大钊笑了:"我李大钊从来没有把自己看得比别人高贵。为国家利益,学生能上街、劳工能上街、女人能上街,我李大钊为什么不能上街?你胡适教授不是一天到晚给别人讲平等、自由吗?怎么到我李大钊这儿就不能平等了?"

胡适被噎住了,一时无言以对。

李大钊意味深长地补了一句:"适之,我看你是表面上的新文化、骨子里的旧道德,表里不一呀!"

胡适满脸通红地站起来:"守常,我一直敬重你是文化人中的铁汉子,可我实在不明白,你,还有仲甫兄,好不容易从穷困潦倒中走出来,现在已经是'人中吕布、马中赤兔'了。为什么非要自毁前程,甚至不惜连累妻儿老小?你们到底想干什么?"

气氛瞬间凝固,众人一时不知所措。

李大钊站起来直视胡适:"适之,你这个问题问得好。你问我到底想干什么,那么我告诉你,人不能只为自己活着。你去津浦线上看看饥寒交迫的难民,去长辛店看看那些破烂不堪的工棚,去前门大街看看那些沿街乞讨的乞丐,难道我们不该为他们做些什么吗?难道你要我们都像你一样只为自己的光鲜活着吗?"

胡适语塞了、愤怒了,转身想退席,被陈独秀一把抓住:"守常言重了,适之你不必在意。"

李大钊端起酒杯:"对不起,适之,可能我说得有些过分了。"

胡适知道自己刚才失态了,有点不好意思地说:"不碍事,我知道你是个性情中人。"

陈独秀把酒杯递给胡适:"来,适之,我们不是吕布,我们是桃园结义的刘关张,我们三个干一杯!"

一坛酒喝光了,胡适主动要求延年开第二坛。他举起酒杯,口齿有些不清:"守常,来……咱俩再喝一个……今晚不醉不归。"两人一饮而尽。

李大钊指着胡适手上那份宣言说:"你都看半天了,不要磨叽,到底怎么想的,直说。"

本来胡适就认为陈独秀搞这个市民宣言是多此一举,现在杜威又到了北京,他忙着张罗演讲的事,要和许多部门交涉,所以他不想把和政府的关系搞得太僵。他想了想,有点勉强地说:"发动市民争民主,我同意。所提五条,特别是第五条,我也同意。只是最后所说'我等学生、商人、劳工、军人等,唯有直接行动',过于强硬,没有必要。"

李大钊马上说:"这句话是最关键的,不能没有。"

陈独秀恳切地说:"适之,你听我解释。从倡导新文化到五四运动,两者之间是有因果关系的。前者是思想启蒙,后者是付诸行动。不管你承认不承认,其间的变化都是你我这些年来直接推动的结果。现在,觉悟起来的民众要付诸行动了,这是一个飞跃。我们作为发起者,不能阻挡,也阻挡不了。孙中山先生说,世界潮流,浩浩荡荡,顺之者昌,逆之者亡。我们要当促进派,不能当投降派。要救中国,只能动员民众直接面对,别无他途。我就是考虑到像你这样想法的人还很多,所以才用了比较缓和的措辞。希望你能理解。"

胡适点点头:"这点我也注意到了。"

陈独秀继续谈他的观点:"适之,从五四到现在已经一个多月了,民众已经觉醒,这个时候只能添柴,不能撤火。不加把劲,政府就可能冒天下之大不韪,一意孤行签订巴黎和约。到那时我们不但前功尽弃,国家也难保了。日本人的野心是个明白人都能够看出来,适之,在国家利益面前,我们不能只顾自己、瞻前顾后,更不能离心离德!"

胡适感动了："仲甫请放心,我不会拖你们后腿的。尽管我们的思路不尽相同,但爱国、救国、争民主、谋发展,这个大目标我们是一致的。我同意你起草的这份宣言,也愿意把它翻译成英文。不过,我坚决不同意你们两个大教授去散传单。"

陈独秀笑了："我知道适之是不会撤离我们这个战壕的。散传单的事再说。来,我们干一杯。延年,倒酒。"

宴会结束,几个人兴致勃勃地出了院子。

陈独秀看了看胡适,说道："看来适之是有些喝多了。延年,你和乔年送胡叔叔回家吧。"

高一涵赶忙拦住延年、乔年："我顺路,还是我送吧。天黑了,延年和乔年就不要出去了。"

胡适摇摇晃晃地直摆手："我不用送,我自己能回去。"说着站起来就往外走。

高君曼看他走路已不成直线,赶紧拿起他的外套对延年说："快扶着你胡叔叔,把衣服穿上。"

高一涵和陈延年扶住胡适,陈独秀和李大钊跟在后面,几个人出了小院,到了胡同口,高一涵回头道："你们别管了,我送他回去。"

陈独秀对胡适说："市民宣言在你衣服口袋里,别忘了翻译。"

胡适用力拍拍口袋："你放心,回家我就翻,误不了你的事。"高一涵扶着胡适走了。

陈独秀对陈延年说："你跟着看看,两个人都喝高了,别出事。我跟你李叔叔说几句话,就在这儿等你。"

陈延年去追高一涵。陈独秀是故意把他支走的。

李大钊知道陈独秀的心思,轻声对陈独秀说："这个宣言不要拿到红楼去印,容易惹麻烦。"

陈独秀点点头："我知道,明天上午我到大沟头去印。"

"交给我吧。印和散发都由我来做,你最好不要出头。"李大钊说。

"守常,我是下了决心了。这样,明天你去印,中午我们在大沟头碰面,咱俩一人一半,晚上去散。"陈独秀说得斩钉截铁。

李大钊知道多说无益,只好点头："行,你把蜡纸给我,我去印。别的事明天中午见面再说。"

陈独秀从身上掏出刻好的蜡纸递给李大钊："好,你走吧,别让延年看见,我不想让他掺和进来。"

李大钊走了。陈独秀一个人在胡同口站了一会儿,陈延年回来了。两个人默默走到家门口。过了半晌,延年说："明天我去印传单吧。"

陈独秀说："不用,我已经安排好了。"

陈延年问："你真的要去散传单?"

"我不去,我让守常安排了。"陈独秀故意轻描淡写。

陈延年不好再多说,换了话题,问："明天晚上柳眉姑姑在他们家设宴为易群先送行,他们想请你参加,行吗?"

陈独秀看看儿子："你们年轻人在一起,我就不去凑热闹了。我去了你们反而拘束。这样,明天我送群先一幅字,就算我的心意了。"

五

当天夜里,京师警察厅,张丰载带着刘一品等人向吴炳湘汇报北大学生运动最新动态。张丰载告诉吴炳湘,根据线人提供的消息,以前陈独秀的文章大多是在北大红楼地下一层印刷厂油印。最近发现,大沟头 18 号的油印社也是他们的印刷点,有时一些不宜在北大印的传单,特别是李大钊写的一些介绍马克思主义的文章,多数在这里印,印数不多,看来不是为散发,而是供传看的。

吴炳湘听后一惊："这是一个新动向,你们要进一步查实。现在学生有什么打算？"

张丰载模棱两可地说："目前还看不出有什么大行动。不过昨天《新青年》同人编辑在北大开了会，估计陈独秀会有新动作，具体做什么暂时还不清楚。"

吴炳湘问："你们有什么建议？"

张丰载眯着小眼说："我们认为学生在等全国响应，暂时不会有统一的大动作。关键要防止有人点燃导火线，所以，我们建议对幕后人物加强监管，严防他们再次煽风点火。"

吴炳湘背着手来回踱步，想了一会儿，对记录员说："你记录。密令：各区、署、队，据探报，陈独秀等以印刷物品传播过激主义，煽动工人情绪，并在大沟头 18 号设立印刷机关，实属妨碍治安，立即按照所开地址，分别按名严密监视，以遏乱萌。"

第二天中午，陈独秀来到大沟头，李大钊已经印好了传单，两个人沿着护城河边走边聊。

李大钊对陈独秀说："为安全起见，我只印了一百份。你拿几份看看，剩下的交给我去散发就行了，这事不用你亲自动手。"

陈独秀摇摇头："不行，咱俩二一添作五，一人一半。这一次我一定要亲自去，不然某些人又要说我是思想的巨人、行动的矮子了。"

李大钊握住陈独秀的一只手，着急地说："那么多人盯着你，你又是何苦呢？"

陈独秀看着李大钊，坚定地说："你不也是一样吗？好了，不说这个了。我们一路走走，我想和你探讨两个问题。我想了很久了，一直没有下决心，现在到了非谈不可的时候了。"

李大钊深深地呼了一口气："好啊，我已经等了很久了。你说，是哪两个问题？"

"第一，关于马克思主义。守常，前一阵子我编《新青年》时，又把你的长文

《我的马克思主义观》上半部分仔细看了一遍,同时还把 4 月 6 日《每周评论》刊登的《共产党宣言》第二章《无产者和共产党人》也仔细读了一遍,深有感触。你在'编者按'中说,《共产党宣言》是马克思和恩格斯最先进最重大的意见,给了我很大启发。守常,你不愧是中国宣传马克思主义的第一人。"陈独秀说得郑重、平实。

李大钊露出欣喜的神色,说道:"其实我在日本读书的时候就注意到马克思的著作了,它确实给了我一股清新之气。我现在正准备写《我的马克思主义观》下半部分,所以很想知道你对上半部分的意见。"

陈独秀严肃而认真地说:"至少我现在有一种感觉,就是马克思主义比无政府主义靠谱,也比杜威的实用主义靠谱。至于它是不是当今时代最先进的理论,这个我现在还说不准,因为我们还没看到马克思的全部著作。"

"这么多年来,我一直关注马克思主义,主要来源是日文资料。日本有很多人研究马克思的社会主义学说,翻译了不少资料。我以前只是对它的原理感兴趣,所以读了大量历史唯物主义和辩证唯物主义的著作,也读了欧文、傅立叶、圣西门的空想社会主义学说。现在我把它跟中国的情况联系起来读,可以说是越看越开窍,越读心越明。仲甫兄,现在我越来越坚定地认为,中国要发展,必须像俄国那样,用马克思主义来指导。除此之外,恐怕很难找出第二条道路。"李大钊亮明了自己的观点。

陈独秀略带疑虑:"你就这么肯定你的结论?"

李大钊答道:"这只是我初步的想法,不过五四以后我的这种想法越来越强烈。当然,也还需要进一步论证和思考。"

陈独秀点点头:"好,关于这个问题今天就谈到这里。我们再讨论第二个问题,应该怎样看待俄国十月革命?我知道你对这个问题有深入的研究。"

李大钊:"其实对这个问题刚才我已经说了我的看法。总的说来,俄国十月革命和以前法国、英国的革命都不一样,是比以前的革命层次更高的革命。"

陈独秀:"请你讲得具体一些。"

"概括地说,法国革命和英国革命说到底都是资产阶级革命,俄国十月革命却是无产阶级领导的社会主义革命。按照马克思主义的理论,社会主义革命是资本主义发展的必然结果。从这个意义上讲,它是最进步的革命。"李大钊望着陈独秀,"这是我的一点肤浅的认识,不知道说明白没有?"

陈独秀摇摇头,说出了自己的困惑:"我看的马克思的书不多,不过我知道他的社会主义学说中有一个基本观点,就是社会主义革命只能在资本主义充分发展之后才会爆发,可是俄国并不是发达的资本主义国家呀。"

陈独秀的这番话令李大钊刮目相看:"仲甫,想不到你还真有研究。这个问题我以前也不清楚,直到读了列宁的书才明白。列宁有一个观点,他认为社会主义革命可以在帝国主义的薄弱环节中爆发并取得成功。十月革命快两年了,苏维埃政权已经在帝国主义包围中站稳了脚跟,这说明列宁的观点是正确的。"

陈独秀来了兴趣:"这么说,中国这样积贫积弱的国家也可以搞社会主义革命?"

李大钊沉思片刻,说:"我还在研究这个问题。不过,俄国的十月革命已经给我们做出了榜样。"

陈独秀兴奋地说:"好啊,守常,今天你给我上了一课。"

李大钊:"仲甫兄,你言重了。你才是我们的总司令啊!"

陈独秀:"什么总司令!我看我们这个新文化运动司令部就要发生分裂了。你看现在你和适之,几乎一见面就要争吵。"

李大钊面色凝重:"适之太迷信美国,迷信杜威的实用主义。他也不想想,中国几千年的封建专制,岂是写写说说就能改变的?没有一场大的革命,中国不可能跟上世界潮流。"

陈独秀面带忧虑:"以前我认为,你们俩,你太激进,适之又太中庸,我在你

们俩之间取其中。不过现在我想我有更多的倾向了,这也让我更加担心了。"

李大钊急切地问:"你担心什么?"

陈独秀:"担心我们《新青年》会分裂。守常,我想提醒你注意,适之是要面子的,我们不能太难为他。有些事情我说他还勉强能接受,你说多了,他面子上过不去。你说呢?"

李大钊点点头:"仲甫,我懂你的意思,我以后注意。我只是没拿他当外人而已。"

陈独秀:"好了,今天就说到这儿吧。来,把传单分给我一半。"

李大钊:"你还真要亲自去散?"

陈独秀:"说好的事,不能变。"

李大钊:"我真的担心,没准你这一散,整个局势就变了。"

陈独秀意味深长地说:"守常,北洋政府免了曹、章、陆,看起来他们是让步了,但实际上起到了麻痹民众的作用。你看,现在各地抵制巴黎和约的游行比以前少了。这个时候,得有人站出来烧把火,把全民族的爱国热情点旺了。现在,到了我从幕后走上台前的时候了。那天我躺在红楼的地上,就下定了这个决心。我相信,唯有我出头,这把火才能烧遍全中国。我必须站出来。"

李大钊无奈地摇摇头,叹了一口气:"仲甫兄,我知道我劝不动你,我跟一涵说好了,他陪你一起去。你们准备去哪儿?"

陈独秀:"我去天桥的新世界。"

李大钊:"那我去城南游艺园。"

第二天,陈独秀和李大钊来到红楼,胡适和高一涵都在等着。胡适已经把市民宣言翻译成英文了。

李大钊接过英文稿:"一会儿我去刻钢板,现在没有人,就在楼下印刷厂印。"

陈独秀叮嘱道:"英文的印十几份就行,主要送外国使馆和报社。你印好给我，我让延年他们送。"

李大钊："我明白。一涵，你一定要陪着仲甫，千万不能让他单独行动。"

高一涵点头："我知道。"

胡适问："你们打算什么时候去？"

陈独秀："晚上我去天桥新世界，那里人多，热闹。"

胡适想了想，说："我也去，不过我不散传单，我给你助阵，看热闹。"

陈独秀本来并不想让胡适去，但他想了想，最终什么也没说。

六

张丰载带着便衣警察突击检查了大沟头18号印社。狡猾的张丰载在废纸篓里找到了刻有《北京市民宣言》的蜡纸，拿起来仔细辨认一番，在油印机上印了一张，虽然有些模糊，但还能辨认出来。

张丰载马上审讯印社老板，老板也只能说出是上午一个中年人自带蜡纸来印了一百份。至于干什么用的，他怎么想也说不上来。

张丰载拿出陈独秀的照片问："是不是这个人？"

老板说："这个人以前来过几次，但今天没来。"

张丰载又拿出李大钊的照片，老板一眼就认了出来："就是他。"

张丰载一声冷笑："我就知道必定是他。"

张丰载拿着蜡纸和那张字迹模糊的传单向吴炳湘报告，认为传单是陈独秀刻的，印量很少，应该不会是交给学生联合会散发，极有可能内部传看或在闹市区张贴，陈独秀有可能亲自出面散发这份传单，因此他建议立即在各闹市区增加便衣，争取现场抓获陈独秀和李大钊。

吴炳湘问道："你的意思，陈独秀、李大钊会自己上街散发传单？"

张丰载眉头紧锁："以我对陈独秀的研究，并非完全没有可能。即便抓到的不是陈独秀，我们也可以顺藤摸瓜，只要确认这份宣言是陈独秀起草的，一

样可以逮捕他。"

吴炳湘点点头:"嗯,有道理。你去布置吧。抓到陈独秀的现行,我给你记功。"

下午,延年和乔年来到陈独秀的书房,陈独秀正在给易群先写字。乔年站到陈独秀身后,念道:"女娃为精卫,衔石堙东海。东海水未堙,女娃心已改。夸父走虞渊,白日终相待。奈何金石心,坐视生齿悔。"最后落款:"与群先同学共勉之。"

乔年:"易群先听说你要送她一幅字,高兴死了。"

陈独秀:"你知道这首诗的含义吗?"

乔年不好意思地摇摇头:"知道个大概,怕说不清楚。"

陈独秀收起印章,说:"这是1910年我在杭州精神苦闷时写的,以精卫填海、夸父追日的故事表达革命者要有不怕失败、不屈不挠的精神。我把它送给易群先,算是对你们的一种希望吧。"

高君曼在外面催促道:"老头子,不要夸夸其谈了。延年他们早点去,免得让人家等着。"

陈独秀不高兴了:"我怎么夸夸其谈了,真是乱弹琴。好,延年,你们走吧。"

延年有些不放心:"今天你不出去吧?"

陈独秀:"你们放心,我不出去。替我向柳眉姑父致意,也代我祝群先一路平安。"

延年、乔年拿着那幅字走了。临走时,延年还特意叮嘱高君曼看好老头子。

高君曼有点奇怪,大大咧咧地说:"你好好玩,别瞎操心。"

吃完晚饭,高君曼在厨房洗碗,胡适和高一涵来了。陈独秀向他俩递个眼色,对高君曼说:"君曼,我们三个去新世界转转,一会儿就回来。"

高君曼有些奇怪："新鲜！三个大教授要去逛新世界，哪来的雅兴？"

陈独秀语带双关："我去那里添点热闹。"

高君曼见有胡适和高一涵同去，没有多想，只是叮嘱道："早点回来，外面不安宁。"

陈独秀打趣说："放心，回来晚了，适之可进不了家门。"

北京新世界游艺场，也称新世界商场，位于天桥西侧、香厂路中段与万明路交叉处东北方向。演艺场的主体是一座四层高的大楼，集商业、餐饮、曲艺表演为一体，是京城最新潮、最繁华、最具人气的地方。有钱人来这里吃喝玩乐，没钱人也来这里闲逛，看热闹。陈独秀和胡适、高一涵到达时还不到 9 点，还没到热闹的时间。三个人来到屋顶花园下面的茶座要了一壶茶，边喝茶边聊天。高一涵提着一个布袋子，里面全是传单。

陈独秀问："守常他们在哪里？"

高一涵道："他们去城南游艺园了，说好散完之后到红楼图书馆集合。"

胡适说："那我不行，我最晚 10 点必须到家，不然回去就得睡地上了。"

高一涵大笑："你就这么点出息呀。"

陈独秀没来过这里，问道："不是说这里是北京最热闹的地方吗，怎么人不多呀？"高一涵解释道："我打听了，说是 10 点以后人才多，得再等等。"

胡适看了看表，说："10 点以后，那我等不了。仲甫，我看这儿也没有警察，你现在就把传单散了，我们回去吧。君曼嫂子也说你不能搞得太晚了。"

陈独秀并不着急："适之，我看你先回去吧。你能陪我们一起来，心意到了就行了。冬秀刚生孩子，你回去晚了确实不合适。我和一涵在这里再等一会儿。"

见胡适有些犹豫，高一涵也说："适之你放心，我跟着仲甫，没事的。你走吧。"

胡适想想也是，就站了起来："仲甫，那我先走了，你们小心点。明天我去

找你。"

胡适走了,陈独秀和高一涵继续喝茶。他们丝毫没有发现新世界游艺场里进来了许多便衣警察。

差不多快到10点时,新世界里的人多了起来。陈独秀喝了一口茶,对高一涵说:"我们开始吧。这样,你在下面坐着,我去屋顶花园那里,那里正放电影,人多,效果好。"

高一涵担心道:"去那么高的地方,太显眼。万一有警察,来不及跑的。"

陈独秀一点都不在乎:"这会儿警察和适之一样,早就回家睡觉去了,就是要显眼一点才有效果。"

高一涵说:"我看还是我去吧,你在这儿望风,我跑得比你快。"

陈独秀直摇头:"不行。今天这传单一定要我自己散。"

陈独秀独自上了屋顶花园,一把一把地向正在露天电影院看电影的观众撒传单,一边撒一边喊:"北京市民宣言,北京市民宣言!坚决拒签可耻的巴黎和约!坚决把卖国贼、刽子手徐树铮、曹汝霖、陆宗舆、章宗祥、段芝贵、王怀庆驱逐出北京!"

露天电影院乱了,人们纷纷站起来捡传单。没抢到的人焦急不已:"这是干什么呢?"抢到的拿着传单说:"北京市民宣言,号召抵制巴黎和约。"

陈独秀在平台上大喊:"我呼吁,学生、商人、劳工、军人,大家要像上海一样行动起来,坚决抵制屈辱的巴黎和约!"

下面有人跟着高喊:"行动起来,坚决抵制巴黎和约!"

一时,群情激奋,口号震天响。

露台上,陈独秀眼含热泪,表情悲壮。

台下的高一涵看见有人急匆匆地向露台跑去,知道要出事,急得大呼:"警察来了,快跑呀。"

陈独秀什么也听不见,什么也不管,还在使劲地撒传单。

快撒完的时候,露台上跑出来一个人找陈独秀要传单看,陈独秀想也没想就给了他一张,没想到那人一把抓住陈独秀,大声喊道:"就是他,陈独秀。"

话音未落,四五个暗探蹿上来把陈独秀摁倒在地。

陈独秀依然大声呼叫:"团结起来,坚决抵制无耻的巴黎和约!"他是喊给台下的高一涵听的。

高一涵听到陈独秀的喊声,赶紧脱掉长衫躲了起来。只听上面很多人高兴地狂叫着,其中有人叫道:"怎么只有陈独秀一个人?李大钊呢,李大钊抓到了没有?"

陈独秀被捕的时候,李大钊正在城南游艺园。

城南游艺园离李大钊家不远。晚上9点左右,李大钊和邓中夏、张国焘三人在游艺园外会合。李大钊从口袋里拿出一些传单,交代道:"你们俩一个跟我撒传单,一个负责望风和接应。"

邓中夏说:"还是我和恺荫去吧,先生您在外面等我们就行。"

"那不行,我和仲甫说好的,我们必须亲自去散。"李大钊连连摆手。

张国焘胆子小,说:"我去给你们望风吧。"

李大钊点点头:"行,你在大门口看着,看到警察就进来通知我们。"

李大钊和邓中夏进了游艺园。邓中夏看中了二楼的一个平台,对李大钊说:"先生,我们去那个平台吧,居高临下,效果会很好。"

李大钊看了看,说:"不可,平台虽然好撒,但目标太大,容易被人盯死。我们不是演讲,要出其不意,才能万无一失。我看我俩都到大厅去,就在人群中撒,撒完后乘乱赶紧撤离,在北门碰头,一起回学校。如果谁遇到危险,千万不要去救,那是自投罗网。"

邓中夏再三叮嘱:"先生,如果遇到情况,您一定要跟着我往西门跑。"

李大钊问:"为什么非要去西门?"

邓中夏小声说:"我怕出事,让赵世炎找李小山在西门策应我们。"

李大钊觉得邓中夏有点小题大做,埋怨道:"就这点事你去麻烦葛树贵他们干什么?"

邓中夏态度很坚决:"先生,您可是警察厅最想缉拿的人,还是稳妥些好。"

李大钊看了看表:"现在人不少了,你往那边去,五分钟后,我俩同时撒。"

邓中夏向西走了十几米。人群中,李大钊朝邓中夏挥了挥手,两人同时掏出传单向人群撒去。邓中夏一边撒还一边高喊:"请看《北京市民宣言》,大家团结起来,把斗争进行到底!"

传单在半空中飘飘荡荡,人们纷纷争抢传单,大厅里乱成一团。

李大钊趁乱登上二楼平台,高喊道:"市民们,我们大家要团结起来,坚决拒签卖国的巴黎和约,坚决把卖国贼、刽子手徐树铮、曹汝霖、陆宗舆、章宗祥、段芝贵、王怀庆驱逐出北京!"

大厅里爆发出一片欢呼声。

警察吹着口哨、舞着警棍来了,有的还举着长枪。在北门望风的张国焘看见警察朝这边跑来,慌忙朝里面大喊:"警察来了,警察来了!"他本想往里面冲,看到乌泱泱的警察跑过来,一时慌了神,随着往外拥挤的人群溜走了。

二楼阳台上,邓中夏拉住李大钊:"先生,快走,我们往西门去。"

两个人跑下大厅,逆着人流挤向西门,赵世炎和葛树贵已在西门口接应。葛树贵给李大钊戴上一顶帽子,和赵世炎一起架着他就跑。警察在后面高喊:"抓住他,抓住他!"无奈人太多,只能眼睁睁地看着李大钊等人在黑暗中消失。

葛树贵等人夹着李大钊上了李小山的驴车。邓中夏惊魂未定,不住地摸着胸口说:"好险啊!幸亏葛师傅来了。"

李大钊焦急地说道:"走,我们去北大,我和仲甫约好在红楼会合的。"

时钟指向 11 点,高君曼习惯了陈独秀晚回,就带着子美、鹤年睡了。延年、乔年和柳眉、白兰送走易群先,回到家里,高君曼赶紧起来给他们烧水,铺床。

陈延年一见高君曼就问："姨妈，老头子呢？"

高君曼说："他和胡先生、高先生到什么新世界游艺场看热闹去了。"

陈延年心里有些发慌，要出去找。

高君曼连忙阻止："他们三个在一起不会有事的。"正说着，外面一阵急促的敲门声，乔年赶紧出去开门，一队警察闯了进来。

全家人都惊呆了。

一个警官向陈延年出示搜查证，说："陈独秀涉嫌扰乱社会治安，已被拘留，我们奉命前来搜查。"高君曼一听，差点晕倒，白兰赶忙上前扶住她。

没等陈延年说话，警察就开始搜查起来，所有的地方都翻了个遍，翻了一个多小时，只找到一些文章、杂志和书籍。

子美和鹤年被吵醒，看见到处乱翻的警察，吓哭了。缓过神来的高君曼死活要和警察一起去看丈夫。争取了半天，警官才同意延年带上日用品跟着他们去警局。

李大钊、邓中夏、赵世炎坐着葛树贵、李小山的驴车回到了红楼图书馆。几个人焦急地等待着，突然，一阵急促的脚步声传来，脱掉长衫的高一涵跌跌撞撞跑进来。看见高一涵这副失魂落魄的样子，李大钊知道出事了，忙问："仲甫呢？"

高一涵喘着粗气，结结巴巴地说："大……大……大事不好，仲甫被警察抓住了，我是趁乱跑出来的。"

陈独秀被捕，李大钊早有预料，他问高一涵："那适之呢？"

高一涵回答："适之早回家了。"

李大钊又问："仲甫被带到哪儿了？"

高一涵摇摇头："不清楚。仲甫被抓时大声呼叫，有意让我快走，我没敢留在那里打听。"

正说着,陈乔年慌慌张张跑来报信,说警察来家里搜查,他父亲被捕了。

众人大惊失色。李大钊赶紧招呼大家,要带大家去警察厅看望陈独秀。

高一涵一把拉住李大钊:"守常,你不能露面,警察正到处抓你呢。你赶紧跑吧。"

李大钊一把挣脱高一涵:"跑?往哪里跑?现在我们要赶快想办法救仲甫。"

高一涵急了:"仲甫是社会名流,警察不敢把他怎么样,自然会有人去救。你不一样,你得赶紧出去躲一躲。"

陈延年和柳眉匆匆跑来。陈延年气喘吁吁地说:"守常先生,此地不能久留,警察可能很快就到,您得赶紧出去躲一躲。"

李大钊问陈延年:"你不是去警察厅了吗?见到你父亲了吗?"

陈延年说:"没有。根本不让见,只让把东西留下。"

李大钊问:"他们对你说了什么?"

延年答道:"一个当官的要我转告家里人和北大,说他们将依法办事,不会虐待陈独秀。守常先生,我在警察厅听到他们正在申请搜查证,要到您家里和北大来。您赶快离开北京吧,这里太危险了!"

李大钊很冷静地说:"我不能走,我要和仲甫同进退。"

高一涵跺着脚劝道:"守常,你怎么这么糊涂!你要清楚,你和仲甫不一样,你赶快走吧,先到河北老家躲一躲。这边一有松动,我们就去接你。"

刘海威也气喘吁吁地跑来了:"刘一品带着警察往北大来了,说是要检查红楼陈学长的办公室和图书馆。守常先生,您得赶紧走。"

半天没说话的邓中夏表现出了领袖才能,果断地说:"大家别争了,现在听我安排:海威和葛师傅乘小山的驴车送守常先生出城;琴生去章士钊先生家报信;延年、乔年,你们去胡适先生家把情况告诉他,让他赶紧想办法营救陈学长,并迅速通报各大报刊;一涵先生,麻烦您把仲甫先生被捕的情况写一下,我们要尽快向学联报告。今晚大家不能休息了,我们先把守常先生送走,然后都到《国民》杂志社会合。"

李大钊还想说什么,葛树贵和刘海威不由分说,架起他就走。

第三十章

殉　道　者

一

　　陈独秀被一群警察带进一间审讯室,手上戴着手铐,口角流了血,长衫上也印有一些血迹。他昂着头,怒目而视,面无惧色。警察把他强行摁倒在审讯桌前的一把椅子上。

　　吴炳湘来了,看到陈独秀这副模样,转身假意对警官喝道:"你们怎么这么不懂规矩!陈先生是社会名流、新文化旗手,他的手是用来书写新文化的,怎么能戴着手铐呢?快打开。"

　　警察给陈独秀打开手铐,并递给他一条毛巾。

　　吴炳湘对警察说:"你们都出去,我要和陈教授单独谈谈。"

　　警察走了,吴炳湘坐到审讯桌前:"老乡,我们又见面了。"

　　陈独秀嘴角扬起些许冷傲:"我知道吴总监为这次见面费了不少心思。"

　　吴炳湘得意地笑道:"那是当然。把陈教授这样的人物请到警察厅来可不是一件小事。"

　　陈独秀讥讽道:"吴总监,你也太抬举我了吧?"

　　"没办法,职责所系。"吴炳湘狡黠地说。

　　"请问吴总监,你们凭什么抓我?"陈独秀严肃地责问。

　　"我吴炳湘从来不做没有凭据的事情。"说着,他从桌上一摞材料中拿起一张纸念道:"查北京大学教授陈独秀,以私印并散发印刷物品传播过激主义,煽动民众对抗政府,扰乱治安,准予拘留审查。"

陈独秀义正词严地说:"我陈独秀是中华民国公民,有言论自由。我当众散发传单,要求政府拒签巴黎和约,严惩卖国贼,这是爱国行为,何罪之有?"

吴炳湘把头凑过来:"陈教授,别激动。我要提醒你,这儿不是你北大讲坛。有罪没罪,你说了不算,法律说了算。你既然已经来到这里,就要接受法律的审判。所以,今天我想提醒陈教授做好心理准备,恐怕你要在这儿待上一段时间,急躁对你来说有害无益。"

陈独秀冷笑道:"我待在这儿没问题,我只是担心将来吴总监怎么送我出去。"

吴炳湘瞪大了眼睛:"你说得没错。我相信,明天一大早,陈独秀被捕的消息就将成为各大报纸的头条新闻,北京城甚至全中国会闹成什么样子谁也不知道,我吴炳湘没准也会成为继曹汝霖、章宗祥、陆宗舆之后受到口诛笔伐的第四个卖国贼。不过我要告诉你的是,我既然敢把你请到这里来,就已经做好了一切准备!"

"好啊,那我就奉陪到底了。"陈独秀毫不畏惧。

吴炳湘是个阴阳脸,转瞬又堆起笑容:"不过嘛,陈教授毕竟是我的老乡,理应受到优待,有什么要求直说无妨。"

陈独秀笑笑:"你要是这么说,那我就不客气了,我希望获得看书写作的权利。"

吴炳湘点点头:"没问题,单独监禁,看书写作都可以,只是所写东西不能送出去。"

"行啊,只要能让我看书写作就行。"陈独秀掸了掸衣服,"对我来说,监狱和研究室是一回事。吴总监,多谢关照,我就准备在你这儿长住了。"

"不必客气。对了,陈教授,从现在起你就不是陈教授了,你是我京师警察

厅看守所中一个特别重要的嫌犯,他们会给你一个编号。"吴炳湘转头向外,提高声音问,"陈教授的编号是多少?"

门外的警官答道:"178号。"

吴炳湘笑道:"178号,你好自为之,我会常来看你的。来,送178号去他的新居。"

第二天天刚亮,前门大街,几个报童高声叫卖:"特大新闻,清流领袖陈独秀昨晚在新世界被捕!"

红楼二层,文科办公室里挤满了人。胡适、钱玄同、刘半农、高一涵正张罗北大全体教授签名,要求政府释放陈独秀。已然重病在身的刘师培拄着拐杖颤颤巍巍地走到台前,工工整整地签上了自己的姓名,围观众人发出一阵热烈的掌声。

刚刚缓和下来的学生运动再次呈现高涨之势。北京学联组织所属三十八所学校师生几万人在中南海总统府前请愿示威,要求政府释放陈独秀。

邓中夏登台演讲:"各位同学,昨天,远在上海的孙中山先生在会见徐世昌、段祺瑞的和谈代表时,郑重提出了陈独秀先生被捕之事。他说:'我和我的同伴们对此十分震惊。'他指着北洋政府的代表说:'你们做的好事,很足以使国人相信,我反对你们是不错的。'又说,'你们也不敢把他杀死,死了一个,就会增加五十、一百个。你们尽管做吧!'同学们,我们和中山先生一样,要坚决反对北洋政府的野蛮行径!"

同学们高呼口号:"抗议警察无故抓人,立即释放陈独秀先生!"

居仁堂总统府里,国务总理钱能训一脸倦意地向徐世昌递交了辞呈:"菊人兄,原谅我实在不能奉陪了。"

徐世昌看也没看辞呈:"瞧你那点出息,一个陈独秀至于把你吓成这个样子吗?"

钱能训何等的聪明,早把时事看透了,他真切地劝告徐世昌:"菊人兄,这陈独秀、李大钊和他们所领导的学生运动是洪水猛兽,他们代表的是一股潮流,你我根本阻挡不了。"

听了这话,徐世昌颇有感慨地说:"看来这世道真的大变了。你说这中国,过去几千年里,能让统治者害怕的、能改朝换代的,也就是农民起义。现在好了,农民没起义,秀才造反了,搅得天翻地覆的,还软硬不吃,让你拿他没脾气。"

钱能训冷笑着摆摆手:"农民起义不可怕,农民起义是改朝不改道。现在这些人,不光要改朝,还要改道、改制、改脑袋。"

徐世昌不解:"改脑袋,什么意思?"

钱能训解释道:"思想,理论! 他们要用外国的理论来改造中国。"

徐世昌被搞糊涂了:"什么理论? 你给我说说。"

钱能训摇摇头:"我也说不清楚,我只知道我已经落伍了。急流勇退尚能保一丝颜面,死扛到底只能是遗臭万年。菊人兄,你就饶了我吧。"

徐世昌深知钱能训的脾气,知道拦不住他,生气地把辞呈扔到地上:"走吧,走吧,保你的脸面去吧。我没办法,走不了,就只能遗臭万年了。"

河北昌黎五峰山下,一片片小麦地金黄金黄的,已是午收季节了。

一身粗布衣裳的李大钊和农民一起割麦子,浑身大汗淋漓。

中午,李大钊和农民一起在地头吃饭、聊天,玉米饼子就老咸菜,吃得很香。

李大钊问一位老农:"麦子收下来了,就能吃上白面馒头了吧?"

老农叹了口气:"交了租子,也就剩不下多少了。平常舍不得吃,留着过年过节来个客人办个事的时候吃。平常当家的粮食还是白薯、老玉米,就这也还是不够吃的。"

李大钊问:"不够吃的时候怎么办呢?"

老农答:"平常少吃点。像这两天农忙,吃干的。平时吃稀的,省着点。再

不够就去借,借不到就出去要饭。"

李大钊叹道:"看着收成挺好的,没想到日子过得还这么紧巴。"

老农说:"就这个命,没法子。不能和你们识文断字的城里人比啊。"

一个学生模样的半大小子跑过来:"李先生,你要的报纸来了。好多呢,你带回去看吧。"

李大钊告别老农,回到借住的五峰山韩文公祠,洗好脸,进屋看起报纸来。

陈独秀被捕的消息成了大小报纸的热门话题,《时事新报》发表了时评《陈独秀无端被捕》,《民国日报》发表了述评《北京军警逮捕陈独秀 黑暗势力猖獗》。李大钊又翻开《申报》,只见一篇题为《北京之文字狱》的杂评写道:"陈独秀之被捕,《益世报》之封禁,皆北京最近之文字狱也……利用黑暗势力,以摧毁学术思想之自由……树欲静而风又来,是诚何心耶……"

李大钊放下报纸,想了想,提笔给邓中夏写信:

仲澥同学:

近日北京学生及各界营救仲甫行动甚好。唯应将营救活动与拒签巴黎和约、保蔡运动、严惩卖国贼等紧密结合起来才更有效。仲甫先生飞蛾扑火,意在促进五四运动向更深层次发展,切莫辜负了他的一片苦心。你们应该明了,逼迫政府拒签巴黎和约是这一运动最近的目标。

二

这几天,北大红楼异常安静,安静得让人心慌。

二层文科办公室,胡适召集《新青年》同人编辑部开会,商量应对办法。钱玄同、刘半农、鲁迅、周作人、高一涵、沈尹默等都来了。

胡适心情沉重地说:"仲甫被捕,守常出京,《新青年》和《每周评论》都处于停刊状态。应该怎么办,我自做主张,请各位同人来做个决断。"

刘半农是个急脾气:"当务之急是营救仲甫。两个刊物都是他创办和负责的,他不在,别人很难接手。"

"我请各位来,是有一个想法。我考虑再三,值此危难之时,我应当激流勇进,多些担当。"

胡适扶了扶眼镜,说道,"我主动请缨来负责这两个杂志的编辑,不知诸位意下如何?"

大家都不说话,场内明显地弥漫着不信任的空气。

鲁迅说话了:"不是信不过适之,只是《新青年》是仲甫带来的,他不在,我以为我们之中没人可以代替他。所以,莫如先停下来,等仲甫出狱后再说。至于《每周评论》,似乎当前对于营救仲甫作用很大,我意应该继续办下去。"

胡适环顾大家:"鲁迅先生说的是,《每周评论》不能停,它是直接和时事挂钩的。"

钱玄同表态道:"我同意鲁迅的意见,《新青年》暂停,《每周评论》可由适之接手。"

北京学联召开了会议,邓中夏带来了李大钊的意见,要根据形势的发展变化,因势利导,由北京学联牵头,尽快联络外地高校成立全国学联,以统一领导全国各校推动拒签巴黎和约运动深入发展,积极开展营救陈独秀的活动。全国学联总部可设在上海,因为现在上海已经成为整个运动的中心了。

大家一致同意,鼓掌通过了李大钊的提议。

赵世炎站起来:"各位同学,今天《每周评论》发表了短诗《怀陈独秀》,在学生中引起强烈反响,我给大家读一下。"

怀陈独秀

依他们的主张,我们小百姓痛苦。

依你的主张,他们痛苦。

他们不愿意痛苦,所以你痛苦。

你痛苦,是替我们痛苦。

夏日长沙,酷暑难熬。

修业小学一间破旧的宿舍内,蚊帐、被套、竹席、长衫……一切都是旧的。

阳光斜射进来,一台破旧的油印机前,光着膀子、一夜未眠的毛泽东终于印完了最后一份《湘江评论》创刊号。他捧着带着油墨香味的杂志,轻轻地念出声来:"时机到了! 世界的大潮卷得更急了! 洞庭湖的闸门动了,且开了! 浩浩荡荡的新思潮业已奔腾澎湃于湘江两岸了! 顺它的生,逆它的死。如何承受它? 如何传播它? 如何研究它? 如何施行它? 这是我们全体湘人最切最要的大问题,即是《湘江评论》出世最切最要的大任务。"

门外响起急促的叫喊声:"润之、润之。"

何叔衡、彭璜、陈书农等一起拥了进来。

彭璜迫不及待地说:"润之,声援陈独秀先生的游行队伍就要出发了,就等你的《湘江评论》创刊号了,印出来了吗?"

毛泽东抱起一摞《湘江评论》,大呼道:"印出来了,印出来了。我们的孩子出生了!"

大家一拥而上。

何叔衡动了感情:"润之,你吃了大苦了。这十几天,你一个人写稿、编辑、排版、印刷,硬是把创刊号赶出来了。了不起呀!"

毛泽东:"人家仲甫先生飞蛾扑火,甘愿用坐牢来唤醒民众,我辈青年吃点苦算什么!"

彭璜一脸佩服地说:"我说润之,你这创刊宣言写得太棒了,上来就是六个'不怕'呀。"

几个人一起大声地念出声来:"世界什么问题最大?吃饭问题最大。什么力量最强?民众联合的力量最强。什么不要怕?天不要怕、鬼不要怕、死人不要怕、官僚不要怕、军阀不要怕、资本家不要怕。"

毛泽东穿上长衫,捧起杂志:"走,我们赶快把它送到各个学校去。"

长沙街头,学生和各界人士举行示威游行,高呼"反对巴黎和约""严惩卖国贼""释放陈独秀"等口号。易白沙、邹永成也在游行队伍之中。

街头一角,毛泽东发表演讲:"同胞们,大家都知道,陈独秀先生是中国思想界的明星,他对中国的认识是非常深刻的。现在的中国,可谓危险极了。不是兵力不强财用不足的危险,也不是内乱相寻四分五裂的危险。危险在全国人民思想界空虚腐败到十二分。中国的四万万人,差不多有三万万九千万是迷信家。迷信神鬼,迷信物象,迷信运命,迷信强权,就是不相信自己,不相信真理。这是科学思想不发达的结果。"

易白沙在人群中高喊:"好,透彻!"

人群中跟着响起一片叫好声。

毛泽东继续慷慨激昂地发表演说:"中国名为共和,实则专制,愈弄愈糟,这是群众心里没有民主的影子,不晓得民主究竟是什么的结果。而陈独秀先生平日所标揭的,就是这两样。他曾说,我们所以得罪于社会,无非是为着'赛因斯'和'德莫克拉西'。陈先生为这两件东西得罪了社会,社会居然就把逮捕和禁锢回报给他。也可算是罪罚相敌了!陈先生之被逮,决不能损及他的毫末,并且是留着大大的一个纪念于新思潮,使他越发光辉远大。政府决没有胆子将陈先生处死。就是死了,也不能损及他至坚至高精神的毫末。陈先生曾经说过,出研究室,即入监狱,出监狱,即入研究室。又说,死是不怕的。陈先生可以实验其言了。我祝陈君万岁!我祝陈君至坚至高的精神万岁!"

邹永成为毛泽东大声喝彩,群众热烈鼓掌。

易白沙告诉邹永成:"这个后生叫毛泽东,在北京见过仲甫,非常有思想。

将来前程无量。"

邹永成感叹道："中国有这么一群青年精英追随仲甫，何愁大事不成！"

天津南开大学，周恩来主持召开《天津学生联合会报》编辑会议。他一身西装，英俊潇洒，讲话就像演讲一样："我们《天津学生联合会报》创刊号出版之后，受到社会各界的高度关注。很多读者或来信，或登门来访，向我们打听北京大学陈独秀先生的消息，希望我们多发表一些这方面的文章。所以，营救陈独秀先生将是我们下一期的重点，各位要下功夫，多组织几篇重头文章才是，拜托了。大家分头工作吧。"

有人敲门："请问，周恩来同学在吗？"

周恩来答道："我就是，有什么事吗？"

来的是两个女生，刘清扬和张若名。张若名自我介绍道："周恩来您好，我们是天津女界爱国同志会的，我们来是想跟您学习和请教。"

周恩来温文尔雅地说："两位客气了，有什么需要请直言，我一定尽力而为。来，请坐。"

刘清扬热情洋溢地说："周同学你好，您在《天津学生联合会报》上写的发刊旨趣我们都看了，在天津女界中的反响很大，大家都很期待第二期，也想知道，第二期的主要内容是什么，何时发表。"

周恩来说："我们正在准备第二期的稿件，根据读者的要求，陈独秀先生将是我们第二期的核心人物。"

张若名问："陈独秀先生是我们天津女界的中心话题，不知道您对这次陈先生被捕如何评说。"

周恩来无比崇敬地感叹："陈先生这次被捕，就像是飞蛾扑火、凤凰涅槃，他是在用自己的身体唤醒国民的觉悟，这是一次伟大的牺牲。"

刘清扬再问："那您对陈先生的学说是怎么看待的？"

周恩来依然满脸崇拜:"陈先生所倡导的新文化运动,就像是欧洲的文艺复兴运动一样。他开启了中国新思想的闸门,他所树立的科学与民主两面大旗,引领新时代的潮流,开启了无数在迷茫中探索的青年的心智。他的思想是我们的精神支柱!"

上海大东旅社,一楼餐厅改成了临时会议室,上方悬挂着一条醒目的横幅:中华民国学生联合会成立大会。来自全国各省市的三十多名学生代表和两百多名社会知名人士隆重集会,正式成立中华民国学生联合会。

北京大学代表许德珩发表讲话:"各位代表,各界人士,今天我们在这里隆重集会,正式成立中华民国学生联合会。今天到会的学生代表,北京十一人,南京和日本各三人,上海、山东、安徽、河南、武汉、杭州、苏州、南通、宁波、嘉兴、崇明各二人,浙江、吉林、保定、九江、扬州各一人。其余各地代表已在途中。经过选举,北京大学段锡朋当选为会长。现在我宣布,中华民国学生联合会正式成立了。从此,中国的学生运动就有了统一领导机构了。"

鞭炮和掌声齐鸣。有人打开了香槟,欢庆学生联合会成立。

三

上海,汪孟邹准备去北京探望陈独秀和商量《新青年》停刊后相关事宜的处理方案。临行前,他去震旦学校看柳文耀,想问他是否有话带给柳眉。

汪孟邹关心地问:"听说你的工厂都罢工了,损失大吗?"

柳文耀叹了口气:"岂止是工厂!商铺关门,学校罢课,'三罢'在我这里全都有,你说损失能不大吗?"

汪孟邹安慰道:"再咬咬牙吧,北京那边估计已经是强弩之末了。"

柳文耀忧心忡忡:"不好说。陈独秀身陷囹圄,李大钊亡命天涯,蔡元培南下不回,胡适之一门心思侍奉杜威,我看前景不容乐观。"

听到汪孟邹说要去北京,柳文耀说:"我回去和夫人商量一下,和你一

起去。"

汪孟邹有些吃惊:"你也要去北京?"

"小女在陈家待着,我实在是不放心。"柳文耀回答。

京师警察厅监狱,一间单身牢房里,陈独秀正在小窗下看书。吴炳湘趴在瞭望孔上看了一会儿,对看守说:"把门打开。"进得牢房,吴炳湘不由自主地捂住鼻子:"陈教授,你这房间的空气很不好啊。"

陈独秀头也不抬:"吴总监,你应该称我为178号。"

吴炳湘讪笑道:"看来陈教授还是很守监规的嘛。不过178号那是在公开场合叫的,现在我以老乡的身份来探望你,还得称呼你为陈教授。陈教授,咱们聊聊吧。"

陈独秀语带讥讽:"这是你的地盘,你说了算。"

吴炳湘带陈独秀来到总监办公室,警察端上沏好的六安瓜片,又抱来一大摞报刊放在桌上。

吴炳湘对陈独秀做了个请的手势:"陈教授请坐。"

陈独秀也不客气,大方落座。

吴炳湘指着桌上的报刊说:"陈教授,我让他们专门收集了有关你被捕的报道,你可以带回去慢慢看。"

陈独秀嘲讽道:"那我可真的要谢谢吴总监的关照了。"

"该说谢谢的是我。"吴炳湘拱拱手说。

陈独秀不解地问:"此话怎讲?"

吴炳湘笑道:"陈教授看看这些报道就知道了。是你让我吴炳湘一下子成了红人。现在报纸的新闻人物就两个,陈独秀是众星捧月,吴炳湘则被口诛笔伐。"

陈独秀也笑了:"那是阁下咎由自取,怨不得别人。"

"不过也有仗义执言的。你看昨天《申报》的这篇报道,我念给你听听:'尚幸警察总监吴炳湘,脑筋较为新颖,虽遭多方威胁,及守旧派暗中怂恿,然其对于陈氏始终毫无苛待。'"吴炳湘指着报纸说。

陈独秀点点头:"嗯,这倒也是事实。"

没想到吴炳湘摇摇头:"说我吴炳湘没有苛待你不假,说守旧派暗中怂恿则不实。你看,这是我桐城派首领马其昶、姚永概发表的敦促警察厅无条件释放陈独秀的声明。"

陈独秀拿起报纸:"这倒是让我颇受感动。吴总监,人心所向,看来我得谢谢你把我抓进来。"

吴炳湘不以为然:"陈教授大可不必忘乎所以,别忘了蔡元培那句'杀君马者道旁儿'的箴言,当心捧杀哦。"

陈独秀淡然说道:"这不劳吴总监提醒,陈某有自知之明。"

吴炳湘拿起一本刊物:"请陈教授看看这本《湘江评论》的创刊号,这位叫泽东的人,不仅把你捧为'思想界的明星',竟然还高呼'我祝陈君万岁,我祝陈君至坚至高的精神万岁',这也太过了吧?"

陈独秀拿起《湘江评论》,笑了:"也许就是毛泽东这样的人,将最终摧垮你们的旧世界!"

吴炳湘:"能否摧垮旧世界,现在下结论为时尚早。不过我要告诉陈教授,你的入狱,确实给我北洋政府带来了极大的麻烦。现在几乎整个中国都动起来了,可谓前所未有。"

陈独秀毫不掩饰心中的喜悦:"人心向背,这是意料之中的事情。"

"可这对陈教授来说未必是好事。你要知道,现在大家都明白你是政府的头号政敌,很多人嚷嚷着要我把你交出去。一旦你走出警察厅,后果可想而知。"吴炳湘表情严肃地警告说。

陈独秀坦然一笑:"无非是一死呗。民不畏死,奈何以死惧之! 我陈独秀

对此早有充分准备。"

吴炳湘凑向陈独秀："如果陈教授此时能与我警察厅有些合作,或许还能柳暗花明。"

陈独秀立刻站起来摆摆手："请吴总监打住,我陈独秀决不背叛自己的信仰。"

吴炳湘叹了口气："好吧,你坚持你的信仰,我恪守我的职责,但愿咱们一如既往,相安无事。"

四

6月下旬以来,全国各地前往北京敦促政府拒签巴黎和约的组织络绎不绝。前门火车站,邓中夏等举着北京大学学生干事会的旗帜,敲锣打鼓欢迎山东、天津各界来京请愿团。

白兰、刘海威和山东代表抱在一起,泪流满面。郭心刚的表弟悲愤地说:"我们来时,山东父老兄弟姐妹环跪车站,泣不成声,叮嘱我们:'国破家亡,重整山河待后生。'"

德胜门城楼下,赵世炎、陈延年、陈乔年、柳眉等组织的威风锣鼓队正热情迎接陕西各界赴京请愿团。请愿团中一个头缠白绸的青年学生找到陈延年,问:"请问你是陈独秀先生的公子吗?"

陈延年答道:"我是。"

小伙子从包里拿出一面锦旗:"我叫屈武,是陕西省学生联合会会长。我们陕西学子十分敬仰陈独秀先生,托我带来一面锦旗,聊表敬意,请你代为转交。"

屈武打开锦旗,上面是八个大字:"青年导师,时代先锋。"

陈延年双手接过锦旗:"谢谢,我代家父愧领了。"

北大红楼,邓中夏主持北大各团体负责人会议,传达北京学联指示:"巴黎和约签字的日子就要到了。据悉,北洋政府已经通电各省并专电陆徵祥,表示如果抗议无效就在和约上签字。从明天起,北京和巴黎两地联合行动,各省来京请愿代表明天开始到总统府请愿,不见到徐世昌决不收兵。巴黎将有三万华人包围中国专使驻地和陆徵祥住处,坚决阻止中国代表签字。我们北大学生将积极配合各省请愿代表,并做好后援。成败在此一举,不达目的决不罢休!"

第二天,新华门前,几百名来自山东、天津、陕西、北京等地的请愿代表要求面见总统徐世昌。徐世昌派总统府秘书长出来接见,被请愿者轰了回去。全体代表齐声高呼:"今日若不得总统亲口保证,誓死于此,亦不归寓!"

突然,电闪雷鸣,狂风大作,大雨倾盆而下。数百名代表无一躲避,依然高喊口号,挺立在风雨之中。

大雨一直下到晚上,数百名请愿者一动不动地站在新华门前。北京市民纷纷出动,有的帮着打伞,有的送来吃的。高君曼、柳眉、白兰拎着篮子,在雨中来回穿梭。许多请愿人士体力不支,昏倒了。

天亮的时候,新华门打开了,秘书长跑出来宣布:"总统徐世昌答应面见请愿代表,请大家推选十人随我去居仁堂。"

屈武等十人随秘书长来到居仁堂,徐世昌出来接见他们:"各位辛苦了,在外面站了一天一夜,精神令徐某感动。不瞒各位,我也在这里陪了大家一天一夜。这么大的一个国家,事情难办,其中艰难,恐非你们这些青年学生能够体谅。我们国家多年贫弱,不能操之过急。同学们爱国心切,陈述意见,情有可原,但如果聚众滋事,那就不对了。我作为总统,希望你们都能安心读书,国家大事政府自有权衡。大家要见我,我也只能跟你们说这些了。"

屈武站了出来:"总统,现在国家都快要亡了,今天丢青岛,明天丢山东,后天就可能丢了整个华北。如果政府再不想办法,不答应我们的要求,我们就只能以死力争了。"说着,屈武突然一头撞向房柱,顿时血花飞溅,人应声倒在

地上。

众人跑上去扶起屈武,怒视着徐世昌。

徐世昌目瞪口呆,连忙招呼左右:"快送医院,快送医院!"

屈武被送走了。其余九位代表异口同声:"如果总统今天不答应我们的请求,我们当集体效法屈君。"

徐世昌连连摆手:"各位千万不要冲动,我答应你们就是。"

法国巴黎,吕特蒂旅馆被华人围得水泄不通,大街上交通已经接近瘫痪。一群青年学生排队对着旅馆窗户高喊:"中国专使听着,今明两日不得出门,一旦出门,必被扑杀。"

中国代表团除陆徵祥外全部集中在会议室。顾维钧和王正廷坐在窗户下低声交谈。顾维钧忧形于色:"听说华人已经组成敢死队,准备以命相拼,扬言胆敢签字,将用三个人换一个专使的命,报名者竟有千人之多。"

王正廷:"我看报纸上说,这两天法国人对中国人全都刮目相看了,没想到中国人这样心齐、有血性。"

顾维钧长长地舒了一口气:"陈独秀、李大钊他们总算把这头狮子唤醒了,不容易啊。"

王正廷:"是啊,我真想下去对他们说说我的想法。"

顾维钧:"不着急,陆总长正在等电报。如果真的来了批准签约的电报,我陪你一起出去表态。"

王正廷:"好,今天我就准备把这一腔热血洒在巴黎了,我要用我的血为自己正名,为中国正名!"

顾维钧紧紧握住王正廷的双手:"'青山处处埋忠骨,何须马革裹尸还!'正廷兄,我和你站在一起!"

巴黎的下午,已是北京的晚上,陆徵祥匆匆来到会议室,顾维钧等人立刻围了上去,每个人都露出紧张的神色。

陆徵祥气喘吁吁地说:"各位,签约时间马上就要到了,现在北京正是晚上,政府早已下班了。到现在我还没有收到政府关于签约与否的确切指令,也就是说,我们只能自行其是了。"

王正廷迫不及待地说:"陆总长,你有什么打算,明说吧。"

陆徵祥看着顾维钧:"少川,我想先听听你的意见。"

顾维钧:"我的意见很明确,即便政府接受,我也决不签字。"

陆徵祥再问王正廷:"儒堂,你呢?"

王正廷:"我王正廷宁愿死在这里,也不做千古罪人。"

陆徵祥从口袋里掏出两张纸:"各位,我起草了两份声明。一份是给国内的电报,电文是'详审商榷,不得已当时不往签字'。一份是给巴黎和会的拒签宣言。各位如没有异议,就请秘书送达了。"

会议室里响起了热烈的掌声,所有人的脸上都挂满了泪水。

凡尔赛宫大厅,参加巴黎和会的各国代表静等中国代表团到来,很多国家的代表已经坐不住了。

一个法国人手持中国代表团拒签宣言走进来,会议主席看后大声宣布:"中国代表拒绝在和约上签字,他们送来了一份宣言,全文如下:'与其承认违悖正义公道之第一百五十六、七、八条款,莫如不签字。中国全权代表之此举,实出于不得已,唯于各国团结有所损失,殊觉遗憾。'"

全场哗然。

牧野气急败坏,愤然离场。

1919 年 6 月 28 日,在全中国人民持续大规模抗争的巨大压力下,在全民族空前高涨的爱国救国热情的感召下,中国代表团最终拒绝在屈辱的巴黎和约上签字,这是五四爱国运动的一个重要成果,是自鸦片战争以来中国外交史

上的一次巨大胜利。这个胜利是全中国人民团结一致与帝国主义、北洋政府英勇斗争的结果,是中华民族伟大觉醒的一个重要标志。

五

经吴炳湘特批,高君曼带着一家人以及柳眉、白兰来看望陈独秀。

高君曼做了很多菜,还带了二锅头。牢房里只有一张桌子。陈独秀干脆把床上的席子铺在地上,全家人席地而坐。摆好了酒菜,陈独秀看了看延年:"可惜延年有'六戒',不能喝酒,我只能自斟自饮喽。"

没想到乔年举起了酒杯:"今天我陪你喝。"

在陈独秀眼里,乔年还是个孩子,他看着乔年:"你,行吗?"

高君曼在一旁说:"乔年今年十七岁,也算成人了。今天你就做个代表,陪你爸爸喝几杯。"

陈乔年第一次上桌子,按照老家安庆的习俗,这相当于成人礼,因此非常兴奋:"没问题,你说怎么喝都行。"

陈独秀高兴了:"好啊,我陈独秀的二儿子都长大成人了,我就是把这个牢底坐穿也没有什么遗憾了。来,为庆祝五四运动的伟大胜利,我们父子俩干一杯。"

乔年一饮而尽,辣得直咧嘴。

高君曼瞪了陈独秀一眼:"老头子,巴黎和约拒签了,你的努力没有白费,我们都以你为骄傲。所以,今天你别说丧气话,现在全中国都在营救你,你很快就会出狱的。"

柳眉高兴地介绍:"我爸爸来信说,上海成立了全国学联,有人提出口号:'陈独秀不出狱决不复课。'"

陈独秀大喜过望:"是吗?我现在感觉整个运动的中心已经由北京转移到上海了。工人登上了历史舞台,这可是个了不起的大事件。"

"看来你在这牢房里消息也并不闭塞呀。"陈延年说道。

"说实话,要不是怕拖累你们,我还真不愿意走出这牢房。这里可真是两耳不闻窗外事、静下心来看书学习思考问题的好地方。"陈独秀看了看高君曼,"下次把我的文房四宝带来,我要好好写一幅字送给吴炳湘。"

白兰问道:"先生最近都在思考什么问题?"

"最集中的是两个问题,马克思主义和俄国革命。"

延年马上说:"那还不是一回事? 都是社会主义。"

"不完全是一回事。一个是原生态,一个是新成果;一个是理论,一个是实践。两者相得益彰。延年,我希望你和乔年也读读马克思的书。"

陈延年回答:"我还是喜欢无政府主义,我觉得互助论比阶级斗争学说更具亲和力和感召力。"

陈独秀不无遗憾地说:"看来你还是有偏见。我建议你认真看看 4 月 6 日的《每周评论》,那一期刊登了《共产党宣言》第二部分,可以帮助你更好地了解马克思主义。"

"你不说我还忘了,胡适先生让我给你带来最近两期的《每周评论》。守常先生不在,他主动接手了《每周评论》。"陈延年一边说,一边把《每周评论》交给父亲。

陈独秀翻了翻,勃然大怒,把《每周评论》扔到了地上:"这还是我陈独秀创办的刊物吗?"

高君曼捡起来看看,问:"怎么啦? 哪儿来这么大火气?"

"你自己看看,这不是《每周评论》,而是杜威研究专刊。"陈独秀气得来回踱步。

原来,胡适主编的这两期不仅取消了以往陈独秀和李大钊特别重视的反映政治斗争的战斗性文章和尖锐的评论,还撤掉了《国内大事述评》和《国外大事述评》两个读者特别关注的专栏。两期八个版面,全部刊登《杜威讲演录》,

并套上大号黑字标题,外加杜威夫妇的一张合影。

陈独秀气得酒也不喝了,厉声对延年说:"你给我去把胡适找来,让他给我解释解释这是怎么回事?"

延年站起来:"好了,你消消气。蹲监狱还这么大火气,怎么能静下心来看书学习!"

此时,教育部礼堂,在胡适的张罗下,杜威教授一连三次在这里举办题为《美国之民治的发展》讲座,教育界、政界和新闻界人士把小礼堂挤得满满当当。

杜威在台上演讲,胡适做现场翻译。

演讲结束了,西装革履的胡适接受记者采访,他侃侃而谈:"毫无疑问,自从中国与西洋文化接触以来,没有一个外国学者在中国思想界的影响有杜威先生这样大的。我还可以说,在将来几十年中,也未必有别个西洋学者在中国的影响可以比杜威先生还大的。这是我的预言。"

有记者说:"请您谈谈杜威教授给我们带来的最有用的东西是什么。"

胡适神采奕奕、满脸红光:"杜威先生不曾给我们一些关于特别问题的特别主张,如共产主义、无政府主义、自由恋爱之类。他只给了我们一个哲学方法,使我们用这个方法,即历史的方法和实验的方法,去解决我们自己的特别问题。国内敬爱杜威先生的人若都能注意于推行他所提倡的这两种方法,使历史的观念与实验的态度渐渐变成思想界的风尚与习惯,那么这种哲学的影响之大,恐怕我们最大胆的想象力也还推测不完呢。"

晚上,胡适回到家中,江冬秀正在哄孩子睡觉。胡适过去亲了亲儿子,拍了拍老婆的肩膀,瘫坐在椅子上。

江冬秀看了他一眼,带些嘲讽意味说道:"人家都跟我说,你在外面精神得不得了,是什么大众情人、少妇杀手,怎么一到家里就像被霜打似的,站都站不住。我们娘俩就这么不招你待见吗?"

胡适吃惊地看着江冬秀说:"我在外面那是应酬,那叫强作欢颜。回到家里我还应酬,你愿意吗?"

江冬秀:"好,我不烦你。对了,傍晚高先生来了,说是陈先生找你,要你去一趟。"

胡适:"仲甫?没说他找我有什么事吗?"

"没说,好像是陈先生不高兴了。你又惹他生气啦?"江冬秀问道。

"他在大牢里我怎么惹他?"胡适心怀忐忑,不耐烦地瞪了妻子一眼。

第二天,吴炳湘领着胡适来到陈独秀的牢房。牢门打开,陈独秀正在聚精会神写作。

吴炳湘有些得意:"陈教授,你看我把谁给你带来了。"

陈独秀抬头看见胡适,既不起身,也不说话。胡适赶紧上前一步:"仲甫兄,你吃苦了。"

陈独秀依然不答话,胡适有点尴尬,手提篮子站着,很不自在。

吴炳湘感到莫名其妙:"陈教授,你这是怎么啦?如此拒人于千里之外,可不是导师风范!"

陈独秀从抽屉里拿出一幅字来打开,说:"吴总监,这是我专门为你写的一幅字,以感谢你对我的关照,请笑纳。"

吴炳湘看了又看,念道:"春申浦上离歌急,扬子江头春色长。此去凭君珍重看,海中又见几株桑。"

陈独秀见吴炳湘念了几遍,好像还在咀嚼诗意,就说:"这是苏曼殊去日本时我送他的一首诗,没什么特别的含义。"

吴炳湘高兴得合不拢嘴:"好!好!陈教授的书法一字千金,我收下了。陈教授,你这谢礼也太重了吧,我一定好好珍藏。"

吴炳湘收起书法,转身对胡适说:"胡教授,今天吴某是沾你的光,改日我请你喝酒。好,你们谈,我就不打扰了。"

吴炳湘欢天喜地地走了。

胡适将提着的酒和菜摆上桌来，见陈独秀还是不说话，就从口袋里掏出一张照片来："仲甫兄，小儿百日，你不在，我连酒席也没有摆，今天特地把照片带来给你看看。"

陈独秀一下子心软了，接过照片看了看，说："适之，对不起，我扫你的兴了。"

胡适连忙说："哪里，我今天是来给你赔罪来的。"

陈独秀拿出《每周评论》："适之，你还真得给我讲讲这是为什么。"

胡适一脸诚恳："仲甫兄，我知道你刚才就是为这生我的气，你听我解释。我刚一接手《每周评论》，吴炳湘就来找我，一再警告说《每周评论》要少谈时事，少谈政治，否则就要强行取缔，并给你加罪。没办法，我只能采取这种变通的办法。"

陈独秀还是忍不住，大声问道："不谈政治，不谈时事，还叫什么《每周评论》？"

这件事胡适前一天晚上想了很长时间，怎么回答陈独秀，他已经胸有成竹："仲甫兄，你好好看看现在的《每周评论》，它不是不谈政治，不谈时事，而是大谈时事，专谈政治。仲甫兄，难道杜威来华不是时事吗？难道杜威专刊谈的不是政治吗？杜威的实用主义、民治思想你也是赞同的，这就是政治呀！"

胡适果然聪明，一番话把陈独秀说得动心了。他想了想，眨巴眨巴眼睛道："你说的倒也不无道理。不过我认为，我们的当务之急是借五四运动的东风，大力宣传和鼓动民众起来从根本上改造我们的社会，找到一条救国救民的科学道路。我们的两个杂志，《新青年》的主旨是思想启蒙，《每周评论》是引领群众运动。两个杂志互为依托，才能发挥更大的作用。"

胡适见陈独秀脸色有所缓和，大为放心，说话也镇定多了："寻路确实很重要，关键是要讲究科学方法。我认为，现在我们必须多研究一些问题，少谈一些主义。清谈误国,这个道理得反复讲。"

陈独秀并不赞成:"我看你这个观点值得商榷。没有科学主义的指导,怎么能研究好问题? 再说,研究问题的目的是什么? 不是为了解决问题吗? 你这是舍本求末,肯定要受到守常的批判。"

胡适叹了口气:"也不知道是什么原因,现在守常和我分歧越来越大了,他现在的心思全在苏俄暴力革命上,动辄布尔什维主义,很危险。"

陈独秀认真地说:"我们三人,你是美国派,守常是俄国派,我以前是法国派,不过现在我对俄国的事情越来越感兴趣了。你刚才提到的这个问题,我主张展开辩论。"

胡适笑了:"好啊,那我就来挑这个头了。守常肯定是和我对立的,仲甫,你是哪一派?"

陈独秀沉思片刻:"我暂时保持中立,我要找到一条适合我们中国的道路。"

胡适像想起什么似的,说:"对了,汪孟邹来信说他要来北京看你,并商量《新青年》复刊的事情,还说柳文耀和他一起来。"

陈独秀疑惑地问:"柳文耀来看我,不会吧?"

六

前门火车站,陈延年、柳眉和柳眉姑姑在出站口等候柳文耀和汪孟邹。

柳眉把延年拉到一旁说:"我估计我爸爸这次来北京是想把我带回上海的,你说我该怎么对付他?"

陈延年回答道:"要我说你就跟他先回去。现在不闹学潮了,你待在北京也没有理由了。"

柳眉扬眉问道:"那你和乔年呢? 你们打算什么时候回上海?"

陈延年沉默了一会,说:"我现在不能走,至少要等老头子出来才行。"

柳眉:"那我还是跟你一起走。"

两人正说话间,柳文耀和汪孟邹出站了。柳眉扑到爸爸怀里,眼泪夺眶而出。

陈延年上前向柳文耀和汪孟邹行礼,说:"我姨妈在家里做好了饭,请二位伯伯大驾光临。"

柳文耀欣赏地看着陈延年,说:"替我谢谢你姨妈。今天我就不过去了,柳眉陪我去姑姑家,改日我去看望仲甫先生。"

柳眉跟着父亲来到姑姑家,姑父叫了全聚德的烤鸭。

饭后,柳文耀对柳眉说:"小眉,你陪爸爸走走,我和你聊聊天。"父女俩来到院子里,柳文耀叼着雪茄,柳眉挽着爸爸的胳膊漫步。

柳文耀感叹道:"小眉,好几个月了,爸爸第一次这样舒适、开心。政局安定了,女儿也回到了身边,我知足了。"

柳眉高兴地说:"爸爸,那您就在北京多住一些日子,好好开心一下。"

柳文耀笑着说:"要说夏天,还是北京好,虽然也热,但透气,不像南方,湿热,闷,动辄一身汗,浑身黏糊糊的,难受。不过爸爸可没有那个福气,上海那边还有不少事情等着我去处理呢。"

柳眉先发制人,说道:"那您就先在北京待几天,然后回去处理事情,我在北京避暑,等天凉快了再回去。"

柳文耀停下来看着柳眉,笑道:"我的女儿长大了,知道和爸爸斗心眼了。"

柳眉撒娇道:"我没有。"

柳文耀看了看女儿:"你知道这一个多月我和你妈妈是怎么熬过来的吗?如履薄冰,惶惶不可终日啊。特别是你妈妈,经常半夜里起来偷偷抹眼泪。"

柳眉也很难受:"对不起,让你们担心了。"

"岂止是担心!一会儿听说延年被打成重伤住进了医院,一会儿传闻陈独秀被驱逐出了北京,一会儿又说陈独秀被捕入狱将被处以极刑。"柳文耀摇摇头，"哪一条消息不让人胆战心惊？我真的不知道我们柳家到底怎么回事，和陈独秀绑在了一起。"

柳眉仰头问道："您不是一直崇拜陈伯伯吗？"

柳文耀急了："我是非常崇拜陈独秀先生，可是我没有想到崇拜竟然要付出这么大的代价。"

柳眉不高兴了："您付出什么代价啦！我这不是好好的吗？您的女儿现在是爱国青年，您应该感到高兴。"

柳文耀叹了口气："我说的不光是你。小眉，你知道这一个多月我们柳家的资产损失了多少吗？罢课、罢工、罢市，我至少损失了十万大洋。再这么闹下去，我们柳家可就要破产了。"

"您不是自愿的并以此为荣吗？怎么，现在后悔了？"柳眉返问。

柳文耀沉默了一会，继续说："不错，我是自愿的。在上海，谁都知道我是追求新思想的爱国人士，谁都知道我的女儿是思想启蒙大师陈独秀公子的女朋友。国有危难，我理当义无反顾。可有用吗？闹来闹去，闹到监狱里去了，拒签和约反倒落了个罪名。结果呢？国还是那个半死不活的国，我的家却支离破碎了。我不仅损失了财产，还可能失去女儿。"

柳眉认真地说："爸，您怎么能这么想！拒签巴黎和约，这是我们国家一个伟大的胜利，说明我们中国不再任人宰割了。更何况这个胜利是我们人民自己争取来的，如果我们不起来抗争，就不可能取得这个胜利。这个胜利是中国发展的一个拐点，是中国的一个历史性转折。我们能为这个胜利做出一点牺牲，应该感到高兴和自豪啊！"

听了柳眉一席话，柳文耀手中的雪茄一下子掉到了地上。他万万没有想到，这个在他眼里只会任性和顽皮的十几岁的小女儿竟能说出如此深刻的话语，有如此高尚的思想境界。两相比较，他为自己刚才的一番话感到无地自容。

过了一会,他有些心虚地说:"小眉,刚才爸爸那样说,主要是想让你跟我回家,望你能够体谅。"

柳眉调皮地笑了:"我知道,我没有怪您的意思。"

当柳文耀提出让柳眉回上海,柳眉恳切而坚定地说:"爸,您知道的,自从认识陈延年那天起我就决心和他在一起了,这个时候我不可能离开他。"

柳文耀耐心地劝导说:"爸爸不是思想守旧的人,你和陈延年在一起,我和你妈妈都不反对,可是你们总不能老是这样不明不白,总得有个说法吧?"

"爸,您又来了。这个问题不是早就说清楚了吗?我们是志同道合的同志关系。"

柳文耀不满地说:"同志,这算是什么关系?孙中山的革命党都互称同志,可是他们个个都有自己的家庭。小眉,过去你们小,我和你妈妈不追究这个问题。现在你们一天天长大了,眼看着就要出国留学,这个问题必须讲清楚了。"

"这是我和延年之间的事情,我们自己会处理的,跟你们没有关系。您看人家陈伯伯和君曼阿姨就从来没有提过这问题。"柳眉倔强地说。

柳文耀生气了:"你是我的女儿,怎么能说跟我们没关系!陈独秀是殉道者,可我柳文耀不是。孩子,我这次是专门为你而来的。要么你跟我回去,要么你和延年明确关系,二者必居其一。"

柳眉甩开柳文耀的胳膊:"爸,您怎么能这样?"

柳文耀气愤地说:"我跟你说不清楚,我找陈延年去。"

父女俩不欢而散,柳文耀回到客厅,柳眉站在院子里,两个人都是心事重重。

柳眉姑姑端过一杯茶来放在桌上,问:"谈得怎样?"

柳文耀摇摇头:"油盐不进。不行,我得去找陈独秀谈。"

柳眉姑姑赶紧说:"你姐夫说了,现在是敏感时期,你这次最好不要去看陈独秀。陈独秀这个案子很棘手。现在有两种意见:一种是曹汝霖、王怀庆这一帮被免职的安福系首领，必欲置陈独秀于死地而后快；一种是新任总理龚心湛，主张释放陈独秀，以安民心。总统徐世昌则想把陈独秀作为与南方政府谈判的一颗棋子。这里的水太深，你最好不要陷进去。"

柳文耀很是吃惊："难道陈独秀会有生命危险吗？"

柳眉姑姑："不好说，得看时局发展。不过你姐夫说了，无论如何，陈独秀与政府的矛盾已经公开化，以后必定是麻烦不断。"

柳文耀急了："那柳眉怎么办？我不能让她牵扯进去。"

柳眉姑姑一把拉住柳文耀："你不要着急，听我把话说完。这是你姐夫特意交代的，要你无论如何得想清楚，照他的意思办。他要我告诉你，我们家与陈独秀的关系，实业界包括南洋的一些大亨都知道，目前看，这不是坏事。陈独秀虽然北洋政府不待见，但在南方政府和民众中是香饽饽，是爱国的一面旗帜，在南洋都有很大的影响。所以现在柳眉在陈家，只会给我们带来荣耀，对你搞实业也会有帮助。现在陈独秀被关在牢里，我们既要表示同情，又不能走得太近，要不即不离。至于以后会怎样，这得往下看，看陈独秀往哪儿走，走到什么程度，那时再做决策。倒是柳眉和陈延年的关系，这是个麻烦事。从目前情况看，陈延年与陈独秀不同，这孩子比较温和，不走极端。但他拉着柳眉信奉互助论，搞的是莫名其妙的伙伴关系，这有伤人伦，对柳家影响不好，断然不能让他们再胡闹下去。现在最好的办法，就是让陈延年明确他与柳眉是自由恋爱的关系，是我们柳家未来的姑爷。这样，至少在目前，对我们是有利的。"

听了这番话，柳文耀心悦诚服，连连点头，说："我懂了。不过延年这孩子犟得很，恐怕不会同意与柳眉明确恋爱关系。"

柳眉姑姑接着说："你姐夫早替你想好了。要是延年真的不同意，就下狠招，逼他俩分开，让陈延年痛苦。你姐夫说，他不相信这世界上真有只讲友情不讲爱情的男女伙伴关系。"

柳文耀听了，拔腿就走，找陈延年摊牌去了。

七

陶然亭慈悲庵前,陈延年气喘吁吁地跑来,有些不好意思地对柳文耀说:"柳校董,对不起,我来迟了。"

柳文耀看看表:"没有迟,你还早到了十分钟。我是想看看陶然亭,所以提前半个小时来了。延年,怎么跑得这么急?浑身都湿透了,给你买杯冰水吧?"

陈延年说:"不用啦。我不知道时间,怕误事,所以跑得急了点。"

柳文耀很吃惊:"你是自己跑过来的?"

陈延年点头:"是的。"

柳文耀半是赞赏的口吻责怪道:"你这孩子,对自己太苛刻了。这么远的路,怎么就不能坐个黄包车呢?"

延年低头不语。

夕阳西下,一老一少沿着湖堤缓缓而行,话题是延年与柳眉的关系。柳文耀从他对陈延年的看法入题,表示:"论公道,你拾金不昧,是我柳家的恩人;论私情,你和柳眉形影不离,我和柳眉妈妈早就把你当作自家孩子了。今天找你来,主要想弄清楚两个问题。首先我想知道,你的志向是什么。换句话说,你想成为一个什么样的人?"

陈延年实话实说:"这个问题我说不清楚,我觉得自己就是一个普通人,没有什么志向,非要说志向的话,也就是想成为一个能够报效国家、服务民众的人。"

柳文耀问:"你想怎样报效国家?是想做这个国家的领导人,还是要推翻这个国家的政权,重新建立一个国家。"

陈延年答道:"我对做官不感兴趣,我只希望我们的国家不要被外国人控制,民众不要被当官的欺负,老百姓都能过上好日子,结成一个互助互爱的和谐大家庭。我信奉无政府主义的互助论,愿意为实现这个理想而奋斗。"

柳文耀问道:"你打算怎么奋斗?"

延年毫不犹豫地说:"我愿意为此而献身,因为在我们这样一个灾难深重的国家,要实现这样美好的理想,需要有一批人随时赴汤蹈火,随时准备做出牺牲,我要成为这批人中的一分子。"

第二个话题是陈延年打算怎样处理和柳眉的关系。柳文耀和陈延年为此发生了激烈的思想碰撞。陈延年直言不讳地说:"作为一个有社会责任心的青年,我随时准备为国家和民众献身,所以没有成家的打算;作为无政府主义的信仰者,我不主张建立家庭;作为无政府的共产主义者,我恪守'六不'原则,不作私交、不谈恋爱。所以,我和柳眉就是志同道合的同志关系。"对此,柳文耀表示很不理解和强烈反对,他情绪激烈地一连问了好几个问题:"中国信奉无政府主义的人很多,可是有几个不谈恋爱不结婚的? 你的导师吴稚晖不是也有妻子儿女吗? 为什么你一定要走极端? 柳眉为了追随你,不惜抛弃一切。你这样做,对得起她吗?"

面对柳文耀咄咄逼人的责问,陈延年知道自己已经没有退路,必须做出一个明确的交代。尽管这很痛苦,但他只能如此。他是个诚实质朴的热血青年,他真心喜欢柳眉,但他确实从一开始就非常明确不会和柳眉谈恋爱,更不能和她组成家庭。现在,他必须对柳眉的父亲敞开心扉,毫无保留地表明自己的态度。他坦诚地告诉柳文耀,他这样做并不仅仅因为信奉无政府主义,并不仅仅因为他是一个不婚者,更重要的,他是为了柳眉的幸福,为了使柳眉不要像他母亲和姨妈一样受到伤害。

柳文耀被陈延年弄糊涂了,他希望陈延年能够讲得明白一些。

陈延年说:"柳叔叔,您刚才不是问我的志向吗? 我可以明确告诉您,我从小到大,从农村到城市,切身感受到这个国家的腐败和民众的苦难,我决心为这个国家的强大和民众的幸福牺牲一切。我深知,这个国家太烂了。家国不能两全,鱼和熊掌不可兼得,我做不到两头兼顾。我父亲陈独秀就是既有远大

理想又追求家庭幸福的殉道者,结果这么多年来,他为了这个伟大的理想而置家庭于不顾,给家庭造成了莫大痛苦,而且这个痛苦还在延续。前车之鉴,我不能重蹈覆辙。为了不连累柳眉,我只能牺牲自己个人的幸福,这是我从亲身经历的家庭变故中得出的结论,做出的选择。"

柳文耀虽然没有完全听懂陈延年的这番表白,但他听出了陈延年对柳眉的感情,看到了这个青年的品质。他是过来人,年轻时也曾经想过做一个奋不顾身的反清斗士,也曾经是个坚定的不婚主义者,因此他懂得也理解延年现在这种态度,他比以前更加喜欢延年了。在这个乱世,能像陈延年这样怀抱远大志向、坚定自律、体贴他人的青年已是凤毛麟角。基于自己的经历和经验,柳文耀认为延年这种极端的家国观是可以改变的,现在要做的就是给这个倔强的小伙子下一剂猛药,促使他在痛苦的炼狱中做出选择。他态度坚决地对陈延年说:"柳眉这几年痴迷地追随你,吃尽了苦头,你们俩到底以什么为归宿,你今天必须给我一个答复。"

柳文耀提出的问题,陈延年已经想过了无数遍,早就有了答案,这个答案他也曾多次和柳眉交流过,柳眉也勉强同意了。他诚恳而耐心地对柳文耀说:"柳叔叔,这些年来,我和柳眉朝夕相处,从少年到青年,已经结成了超越私情的友情,我们都倍加珍惜这种感情。至于它的归宿,恐怕只能交给时间去决定了。"

柳文耀连连摆手:"延年,这不行,这绝对不行。你听我说,我十分敬佩你的志向,并且坚定不移地认为你一定会有非同凡响的人生。但是,你和你父亲都是特殊材料制成的人,而我不是。柳眉是我的女儿,我要对她的人生负责。所以,今天你必须给我一个承诺,要么你答应将来和柳眉结婚,要么尽快离开柳眉,二者必居其一。"

陈延年依然诚恳而耐心:"柳叔叔,关于结婚,我已经明确答复您了。至于离开柳眉,我想我们应该尊重柳眉的选择,这并不是我一个人的事情。"

柳文耀继续施压:"柳眉的问题我负责解决,关键是你,你必须做出抉择。"

陈延年知道会有今天这个局面,只是没想到来得这么早、这么突然。他想了想,真诚地说:"柳叔叔,这事我得和柳眉好好地谈一谈,您看行吗?"

柳文耀见目的已经达到,便说:"行,我给你三天时间。"

陈延年回到箭杆胡同,陈乔年和白兰陪汪孟邹出去办事了,柳眉在堂屋带子美和鹤年玩。陈延年心事重重地在客厅里坐下,望着柳眉,欲言又止。

柳眉歪着脑袋问陈延年:"你怎么闷闷不乐的? 是不是我爸爸给你出难题了?"

陈延年沉思片刻,答道:"还真是个难题。"

"什么事? 说来听听。"柳眉迫不及待地问。

陈延年拉起柳眉:"我正要和你商量。走,我们到院子里说去。"两个人来到院子里,各自搬了个凳子在老槐树下相对而坐。

"我爸爸怎么为难你了?"柳眉睁大眼睛看着陈延年。

"不是为难,是个难题。"陈延年内心很痛苦。

柳眉急道:"你怎么跟我玩起了文字游戏,快说!"

陈延年沉默片刻,说:"你爸爸要我三天之内做个选择,要么答应娶你,要么和你分手。"

柳眉第一次听到延年说出这么直白的话,特别是"娶你"这两个字,心里突突直跳。她忐忑不安地问:"你是怎么回答他的?"

延年低头道:"我说我得和你商量。"

柳眉急道:"那就商量吧。你什么意见?"

陈延年不敢直视柳眉:"我的意见你是知道的,而且我们以前多次沟通过。"

柳眉:"那还商量什么,你应该当场就告诉他。"

陈延年："我觉得这是两个人的事情,应该听听你的意见。"

柳眉："我的意见很明确,我可以同意你不娶我,但我决不和你分手。"

陈延年："可是你父亲要我二者必居其一。"

柳眉叹了口气："延年,你太诚实了。我爸爸是个商人,他就是想逼你就范。你就不能敷衍他一下?反正我们很快就要回上海了。"

陈延年摇摇头："我不能说谎。我今天说了谎,以后就要不停地说谎来圆这个谎,最终还是无法收场。"

经过这几年的锤炼,柳眉成熟多了。她严肃地问陈延年："既然如此,我想问你一个问题,你不愿意结婚,真的是为了坚守无政府主义的互助论原则吗?"

陈延年诚实地回答："有这个因素,但不完全是,也可以说那是部分原因。"

柳眉："那主要的原因是什么?"

陈延年欲言又止。

柳眉不依不饶："延年,如实回答是你唯一的选择。"

陈延年站了起来："好吧,我回答你。你看看我们这个家,还有你没有去过的我们安庆的老家,陈独秀给这个家庭造成了多大伤害!我请你设身处地地想想,如果陈独秀今天被处以极刑,子美和鹤年将来怎么办?陈独秀不过是上街撒个传单,就被抓去坐牢,甚至要被杀头。在这样的统治下,我今后的下场是不难预料的。我决不能让家庭悲剧重演!"

柳眉愣住了,理了理头绪,说："就因为这个?这也太片面了吧?你难道没有看到,这个家庭的所有人,包括你陈延年自己,哪一个不为陈伯伯的行为感到骄傲,哪一个不是心甘情愿地勇敢面对这个痛苦。"

陈延年眼睛有些湿润："他陈独秀有权利为国家牺牲自己,但没有权利因为自己的志向牺牲家人的幸福。柳眉,你知道的,我是一个极端的理想主义者,我想追求完美。"

柳眉大声说："可是你的这个选择恰恰破坏了完美。"

陈延年无奈地说："要追求完美就必须有遗憾。你爸爸是为你好，我也是。所以我只能是这个选择。"

柳眉追问道："你选择什么，选择与我分手？"

陈延年深情地望着柳眉："所以我要和你商量。"

柳眉斩钉截铁地对陈延年说："好了，我全明白了。延年，你不用选择了，我爸爸他没有权利对你提出要求。这事交给我了。"

陈延年愕然道："你要干什么？"

柳眉："我去让我爸爸做个选择，要么给我自由，要么与我断绝父女关系。"

陈延年急了："你不能这么做。"

"我同意柳眉这么做！"高君曼从厨房里走出来，手里拿着一把韭菜，神情坚定，"谁都没有权利强迫你们，更不能破坏你们的自由与幸福。"

八

一辆驴车在京郊土路上行进，陈延年坐在车把式旁边沉思着。

他一直在想刚刚给柳眉留下的那封信："柳眉，原谅我不辞而别。你不要找我，也找不到我。这么多年你和我在一起都是听我的，那你就再听我一次吧。你先和你父亲回上海去，别让家里太伤心太挂念了。等我父亲出狱后，我和乔年就去上海找你，那时我们再做长久的谋划。"

正午时分，李大钊在韩文公祠自己搭的凉棚里看书，一个放牛娃带着满身尘土的陈延年走进来。

李大钊紧紧抱住陈延年，兴奋地说："延年，你怎么来了？你不会给我带来坏消息吧？仲甫没事吧？"

陈延年答道："他没事。警察厅刚刚发布消息，说最近要召开一个记者通气会，向全社会通报陈独秀在狱中的情况。"

李大钊一脸高兴："没事就好。来，先洗洗，再尝尝我们河北的瓜果，全都

是刚刚摘下来的。"

陈延年洗了把脸,小桌上已经摆满了各种瓜果,他又渴又饿,一通风卷残云,把瓜果吃得一个不剩,李大钊在旁边看得哈哈大笑。

陈延年望了望四周:"李叔叔,这地方太好了,像个世外桃源。我就在这儿陪您了。"

"好啊,欢迎。不过我得先弄清楚你到这儿来的原因。"李大钊拍拍延年的背。

"没什么原因,就是想您了呗。"怕李大钊起疑,延年每一次答话都很快。

李大钊笑道:"不对。说吧,是跟你父亲吵架了,还是和柳眉闹矛盾了?"

陈延年知道不是自己掩饰得不好,而是李大钊太敏锐,只好老老实实地说:"李叔叔火眼金睛,什么都瞒不过您。我招了。我到这里是为了躲柳眉。"

李大钊不解地问:"躲柳眉,为什么?你给我好好说说。"

这时,送饭的来了,小鱼贴饼子,外加小米粥。

李大钊招呼陈延年:"来,我们边吃边说。"

陈延年把事情的来龙去脉说了一遍。

听完陈延年的话,李大钊严肃地说:"你的动机是好的,但做法欠妥。你可知道,你这一走,有多少人都跟着着急?看来我得想办法通知他们。"

陈延年无奈地说:"李叔叔,这事我想了很久了,没有别的办法。长痛不如短痛,迟早得过这一关的。"

李大钊拍拍陈延年的肩膀:"延年,我看这件事的根子还在于你对你父亲有偏见。仲甫他敢于冲破封建婚姻束缚去追求自己的幸福,这没有错。他为了追求真理拖累了家庭更不是他的错。你因为这个拒绝谈恋爱结婚,理由是荒谬的,由此可见你对无政府主义的认识也是有偏颇的。革命者可以牺牲自己的生命,同样也可以追求个人的幸福,你把这两个对立起来是完全没有道理的。"

陈延年头一次听到这么尖锐的批评,一时反应不过来。

李大钊语重心长地说:"延年,你不应该辜负柳眉。错过了这么好的姑娘,你会遗恨终生的。"

陈延年低头沉思,过了半晌才说:"李叔叔,我思考了好几年才下定决心,让我试试吧。"

李大钊摇摇头:"都说陈独秀固执,我看你比他有过之而无不及。"

陈延年央求道:"李叔叔,让我在这儿和您住上一段时间吧,我想好好地了解一下北方的农村。"

李大钊干脆地说:"好,我们白天做农活,晚上读书。仲澥和世炎他们很快也会来的。对了,还有易群先。"

陈延年激动地叫起来:"太好了!"

北京箭杆胡同,陈乔年慌里慌张地把陈延年留下的信递给柳眉:"柳眉姐,不好了,我哥他逃跑了!"

柳眉看完信,眼泪在眼眶里直打转,又看了一遍,问陈乔年:"你知道他跑哪儿去了?"

陈乔年:"不知道。"

柳眉:"谁知道?"

陈乔年回答:"都不知道。"

高君曼安慰道:"柳眉姑娘,你不要伤心,延年他也是为了不让你和家里闹翻,才选择暂时出去避一避的,你要理解他的苦心。"

柳眉气愤地说:"这个不争气的逃兵,我一定要找到他。"

高君曼:"姨妈支持你。"

柳眉问高君曼:"姨妈,你觉得他会到哪儿去?"

高君曼:"这可不好说,我们要好好分析分析才行。"

陈乔年看着白兰,突然问道:"他会不会去老郭的老家了?"

白兰一愣,赶紧往自己的房间跑。大家跟着围过去,白兰拿着郭心刚写了血书的白绸子走出来,说道:"血书还在,他不会去刚子老家的。"

子美突然说话了:"延年哥哥去找海威哥哥了。"

柳眉一下子抱起子美:"你是怎么知道的?"

子美扑闪着眼睛说:"我看见延年哥哥提着包袱出门,就问他去哪儿,他说他去找海威哥哥。"

柳眉放下子美,拔腿就跑:"我去找刘海威。"

陈乔年赶紧跟上:"我陪你一起去。"

高君曼大声叮嘱道:"乔年,你要跟着柳眉,一步也不能离开。"

柳眉和陈乔年在《国民》编辑部找到了刘海威,刘海威一头雾水:"什么,延年跑了?他为什么要跑,跑哪儿去了?"

柳眉厉声喝道:"你不要装糊涂,你把他藏哪儿了?"

刘海威急了:"我对天发誓,真的不知道他去哪儿了。"

柳眉紧追不舍:"子美说延年走的时候来找过你。"

刘海威一脸无辜:"他天天来找我,可他确实没说过他要跑呀。"

柳眉看刘海威不像是骗她,焦急起来:"他有没有向你打听过什么地方?"

刘海威认真地想了想,说:"你让我想想。对了,前两天他问过我守常先生现在在哪里。"

柳眉眼睛一亮:"你告诉他了?"

刘海威答道:"我说在河北昌黎五峰山。他问我怎么走,我说你到德胜门外雇一辆驴车就行。"

陈乔年一拍手:"一定是找李叔叔去了。"

五峰山下麦浪滚滚。李大钊、陈延年穿着粗布背心和农民们一起收割春

小麦。突然,不远处传来一声熟悉的呼喊。陈延年抬起头来,只见柳眉站在田
埂上,他一下子惊呆了。

陈延年扔掉镰刀,飞快地向柳眉跑去,两双手紧紧地握在一起,接着不断
地左右摇摆,久久不愿分开。

远处,陈乔年傻傻地站着,看呆了。

第三十一章

问题与主义

一

拒签巴黎和约之后,北洋政府和南方政府明里暗里一直在沟通,南方政府和社会各界要求释放陈独秀的呼声日益高涨。迫于舆论的强大压力,京师警察厅宣布召开新闻发布会,向社会各界通报陈独秀在狱中的情况。

发布会上,记者云集,吴炳湘和重新担任步军统领的王怀庆出席。吴炳湘用十分钟时间介绍了陈独秀被捕经过和他在看守所的情况,表示愿意回答记者们提出的三个问题。

《公言报》女记者问:"陈独秀先生已经在警察厅关押了一个月了,请问吴总监,他会被定罪吗? 会定什么罪? 要判多少年?"

吴炳湘回答:"陈独秀因在新世界散发《北京市民宣言》传单而被警方拘禁,现正由警方立案侦查,是否犯罪,亦正在侦查之中。这个问题我只能回答这么多了。"

一位外国男记者问道:"刚才您介绍说,陈独秀先生在狱中受到优待,请问吴总监,陈先生都受到了哪些具体的优待?"

吴炳湘笑呵呵地回答:"陈独秀先生是社会名流,他犯的事涉及许多政治因素,一时很难界定,因此他在立案侦查期间受到特殊优待。比如他的伙食,是参照警司的标准;他被单独监禁,可以在一定的区域内自由活动,可以看书、看报和写作；家人和关系密切的亲朋同事可以申请探监，等等。我可以告诉各位，这一个月来，陈先生的体重已经增加了四斤。"

《国民公报》记者问："京城报界迫切希望能够组团或单独前往警察厅采访陈独秀先生，或者允许发表陈教授在狱中所写的一些文字，请吴总监恩准。"

吴炳湘表示："陈独秀一案现在还在侦查之中，这期间他不能接受采访，也不能发表文字。所有报刊的报道，应一律以京师警察厅提供的信息为准。"

说到这里，吴炳湘拱手道："三个问题已经提完了，现在散会。"

发布会草草收场，吴炳湘回到办公室，王怀庆跟了进来。

吴炳湘不耐烦地说："你好不容易官复原职，不回去好好办公，老跟着我干什么？"

王怀庆话里有话："风传京师司法腐败，有人以权谋私，在牢房里搞老乡关系，看来还真不是空穴来风。"

吴炳湘冷笑道："王统领，不要跟我来这一套。你究竟想说什么，请直言。"

王怀庆逼视着吴炳湘："陈独秀是煽动学生闹事的总后台，此人断然不可姑息。你警察厅办不了，干脆移交给我京师步军统领衙门算了。"

吴炳湘冷笑道："你老兄该不是因为陈独秀要求把你王怀庆驱逐出京而公报私仇吧？"

王怀庆一脸无辜地说："笑话，我这是公事公办，还代表民意。你去打听打听，北洋政府大员中要求处死陈独秀的可并非少数。"

"陈独秀一案惊天动地，徐大总统亲自掌控，我吴炳湘全权负责，任何人不得干涉。"吴炳湘斩钉截铁地说。

王怀庆愤然道："姑息养奸，必然祸国殃民！"

吴炳湘大怒道："你懂个屁！陈独秀是徐大总统与南方政府谈判的一个大棋子，岂能让你们逞一时之快而误了大事？"

五峰山下,韩文公祠里欢歌笑语。邓中夏、赵世炎、何孟雄从北京,易群先从保定都过来了,加上延年、乔年和柳眉,韩文公祠一下子热闹起来。

众人参观韩文公祠,李大钊讲解:"国内纪念韩愈的祠堂有多处,最主要的,一是河南孟州,韩愈的家乡,二是广东潮州,韩愈曾在那里做官多年,再就是我们河北的昌黎。这里原本与韩愈没有什么关系,只是因为和他的出生地同名。明朝时有人先后建了两座韩文公祠,一座在昌黎县城,一座在这里。"

易群先打趣道:"李先生,看来你们昌黎人很能附庸风雅。"

李大钊笑了:"不是附庸风雅,是尊重文化和传统。"

何孟雄问道:"李先生,大家都说您是批儒大师,您怎么会喜欢这个大儒的祠堂?"

李大钊反问道:"是谁给我戴了顶批儒大师的帽子? 这太荒唐了吧!"

何孟雄有些奇怪:"您和陈独秀先生、胡适先生不都是主张批孔的吗?"

李大钊严肃地说:"我们批孔批的是政治尊孔,批的是孔教三纲。我和仲甫既不反对儒学,也不反对学术尊孔。仲甫先生对儒学传统有很深的研究,我之所以住在这里,也是表示对大儒韩愈的尊敬。这些天我读了韩愈的很多文章,受益匪浅。同学们,这个问题你们一定要有正确认识。"

柳眉对陈独秀的话颇为赞同:"前些时候,陈伯伯在编辑《新青年》文稿时专门就这个问题给章士钊先生写过一封信,谈的就是您的这种观点。他还专门念给我们听了,说是准备在下一期《新青年》上发表的。"

李大钊连忙问:"这封信还在吗?"

柳眉惋惜地说:"警察抄家时搜走了。"

"太可惜了。"李大钊提醒陈延年,"记得提醒你爸爸把它要回来。"

回到后院,凉棚里已经摆满了各种瓜果。李大钊招呼大家坐下:"昌黎是有名的瓜果之乡,大家来得正是时候,尽情品尝吧。"

众人一拥而上。

歇息了片刻,邓中夏给大家通报近期形势:"前些天,蔡校长已经致电北大学生干事会表示放弃辞职,待胃病痊愈后即返校。据章士钊先生说,陈学长的案子警察厅并没有查出犯罪实据,可能再费一些周折后即可出狱。"

李大钊兴奋得一下子站了起来:"这是好消息啊!"

邓中夏继续通报:"总的来说,巴黎和约拒签之后,国内局势渐趋平稳。前几天,全国学联已经决定结束罢课,待暑假后正式复课。据说南北两个政府的和谈也准备重新启动,但前景好像并不乐观。最重要的是,五四运动唤醒了全中国民众的爱国热情,从最初的学生运动逐渐演变成了全国甚至全体华人的爱国救亡运动。西方有报纸评论说,东亚雄狮醒了。"

李大钊提议:"来,同学们,这里有昌黎自产的葡萄酒,我们为五四运动干一杯!"

大家共同举杯。

看到大家都在兴头上,李大钊问:"我们都亲身经历了五四运动,不知道各位想过没有,和以往的爱国运动相比,五四运动有什么不同的地方?"

易群先快人快语:"五四运动规模大、人数多,各行各业都参加了。"

"群先说得不错。不过我以为,五四运动最重要的特点在于它是一场既反对帝国主义又反对封建主义的群众性爱国自救运动。"李大钊看了看大家,语气深沉了些,"这些天里,我一直在思考,悟出了一个道理——中国要强大,就必须走反帝反封建的道路。外国人不是评价说东亚雄狮醒了吗? 依我看,反帝反封建,这就是中国民众觉醒的标志。现在同学们都来了,我提议把红楼读书会恢复起来,好好研究一下中国应该走什么道路的问题。大家赞同吗?"

同学们欢呼起来。

赵世炎挽起袖子:"延年兄,我们就在这五峰山上来一场轰轰烈烈的马克思主义与无政府主义的大论战,你敢接招吗?"

陈延年挥了挥拳头:"我奉陪。"

邓中夏想起了一个新情况,赶紧通报:"你们不说论战我倒忘了。胡适先生最近在《每周评论》发表了一篇文章《多研究些问题,少谈些"主义"》,引起了不小反响。研究系的蓝公武在《国民公报》发表《问题与主义》一文与适之先生商榷,引起了一场论战。我来之前去看望陈学长,他有些模棱两可,好像既不同意胡适先生的意见,又觉得蓝公武的文章没有说服力,让我请守常先生看看这篇文章。"

李大钊急切地说:"拿来我看看。"

邓中夏从屋里取出《每周评论》。李大钊粗略地看了一遍,说:"同学们,我看现在开展马克思主义和无政府主义的论战为时尚早,我们就在这里好好讨论一下胡适先生提出的这个问题与主义吧。"

二

北京大学放暑假了,大部分学生都已离校,北大校学生会和学联的同学被学校留了下来。红楼图书馆里,胡适把罗家伦、傅斯年、段锡朋等召集到《新潮》编辑部。

胡适说:"事情是这样的,五四期间,上海穆藕初先生曾向北大捐款十多万大洋。现在我的师兄蒋梦麟先生受蔡校长委托代管北大,我向他提出应该用这笔钱资助一些有潜力的同学去美国深造,他同意了。各位都是考察对象,所以我把你们留了下来。"

同学们都非常兴奋,纷纷向胡适打听选派的条件、考查的内容。

胡适接着说:"还有另外一件事。各位可能已经看到我在《每周评论》第三十一号发表的《多研究些问题,少谈些"主义"》一文。你们都是五四干将,所以我要和你们说说这篇文章。"

傅斯年:"先生的文章我拜读了,得到很多启发。"

胡适严肃起来:"我认为,现在一个很大的危险是空谈外来进口的'主义',

偏向外来的纸上的学说,不去实地考察今日中国社会需要的究竟是什么东西。须知,第一,空谈好听的'主义',是极容易的事,是阿猫阿狗都能做到的事,是鹦鹉和留声机都能做的事;第二,空谈外来进口的'主义',是没有什么用处的;第三,偏向纸上的'主义',是很危险的,很容易被无耻政客利用来做种种害人的事。"

大家望着胡适,神情都很专注。

胡适继续侃侃而谈:"我深觉高谈'主义'的危险,所以奉劝你们多提出一些问题,少谈一些纸上的'主义'。因为凡'主义'都是应时势而起的。某种社会,到了某时代,受了某种的影响,呈现某种不满意的现状。于是有一些有心人,观察这种现象,想出某种救济的法子。这是'主义'的缘起。'主义'初起时,大都是一种救时的具体主张。后来这种主张传播出去,传播的人图简便,使用一两个字来代表这种具体的主张,所以叫它做'某某主义'。主张成了'主义',便由具体计划变成一个抽象的名词,'主义'的弱点和危险,就在这里。因为世间没有一个抽象名词能把某派的所有具体主张都包括在里面。"

傅斯年也在研究这个问题,他饶有兴趣地问:"先生,您能讲得再具体一些吗?"

"好啊,我举个例子。比如'社会主义',马克思的社会主义和王揖唐的社会主义不同,你的社会主义和我的社会主义不同。你谈你的社会主义,我谈我的社会主义,王揖唐又谈他的社会主义,同用一个名词,中间也许隔开七八个世纪,也许隔开两三万里路。然而你和我和王揖唐都可自称社会主义家,都可用这一个抽象名词来骗人。这不是'主义'的大缺点和大危险吗?"胡适讲得神采飞扬。

傅斯年点点头,若有所思。

胡适继续说道:"'主义'的大危险,就是能使人心满足,自以为寻着包医百病的'根本解决',从此用不着费心力去研究这个那个具体问题的解决法子了。

其实,根本解决在中国是行不通的,我的药方是一点一滴地改良,解决一个一个火烧眉毛的具体问题。"

傅斯年:"先生,我记得'根本解决'这个说法好像是陈独秀先生提出来的。"

罗家伦:"不对!陈学长提的是对社会的根本改造,而且强调要用直接行动。"

傅斯年:"那还不是一个意思?"

罗家伦:"失之毫厘,谬以千里,这是很浅显的道理。"

罗家伦和傅斯年五四那天因为火烧赵家楼的事吵了一通,至今两人都心存芥蒂。

胡适赶紧阻止:"二位不必争论。学术研究不能讲迷信。我讲的也是一家之言。我认为,现在中国应该赶紧解决的问题,真多得很。从人力车夫的生计问题到大总统的权限问题,从卖淫问题到卖官卖国问题,从解散安福系问题到加入国际联盟问题,从女子解放问题到男子解放问题……哪一个不是火烧眉毛的紧急问题?"

罗家伦喜欢搞社会调查,对此很有体会:"现在的中国确实问题成堆。"

胡适赞许地点点头,用手指不停地敲着桌子:"我们不去研究人力车夫的生计,却去高谈社会主义;不去研究女子如何解放、家庭制度如何纠正,却去高谈公妻主义和自由恋爱;不去研究安福系如何解散,不去研究南北问题如何解决,却高谈无政府主义……我们还要得意扬扬夸口道,'我们所谈的是根本解决'。老实说吧,这是自欺欺人的梦话,这是中国思想界破产的铁证,这是中国社会改良的死刑宣告!"

看到胡适如此激动,他的爱徒们有些吃惊。在他们眼中,胡适一向温文尔雅,没想到他也有言辞如此激烈的时候。

五峰山韩文公祠偏房,一盏小油灯下,李大钊正在沉思。桌上是几张稿纸和一份刊登了胡适《多研究些问题,少谈些"主义"》一文的《每周评论》。

他提起笔来,写道:

适之先生:

　　读了先生在本刊三十一号发表的《多研究些问题,少谈些"主义"》一文,不免发生了一些感想。其中有的或可与先生的主张互相阐明,有的是我们对社会的告白。现在把它一一写出,请先生指正!

第二天,李大钊在凉棚里挂起一块黑板,写下了"再论问题与主义"几个大字,然后面对邓中夏、赵世炎、陈延年、陈乔年、柳眉、何孟雄、易群先等人说道:"同学们,今天我们开始讨论胡适先生的《多研究些问题,少谈些'主义'》,我觉得这里有几个重要问题需要澄清,于是写了一篇文章,用了这个题目。"

易群先问:"先生,为什么叫'再论'呢?"

李大钊答道:"因为有蓝公武在《国民公报》发表《问题与主义》一文在先,所以我的这篇就只能是'再论'了。首先,我不能同意适之提出的'少谈主义'的观点。我们的社会运动,一方面固然要研究实际的问题,另一方面也要宣传理想的主义。这是交相为用的,是并行不悖的。不论高谈什么主义,只要你肯竭力向实际运动的方面努力去做,都是对的,都是有效果的。"

邓中夏颇有同感:"我觉得胡适先生的重点是不主张谈社会主义,说这是空谈。"

说到社会主义,李大钊来了精神:"现代的社会主义,包含着许多把它的精神变作实际的形式,使之合于现在需要的企图。这可以证明主义的本性,原有适应实际的可能性,不过被专事空谈的人用了,就变成空的罢了。那么,胡适先生所说主义的危险,只怕不是主义的本身带来的,而是空谈它的人给它的。

我记得仲甫先生曾经说过，现在中国最缺的是救国的理论。理论是什么？就是主义。所以，中国要发展，首先必须找到一个先进的理论，也就是主义。"

有人点头赞同，有人低头沉思。

李大钊接着说："胡适先生说因为社会主义有冒牌的，所以不能高谈。这我不能苟同。诚然，今日群众运动的时代，这个主义那个主义多半是群众运动的隐语、旗帜，多半带着些招牌的性质。既然带着招牌的性质，就难免招来假冒牌号的危险。王麻子的刀剪，得了群众的赞许，就有旺麻子等来混他的招牌。今日社会主义的名词，很在社会上流行，就有安福系的人也跟着打起了社会主义招牌。这种假冒招牌的现象，讨厌诚然讨厌，危险诚然危险，淆乱真实也诚然淆乱真实。可是这种现象，正如中山先生所云，新开荒的时候，有些杂草毒草，夹杂在善良的谷物花草里长出，也是当然应有的现象。王麻子不能因为旺麻子等也来卖刀剪，就闭了他的剪铺。开荒的人，不能因为长了杂草毒草，就把有用的谷物花草一齐都收拾了。我们又怎能因为安福系也来讲社会主义，就停止了我们正义的宣传！因为有了假冒牌号的人，我们愈发应该一面宣传我们的主义，一面就种种问题研究实用的方法，好去本着主义做实际的运动，免得阿猫、阿狗、鹦鹉、留声机来骗大家。胡适先生主张改良，反对根本解决中国问题，并将这种根本解决称之为过激主义，这是错误的。在没有组织没有生机的社会，一切机能都已闭止、任你有什么工具都没有办法让它复活的时候，恐怕必须有一个根本解决，才有把一个一个的具体问题都解决了的希望。"

陈延年突然提问："守常先生，我想知道，世界上有没有先谈主义再解决实际问题的成功范例？"

李大钊："有啊！就以俄国而论，罗曼诺夫家族没有被颠覆，经济组织没有被改造以前，一切问题，丝毫不能解决，今则全部解决了。依马克思的唯物史观，社会上法律、政治、伦理等精神的构造，都是表面的构造。它的下面，有经济的构造作它们一切的基础。经济组织一有变动，它们都跟着变动。换一句话说,就是经济问题的解决,是根本解决。经济问题一旦解决,什么政治问题、法律问题、家族制度问题、女子解放问题、工人解放问题,都可以解决。可是专取这唯物史观的第一说,只信这经济的变动是必然的,是不能免的,而于它的第二说,就是阶级竞争说,如不注意,丝毫不去用这个学理作工具,为工人联合的实际运动,那经济的革命,恐怕永远不能实现,就是能实现,也不知迟了多长时间。有许多马克思派的社会主义者,很吃了这个观念的亏。"

邓中夏对马克思主义有浓厚的兴趣,他一边认真记笔记一边说:"先生,您能不能讲得慢一些? 我记不下来。我觉得这些日子您对马克思主义又有了许多新的认识。"

李大钊兴致高昂地接着解释:"我正在写《我的马克思主义观》的下篇。现在我想和你们谈谈布尔什维主义的问题。我可以自白,我是喜欢谈谈布尔什维主义的。当那举世若狂庆祝协约国战胜的时候,我就作了一篇《布尔什维主义的胜利》的论文,登在《新青年》上。或者因为我这篇论文,给《新青年》的同人惹出了麻烦,仲甫先生今犹幽闭狱中,这真是我的罪过了。不过我总觉得布尔什维主义的流行,实在是世界文化上的一大变动。我们应该研究它,介绍它,把它的实象昭布在人类社会,不可一味听信人家为它们造的谣言,就拿凶暴残忍的话抹杀它们的一切。"

延年插话道:"前一阶段有人说,十月革命后,克鲁泡特金被枪毙了,可据近来欧美各报消息,克鲁泡特金安然无恙。"

李大钊非常赞赏地朝延年点点头,说:"对! 在我们这盲目的社会,他们哪里知道布尔什维主义是什么东西,这个名词怎么解释! 不过因为迷信资本主义、军国主义的日本人把布尔什维主义译作过激主义,他们看'过激'这两个字很带着些危险,所以顺手拿来,乱给人戴。在这种情况下我们应该怎么办呢? 我们唯有一面认定我们的主义,用它作材料、作工具,以为实际的运动,一面宣传我们的主义,使社会上多数人都能用它作材料、作工具,以解决具体的社会

问题。那些猫、狗、鹦鹉、留声机,尽管任它们在旁边乱响;过激主义啊,洪水猛兽啊,邪说异端啊,尽管任他们乱给我们作头衔,哪有闲工夫去理他!"

三

李大钊的文章经过胡适的编辑,很快刊登在《每周评论》上,引起了人们对问题与主义的重视,产生了很大的社会影响。

前门大街,报童大声叫卖:"看《新青年》同人编辑分裂! 看《每周评论》李大钊大战胡适之,主义与问题论战风云突变!"

一身便装的张丰载买下几份《每周评论》,对刘一品说:"你把这个赶紧给吴总监送去!"

《新潮》编辑部里,胡适拿着新出版的《每周评论》继续给他的学生宣讲:"李大钊和我在《每周评论》上关于主义与问题的论战现在成了京城思想界的一个热门话题。我觉得这个问题很重要,就又写了《三论问题与主义》和《四论问题与主义》两篇文章,希望能把这个讨论进一步引向深入。今天我要给你们讲一讲马克思阶级斗争学说的问题。李大钊公开宣称他信奉并主张在中国引进阶级斗争学说,我认为不妥。马克思的阶级斗争学说使人无形之中养成一种阶级的仇恨心,不但使劳动者认定资本家为不能并立的仇敌,并且使许多资本家也觉得劳动者真是一种敌人。这种仇视心的结果,使社会上本来应该互助而且可以互助的两种大势力,成为两座对垒的敌营,使许多建设的救济方法成为不可能,使历史上演出许多本不须有的惨剧。"

胡适正讲到兴头上,突然进来好几个警察,大家都愣住了。

一个警察头目问:"谁是胡适教授?"

胡适回答:"我是。"

警察头目:"我们吴总监请您跟我们到京师警察厅去一趟。"

胡适甚感突然,问:"何时? 何事?"

警察头目答道："我是奉命来请，现在就去，车在楼前等候，何事我不清楚。胡教授，请吧！"

胡适想了想，对同学们说："吴总监找我公干，我得给他这个面子。今天的讨论就先到这里吧。"

傅斯年赶紧站起来："我们和先生一起去。"

胡适摆摆手："大可不必。同学们放心，吴总监必不会慢待我的。"

胡适来到京师警察厅，一位官员很恭敬地把他带到吴炳湘办公室："请胡教授稍坐片刻，吴总监马上就到。"

胡适心里打鼓，不知道出了什么事情。

吴炳湘来了，十分热情地向胡适伸出手来："欢迎小老弟，你现在在京城的名气可是如日中天，大有取代陈仲甫的势头啊。"

胡适不愿和吴炳湘握手，只是拱手致意："吴总监称我老弟，我愧不敢当。"

吴炳湘："怎么，我老吴不配当你老兄？"

胡适："不是吴总监不配，而是胡某人不敢高攀，毕竟我们两个不属同类。"

吴炳湘一听，变了脸色："什么意思？骂我不是人？"

胡适笑道："吴总监误会了，我的意思是咱俩不是同一类人。"

吴炳湘："那好吧，胡教授既然不愿与我论私情，那我们就谈公事吧。"

胡适："我正想请教，吴总监如此兴师动众把我带来有何公干？"

吴炳湘从包里拿出一摞材料放到桌上，又抽出其中的《每周评论》："胡教授，我看这等刊物就不要再办了吧。"

胡适："这是为何？"

吴炳湘冷笑道："我这是为你好。《每周评论》宣传过激言论，蛊惑民众，危害社会，政府绝对不能容忍。"

胡适冷眼相对道："《中华民国宪法》第十一条规定，中华民国国民有言论、著作及刊行之自由，我想吴总监并无取消我等办刊物的权利。"

吴炳湘变冷脸为笑脸了："小老弟,我刚才说了,这是为你好。"说着他指指桌上另一堆材料,"你看看,这些都是举报《每周评论》蛊惑民众、危害社会的材料。上峰有令,让警察厅立案侦查。我是念及乡情,才破例请胡教授来商量的。"

胡适:"吴总监想要怎样?"

吴炳湘伸出两根指头："两条道,一是自行停办,二是立案侦查、政府取缔。我劝你两害相权取其轻,自行了断吧。"

胡适有点紧张："吴总监的好意我心领了,可这《每周评论》是北京大学注册的刊物,主编是陈独秀,我只是临时代管,恐怕做不了主。"

吴炳湘抓到了胡适的软肋,提高了声调："正因为《每周评论》的主编是陈独秀,我才请你来自行了断。你可想好了,陈独秀的案子刚刚有些松动,如果这个时候警察厅再对《每周评论》立案侦查,那陈独秀恐怕就不是出得去出不去的问题,而是活得了活不了的问题了。"

胡适一下子傻了,像是自言自语："这么说吴总监确实是出于好意啦?"

吴炳湘得寸进尺："这么说吧,你同意也罢,不同意也罢,政府都是要封禁《每周评论》的。如果你主动一些,大家都有个台阶,这事就不追究了。你要办报,可以另外申请嘛。"

胡适想了想,说："吴总监的意思,如果《每周评论》不办了,仲甫很快就能出来?"

吴炳湘摇摇头："好人难做,你说我请你到这里来是干什么的?"

胡适想了想,还是救陈独秀要紧,就对吴炳湘说："要是真如吴总监所说,停办《每周评论》可以救仲甫先生的话,那我就回去商量一下,尽量按吴总监的意思办吧。"

吴炳湘笑了："这就对了,小老弟,你比陈独秀聪明,也一定比他有出息。我等你回话。"

四

一晃两个月过去了，北大又要开学了。李大钊和同学们都回来了。

胡适拿着一封信兴冲冲跑进红楼，边跑边喊："好消息，蔡校长已经痊愈，近日抵京，20日到校复职。"

李大钊也兴奋地宣布："各位，保陈运动彻底胜利，章士钊刚才打来电话说，仲甫先生很快就要出狱了。"

这消息对于沉闷已久的北大无异于一声春雷，同学们都欢呼起来，北大校园沸腾了。

中南海居仁堂，吴炳湘来到徐世昌办公室，徐世昌亲自给他倒了一杯水："镜潭，我要谢谢你，在对待陈独秀这件事情上幸亏你看得远，能顾全大局。现在南北要议和，南方政府坚持要释放陈独秀。为增加我们在和谈中的主动权，还是在和谈之前把陈独秀放了吧。"

吴炳湘很是得意："不瞒大总统，我早料到会有这一天，所以在陈独秀的问题上，尽管很多人提议要从重从快法办，我一直顶着，坚持暂时收监。我马上按您的指示办去。"

徐世昌："对陈独秀这种危险人物，放是要放，但不能放任自流，出了监狱也还要控制得住，不然随时都会出大乱子。镜潭，你有经验，这方面还要多一些手段才行。"

吴炳湘赶紧立正："请总统放心，我已经准备了预案。"

中午，吴炳湘来到陈独秀的单人牢房，对正在伏案写作的陈独秀大声说："恭喜陈教授，贺喜陈教授，总算可以恢复自由了。"

陈独秀并不意外，抬头问："这么说我可以出狱了？"

吴炳湘满脸堆笑："当然，不过出去之前，还有两个问题必须讲清楚。第一，陈教授被关了三个多月，现在放你出去总得有个说法。所以，只能说你是

因病保释。这得有三个具保人,还得是你的同乡。我自告奋勇算一个,另外两个你自己找。第二,出狱之后,你还必须接受监管,要定期来警察厅报告动向,且不得离京外出。如果陈教授不能答应这两个条件,吴某恐怕就很难有所作为了。"

陈独秀笑着说:"我怎么能让吴总监为难呢?保释就保释,另外两个具保人就请胡适和高一涵吧。"

下午4时,京师警察厅的接待室里挤满了人,高君曼带着一家人和柳眉、白兰来了,李大钊、胡适、高一涵等《新青年》同人编辑来了,邓中夏、赵世炎、刘海威等同学也都来了。门外还有很多记者,但被严禁入内,并被通知不得采访陈独秀。

一位警官高声宣布:"北京大学教授陈独秀被京师警察厅拘禁已历三月有余,近经警察厅侦查,终不见陈氏有何等犯法之事,而陈氏现在有了胃病,遂由安徽同乡保释。保释后,陈氏行动仍受限制,重大行动须得政府批准。"

陈独秀在众人簇拥下走出了被拘禁了三个多月的京师警察厅。阳光耀眼,陈独秀抬头仰望天空,深深地呼吸了一口自由的空气——他已经浴火重生了!

箭杆胡同,陈独秀家很久没有这么热闹了。高君曼领着白兰、柳眉忙里忙外地准备晚餐,江冬秀也来帮忙。

高君曼请来了东兴楼的大厨,做了正宗的安庆十大名菜。江冬秀做了一品锅。汪孟邹特地让人送来了阳澄湖的大闸蟹。

因为人多,宴席放在院子里举行。小院里张灯结彩,喜气洋洋。《新青年》编辑部同人以及蔡元培、邓中夏、赵世炎、刘海威、何孟雄、易群先等人谈笑风生。

高君曼数了数人,发现江冬秀回家喂奶没有回来,赶紧招呼白兰和刘海威去南池子,无论如何也要把江冬秀和孩子一起接过来。

白兰和刘海威赶到南池子胡适家,江冬秀已经喂完奶,正唱着皖南的摇篮曲哄孩子睡觉:"摇摇摇,摇摇摇,摇大宝宝砍柴烧。一天砍一捆,三天砍一挑,摇摇摇,摇摇摇,宝宝睡好觉,醒来笑一笑。"

白兰听得着迷了:"师母,您唱得真好。"

江冬秀大大咧咧地说:"好什么,乡下的歌谣。你要是喜欢,等你有了宝宝我教你唱。"

白兰低下头不吭声了。刘海威在旁边向江冬秀直瞪眼。江冬秀这才知道自己说错了话,直打自己的脸:"哎呀,对不住你,白兰,我说错了。"

白兰连忙拉住江冬秀:"没事的,没事的。师母,那边都在等着您呢,咱们抱上孩子走吧。"

江冬秀:"我就不去了吧,去了又要给适之丢丑。"

刘海威:"不行,您必须去,那边还有节目表演呢。"

江冬秀来劲了:"要唱戏,那我要去看看。来,祖望,我们看你爸爸唱戏去。"

刘海威抱着半岁的祖望,白兰扶着江冬秀来了。高君曼迎上去安排江冬秀坐在胡适旁边。江冬秀把孩子接过来,笑着说:"该来的都来了,可以开场了。"

陈乔年、柳眉是这次欢迎宴会的总策划兼主持人。两个年轻人特意打扮了一番,像模像样地牵手登台,众人热烈鼓掌。

柳眉:"各位老师,各位同学,大家晚上好。今天我们在这里举行盛大晚宴,欢庆陈独秀先生重获自由,回到家里,回到北大。首先请我们德高望重的蔡元培校长讲话。"

蔡元培出京将近半年,刚刚回来复职。几个月来,他人在南方,心系北大,日子过得很不顺畅,仿佛经历了一场炼狱。对陈独秀入狱,他甚感内疚,认为

与他的出走有很大的关系。今天,他来参加这个欢迎晚宴,心情很不平静。为表郑重,他特意走到小院的中央,面朝陈独秀深深地鞠了一个躬,深情地说:"我就说两句话。第一句是,仲甫,感谢你,给我们北大带来了曙光,这缕曙光的意义,恐怕几十年后才能够真正显现出来,它不光照亮了北大,也照亮了中国。第二句是,仲甫,北大和我蔡元培对不起你。这是我的真心话。"蔡元培声音有些颤抖,眼睛湿润了。

陈独秀走到蔡元培身边,两人紧紧拥抱。陈独秀附在蔡元培耳边说:"蔡公,我真心感谢您,是您给了我一个大舞台,塑造了一个全新的陈独秀。"

柳眉继续主持:"陈独秀先生入狱期间,诸位先生都写了不少想念他的作品。现在,首先请胡适先生献上他的那首《爱情与痛苦》。"

胡适满面春风地站起来向大家致意:"仲甫入狱后,我写了篇随笔发表在《每周评论》上。现在我念一遍,献给仲甫:我的朋友引用我的话说'爱情的代价是痛苦,爱情的方法是要忍得住痛苦'。他又加了一句评语道,'我看不但爱情如此,爱国爱公理也都如此'。这句话出版第三天,他就被北京军警捉去了。现在已有半个多月,他还在警察厅里。我要对他说的话是:'爱国爱公理的报酬是痛苦,爱国爱公理的条件是要忍得住痛苦。'"

众人鼓掌。陈独秀站起来与胡适热烈拥抱。旁边,高君曼被感动得泪流满面。祖望看见他爸爸和别人拥抱,不高兴了,哇哇大叫,引得大家哄堂大笑。

柳眉:"下面请刘半农先生献诗。他的诗标题很新潮——D,惊叹号。"

刘半农站到小院中央:"仲甫出狱,我很激动。我快要出国了,总算在出国之前见到他了。我写了首白话诗,很长。中国白话诗鼻祖胡适先生就在这里,今天我班门弄斧给大家念一段吧。'我已八十多天看不见你。人家说,这是别离,是悲惨的别离。那何尝是?我们的友谊,若不是泛泛的"仁兄""愚弟",那就凭它怎么着,你还照旧的天天见我,我也照旧的天天见你。威权幽禁了你,还没有幽禁了我,更幽禁不了无数的同志,无数的后来兄弟……'"

大家鼓掌。陈独秀照例与刘半农热烈拥抱,并称赞道:"半农,你是大才!谢谢你!"

刘半农泪眼蒙眬:"仲甫,幸亏遇到了你!"

轮到乔年主持了:"听说守常先生昨晚一宿没睡,写了一首长诗,现在我们请他朗诵他的杰作。"

李大钊站起来:"我和仲甫这次都算是凤凰涅槃、浴火重生。所以,尽管我写的这首诗比较长,但我还是想把它念完,以表达我对仲甫的敬意。"说着,走到小院中央,清了清嗓子,开始朗诵:

> 你今出狱了,
> 我们很欢喜!
> 他们的强权和威力,
> 终究战不胜真理。
> 什么监狱什么死,
> 都不能屈服了你;
> 因为你拥护真理,
> 所以真理拥护你。
>
> 你今出狱了,
> 我们很欢喜!
> 相别才有几十日,
> 这里有了许多更易:
> 从前我们的"只眼"忽然丧失,
> 我们的报便缺了光明,减了价值;
> 如今"只眼"的光明复启,

却不见了你和我们手创的报纸!

可是你不必感慨,不必叹息,

我们现在有了很多的化身,同时奋起:

好像花草的种子,

被风吹散在遍地。

你今出狱了,

我们很欢喜!

有许多的好青年,

已经实行了你那句言语:

出了研究室便入监狱,

出了监狱便入研究室。

他们都入了监狱,

监狱便成了研究室;

你便久住在监狱里,

也不须愁着孤寂没有伴侣。

　　李大钊声情并茂的朗诵把大家都感动了。陈独秀紧紧抱住李大钊,两人一句话都没说。

　　大家都站起来长时间鼓掌。

　　厨房里,从东兴楼请来的大厨已经把所有菜都做好了,正在收拾厨具,准备回去。高君曼和白兰给厨师递上一条烟和一个红包。厨师死活不收,说:"我是因为敬重陈先生才来做这顿饭的,我们饭庄的人知道我到陈先生家来,都羡慕得不得了。陈先生因为爱国得罪了政府,他出狱了我们都高兴。今天我能亲自给陈先生做一顿饭,这是我的荣耀。要是收下您的红包,那我这顿饭就白做了,请您无论如何要给我一个向陈先生表达心意的机会。"

高君曼怎么也说服不了他,只好对白兰说:"你快去叫仲甫来谢谢师傅。"

不一会儿,白兰领着陈独秀来了。陈独秀十分感动,到书房拿出他以前写好的一幅字送给厨师。厨师见是陈独秀的书法,高兴得合不拢嘴,也不推辞,千恩万谢地走了。陈独秀和高君曼一直把他送到胡同口。

欢迎仪式结束,宴会正式开始。邹永成送来的口子窖还剩两坛,也被搬上桌来。鲁迅等不及了,说:"谁来宣布开席?我口水都要流出来了。"

陈乔年手里捧着一个荷叶包站到小院中央,大家都很好奇。只见他给大家鞠了个躬,又专门给陈独秀鞠了个躬:"今天借这个机会我给我父亲陈独秀先生道个歉。四年前,我还是个小孩子,在汪孟邹经理为我父亲举行的接风宴上,我送给他一只癞蛤蟆,换掉了他的荷叶黄牛蹄。今天,我自己做了一只黄牛蹄,送给我的父亲,以表示我对他的敬意。"说着,恭恭敬敬地把手中的荷叶包送给了陈独秀。

高君曼感动得"哇"的一声哭了起来。陈独秀也感动了,走过去把乔年紧紧搂在怀里。满院的人都情不自禁地鼓起掌来。

两坛口子窖喝完了,陈独秀又搬出一坛女儿红。蔡元培已经年过半百,不胜酒力,一高兴多喝了几杯,有些犯晕,便站起来要回家去。其他人见状,也都起身告退。

延年、乔年兄弟架着蔡元培,其他人跟随,陈独秀、高君曼把大家一直送到胡同口。

陈独秀把蔡元培扶上马车。蔡元培一把拉住陈独秀:"仲甫,国史编纂处主任这个位置很重要,刘师培最近病得厉害,指望不上了,我期待着你给我们编一部权威的《中国通史》。请千万不要辜负我。"

陈独秀:"我再考虑考虑,过几天给您答复。"

蔡元培先走了。陈独秀与其他人一一告别。轮到鲁迅,陈独秀握着他的

手说:"豫才,我还是要催你呀。你不知道,我在狱中很多时间都是靠你的小说度过的,没有它可不行呀。"

鲁迅:"今晚回去我就写。李白把酒临风,秀口一吐就是半个盛唐,今晚我也是酒入豪肠,剑生寒光,直刺魑魅魍魉。"

五

北大红楼,告示栏上贴出了一张讣告,张国焘、许德珩、罗家伦、傅斯年站在告示栏前,刘仁静轻声念着:"北京大学中国文学门教授、文科研究所指导教师、国史编纂处纂辑员刘师培先生因病不幸辞世,享年 36 岁。为追思刘师培教授在经学、史学、文学诸多领域的杰出业绩,兹定于近日在妙光阁举行刘师培教授出祭仪式,由陈独秀先生主持,中国文学门诸同学共同料理。恭请北大同人参加。"

罗家伦疑惑地低声问:"陈独秀先生不是刘师培的死对头吗?怎么由他来主持?"

傅斯年笑道:"你这叫知其然而不知其所以然。两位先生一生政见不同,学术观点不同,却因为都有一身好学问而惺惺相惜,不是知己却是知人,可见两位先生的胸襟与气量。"

许德珩:"你们参加吗?"

罗家伦:"我不去,我要准备出国。"

傅斯年马上说:"我也是。"

许德珩:"我也要准备去法国,但我要去祭奠刘先生。"

张国焘、刘仁静两人也表示要去参加祭奠仪式。

妙光阁内,陈独秀主持刘师培出祭仪式,蔡元培、辜鸿铭、黄侃、马寅初、胡适、钱玄同、刘半农、李大钊等向刘师培遗像三鞠躬,随后送上菊花。

陈独秀送蔡元培走出妙光阁,两人心情都很沉重。

蔡元培对陈独秀说："申叔可惜了，才36岁。他的那些著作、文章怎么处理？"

陈独秀："我组织了几个人，打算将申叔遗著一一检收，送交北大图书馆保存。"

蔡元培欣慰地点点头："仲甫，你做得对，做得好。咱俩说会话吧。"

陈独秀："行，蔡公有什么话，请说。"

蔡元培："申叔这一走，国史编纂处这边就倒了一根顶梁柱，现在徐树铮想把它收回，要把国史馆划归国务院直接领导，这样一来，北大历史学这一块就缺了半边天了。"

陈独秀气愤地说："徐树铮这人太不地道，到处抢地盘！"

蔡元培心情沉重："他是个军阀，我不能让他把学问给玷污了。仲甫，你知道的，国史编纂处是两年前我当北大校长之后强行从范源濂手中将国史馆要来后重组的，我亲自兼任处长，为的就是在北大建立一门最具权威性的中国历史学学科。去年，我将国史编纂处分成纂辑与征集二股，纂辑股掌纂辑民国史及历代通史，征集股掌征集一切史料，为出成效，专门委任你为编纂处主任，还聘刘师培、钱恂、沈兼士、周作人等为纂辑员。我的理想就是要编写出版一部真正的《中国通史》。这个规划是教育部批准了的。"

陈独秀赞叹道："这件事要是做成了，泽被后世，功德无量。"

蔡元培："昨晚我专门把申叔以前报来的编纂提纲看了一遍，激动得一夜没睡好觉。他负责通史部政治史长编之'志'和文明史长编之'风俗'两个部分，不仅列出了政治史长编三十六册、文明史长编二十七册的完整提纲，而且已经完成了不少初稿。可惜啊，现在申叔一走，这项工作，不，应该叫工程，就要烂尾了。所以，仲甫，这件事情我和你说过很多次了，请你务必给我一个肯定的答复。老实说，这件事只有你能担当，你要是不接，这事就吹了。"

陈独秀非常感动："谢谢蔡公对我的信任。"

蔡元培听陈独秀只说了上句不说下句，已经知道意思了，但还是不想放弃："仲甫，你我之间何必言谢，你只要告诉我你的决定就行了。"

陈独秀诚恳地说："蔡校长，我考虑再三，觉得现在北大已经形成了各个学派，我当初和您一起设计的改革计划都已经实现，我想我该离开北大了。"

蔡元培并不惊讶，看着陈独秀说："仲甫，我早就知道会是这个结果。对你而言，北京大学这个舞台确实太小了。你天马行空，无拘无束，应该有更大的事业，我不能束缚你。不过你记着，不管你以后做什么惊天动地、扭转乾坤的大事，你永远是北大的人，北大永远是你的后盾。"

陈独秀紧紧握住蔡元培的手："谢谢蔡公。我现在只想静下心来把《新青年》编好，毕竟现实比历史更重要。"

次日上午，箭杆胡同北厢房，《新青年》编辑部全体同人几个月来第一次坐在一起开会。汪孟邹也特意从上海赶过来。高君曼早就在桌上摆上了瓜果，又搬来好几盆盛开的菊花，黄的、白的、红的，煞是好看。

陈独秀："各位同人，首先我要对大家表示歉意。因为我被捕，《新青年》已经停刊四个月了。读者、订户和社会各界要求复刊的呼声甚高。今天我们就议议复刊的事情。想必经过此番磨难，大家都会有一些特殊的感受，务请知无不言、言无不尽。"

胡适在北大和学界的地位已然今非昔比，他第一个发言："我认为《新青年》最大的弊病是现在实行的同人编辑制度，这种制度造成各个值班编辑各行其是，破坏了《新青年》的整体性、连贯性，平添了随意性、差异性。"

刘半农以为胡适是针对他的，马上站了起来："适之，你说话要有根据，请举例说明你的观点。"

胡适并不退让："例子比比皆是，一抓一大把。只是我希望你不要对号入座，我是对事不对人，并没有指责你的意思。"

刘半农："那你是什么意思？请直言。"

胡适:"既然你问到这里我也就不藏着掖着了。比如守常当值班编辑,他就自作主张编了一期马克思主义专刊,刊发了许多极端言论,引来了不少麻烦。我认为这样的专刊与《新青年》的办刊宗旨是相悖的。"

李大钊刚要反驳,被陈独秀制止了。

陈独秀:"适之,很长一段时间你忙着接待杜威教授,有些情况你不了解。守常编辑的那一期马克思主义专刊我是同意的,德潜、豫才他们也都知道。"

鲁迅不紧不慢地说:"从我得到的信息看,各界人士对守常编的那一期评价很高,都说是给中国思想界带来了一股清风,而且我印象中那一期发行也不错,有不少日本朋友专门来信问我要。"

汪孟邹表示赞同:"是的,那一期重印了两次,现在已经没有一本库存了。"

胡适有些懊恼:"印了多少不能说明问题。我编《每周评论》时发行量也很高,可是被取缔了。"

刘半农马上说道:"那你应该检讨你的失误。"

胡适:"我正是从过去的教训中得到启发的。我认为《新青年》不必采用轮流编辑制度,如果大家信得过我,干脆交给我一个人来编好了,我保证把它办成中国第一流的学术刊物。"

大家都不说话。

刘半农忍不住讽刺道:"适之,你这是老生常谈呀。"

胡适看了看沈尹默。沈尹默因为胡适事前和他说过这个意思,私下是同意的,便慢吞吞地站了起来:"我觉得适之的意见可以考虑,毕竟他有过独立编辑《每周评论》的经历。"

大家都不说话。沉默了一会儿,鲁迅站了起来:"我的意见是,《新青年》可以废止同人编辑轮流值班制度,但是,我不同意由适之一个人来编。《新青年》是仲甫带来的,现在他出狱了,应该物归原主,还是让仲甫编吧。"

李大钊、钱玄同、刘半农、周作人等都鼓掌赞同。胡适和沈尹默面面相觑,

不再作声。

钱玄同看陈独秀迟迟不语,便说:"仲甫,你就当仁不让吧,我们一如既往地支持你。来,我提议,大家鼓掌通过以下决议:《新青年》从七卷一号起,仍由陈独秀一人主编。"

掌声响起来。

会散了,大家拱手告别。

北池子大街,鲁迅和周作人同路。路上,周作人问鲁迅:"仲甫那么偏激,你怎么能提议让他独自编《新青年》呢?适之虽然心胸狭窄一些,但他谨小慎微,不至于出大纰漏。"

鲁迅没有直接回答:"你的意思,应该让适之去编?"

周作人:"我觉得他比仲甫靠谱一些。"

鲁迅用力掐灭手中的烟头:"大错!对这两个人,我有个比方。假如将韬略比作一间仓库,独秀先生的仓库外面竖一面大旗,上面大书'内皆武器,来者小心',但那门是开着的,里面有几支枪、几把刀,一目了然,用不着提防。适之先生的仓库紧紧关着大门,门上有一小纸条,上书'内无武器,请勿疑虑',这自然可以是真的,但有些人,至少是我这样的人,有时总不免要侧着头想一想。"

周作人有点摸不着头脑:"你的意思,还是仲甫靠谱,是吗?"

鲁迅笑道:"自己琢磨。"

第三十二章

悲壮的告别

一

已是深秋,北大校园里繁华落尽。红楼前是一排垂柳,秋风抓去了树上最后几片叶子,只剩下光秃秃的柳条,犹如钢丝在风中瑟瑟摇摆。

陈独秀父子三人来到红楼,上了二层文科学长室,打开房门,一股墨香扑面而来。陈独秀对两个儿子说:"你们帮我把这些书收拾装箱,搬到楼下,我去见见文科同人。"

来到文科教研室,钱玄同、刘半农、高一涵、周作人、沈尹默、辜鸿铭、黄侃等人都在,陈独秀与各位教授一一拱手告别。辜鸿铭依然长辫、小帽、长衫,他两眼放光地盯着陈独秀:"君来也,与我斗。君去也,与谁斗?"

陈独秀双手抱拳:"一息尚存,战斗不止。"

辜鸿铭一拍手:"好!仲甫保重!"

陈独秀再拱手:"汤生兄珍重!"

黄侃此时也要离开北大去武汉教书了。他对陈独秀辞去北大教授专门编辑《新青年》很不理解,指着陈独秀的鼻子十分惋惜地说:"仲甫兄,你说你抽的是哪门子风,放着好好的北大教授不做,专门去编那个讲白话的《新青年》。你可知道,你这一去,中国就少了一部《中国通史》,你如何向后人交代?浪子回头,现在还来得及,我劝你三思再三思。"

陈独秀拱手相谢:"多谢季刚兄指教。人各有志,不能强勉,我们各自珍重!"

黄侃直摇脑袋:"可惜啦,可惜啦!"

走出文科教研室,陈独秀问钱玄同:"适之怎么不在?"

钱玄同话中有话:"五大臣出国,适之张罗着欢送去了。"

陈独秀不解:"五大臣出国,什么意思?"

钱玄同答道:"适之用穆藕初赞助的十万大洋为罗家伦、段锡朋等五人办成了赴美留学,北大人戏称其为五大臣出国。"

陈独秀恍然大悟:"最近出国留学的很多呀。"

高一涵:"可不是嘛。傅斯年没有挤进五大臣之中,适之另想办法帮他从山东搞了个名额。还有许德珩,也要去法国勤工俭学。"

陈独秀略感遗憾:"五四运动的这些先锋都走了,真让人有秋风萧瑟的感觉,但愿他们都能走上一条正道。"

刘半农伤感地说:"仲甫兄,你走了,我也要去英国了,真有点舍不得这里,舍不得《新青年》啊。"

陈独秀:"半农兄,走到哪里我们都是战友。《新青年》还在,以后你就是《新青年》的海外同人编辑,我们还在同一条战壕里。你走的时候我一定给你送行。"

陈独秀下到一楼,来到图书馆,李大钊正在伏案写作。

陈独秀:"守常,忙什么呢?这么专心。"

看到陈独秀,李大钊赶紧起身让座:"我赶着做一个图书馆试行条例,忙了一上午了。"

陈独秀:"那我不打扰你吧?"

李大钊赶忙摆手:"哪里话,我天天盼着你来。你看,我来了就忙着干活,连开水都没有顾得上打,我让他们打水去。"

陈独秀连忙拦住李大钊:"不用客气,我带延年、乔年过来搬东西,到你这儿告个别。"

李大钊感到奇怪:"跟我告什么别,我们不是说好终身战斗在一起的吗?"

陈独秀赶紧解释:"不是跟你告别,是跟北大告别。今后我的精力就要放到《新青年》的编辑工作和社会活动上了。"

李大钊笑了:"仲甫,转来转去,你又成职业革命家了。真的羡慕你。"

陈独秀:"守常,《新青年》要复刊,我想,经过这么多磨难,它应该又是一个崭新的《新青年》了。我想再写个宣言,把我们这个新生儿的初心传达给世人,让大家知道我们的理想究竟是什么,我们究竟在为什么而奋斗。"

李大钊赞道:"这想法太好了,我支持。不过我想知道,你说的初心是什么?"

陈独秀:"这正是我要和你商量的。守常,我们俩得好好谈谈。"

李大钊:"我随时听候你的召唤。我觉得不光是我们俩,还应该听听年轻人的意见,他们才是未来。说到底,我们的初心是献给他们的。"

陈独秀:"你说得很对。你看这样行不行?延年、乔年他们很快就要去法国了,我一直说要带他们去看看长城,可总是挤不出时间,现在正好是深秋时节,漫山红遍,层林尽染,我们约上年轻人一同去居庸关登长城、看秋色,如何?"

李大钊表示赞同:"好,现在正是登长城的最佳时机。"

陈独秀:"说去就去,就定在这个周末,如何?"

"行!"李大钊爽快地答应了。

陈独秀刚走,赵世炎就领着天津的周恩来、邓文淑来了。他向李大钊介绍说:"守常先生,这是天津学联的两位同学,周恩来、邓文淑,他们是专程来向您请教的。"

李大钊热情地与周恩来、邓文淑握手:"周恩来,我知道你。你的那篇《革

新！革心！》写得非常好,很有见地。"

周恩来:"不知先生是否知道,警察把我们的《天津学生联合会报》给封了。我们正在组织复刊。"

李大钊:"我听说了。现在反动派很猖狂,我们的《每周评论》也被封了。不过我们的《新青年》马上就要复刊了。你们来找我,有什么事情?"

周恩来:"我们来向李先生请教怎样把爱国学生运动持久化的问题。"

李大钊:"持久化,你这个问题提得好。现在巴黎和会的问题已经告一段落,学生运动怎样深入发展,搞些什么,这确实是值得研究的问题。你们有什么想法?"

周恩来:"我们天津主要有学联和女界爱国同志会两个组织,客观地存在着统一指挥和协调的问题。我们想把两大组织统一起来,由其中的骨干组成觉悟社,除了领导学生运动之外,更重要的是加强自身的思想武装,研究新思想,出版刊物,形成一个用新思想武装起来的能够担负起领导责任的核心团体。先生以为我们这个想法是否可行?"

李大钊高兴地笑了起来:"恩来同学,你可真的是要让我刮目相看了。经过五四运动的洗礼,我们确实到了选择新的指导思想的关键时刻了。你们天津学联能够打破男女界限,把学生运动的骨干组织起来,成立觉悟社,研究宣传新思想,我看是抓住了当前学生运动的核心问题。我支持你们,也看好你们。"

邓文淑:"我们想请李先生去天津给我们做一次演讲,给我们开开窍。不过我们没有经费,路费还得先生自己出。"

李大钊哈哈大笑:"好啊,我愿意自带干粮去天津演讲。你们有什么困难,跟我说,我给你们想办法。你们希望我给你们讲些什么呢?"

邓文淑:"先生讲什么我们都爱听。"

李大钊从抽屉里拿出一摞纸递给周恩来:"这是我将在下一期《新青年》上

发表的《我的马克思主义观》的第二部分。我去就给你们讲讲这个问题，好不好？”

周恩来激动地接过文章：“‘马克思主义’，这个题目太好了。”

李大钊从身上掏出一块大洋递给赵世炎：“我要去开会。世炎，你替我请二位去隆福寺吃炸酱面吧。明天你和我一起去天津。”

赵世炎爽快地接过银圆：“守常先生请客，我们就不客气啦！”

天津草厂庵，这里是天津学联的办公所在地。一间会议室上方悬挂着一条横幅：天津觉悟社成立大会。十名男青年和十名女青年围坐在圆桌旁。桌上一个大盘子，盘子里面放着二十个卷成团的纸条。主持人周恩来站起来介绍会议主旨：“同志们，今天我们天津学生联合会和天津女界爱国同志会共二十名同学在这里集会，正式成立觉悟社。我们的觉悟社是天津学生爱国运动的领导机构。我们的宗旨是本着反省、实行、持久、奋斗、活泼、愉快、牺牲、创造、批评、互助的精神，做好学生的思想改造工作，带领大家共同走向自觉和自决。我们的目标是齐心协力向觉悟道上走，同时也盼望社会上所有的人都向觉悟道上走。”

二十名男女青年热烈鼓掌。

周恩来：“同志们，为了斗争的需要，我们觉悟社社员的姓名对外不公开，而用抓阄的办法，以号为名，用以作为通信的代号或发表文章的笔名。现在我们开始抓阄。谁先来？”

张若名：“女士优先，我先来。”

张若名抓起一张纸条，打开：“36 号，那我以后就叫‘衫陆’了。”

邓文淑抓起一张纸条：“我是 1 号，我就叫‘逸豪’。”

社员们依次抽签，报号。

郭隆真：“我是 13 号，我叫‘石珊’。”

马骏："我是 29 号,我就叫'念久'。"

......

周恩来最后抓起一张纸条："我是 5 号,那我就叫'伍豪'了。"

大家热烈鼓掌。

周恩来："同志们,今天我们觉悟社成立的第一个活动是请北京大学的李大钊教授来给我们演讲并指导工作。李教授是北京五四运动的指导者,有丰富的斗争经验,我们要利用这次难得的机会,虚心向他请教。逸豪同志,请到隔壁请李教授过来吧。"

<h1 style="text-align:center">二</h1>

陈独秀回到家里,子美和鹤年在院子里滚铁环,他把两个小家伙搂在怀里,和他们说了一通话,然后拍拍鹤年的屁股,又指了指屋里的陈延年。鹤年和子美立刻奔向屋里大叫："延年哥哥,我们要去爬长城。"

两个小家伙把陈延年拽到院子里,全家人都出来了。高君曼问陈独秀："老头子,你又要出什么幺蛾子?"

鹤年指着陈独秀说："老头子要带我们去爬长城。"

全家人都被鹤年逗笑了。

陈独秀把他和李大钊商量游长城的事情说了,众人一片欢呼。

高君曼责怪说："说走就走,事先也不商量一下。这么多人,你知道要带多少东西吗?孩子们,我们赶快准备起来。乔年,你来记,看都需要办哪些事,然后大家分工,各司其职。"

小院子顿时热闹起来,大家立刻开始做准备。

厨房里,陈延年和柳眉在准备要带的东西。见延年心不在焉,柳眉关切地问："你好像有心思?"

陈延年犹豫地说："我不能确定去居庸关算不算闲游,要是算闲游我就不能破戒,尽管我非常想去。"

柳眉很担心陈延年不去,脑筋迅速转动起来:"我说你什么时候变得这么僵化古板啦。长城是世界第七大奇迹,是智慧和文明的象征,是我们中华民族的骄傲。我们是去感悟历史,去陶冶情操,去励志,去考察生活……"

陈延年笑了:"行了,别给我上课了。你看我刚说了一句,就引出你这么多话来。"

柳眉认真地说:"我看你就是被那个'六戒'给弄糊涂了,干脆把它废了吧。"

延年:"那可不行,这是我一生的行为准则。"

柳眉瞪了他一眼:"一根筋!"

出德胜门往北,是一条古官道。周末的清晨,四辆驴车载着银铃似的笑声、歌声,一路向北驶去。第一辆车:陈独秀、李大钊、张国焘、邓中夏;第二辆车:高君曼、陈乔年、白兰、子美、鹤年;第三辆车:陈延年、柳眉、何孟雄、易群先;第四辆车:赵世炎、罗章龙、刘仁静、刘海威。

下午两点钟左右,陈独秀、李大钊带着一帮年轻人登上了居庸关。枫叶红了,居庸关的山峦被装点得五颜六色,成了天然的大花园。古长城断碣残碑,荒凉凝重,激发人无限遐想。

在残存的云台基座前,陈独秀给大家做讲解:"居庸关得名,始自秦代,相传秦始皇修筑长城时,将囚犯、士卒和强征来的民夫徙居于此,取'徙居庸徒'之意。汉代沿用居庸关之名。居庸关形势险要,郦道元《水经注》说此地'南则绝谷,累石为关垣,崇墉峻壁,非轻功可举。山岫层深,侧道褊狭,林鄣邃险,路才容轨。晓禽暮兽,寒鸣相和;羁官游子,聆之者莫不伤思矣'。《金史》所谓:'中都之有居庸,犹秦之崤函,蜀之剑门也。'《读史方舆纪要》说此地'两山夹峙,下有巨涧,悬崖峭壁,称为绝险'。"

子美和鹤年无比兴奋,嚷嚷着要爬长城。高君曼就冲着陈独秀喊道:"老

头子,你不用讲了,让大家自己去看,自己去领会吧。"

陈独秀不高兴了:"你懂什么,光看,看不出名堂来有什么用。同学们,下面我们就去看长城了。对这段长城,古往今来留下无数的佳句和评说,在我看来,最有意境的是康熙皇帝的一首《入居庸关》:'始和羽骑出重关,风动南熏整旆还。凯奏捷书传朔塞,欢声喜气满人寰。悬崖壁立垣墉固,古峡泉流昼夜间。须识成城惟众志,称雄不独峙群山。'我希望大家能够从这首诗和这道景中获得思想上的升华。"

陈独秀旁征博引,滔滔不绝,把长城的前世今生讲得妙趣横生,大家都感到很有收获。

东西山脊之上,蜿蜒曲折的城墙早已崩塌了许多,大家摸着斑驳的墙体,回味着陈独秀的讲解,不住地感叹着。

延年和柳眉本来和高君曼、乔年、子美、鹤年在一起,高君曼说子美和鹤年走得慢,让他俩不用陪着。柳眉心知肚明,拉着延年上前走了。易群先自然是缠着何孟雄单溜了。邓中夏、张国焘、罗章龙、刘仁静四人形成一组,边走边聊唯物辩证法,争论得不亦乐乎。

高君曼把刘海威叫过来:"海威,你和白兰是老乡,我就把她交给你了。这个地方地势险峻,你给我照看好了。"于是刘海威和白兰成了一组。

陈独秀是约李大钊来交心谈大事的,此情此景最适宜。两人沿着断墙漫步,都心情大好。陈独秀指点江山,豪情万丈:"南方瘴疠地,白马东北来。长城扫遗堞,泪落强徘徊。国难当头,大好河山,守常兄,你我该出手了!"

李大钊也是憋了一肚子的话,他问道:"仲甫兄,这些天我一直想问你一句话,你为什么一定要离开北大呢?"

陈独秀严肃地看着李大钊,答非所问:"守常,我要告诉你一件事。在监狱里待了三个多月,我重点读了有关社会主义和俄国十月革命的一些书籍和资料,现在我可以确切地告诉你,我对马克思主义的学说已经有了新的认识。"

李大钊急切地问："仲甫兄,你能肯定地告诉我,你的新认识是什么吗?"

陈独秀严肃而认真地说："我虽然还不能十分肯定,但已经形成了一个初步的认识,这就是,也许只有马克思主义和社会主义才可以救中国,也许只有俄国十月革命的道路才是中国的出路。"

李大钊由严肃变得激动、狂热："仲甫兄,我要为你的这个思想转变大声喝彩,我要对着长城大声呼喊,'中国有救了!'"

陈独秀继续认真地说："所以我想,复刊后的《新青年》要把重点放在宣传和引进马克思主义、宣传和研究俄国的十月革命上,要把办刊宗旨由过去的思想启蒙转到探寻救国道路、实现对社会的根本改造上来。"

李大钊更加激动了："我一万个赞成,我要与你并肩同行,做一个马前卒!"

陈独秀笑了："守常,你不是马前卒,你是开路先锋,引路的旗手!"

李大钊兴奋地说："没问题,我做什么都行。前一阶段我在五峰山下写完了《我的马克思主义观》下半部分,我的思路也比以前更加清晰了。"

陈独秀："这个我已经拜读了,非常好。《新青年》马上就登。"

李大钊："仲甫兄,我已经正式向蔡校长申请下学期起在北大开设'唯物史观'和'国际的工人运动'两门课,同时准备成立马克思学说研究会,为将来成立政治性组织做些准备。"

陈独秀满脸敬佩："守常,还是你想得长远。有了五四运动这个拐点,我们确实可以把有些问题想得更深一点了。"

李大钊再度兴奋："仲甫,你知道吗? 听说列宁的苏俄政府在十月革命后已经多次宣布要废除沙皇政府强加给中国的一切不平等条约,并多次宣布放弃帝俄侵占的中国领土。"

陈独秀很诧异："有这事? 我还没有听说。"

李大钊很认真："我听一个日本朋友说的,应该不是空穴来风。所以,我认为在适当的时候可以和俄国人做一些沟通。"

陈独秀很兴奋："好啊,理论宣传和革命实践齐头并进。从现在起,我们就要尝试着去开创一种全新的革命方式,创造一个全新的未来社会。守常,你想过这是一个什么样的社会,我们的使命究竟是什么吗?"

李大钊十分激动："我想过,我们要再造一个崭新的国家,这个国家的一切权利归人民,所有人都能过上自由幸福的日子,这就是我们的使命。"

陈独秀激动不已："说得好!守常,我想我们《新青年》复刊宣言的主题词已经有了。"

长城之巅,两只大手紧紧地握在一起。

易群先拉着何孟雄一路攀高,登上一个塌了大半边的烽火台。何孟雄气喘吁吁,想挣开又挣不脱,无奈地叫道："我说易同志,你还是个女生吗?哪里来这么大的劲!"

易群先猛一用劲,把何孟雄拉了上来："这是爱情的力量!"

何孟雄白了易群先一眼："易同志,你能不能理智一点?不知道强扭的瓜不甜吗?"

易群先："甜不甜我认了,只要能饱肚子就行。"

何孟雄无可奈何地摇摇头："我看咱俩还是回去吧,跑得太远,他们找不到我们会着急的。"

易群先急忙拉住何孟雄："你没见大家都在各说各的事吗?谁顾得上找你!再说,我还有要紧的事要对你说呢。"

何孟雄不解地问："什么要紧的事?"

易群先把何孟雄拉到烽火台最高处："来,爬长城就要登高望远,抒情述怀。"

何孟雄："抒什么情,述什么怀?"

易群先大声喊道："我爱何孟雄,青山长城共做证!"

　　何孟雄被易群先突如其来的举动震惊了，半晌才回过神来："你快下来！那里危险。易同志，我们不是早就说好的吗？咱俩是同志关系，不可能发展成恋人的。再说，你马上就要走了，以后咱们什么时候见面、能不能见上面都很难说呢。"

　　易群先不依不饶："我最后再问你一遍，你真的不打算娶我？"

　　何孟雄看着易群先认真的神情，实在不忍心伤害她："易群先同志，我现在明确地告诉你，我已经有女朋友了，大家都知道的。"

　　易群先看着何孟雄，两眼噙着泪花，哼了一声，跑下烽火台。

　　何孟雄喊道："你干什么去？"

　　易群先伸手做出阻止的动作："你站着别动，我哭长城去，把这烽火台哭倒了摔死你。"

　　傍晚，关沟，黄松林中一块空地上，车把式燃起炭火，支起架子，开始烤全羊，旁边几张席子上摆了卤菜、瓜果、酒水。老老少少近二十人围坐在一起，野餐开始了。

　　陈独秀举起酒杯："守常，同学们，孩子们，延年、乔年刚到北京的时候，我就对他们说，一定要到长城来看一看。登上长城，有助于你们理解中国的历史，思考中国的未来。可是今天，我登上了长城，心里却是另外一番滋味。长城曾经是我们先人保家卫国的一道屏障，如今断碣残碑，满目疮痍。面对昔日的辉煌和现实的苦难，我们该怎么办？同学们，你们找到答案了吗？"

　　邓中夏站了起来："仲甫先生，我们讨论了半天，一致认为，必须勇敢地站出来，把旧世界打个落花流水，要为真理而斗争！"

　　李大钊赞道："说得好！同学们，自鸦片战争以来，中国人寻找救国真理已经八十年了，可以说尝遍了各种药方。今天，在这古长城上，我和仲甫先生终于看到了它的曙光。我坚信，马克思主义是科学真理，社会主义是最高形式的

民主,只有马克思主义能够救中国,只有社会主义能够发展中国。中国要自救,必须走俄国十月革命的道路。英特纳雄耐尔一定会实现!"

大家都被李大钊声情并茂的话语感染了,情不自禁地鼓起掌来。

李大钊接着说道:"同学们,你们是这个时代的先锋,我希望你们以青春的力量去实践社会主义的伟大理想,再造中华民族的伟大辉煌!"

大家都很激动。

赵世炎站起来:"我提议,大家一起朗诵守常先生的《青春》吧。"

居庸关长城上空回荡起青春的声音:

青年循蹈乎此,本其理性,加以努力,进前而勿顾后,背黑暗而向光明,为世界进文明,为人类造幸福,以青春之我,创建青春之家庭,青春之国家,青春之民族,青春之人类,青春之地球,青春之宇宙,资以乐其无涯之生。乘风破浪,迢迢乎远矣,复何无计留春望尘莫及之忧哉?

三

全社会盼望已久的《新青年》终于复刊了。

前门大街书报亭前,人们排队购买复刊的《新青年》第七卷第一号。

报童大声叫卖:"看新复刊的《新青年》发表《本志宣言》,提出新的政治主张和社会理想!"

北京高等师范学校礼堂里座无虚席,礼堂外还有许多学生想挤进去,他们都是来听陈独秀演讲的。

陈独秀的声音慷慨激昂:"我们相信世界上的军国主义和金力主义,已经做下了无穷罪恶,现在是应该抛弃的了。我们理想的新时代、新社会,是诚实的、进步的、积极的、自由的、平等的、创造的、美的、善的、和平的、相爱互助的、劳动而愉快的、全社会幸福的。希望那虚伪的、保守的、消极的、束缚的、阶级的、因袭的、丑的、恶的、战争的、轧轹不安的、懒惰而烦闷的、少数幸福的现象，渐渐减少，至于消灭。我们对于世界上各种民族，都应该表示友爱互助的情谊。但是对于侵略主义、占有主义的军阀、财阀，不得不以敌意相待。我们主张的是民众运动、社会改造，和过去及现在各派政党，绝对断绝关系。我们相信真的民主政治，必会把政权分配到人民全体，不拿有无财产作标准。我们反对一切拥护少数人私利或一阶级利益、眼中没有全社会幸福的政党。"

台下响起阵阵掌声，一浪高过一浪。

吴稚晖却频频摇头。

京师警察厅总监办公室，吴炳湘双腿交叉架在办公桌上，正在听张丰载和刘一品汇报。

刘一品："陈独秀上周已经从北大搬走了他的办公用品，周末和李大钊等人一起去居庸关秋游，昨天在高等师范学校做了一场报告，报告的详细内容已经整理成文字上报给您了。"

吴炳湘慢悠悠地吐出一串烟圈，说道："对陈独秀这样的人，要紧紧盯住，不能有丝毫松懈。但是，盯梢是有学问的，既不能让他脱离你的视线，又不能让他有所发现。现在正是南北议和时期，不能因为他挑起事端。这段时间，如果他没有大的举动，可以放松一些，以不出事为原则。"

张丰载点头应道："属下明白。"

吴炳湘挥挥手，让张丰载和刘一品退下。

六味斋里人声鼎沸。

陈独秀穿过大堂，进了包间，向早已来到的吴稚晖伸出手去："敬恒兄，太

阳打西边出来了,你居然也会掏腰包请人吃饭。延年告诉我的时候,我还认为听岔了。"

吴稚晖既不起身也不伸手,有意把陈独秀晾着。陈独秀毫不在意,找了个座位坦然坐下。

吴稚晖阴阳怪气地说:"听说你蹲了九十八天的监狱,每天被我的本家吴炳湘逼得面壁思过,一天只给一个窝头,饿得只有三根筋支起一个头了。今天我可怜可怜你,请你吃顿好的,给你催催肥。怎么样,我老吴够朋友吧?"

陈独秀讽刺道:"你这吴疯子还是满嘴跑火车的德性。我敢断言,这顿饭绝不是你自掏腰包,一定是有人托你找我办事。"

吴稚晖冷笑:"你一个保释的犯人谁还找你办事,太高抬自己了吧?"

陈独秀半信半疑:"真的不是受人之托?"

吴稚晖答道:"当然不是。"

"那我可就不领情了。"陈独秀转身就要离开。

吴稚晖赶紧一把拉住陈独秀:"你这人,蹲了九十八天大牢,脾气一点没改。"

陈独秀没好气地说:"你没听说江山易改本性难移吗?改了就不是我陈独秀了。不过,脾气未变,思想变了。"

吴稚晖来了兴趣:"怎么? 不当启蒙大师了,想做什么?"

陈独秀:"过去痴迷于思想启蒙,现在痴迷于从根本上改造中国。"

吴稚晖:"那我问你,改造中国你信奉什么理论,实现什么理想?"

陈独秀:"我信奉马克思主义,实现社会主义理想。"

吴稚晖:"你打算走哪条道路,法国、美国还是日本?"

陈独秀:"都不走,我要走俄国十月革命的道路。"

吴稚晖:"这么说,一次牢狱之苦让你变成一个信奉阶级斗争学说的暴力革命者了?"

陈独秀点头："就算是浴火重生吧。"

吴稚晖摇摇头："你陈独秀变得越来越可怕了。"

陈独秀："我就是要成为一个让反动派害怕的人。"

吴稚晖："难怪人家说你现在连胡适之也搞不定了，你这种思想，谁敢与你为伍？"

陈独秀："李守常，我之知己，足矣。"

吴稚晖歪着头，斜眼看着陈独秀："那我呢？"

陈独秀毫不犹豫地答道："曾经的同路人而已！"

吴稚晖恨恨地说："仲甫老弟，我看打这以后你就是那牢房里的常客喽。"

陈独秀毫无惧色："不瞒你说，我随时准备着呢。"

吴稚晖："好了，我不跟你瞎扯，咱们说正事吧。"

两人面对面坐下。吴稚晖举杯："来，给你压惊。"

陈独秀："多谢！"

吴稚晖问道："听说你离开北大了，打算到哪儿发展？"

陈独秀："尚在运筹之中。"

吴稚晖连忙说："南方政府急等用人，不知你可有意？"

陈独秀不冷不热地说："那得看做什么事情。"

吴稚晖："行，只要有你这句话，我就去给你张罗着。不过，我今天请你喝酒确实是受人之托。柳文耀要我问你，延年和他女儿的事怎么办？你陈独秀是革命大侠，不能不负责任。"

陈独秀："我早就说过，我管不了我的儿子。再说，延年是受你的影响，定下了'六戒'，他不愿意谈恋爱结婚，我有什么办法？"

吴稚晖："这么说，你也不看好延年与柳眉的未来？"

陈独秀："说心里话，我非常喜欢柳眉姑娘，当然希望她能和延年结成连理。只是延年这个驴脾气，恐怕很难。"

绕了半天弯子，吴稚晖这才开始说实话："我马上要带延年、乔年回上海，给他们办去法国的手续。这两兄弟是自费的勤工俭学生，我作为中法大学校长，是一定要给他俩留下名额的。这柳文耀原本是支持柳眉和延年一起去的，但他现在既担心延年不愿与柳眉结婚，更害怕延年和你一样走极端，所以他现在改主意了，想让柳眉赴美公读，希望能够得到你的理解。"

陈独秀："在这件事情上，我没有半点发言权，你们去和延年、柳眉商量。我只希望不要让柳眉受到什么伤害。"

吴稚晖点点头："好，我把你的意见转告柳文耀。"

四

延年、乔年要去上海办理赴法国勤工俭学的手续，过了年就要启程了。柳眉去姑姑家辞行。这次真的要分别了，高君曼和子美都泪水涟涟的。

吃完晚饭，延年、乔年来到书房，陈独秀要和他俩谈话。高君曼特意进来给陈独秀倒水，同时嘱咐说："老头子，两个孩子就要走了，你们好好谈谈。千万不要吵架，行不行？"

延年站起来："姨妈，您放心，今天我们决不吵架。"

陈独秀看看高君曼："你要是不放心，也来参加。"

高君曼："我还要给他们准备东西，两个小的也要睡觉，你们谈吧。"

陈独秀端端正正地坐着，严肃地说："其实，要谈的已经谈得差不多了。你们要去法国勤工俭学，酝酿了五年，可谓好事多磨。万里迢迢去学本事，不容易。勤工俭学，吃苦是肯定的。这一点我倒是不担心，你们从小就吃苦吃惯了。我要提醒你们的是，还是得有经历磨难的思想准备。据我所知，欧战之后，经济萧条，法国失业率很高。更严重的是，国民政府现在是个空架子，没有财源，多半是靠向外国借钱过日子。这样的政府，它出资办的中法大学是靠不住的，你们要有上不了学的思想准备。"

陈延年解释说："吴先生已经专门给法国教育机构写了信,希望他们能够给我们提供一些帮助。"

陈独秀认真地提醒道："延年,听我一句劝,千万不要迷信吴稚晖。老实说,我对勤工俭学是有顾虑的。一下子去了几千人,语言不过关,又没有充足的经费,不可能大家都有学上,弄得不好就可能成为一个很大的社会问题。"

陈延年点头："我们对困难有思想准备,这个您不必担心。"

陈独秀："你们俩从小到大,我很少关心。一来我确实顾不上,二来也是有意磨炼你们。生在乱世,想要有所作为,就得是特殊材料制成的人,我希望你们能够理解我的苦心。当然,我也有许多欠缺之处,希望你们能够原谅。"

延年鼻子一酸："经历了这么多事,我们现在知道,您并不仅仅是我们的父亲,您还担负着引导整个中国青年的责任。"

陈独秀深为感动："你能这么说,我心里好受多了。好了,这件事情就谈到这儿吧。下面我想和你们谈谈信仰问题,这也是我最担心的事情。"

延年："我倒是觉得这个您不必担心,我和乔年都是有信仰的人。"

陈独秀："我所担心的恰恰是你们的信仰。我知道你们,特别是延年,对无政府主义有很深的研究和自己的理解。你在上海和黄凌霜等人组织成立了进化社,主编《进化》月刊和丛书,还遭到了政府和巡捕房的通缉。我知道,你们的动机是爱国和救国,但是,你们对无政府主义的执着和偏爱却让我担心。"

延年："我认为没有必要。我们对信仰的选择是经过长期比较和验证的,而且,我们现在已经成人了。"

陈独秀："我之所以担心,是因为我也曾经是无政府主义的信仰者,我也曾经试图用互助论拯救中国。但是现在我发现,这条路是行不通的。"

延年："何以见得?"

陈独秀："延年,你想过工读互助社解散的根本原因吗?"

延年回答不上来,问道："您说是什么?"

陈独秀："我现在认为，本质的原因是一点一滴的改良在中国行不通。中国要自强，必须进行一场全面、深刻的大变革。"

延年："我觉得现在下这结论为时尚早，我们还需要进一步比较和鉴别。"

陈独秀摆摆手："我们徘徊的时间已经够长了，现在已经到了非下决心不可的时候了。"

延年："可是您总不能强迫我们跟着您一起去信马克思主义和俄国的十月革命吧？"

陈独秀："不是强迫，我只是希望你们不要固执，不要迷信，希望你们在研究无政府主义的同时也看一看马克思的著作，研究一下苏维埃俄国的现状，而不是一味地排斥它。"

延年点点头："我想您的这个意见我们可以接受。"

陈独秀深情地看着延年、乔年："儿子，我多么希望有一天我们父子三人能在同一个战壕里为拯救这个多灾多难的国家做点事情啊！"

延年和乔年都站了起来："父亲，这也是我们的希望。"

这个深秋的夜晚，父子三人谈了整整一宿。

第二天，前门火车站，大家都来为延年、乔年、柳眉送行。延年与邓中夏、张国焘、罗章龙、刘仁静、刘海威、赵世炎、易群先、白兰等一一告别。易群先悄悄地告诉柳眉，她正在争取和陈延年他们同船前往法国。

延年抱起哭得像个泪人的子美，不停地安慰她。子美把一张小照片塞进延年的口袋，哭着说："延年哥哥，到了法国你要是想我，就看看我的小照片。"

江冬秀对乔年一向疼爱有加，她把乔年拉过来，悄悄地塞给他几个煮好的鸡蛋，千叮咛万嘱咐，像是自己的孩子要出远门。

陈独秀没有来，他有点怕见柳眉，不知道应该和她说些什么。不过，他已经打定主意去上海为两个儿子送行了。

火车缓缓启动了，高君曼满脸泪水。

五

北大红楼校长室,蔡元培正在和胡适商量请杜威讲课的事情,庶务长领着陈独秀进来了。蔡元培连忙起身迎接。

陈独秀拱手道:"蔡校长您找我?适之也在啊。"

蔡元培从桌上拿起一份电报:"章士钊打来的电报,本想给你送去,可我实在是走不开,只好请你来了。"

陈独秀接过电报:"行严从广州打来的,这是怎么回事?"

蔡元培:"行严在南方政府任秘书长,现在是南北议和南方代表。他说广东军政府已通过陈炯明提案,投资一百万元创办西南大学,委托行严、汪精卫、吴稚晖和我们俩为筹办员,负责起草西南大学筹备方案。"

陈独秀感到非常奇怪:"我并不认识陈炯明,他怎么会想到我?"

蔡元培:"是吴稚晖举荐的,他说你想离开北京。"

陈独秀:"这个吴疯子,我不过和他说说而已。"

蔡元培:"敬恒兄也是好心。行严说,他希望你先去上海与他见面,然后转赴广东任职。"

陈独秀有些疑虑:"事发突然,我得想想,还要和君曼商量才行。蔡公,您的意见呢?"

蔡元培:"我之所以请你来,就是想和你商量,能否像我一样,做个兼职,主业还在北大?你看,下学期的宋史课已经给你排上了。我还是希望我们能够在一起把新文化运动搞得更加彻底一些。"

胡适插话道:"仲甫兄,我也不希望你去广州,那里不适合你。"

陈独秀不解地问:"为什么?"

胡适解释道:"南方激进人士太多,你去了很容易走极端,会耽误做学问的。"

陈独秀摇头："国家到了这个地步，哪里还容我去做什么学问！蔡公，关于离开北大的事情，我已经和您说明白了，我去意已定，请勿再劝。至于去不去广东，容我再做思量。"

当晚，陈独秀和高君曼坐在床上商量去广东的事情。

高君曼："你真的要离开北京去广州啊？"

陈独秀："北洋政府内部派系林立，已经无法掌控全国。两相比较，南方政府更有号召力。现在孙中山先生已经将他所领导的中华革命党改组为中国国民党，并规约以巩固共和、实行三民主义为宗旨。如果孙中山先生能够控制南方政府，将来势必取代北洋政府统一中国。我想现在到南方去，可能机会更多一些。"

高君曼："那我们还要搬家吗？"

陈独秀："我想先应章士钊之约去上海和他谈谈再说。延年、乔年很快就要去法国了，我也想去送送他俩。"

提起延年和乔年，高君曼难过了："真的对不住两个孩子。给白兰的费用凑足了，延年、乔年的就不够了，没有钱，他们去了法国怎么办？愁死我了。"

陈独秀："吴稚晖已经给法国那边写了两封信了。另外，这两个孩子自立惯了，钱的问题难不倒他们。现在我担心的是柳眉，听吴稚晖说，柳文耀不想让柳眉去法国。两个孩子能不能过得了这一关，是个考验。"

高君曼叹了口气："这两个孩子，多好的一对。如果是好事多磨那也就罢了，如果最终不成，那就太可惜了。"

上海柳公馆，深夜，柳夫人毫无睡意，唉声叹气道："愁死我了。你说这孩子，没心没肺的，马上就要出国了，还是整天不着家，天天和延年去搞什么《进化》杂志，这可怎么办呀？"

柳文耀："我正要和你商量呢，我们得想办法阻止她去法国，不能再让她和延年在一起了。"

柳夫人吃惊地坐了起来："文耀,你没吃错药吧? 当初不是你拼命撮合他俩在一起的吗? 还说陈延年前途无量,必定是国家栋梁。现在你说的这叫什么话?"

柳文耀叹了口气："此一时彼一时,我现在思想变了。"

柳夫人疑惑地问："难道你现在不爱国了?"

柳文耀摇摇头："当然爱国,而且我自以为比那些学生更加爱国。但是,爱国不是造反。我信奉实业救国、教育救国,而不是像农民起义那样搞暴力,杀富济贫。"

柳夫人略一思索,说："我看延年他们也不主张暴力,他们搞工读互助,像苦行僧一样,挺让人感动的。"

柳文耀："你不懂,陈独秀现在变了。我听吴稚晖说,陈独秀坐了九十多天大牢,脱胎换骨了,转而信仰马克思主义,已经不再是那个主张思想启蒙的陈独秀了。"

柳夫人没听明白,便问："马克思主义是什么呀,有那么可怕吗? 而且延年和他父亲不是一直说不到一块去吗?"

柳文耀："你怎么这么糊涂! 这爷俩表面上看抵触得很,骨子里却都是为了理想不要命的人。我看他们父子三人迟早会坐到一条船上去,到那个时候再想把柳眉拖下船就晚了。"

柳夫人忧虑地说："可是柳眉早已和陈延年在同一条船上了。我们费了那么大周折也没有把他们两个分开,现在他们马上就要出国了,你还能有什么办法?"

柳文耀："就是因为到了节骨眼上,我们才必须痛下决心。"

柳夫人依然愁眉不展："你再痛下决心,那也要她听你的才行啊,她要是能听我们的,还用得着等到今天吗?"

柳文耀沉吟片刻,说:"我思来想去,只能请吴稚晖帮忙,不给柳眉办手续,让她走不成。"

柳夫人叫道:"柳文耀,这也太狠了吧!她一心要跟延年到法国去,能受得了这个吗?"

柳文耀咬咬牙:"受不了也得受,我得对她一辈子负责。"

次日,震旦学校校董办公室,柳文耀为吴稚晖点上雪茄,恭立一旁。

吴稚晖小眼眯成一条缝:"文耀,看来是想求我办事啊。"

柳文耀赔着笑脸道:"吴先生真是慧眼如炬,什么也瞒不了您。"

吴稚晖得意地说:"我不但知道你要求我办事,而且知道想要我办什么事。是为你千金出国的事,对不对?"

柳文耀深深一鞠躬:"请先生务必帮我。"

吴稚晖点点头:"行啦,说说你的想法吧。"

柳文耀凑到吴稚晖耳边嘀咕了半天,吴稚晖眯缝着眼,脸上没有任何表情。

柳文耀说完,吴稚晖站起来,叼着雪茄在屋子里来回踱了好几趟,说道:"你的心情我能理解。假如单纯地说不让柳眉出国,这事并不难办。不过,我知道柳眉和延年的关系非比寻常,现在你要这么做,恐怕得经过他们同意才行。"

柳文耀急了,再次鞠躬:"敬恒兄,我要是能够说动小女,哪里还会劳您大驾呀。"

吴稚晖伸出手指弹掉雪茄上的烟灰:"那至少也得征得延年的同意,否则我没法帮你。我跟你说实话,我一直看好延年、乔年两兄弟,希望能够把他俩培养成我吴稚晖门下高足。我送他们去法国勤工俭学,也是想让他们跟着我在法国多学点有用的东西,尽量少受陈仲甫那一套激进思想的影响,所以,我不能因为你而伤害延年。"

柳文耀："我早就和延年谈过,他态度很明确,支持我对小女的安排,但是小女不管这些,执意要和延年生死相守。我是实在没有办法才来求您帮忙的。"

吴稚晖笑了："文耀啊,我觉得柳眉比你这个资本家要高尚得多。至少她用情专一,不掺杂念。"

柳文耀哭丧着脸,说道："吴大师,可怜天下父母心,您就不要取笑小可了,帮帮忙吧。"

吴稚晖扔掉雪茄："这样,你再去和延年谈,如果他确定不和柳眉谈恋爱、结婚,你就把你的想法跟他和盘托出。到那时,我们再商量到底怎么办。"

上海五马路棋盘街,亚东书社新址,汪孟邹在书社门口接到匆匆赶来的陈延年,领着他走进小院,一边走一边解释："是柳校董找你有事,让我把你找来。他在后院等你,快去吧。"

延年来到后院,柳文耀已等候多时了。

两个人面对面坐下,柳文耀表明来意："延年,我下了最后的决心来找你谈话,并征求了吴稚晖先生和汪经理的意见。在此之前,我也征求过你父亲的意见。我想,我要和你谈的事情你应该很清楚。"

陈延年："柳叔叔有什么话请直言,我一定如实作答。"

柳文耀："那好,我最后再问你一遍,你是否愿意和柳眉结婚?"

陈延年显出坚毅的神情："柳叔叔,这个问题我已经回答过多次,而且我也和柳眉讨论过多次,我的立场没有改变。"

柳文耀感到很是遗憾,又有些轻松："既然如此,我请求你和柳眉分开。"

陈延年："这个问题我也和柳眉谈过多次,她愿意和我一直这样相处。我经过反复考虑,觉得也许这是一种合适的方式。"

柳文耀有些生气："恕我直言,你难道不认为这是一种不负责任、不道德的方式吗?"

陈延年面色平静："也许我们对道德的理解不同。"

柳文耀面色难看起来："请问,你们坚守的是哪种道德?"

陈延年敞开心扉："柳叔叔,我和柳眉研究互助论多年了。我们向往男女之间那种纯洁的、心心相印的、超越家庭和性爱的友谊,完全互助的、自律的、自由的、幸福美好的人际关系,尽管在现阶段这只是一种理想,甚至是一种空想。但它既然是美好的,我们就愿意去尝试,去追求。换句话说,我和柳眉都想试一试能不能真正做到像辜鸿铭先生说的那样,过一种中国式的真正的纯粹的心灵生活。"

柳文耀觉得可笑,问："这也是柳眉的想法吗?"

陈延年："我无数次和她探讨过这个问题,也无数次劝她放弃这种想法,可是每次她都非常坚定地说她愿意和我一起去试试。"

柳文耀叹了一口气："延年啊,我的女儿我最清楚,她是被你带得走火入魔了。你有追求,我不阻拦,但是难道你不认为,结婚生子也并不妨碍你的这种追求和向往吗?为什么非要走极端呢?"

陈延年真诚地望着柳文耀："柳叔叔,关于恋爱结婚这个问题,我已经和您说过多次了。十七岁时我就定了'六不'戒律,这是众所周知的。我是随时准备为国家献身的人。国难当头,我陈延年没有权利结婚生子,我不能像我父亲一样害了家人。个中原因我也和您还有柳眉说过多次了。也许这是一种自私,但请您体谅,我别无选择!"

柳文耀强压住内心的怒火："那我也请你体谅一个父亲的心情,我不可能允许自己的女儿这样不明不白地跟一个人厮混一辈子。为了柳眉的幸福,我希望这次你能配合我。"

陈延年并不感到意外："不知您需要我做什么,我只是请您别伤害柳眉。

您是知道的,在这件事上我已经伤害过她。"

柳文耀:"这次我不要你做什么,你只要保持沉默就行。"

陈延年:"您想要我怎样?"

柳文耀略一迟疑,说道:"我不能让柳眉跟你一起去法国勤工俭学。她不需要勤工俭学,她应该一心一意地在世界名牌大学里安静读书。"

陈延年望着柳文耀,不知道该说什么。

柳文耀过来拍了拍陈延年的肩膀:"延年,我知道你是个好孩子。就算我求你了,你什么也不用做,顺其自然,不要记恨我。"

延年沉默了一会儿,轻声说道:"我明白了。"

柳文耀走了,陈延年一个人坐在后院的凉亭里发呆,一直到夜幕降临。

延年不知道柳文耀会用什么方式阻止柳眉跟他一起去法国,但他知道,无论用什么方式,柳眉都会受到巨大的打击。他想起了几年来和柳眉相处的点点滴滴,想起了那个风雨交加的夜晚,陷入了极度的自责和矛盾之中。

汪孟邹从外面回来,发现了在黑暗中傻坐的延年,连忙把他拉进屋里。

汪孟邹关切地问:"延年,你这是怎么啦?"

陈延年故作平静地回答:"我没事。"

汪孟邹并不相信:"有什么事别憋在心里,跟我说说,我们一起想办法。刚才柳校董和你说了什么?"

陈延年答道:"他说他不让柳眉去法国勤工俭学。"

汪孟邹:"这我想到了。他要你做什么?"

陈延年:"他要我顺其自然,保持沉默。"

汪孟邹生气了:"这个柳文耀,说变脸就变脸,怎么能这样对待自己的女儿!"

延年叹了口气:"这不能怪他,怪我。"

汪孟邹同情地看着陈延年:"你能这么想,挺好。孩子,你以后遇到的坎坷

还多着呢,想开些,别太委屈自己。"

陈延年脸上满是痛苦:"我是替柳眉委屈,我对不起她,不知道该怎样面对她。"

汪孟邹拍拍陈延年的肩膀:"延年,说实话,我们大家都不同意也不理解你对这件事情的态度。但是,既然你已经痛下决心,而且是经过好几年思考做出的决定,那就一定有你自己的理由。你应该勇敢地去承担它,而不应该这么痛苦。"

陈延年再也控制不住,号啕大哭起来。

六

柳家客厅,柳文耀再次恭敬地为吴稚晖点上雪茄。吴稚晖依旧眯缝着小眼:"看来你们两口子事情办得很顺当。"

柳文耀满脸堆笑:"托吴先生的福,法国领事馆已经同意拒签柳眉赴法申请,小女至少暂时去不了法国了。"

吴稚晖奇怪地问:"既然你们已经办妥了,还找我来干什么。丑话说在前边,我可不给你们背这个黑锅。"

柳文耀赶忙赔笑道:"哪里敢连累吴先生。只是法国领事馆拒签的理由是小女家境富裕,不适合勤工俭学,应该由政府推荐直接报考法国大学,故此请吴先生替我们在小女面前做个敷衍。"

吴稚晖摇摇头说:"说来说去还是让我老吴做恶人呀。"

柳文耀略显尴尬:"不是恶人,是恩人。"

吴稚晖故作不解:"此话怎讲?"

柳文耀答道:"我会对小女说,我们已经恳求吴稚晖先生替她加紧办理政府推荐自费报考法国大学的一应手续,很快就能办成,让她不至于一下子想不开。所以,想请先生帮我们做个证。"

吴稚晖不停地摇头："你这是让我老吴做伪证，做伪证是要遭天谴的。"

柳夫人见状赶忙央求道："难为吴先生了。请吴先生可怜我们做父母的一颗心吧。"

吴稚晖想了想，说："我且问你们，延年是什么态度？"

柳文耀答道："我和他谈了，他还是坚持原先的态度，但他同意我们阻止柳眉去法国。"

吴稚晖点点头："这倒也符合延年的性格。"

柳文耀拱手道："事已至此，还望恩师成全。"

吴稚晖叹了口气："看来我只能再作一次孽了。行，我帮你们去圆这个谎。"

柳文耀赶紧连连作揖："多谢恩师。"

吴稚晖看着柳文耀，不无担心地说："你别谢我。柳眉这孩子的性情我略知一些，你们能否说得通她还未可知。要是闹成了悲剧，那可不能怨我。"

上海震旦学校法文班楼前锣鼓喧天，学校正在举行仪式，欢迎北京、湖南等地赴法勤工俭学的学生前来报到。陈延年领着乔年、柳眉等忙前忙后，为大家服务。

吴稚晖领着蔡和森找到陈延年，两人再次相见，非常高兴。当年，陈延年在北京法文进修馆的时候，蔡和森曾跟毛泽东一起借住过陈延年的宿舍，当时彼此谈得非常投机。

吴稚晖一边拉着陈延年，一边拉着蔡和森："你们既然认识，就用不着我介绍了。延年，年底出发的这一批主要是上海、北京、湖南的同学，将近四十人。蔡和森是湖南新民学会负责人，也是湖南勤工俭学活动负责人，为了给大家节省费用，我和柳文耀说好，让一些家庭困难的同学临时借用法文班教室住几天，你们要把大家照顾好。"

陈延年点头:"放心吧,吴伯伯,我们早就准备好了。润寰兄,有什么需要你尽管吩咐,我们一定做好服务。"

蔡和森:"太好了,陈公子,咱们可真是有缘呀。在北京我就经常打扰你,没想到在上海还要麻烦你,真是不好意思。"

陈延年:"润寰兄客气了。怎么,润之兄没来送你们?"

蔡和森:"润之本来要来的,因为我们赴法的时间推迟了,他就带队去北京了。"

陈延年感到奇怪:"他去北京干什么?"

蔡和森:"湖南开展驱逐张敬尧运动,润之带了一个四十人的驱张请愿团去北京请愿,好像就住在北大附近。"

陈延年:"太遗憾了,走前见不到润之兄,真的好想他。"

突然,一双手从后面蒙住了陈延年的眼睛,接着他就听到柳眉和乔年在身旁大笑不止。

陈延年:"是谁?"

柳眉:"你猜猜看。"

陈延年:"感觉是个女生。"

柳眉半开玩笑地说:"原来你对女生很有感觉嘛,再猜。"

延年想了想:"不可能是白兰姐,那就是……易群先同志。"

易群先松开手,高兴地大叫道:"延年,你太伟大了。你是怎么猜到的,我们俩有这么熟吗?"

陈延年:"我认识的女生,也就你易群先这样冒冒失失的。"

众人大笑。

柳眉、易群先和陈延年、陈乔年分别多日,如今再次相见,都非常激动,他们围坐在一起,聊得非常开心。

柳眉问易群先:"你怎么一个人来了,你的影子呢?"

易群先大大咧咧地说:"吹了。这个榆木疙瘩非说和我没有眼缘,没办法,我只好忍痛割爱了。一气之下,我就找我爸爸的朋友帮我提前办了赴法手续,和你们一批,免得到时候我一个人落单。"

延年:"白兰姐和赵世炎他们什么时候走?"

易群先:"我在你家见到赵世炎了,他好像是5月份的那一批。白兰姐还没有定下来,据说刘海威也想和她一起去法国。"

乔年忙问:"群先姐姐,你去我家了?"

易群先点头:"我见到陈先生和师母了。师母说陈先生最近可能要来上海送你们。"

乔年高兴地叫道:"那太好了!"

柳眉:"延年,等白兰姐和刘海威他们都到了法国,我们在那里再把工读互助社办起来吧,那才是真正的勤工俭学。"

延年心事重重地低下头来。

法国驻上海领事馆,签证大厅,一名法国领事馆工作人员宣读领签证人名单:"向警予、蔡和森、蔡畅、葛健豪……"

五十五岁的老太太葛健豪站起来,人们都向她投去好奇的眼光。老太太微笑着向大家挥手致意,所有人都起立为她鼓掌。

工作人员继续念名单:"陈延年、陈乔年、杨堃、易群先、郑超麟……"

所有人都拿到了签证,除了柳眉。

陈延年、陈乔年、易群先陪柳眉留下来。柳眉正要上前询问,易群先拉住一位工作人员问:"怎么没有柳眉?我们是一起的。"

工作人员看了看手上的材料,问:"谁是柳眉?"

柳眉站到他面前。

工作人员说:"请柳小姐跟我到办公室面谈,其他人在外面等候。"

　　易群先、陈乔年在门口焦急地等待着，陈延年坐在台阶上一动不动。显然，他对刚刚发生的事情已经有所准备。

　　柳眉终于出来了，小脸涨得通红，泪水在眼眶里打转。易群先和乔年拥上去问："怎么回事？出什么差错了？"

　　陈延年也站了起来。

　　柳眉眼泪止不住地往下掉："他们说核实了我的家庭情况，认为我是富家子女，完全有条件自费上学，不必勤工俭学，应该走政府推荐直接报考法国大学的渠道。"

　　易群先气呼呼地说："岂有此理！富家小姐就不能勤工俭学啦？"

　　柳眉："我和他们争辩了。他们说勤工俭学名额有限，法国现在经济萧条，提供的工作岗位也有限，已经把我的名额让给家境困难的学生了。"

　　易群先好像想到了什么："不对呀，我也是富家小姐，怎么我就能去？我怀疑有人捣鬼。"

　　大家都愣住了。

　　易群先看陈延年没有反应，疑惑地问："延年，你怎么不说话呀？"

　　陈延年感到浑身不自在，低着头说："事情太突然，我有些发蒙，不知道该怎么办。"

　　柳眉边哭边往外走："我回家找我爸去！"

　　回到柳公馆，柳眉一直趴在床上痛哭，柳母在旁边不停地安慰。

　　柳文耀领着吴稚晖来了，柳母把柳眉扶起。

　　柳文耀一本正经地说："孩子，别哭了。我和敬恒先生去了法国领事馆，把情况弄清楚了。法国人并无恶意，他们认为你这样的条件应该自费留学，要把勤工俭学名额让给更需要的人。现在敬恒先生正为你联系法国巴黎大学，凭你的资质，去法国留学不难。过不了多久，你就会去法国和延年他们会合了。"

　　柳眉急得大哭："怎么会是这样的啊？"

当晚，柳眉约陈延年来到外滩。经过一个下午的折腾，她知道无力回天，也就认了。从十五岁偶然遇见陈延年，他俩几乎天天在一起，不是兄妹胜似兄妹，现在突然要分开一段时间，她不知道往后的日子怎么打发，就不停地问陈延年："你说我该怎么办呀？"

陈延年心里明白，这一次极有可能就是永别了。他是一个极端的理想主义者，一心一意地想和柳眉结成纯粹的超越性爱的男女互助关系。他原本认为这是人类最美好最干净的男女关系，可是今天，当他真切地意识到从此人生再无柳眉的时候，他忽然有了一种被欺骗的感觉，觉得他的这种追求是虚幻的，是违反人性和天性的。面对尚不知真情的柳眉，他觉得自己是一个不可饶恕的骗子。极端的痛苦和困惑撕碎了他那颗倔强的心，他感到无地自容，绝望地蹲在地上，狠狠地抓着自己的头发，发出歇斯底里的号叫。

柳眉慌了，连忙蹲下来使劲掰开陈延年的手："延年，你不要这样，你不要吓唬我，你是一个顶天立地的男子汉，你要相信，我们很快又会见面的。"

陈延年站起来紧紧地握住柳眉的双手，泪眼蒙眬地望着她，不停地说："对不起，真的对不起。"

柳眉用手捂住延年的嘴，把头靠在他的肩上。过了许久，她闭上眼睛，轻声地说："延年，抱抱我。"

延年不知所措，愣了一会儿，他突然推开柳眉，两眼放光，坚毅地一字一句地说："柳眉，我们不需要拥抱，我们永远是志同道合的同志。"

柳眉伤心地望着延年，茫然地重复道："永远？永远？"

……

勤工俭学队伍就要出发了。法国邮船盎特莱蓬号汽笛长鸣，四十名赴法勤工俭学生蜂拥登船。

陈延年、陈乔年一边缓缓向前移动，一边不住地回头张望。

一辆马车疾驶而至,还没停稳,陈独秀就急不可待地跳下马车,拼命地向码头奔跑。陈延年、陈乔年看到了陈独秀,激动地跑过来。

冬日,暖阳西下,一抹金色的余晖中,陈独秀父子三人紧紧地拥抱在一起。

第三十三章

相 约 建 党

一

上海法租界,老渔阳里 2 号,柏文蔚旧宅,陈独秀对这里熟门熟路。他径直走进客厅,章士钊已经等候多时了。久别重逢,两人都有些激动。陈独秀贴着章士钊的耳朵低声道:"多谢行严兄相救,不然我现在还在牢中呢。"

章士钊笑道:"何须言谢。我已经放出话去,愿做陈独秀终身免费辩护律师。你以后用得着我的地方多着呢。"

陈独秀假装恼怒:"你这是在咒我?"

章士钊笑道:"戏言,不必当真。来,我们说正事。我先给你说说西南大学。自孙中山先生组建国民党之后,广东军政府大力提倡思想文化教育,陈炯明酝酿多年的筹建西南大学的方案得以通过,军政府专门拨款一百万元用于筹备。不知什么原因,陈炯明对你老兄崇拜有加,他听吴稚晖说你已经离开北京大学,就一心想挖你去广东办教育,嘱我给你发电报,请你来沪商谈,还特意让我带来了聘书和聘金。怎么样?我们俩就在这里举行一个受聘仪式吧。"说着,他从包里拿出聘书和汇款单,双手递给陈独秀。

陈独秀故意不接:"你也不问问我是否愿意,就来这一套?"

章士钊毫不慌乱:"不愿意你到上海来干什么?而且我还知道,你是偷着跑出来的。"

陈独秀笑了："蔡元培多次跟我说过，要论做朋友，最厚道的莫过于章行严，我深有同感。好，聘书和聘金我都收下了。何时去广东，听你这个秘书长的安排。"

章士钊告诉陈独秀，陈炯明的意思是先选址和做方案，筹办处要和学校设在一起，而且据他推测，陈炯明并不想把学校放在广州。基本谈妥之后，章士钊让陈独秀跟自己赴宴去。二人上车，左拐右拐，来到了汪孟邹的亚东书社新址。

陈独秀看到汪孟邹站在门口迎接，赶忙上前握住他的双手："孟邹兄，别来无恙啊。你看，这就对了嘛。堂堂亚东书社怎么能龟缩在小弄堂里呢？你看这里多敞亮，多气派！从此以后，你就要发达了。"

汪孟邹很高兴："好，托你吉言。来，赶快进屋，还有高朋等着你呢。"

陈独秀惊奇地问："还有朋友？谁呀，莫非是越邨？"

说着，陈独秀疾步进屋，一路高喊："越邨，是你吗？"

易白沙和邹永成应声从客厅里跑出来。

来到厅堂，四人落座。陈独秀大发感慨："各位，我蹲了九十多天大牢，每日无事时，脑子里想的都是往事。想着在日本我和越邨帮着行严办《甲寅》，落魄到身上长满了白虱子；想着民国四年我和越邨从日本回国，在船上结识了邹将军和郭心刚；想着我们在上海的湘皖同志会；想着我和越邨创办《新青年》时的惨淡经营……岁月峥嵘，山河依旧，心潮难平啊！"

章士钊："时势造英雄，想当年在湘皖同志会，吴稚晖说我是周瑜你是鲁肃，如今我们三个湘人加在一起也抵不上你一个皖人一枝独秀啦。"

邹永成："可不是嘛。当初听说你入狱了，急得我好几个晚上睡不着觉。后来一看全国那铺天盖地的救援声势，我反而踏实了。"

章士钊："仲甫，我听吴稚晖说你正在研究马克思主义和俄国十月革命，对改造中国有了一套新的看法，是真的吗？"

陈独秀略一点头：“我还在探索。十月革命的道路确实给了我很多启发。”

章士钊：“武汉文华书院孟校长久仰你陈独秀大名，多次托我请你赴汉口讲学。我看你好不容易出来一趟，何不趁这机会去布布道，讲讲你的新思想？越邨和邹将军两位都在赋闲，陪仲甫一起散散心，如何？”

陈独秀朝易白沙和邹永成拱拱手：“若有二位相伴，我愿前往。”

邹永成和易白沙欣然答应。

大通号江轮沿江逆流而上，陈独秀、易白沙、邹永成凭栏远眺。江面波涛汹涌，猛浪若奔，几只渔船在波峰浪谷中时隐时现。长江滚滚东去，不舍昼夜，它从历史的洪荒中走来，带着沧桑和苦难，向着东方大海奔去，带着呼号与呐喊。一阵巨浪扑来，江轮发出剧烈的震颤，陈独秀的思绪随着这巨浪翻腾起来。三人赶紧进入船舱。邹永成对陈独秀说：“仲甫，我俩已经是第二次同船了。想当年在回国的船上我和你初次相见，当时郭心刚还是初出茅庐的青年学生，没想到后来死得那么悲壮。”

陈独秀神情肃穆地说：“是啊，郭心刚如今已是五四运动第一烈士，受到全国敬仰，也算是死得其所，重于泰山。不瞒二位，当初我去散传单，也是抱着必死之心的。”

易白沙突然说道：“仲甫，我对郭心刚的死法向往已久，决意追随。”

陈独秀很是震惊：“越邨，你好像情绪不对呀，何以如此消沉？”

易白沙显出痛苦的表情：“军阀混战，一盘散沙，民不聊生，看不到希望。”

陈独秀追问道：“听说中山先生对你钟爱有加，多次邀你入粤，但你都没有答应，这是为什么？”

易白沙淡然答道：“我对做官不感兴趣。”

陈独秀：“那还是回来和我一起编辑《新青年》吧，从头做起。”

易白沙沉思片刻，答道：“算了。我还是回岳麓山面壁去，等我把头绪想清

楚了再去找你。"

陈独秀:"那也行。我等着你。"

武汉文华书院,同学们潮水般涌向大礼堂,一些同学边跑边喊:"陈独秀先生来了! 陈独秀先生来做演讲了!"

礼堂里座无虚席,连走道上也站得满满的。主席台上悬挂着一条大标语:热烈欢迎青年导师陈独秀先生。

陈独秀在孟校长的引导下登台,台下响起热烈的掌声和尖叫声。

在孟校长简单而隆重的介绍之后,陈独秀恭恭敬敬地向台下鞠了一个躬,开始演讲:"各位同学,我并没有什么学问,不过是做了一些唤起民众的事情而已。这半年多来,中国最大的变化,莫过于民智大开,民气大盛。民众起来了,提出了改造社会的要求,这是五四运动最大的成果。社会改造要达到什么样的要求,这是大家最关心的问题。我坐了九十多天的大牢,对这个问题有了一些与以往不同的想法,说出来和大家商讨。社会改造,第一,要打破阶级的制度,实行平民社会主义,人人当家做主。第二,要打破继承的制度,实行共同劳动、工作,不使无产的痛苦、有产的安享。第三,要打破遗产的制度,不使田地归私人传留享有,应归为社会的共产,不种田地的人不应享有田地的权利。这就是马克思说的要消灭私有财产制。这样的社会改造,要求我们必须树立起两个信仰,即平等的信仰和劳动的信仰。人人应该受教育,应该常劳动,心理上总有平等的劳动与劳动的革命。我们讲的改造社会,是对社会的根本改造而不是改良。所谓根本改造,指的是必要时必须采用流血革命的手段。当然,我们现在还不到流血革命的时候,不过我们总要有研究革命的方法与信仰。到了那个可以革命的时机,我们就非要与那恶魔奋斗不可!"

这些新鲜的名词、大胆的主张,让听众们激动万分。演讲结束了,全场起立,掌声和欢呼声经久不息。

易白沙附耳对邹永成说:"看来仲甫真的成了马克思的信徒了。"

邹永成:"你说的没错,仲甫真的变了。"

第二天,陈独秀和易白沙、邹永成登黄鹤楼观景。

陈独秀感叹道:"武汉三镇,天下之中,共和首义之地,果然气度不凡。"

邹永成难掩兴奋之情:"仲甫,我看了武汉这两天的报纸,他们对你的几次演讲报道评论甚多,还有的说这几天武汉刮起了陈独秀旋风。"

易白沙却面露忧色:"太热了未必是好事。木秀于林,风必摧之。仲甫,你要留点神才好。"

话音刚落,孟校长气喘吁吁地跑了上来:"陈先生,大事不好! 我们给您添麻烦了。"

陈独秀赶紧上前将他扶住:"孟校长莫急,请慢慢说。"

孟校长紧张地说:"武汉当局闻听陈先生公开宣扬共产主义主张,大为惊骇,已发布通令,禁止陈先生演讲并要将先生驱逐出武汉。我匆匆赶来报信,请先生尽快设法离开武汉,免遭毒手。"

陈独秀仰天长叹:"我陈某人一介书生,竟让当局如此惊恐,实在是荣幸之至!"

易白沙狠狠地一掌拍在栏杆上:"这个社会简直烂透了!"

邹永成神色严峻:"事不宜迟,仲甫,我现在就送你去大智门火车站,你赶快回北京去。"

二

傍晚,北京,箭杆胡同,张丰载带着几个警察敲开陈独秀家院门。高君曼刚刚哄完孩子睡觉,听到声音赶紧出来开门。张丰载并不进院,向高君曼亮明身份后就问陈独秀是否已经离开北京。高君曼如实回答,说陈独秀已经应章士钊先生邀请去了上海,至今未归。张丰载听了高君曼的回答,转身离开,走

到胡同口,看高君曼已经关上大门,轻声对身边两个警察交代,让他们留下来严密监视,一旦发现陈独秀身影立即向吴炳湘报告。

警察按照张丰载的命令在陈家附近布岗。

陈独秀坐黄包车到家,子美、鹤年一拥而上,紧紧抱住陈独秀不愿松开。陈独秀拿出武汉麻糖,两个孩子欢呼雀跃。

高君曼迫不及待地打听延年他们出国的情况,陈独秀把在码头上见到兄弟二人的情形描述了一番,高君曼这才放下心来。高君曼接着又问柳眉的情况,陈独秀告诉高君曼,柳眉签证没有办下来,据说要赶下一批自费考试留学,而且听说已经因病住进了医院。

高君曼听了陈独秀的介绍,脱口而出:"什么自费考试留学,一定是柳文耀搞的鬼!"

陈独秀点点头:"你说的有道理。"

外面有人敲门。

高君曼开门,吴炳湘走了进来:"我是京师警察厅总监吴炳湘,请问陈教授在家吗?"

陈独秀闻声出来招呼道:"我这前脚刚刚进门,吴总监后脚就跟了进来。京师警察厅的工作效率真高呀。"

吴炳湘拿出几张报纸:"陈教授离京在武汉闹出那么大动静,如今平安回京,我不能不来探望呀。"

陈独秀冷笑道:"吴总监太客气啦。"

吴炳湘目不转睛地盯着陈独秀:"陈教授用词不当。我这不叫客气,而叫恪尽职守。请记住,您现在是保释在家,若有外出,需要得到批准才行。我是保人之一,担着干系呢,还请陈教授别让吴某为难。"

陈独秀不语。

高君曼赶紧打圆场:"请吴总监屋里坐。"

吴炳湘摆摆手:"陈教授刚刚归来,我就不打搅了。告辞,免送。"

高君曼关上院门,十分惊慌地说:"老头子,昨天就有警察来问你的消息。今天你刚刚到家,吴炳湘就亲自来了,我看情况不妙啊。"

陈独秀轻描淡写地说:"我知道了,准是他们看到报纸上关于我在武汉演讲的报道,要找我的麻烦。"

高君曼:"那你赶紧想办法出去躲躲吧。快过年了,白兰又回老家了。你要是再出什么事,我一个人两头都顾不上,这年还怎么过!"

陈独秀沉思片刻,说道:"你让我好好想想。"

高君曼急了:"想什么,没准吴炳湘回去就派人来抓你了。"

陈独秀点点头:"这样,我现在就去适之家,找他们一起商量一下。如果确实有危险,我就去上海找章士钊,准备去广州上任,等到安定后,你再带孩子们过去。"

高君曼忙不迭地答应着:"行,你赶紧去换衣服,我给你望风。"

高君曼在箭杆胡同口张望了半天,确定四下无人,这才招手让陈独秀过来。陈独秀换上棉布长衫,戴上一顶棉帽,夹着一个皮包,匆匆朝南池子方向走去。

到了胡适家,胡适和江冬秀正在逗儿子胡祖望玩。听到有人敲院门,胡适打开院门,见是陈独秀,甚是高兴:"仲甫兄,您回来啦。"

陈独秀没有搭话,闪身进院,自己插上门闩:"走,屋里说话。"

江冬秀连忙给陈独秀沏茶:"陈先生,听说您去上海啦。哎呀,这大冬天的可不能去那里,冻死人,要生冻疮的。"

陈独秀没有心情说闲话,赶紧吩咐江冬秀:"弟妹,麻烦你个事,请把你家隔壁的高一涵喊过来,我有事要跟他商量。"

"行,我去请高先生。"江冬秀边答应边往外走。

江冬秀走了,胡适紧张地问:"仲甫兄,出什么事了?"

陈独秀赶忙把家里刚刚发生的情况说了一遍,胡适想了想,问:"接下来你打算怎么办?"

陈独秀答道:"我想和你们商量一下。"

正在这时,江冬秀领着高一涵来了。

高一涵很是疑惑:"仲甫兄,这么晚叫我来,所为何事啊?"

胡适站起来:"一涵,麻烦你跑一趟,请守常、德潜过来一下,就说仲甫回来了,有要事相商。"

陈独秀补充道:"要是豫才能来最好。"

胡适叮嘱道:"你雇辆马车,最好把他们一起拉来,这样不招眼,也快。"

"行。我走了。"高一涵不敢怠慢,马上出发了。

胡适又转身对江冬秀说:"你不是总说怕给我丢脸吗?今天我给你一个露脸的机会,怎么样?"

江冬秀看着胡适:"你肯定没安什么好心。什么事,你说吧。"

胡适笑道:"一个小时时间,给我们做一桌酒菜,怎么样?"

江冬秀面露难色:"我的天,家里什么也没有,又不能上街买菜,你让我拿什么给你做出一桌菜来!你这是存心让我出洋相。我去东兴楼给你们叫几个菜吧。"

陈独秀连忙拦住江冬秀:"不用麻烦,家里有什么就做什么吧。"

江冬秀:"陈先生,这北京跟我们南方不一样,冬天家里只有大白菜、土豆、胡萝卜老三样,别的什么都没有。"

胡适:"老家不是刚带来许多咸货吗?让他们尝尝。"

江冬秀不解地问:"北方'侉子'不是不喜欢吃腌的东西吗?"

胡适又好气又好笑:"谁是北方'侉子'?住在北京就是'侉子'啊。只有守常一人是'侉子',让他将就点就是了。"

江冬秀一拍脑袋:"还真是啊,陈先生、钱先生、周先生、高先生都是南方人。行,今天我就给你们来个腊味八大碗。"

冷风嗖嗖,一辆马车拉着李大钊、鲁迅、钱玄同和高一涵四人在胡适家门口停下。四个人进得屋来,和陈独秀热烈拥抱。陈独秀紧握住鲁迅的手:"豫才能来,我真是太高兴了。"

钱玄同赶忙解释:"巧了,豫才去找我,我们正准备去喝女儿红,刚要走,一涵来了。适之,赶紧让弟妹把这花雕烫上,最好能加点青梅。"

江冬秀风风火火地走进来:"来,把酒给我,青梅、姜丝都是现成的。你们坐,菜一会儿就好。先喝茶啊。"

大家坐定,陈独秀把吴炳湘去找他的情况简单介绍了一下,然后说:"请大家帮我分析一下我要不要离开北京。我要是走了,《新青年》怎么办?这毕竟不是我一个人的事情。"

钱玄同一听,来气了:"这个吴炳湘太不是东西了。要我说,别理他,难不成就因为这个还能把你再抓进去,还讲不讲法度啦?"

鲁迅摇摇头:"不可掉以轻心。这个国家现在已经烂透了,共和就是个幌子,千万别指望他跟你讲什么法度。"

胡适叹了口气:"要我说仲甫兄你也是太不注意了。我看了武汉报纸刊登的那些言论,你公开宣扬共产主义和阶级斗争学说,还说要搞什么流血革命,要消灭私有制,确实出格了。枪打出头鸟,你怎么老是不接受教训呢?"

李大钊忍不住反驳胡适:"适之你说的这叫什么话?难道我们不能宣传共产主义和阶级斗争学说吗?对于这样的反动政府难道不能进行流血革命吗?你这启蒙大师什么时候站到反动派一边去了?"

胡适也生气了,刚想发火,想到是在自己家里,便忍住了:"守常兄,我不想和你辩论。现在这种情况,你说应该怎么办吧。"

李大钊毫不犹豫地说:"赶紧走人,到南方去大干一场。"

胡适冷笑道:"到南方去?仲甫就是刚刚被人从武汉驱逐回来的。"

这时正好江冬秀进来了:"哎哟,你们这些大教授,怎么也一见面就吵架!来,菜和酒都摆好了,到桌上吵去吧,谁吵输了谁喝酒。"

李大钊不好意思了:"让弟妹见笑了。我们在争论,不是吵架。"

江冬秀想的却是饭菜的事:"李先生,今天就对不住您一个人了。我来不及买菜,做的都是南方老家带来的咸货,怕您吃不惯,给您做了个京酱肉丝,不地道,您多多担待些。"

李大钊很是感动:"不好意思,让弟妹费心了。"

众人围着桌子坐下,果然是一水的江南腊味:咸鱼烧肉、冬笋火腿、腊蹄煮黄豆、雪菜板鸭、风干鸡,外加蒸香肠、蒸咸肉。一盘京酱肉丝夹杂其中,倒成了难得的点缀。

陈独秀不停地向江冬秀作揖:"弟妹辛苦了,这一会儿工夫竟然做出这么一大桌菜来,太了不起了!"

鲁迅赞叹道:"好久没有见过这么多咸货了,我都要流口水了。"

胡适给江冬秀竖了个大拇指:"行,今天你给我露脸了。"

江冬秀高兴得合不拢嘴:"陈先生,今天是托您的福呢。"

胡适举杯:"来,各位老朋友,我们共饮此杯,为仲甫兄压惊。"

大家一饮而尽。

胡适再次举杯:"仲甫兄,这杯酒我敬你,今晚你就住在我这里,他吴炳湘总不会来我这儿抓人。"

陈独秀站起身来:"对不住各位,我连累大家了。"

外面一阵敲门声,大家都有些紧张。

江冬秀踮着小脚跑去开门:"谁鼻子这么尖,闻到我家香味了?"

高君曼急匆匆走进来:"你们都在呀。仲甫,刚才警察又来了。"

胡适紧张地问:"您怎么说?"

高君曼答道:"我说仲甫出去找朋友喝酒去了。那个警察就没再说什么,走了。仲甫，还是赶紧躲躲吧，说不定明天一早警察又来了。"

"作孽呀，连喝个酒也不让人消停。"江冬秀愤愤地说。

胡适："没事，仲甫，你就在我这儿住着。来，我们继续喝酒。冬秀，快给君曼嫂子搬把椅子来。"

高君曼："我坐不住，两个小的还在家里呢。仲甫，你快拿个主意吧，我好做准备。"

陈独秀来回走了几步，说："各位，我想我还是离开北京吧。我在这里要是真有什么事，会连累大家的。"

江冬秀："哎呀，陈先生，这大冷的天，您要到哪里去呀？就在我家里住着，不要紧的。"

胡适瞪了江冬秀一眼："说正事呢，你不要插嘴。"

江冬秀赶紧捂住嘴巴。

陈独秀端起酒杯："谢谢弟妹。来，各位，我敬大家一杯，感谢各位关照。君曼，你也陪上。"

江冬秀赶紧给高君曼倒上一杯酒。

陈独秀："各位兄弟，民国六年初我来北京，本是准备帮蔡元培三个月的忙，没想到一干就是整整三年。这三年，我从一个人单打独斗办《新青年》，到聚集了这么多同人兄弟，开创了一番事业，树起了一杆大旗，我问心无愧，也非常知足。来，我和君曼借适之这杯酒感谢各位厚爱，我们先干为敬。"

大家都很感动，相继一饮而尽。

陈独秀接着说，他已经接受南方军政府筹办西南大学的聘书，打算先去上海，而且想把《新青年》带到上海去办，想听听大家的意见。胡适不同意，说《新青年》在北京特别是在北大已经有了广泛影响，不必舍近求远，另起炉灶。鲁迅同意陈独秀意见，说《新青年》本来就是陈独秀从上海带来的，当然要跟着陈独秀走，没有陈独秀就不叫《新青年》了。他表示，无论《新青年》走到哪里，只

要还在陈独秀手里,大家都应一如既往地支持。鲁迅的一番表态让陈独秀十分感动。

打定主意之后,陈独秀说出了自己的具体安排:"各位,明天我就坐火车去上海。到了以后,我请章士钊以南方军政府名义给京师警察厅发一个公函,告诉他们我已经被聘为西南大学筹办员,这样大家都没麻烦。我先在上海把这一期的《新青年》编好,后面的事情再商量。"

鲁迅和李大钊都很赞同陈独秀的想法。李大钊特别强调了两点:"第一,明天不能从北京站乘车去上海,警察已经盯死了仲甫,不会让你离开北京的;第二,今晚仲甫也不能留在适之这里过夜,因为适之也是保人之一,吴炳湘随时会来这里找人,仲甫必须马上转移。最好是先到我家避一避,然后想办法出城。"

胡适不以为然:"有那么严重吗?吴炳湘会来我家里抓人?"

钱玄同说:"我觉得守常考虑得周全,还是小心点好。"

江冬秀又忍不住了:"哎呀,李先生,您家里人多,地方也小,陈先生是贵人,住不习惯的,还是在我家等到明天再说吧。"

胡适又狠狠地瞪了江冬秀一眼。

李大钊赶忙解释:"弟妹放心,我夫人带着孩子回老家了。现在家里就我一人,仲甫不会嫌弃的。"

高君曼感激地说:"那就谢谢守常先生了,我回去给仲甫准备行装去。"

胡适对高一涵说:"一涵,你送君曼嫂子回去。"

高君曼连忙摆手:"不用,人多招眼,我去去就来。"说完,急急忙忙走了。

胡适招呼大家坐下:"既然这样定了,那我们就继续喝酒,算是为仲甫兄送行吧。"

大家的心情都沉重起来。

钱玄同举起酒杯走到陈独秀面前:"仲甫兄,还记得三年前我们在陶然亭相识的情景吗？”

陈独秀感慨地说："哪里能忘！你在家里烫好了酒，用棉被裹好，租黄包车送到陶然亭。冰天雪地里喝滚烫的花雕可算是你的独创，恐怕也是前无古人、后无来者了。"

钱玄同："今天我又搬来了花雕，也算是有始有终。仲甫，我们是一生的朋友。来，我敬你。"

两个人一饮而尽，眼里满是泪水。

鲁迅也端起酒杯走到陈独秀面前："仲甫兄，不是你不停地催我，就没有我的《狂人日记》和《孔乙己》，也就没有鲁迅这个名字。我真心地感谢你。"

陈独秀："我一直认为你是中国最深刻的小说家，新文化的大旗得你来扛，你才是真正的旗手。"

与此同时，吴炳湘办公室里，张丰载正向吴炳湘报告陈独秀的最新动向："我们的人刚才又去了一趟箭杆胡同，陈独秀不在家，说是出去找朋友喝酒去了。"

吴炳湘满腹疑问："不对吧，这大黑天的他去哪儿喝酒，别是又出什么幺蛾子了吧？"

张丰载答道："不好说。我看干脆把他抓起来算了，我去集合人。"

吴炳湘摆摆手："不急，再想想。现在正是南北议和时期，听说陈炯明要聘请陈独秀做西南大学的筹办员，贸然把他抓起来恐怕南方政府会借此做文章。"

张丰载担心地说："马上就要过年了，这陈独秀可是京城治安一大隐患。您看他在武汉的演讲，可是够激进、够有煽动性的。"

吴炳湘想了想，说："我看这样，明天派人把他请到警察厅来，让他写个材料和保证书。符合我们要求了就放他回去，他不答应就把他扣下来，这样对外也好交代。"

张丰载谄媚地说:"还是吴总监棋高一着,明天我去请他来。"

三

冬日清晨,冰天雪地,北京朝阳门外却非常热闹。年关将近,人们开始置办年货了。进城买粮食、买菜、买各种年货的,买卖牲口的,做各种生意的,都聚集在这里。

李小山赶着驴车来了。路边,陈独秀头戴毡帽,身穿一件厨子的背心,油迹满衣。李大钊已经剃去胡须,戴上瓜皮小帽,手攥旱烟袋,怀抱几本账簿,站在陈独秀身旁。李小山看到两人这副打扮,停下车来,禁不住问道:"二位先生今天这是怎么了?"

高一涵和葛树贵从驴车上跳下来,高一涵催促陈独秀:"赶快上车吧。"

陈独秀朝葛树贵拱拱手:"葛师傅,又给您添麻烦了。"

葛树贵憨厚地笑笑:"不麻烦,陈先生,我们都盼望着您早点回来。我们的工人夜校就要开学了,我们还准备成立工人俱乐部,就等着您来给我们讲课呢。"

陈独秀:"我一定来。"

李大钊:"树贵,快扶陈先生上车。"

陈独秀、李大钊钻进车里,李大钊朝车下喊道:"一涵、树贵,你们回去吧。小山,我们走。"

李小山一挥鞭子,驴车奔出朝阳门,向天津方向驶去。

望着远去的驴车,高一涵自言自语道:"老虎出笼了。"

上午,张丰载带着两名警察来到陈独秀家传达吴炳湘的命令,让陈独秀到京师警察厅接受调查。高君曼告诉张丰载,陈独秀昨夜出门和朋友喝酒,一夜未归。张丰载不信,四处搜查了一番,一无所获,只好回到警察厅向吴炳湘汇报。

吴炳湘大为恼火："什么！你不是派人盯着吗？刚过了这么一夜，一个大活人就找不到了，不是活见鬼吗？"

张丰载非常紧张："总监息怒。据属下分析，陈独秀一定藏在谁的家里，准备伺机溜出北京。"

吴炳湘不相信似的看着张丰载："你的意思，陈独秀还没走？"

张丰载自信满满："大冬天的夜晚，他一个人怎么出城？我建议在前门火车站增加暗岗，他很有可能今天就坐火车出逃。"

吴炳湘一拍桌子："好，你去布置。另外，你拿我的片子去把胡适请来，我要向他要人。"

胡适按照张丰载的通知来到京师警察厅。吴炳湘并不客气，一见面就严厉地说："胡教授，据我所知，陈独秀已经神秘消失，你是保人，必须把人交出来，否则会有麻烦的。"

胡适不慌不忙："总监先生，陈独秀昨天晚上已经离开北京了。"

吴炳湘吃了一惊："他是怎么走的？"

胡适从口袋里掏出一张纸来："怎么走的我不清楚，不过他让我给你带来一张字条。"

吴炳湘接过纸条念出声来："吴总监：夏间备受优待，至为感佩。日前接友人电促面商西南大学事宜，匆匆启行，未及报厅，颇觉歉疚，特此专函补陈，希为原宥，事了即行回京，再为面谢，敬请勋安。"

吴炳湘摇摇头，对胡适说："这个陈独秀，跟我来个先斩后奏，不过还算够朋友，他这是给咱们两个保人卸责任呀。"

胡适："仲甫是个重情义的人，我们都叫他大侠。他怕你为难，还说过几天他会让南方政府给您发一份公函来，这样你就彻底没责任了。"

吴炳湘无可奈何地说："好吧，事已至此，天要落雨，娘要嫁人，随他去吧。

这个国家呀,也该有人闹腾闹腾了。"

四

大雪飘飘,驴车艰难前行。入夜,驴车来到杨村,在一家客栈前停下。

李大钊对李小山说:"你去喂牲口、吃饭、睡觉,明天一早赶路。我和陈先生住一屋。"

李小山很贴心地叮嘱道:"先生,晚上要是有什么动静就喊我。"

李大钊拍拍李小山的肩膀:"放心睡你的觉,这儿没事。"

李大钊和陈独秀进了房间,里面有一张土炕,生着火,倒也暖和。伙计端来一大盆面条,李大钊还要了一盘猪头肉和一壶酒。伙计问陈独秀要不要大蒜,陈独秀不吭声。李大钊赶紧说话:"我们这位伙计耳朵不好使,你问我就行。"

吃完饭,李大钊又打来热水,两人洗漱完毕就上了炕。颠簸了一天,尽管很疲劳,但两人都无法入睡,坐在被窝里,披着长衫,聊起天来。

陈独秀松了一口气:"车上不方便多说话,憋了我一天了。"

李大钊:"我也是。仲甫兄,这次你去南方,打算怎么干,我很想知道。"

陈独秀:"我正想问你这个问题呢。你说你打算在北大大张旗鼓地宣传马克思主义,还准备在长辛店搞工人运动,有什么具体设想,说给我听听。"

李大钊:"那天我说了,首先,我准备开几门课,比如'社会主义与社会运动''唯物史观''工人的国际运动与社会主义的将来',等等。其次,我想组织成立一个北京大学马克思学说研究会。还有,我和邓中夏商量多次了,准备到长辛店办工人夜校,组织开展工人运动,并准备筹建工人俱乐部。这次五四运动之所以能够取得胜利,我觉得很重要的一条就是上海工人阶级站起来了。"

陈独秀非常赞同:"你说得太对了。我说上海比北京的政治环境好,指的就是这个。"

李大钊："按照马克思的理论,工人阶级是先进生产力的代表者,应该是革命运动的领导阶级。"

陈独秀若有所思："守常,你刚才说的都是过程。你想过没有,我们的目标是什么? 我们为什么要东躲西藏,甚至要丢掉身家性命? 我们到底在追求什么?"

李大钊思考良久,答道："这段日子,我经常想起那天在你家喝酒时适之问我的那些话。仲甫兄,我们到底想干什么? 你搞明白了吗?"

陈独秀点了点头："我想现在我已经搞明白了。"

李大钊露出欣慰的表情："我也搞明白了。我们这个国家,曾经创造了人类历史上最灿烂的文明,可是自鸦片战争之后不过八十年的时间,我们就成了世界上最贫穷、最没有尊严的国家之一。军阀混战、盗匪横行,人民过着任人宰割、水深火热的生活。仲甫,我们是这个国家为数不多的文化人,文化人就是文明人,文明人就要对自己的国家和人民担负起责任来。我们有责任带领人民起来斗争,我们要遵循马克思创立的科学社会主义的原理,建立一个不受外国人欺负、不被统治者压迫、没有贪官污吏、人人当家做主的美好社会。仲甫,我认为,这是历史赋予我们的责任,你我都不能辜负了这个责任。"

陈独秀激动地击掌赞赏道："说得好,守常! 可是你想过我们靠什么去履行这份责任吗?"

李大钊挥舞着拳头："我们必须有一个能够凝聚力量的领导核心。仲甫兄,我觉得我们应该把这件事情提上议程了。"

陈独秀坚定地点点头："对,这件事情太重要了,我们要好好地筹划一下。这两天我们都好好想想。"

窗外大雪纷飞,屋内两个中年汉子热血沸腾。在这寒冷的冬夜,两团烈火在熊熊燃烧,思想的火花在这里碰撞。

到了天津,李大钊、陈独秀找了一家客栈住下。两人洗了澡,换了衣裳,戴

上围巾,恢复了教授模样,走出客栈。李小山赶着装满一车年货的驴车迎上来,见到焕然一新的陈独秀和李大钊,惊呆了:"二位教授这是变的什么戏法?刚才还是力巴,转眼变成了老板,我都不敢认了。"

陈独秀笑了:"小山师傅,辛苦你啦。没有你的帮助,我们这个戏法是变不成的。"

李大钊:"小山,让你办的年货都办好了吗?"

李小山拍拍大包小包:"办好了,您看,装了整整一车。这年货要送到哪里?"

李大钊:"你歇个脚就赶车回长辛店吧。年货你交给葛树贵,是我俩给大伙的一点心意。"

李小山感动得一时说不出话来,过了半晌才说:"李先生、陈先生,年年都让你们破费,真是不好意思。我替大伙谢谢二位先生。"

李大钊摆摆手:"一家人不说两家话。你看,我都没说谢谢你呢。趁着天亮,赶紧走吧。"

李小山:"您不回北京呀?我师父说要把您安全送回北京的。"

李大钊:"我还要到天津觉悟社去办些事情,得过两天,你先回吧。"

李小山赶着驴车走了。陈独秀不无感慨地说:"多亏了工人兄弟。"

这一天是腊月二十三,农历小年,李大钊提议到海河边走走。二人走到老龙头桥,眼前的景象把他俩惊呆了。只见海河两岸聚集了成千上万的灾民,到处搭的都是小棚子,有的在露天里烧火,有的裹着稻草和破被絮冻得发抖,情形惨不忍睹。老龙头桥桥面上,有一家几口跪着乞讨的,有插着草标卖儿卖女的,还有躺在地上不知是死是活的。

一个拖着长辫的老者拉着陈独秀的长衫,哀求道:"二位先生,看着你们就是有学问的人,可怜可怜我这快要饿死的小孙女吧!"

陈独秀俯身问道:"听口音像是从南边过来的。"

老者答道："是的,安徽凤阳的。"

陈独秀点点头："我知道,靠近淮河,经常闹水灾,唱着凤阳花鼓出来要饭的到处都有。凤阳今年又闹灾荒了?"

老者唉声叹气："今年不单是闹水灾,还闹瘟疫、闹土匪、闹兵乱呢,什么都闹,没有活路了才跑出来的。"

李大钊问："大冬天的,怎么不往南方去呀?"

老者答道："本来我们一家是想去济南投奔亲戚的,没想到一路上都在打仗,到处都是难民。亲戚找不到,就一路随大溜到了天津了。"

陈独秀看看四周："这儿的难民都是安徽来的吗?"

老者："河南、山东、山西、河北、安徽……哪儿都有。山东今年遇大灾,出来逃荒的最多。"

陈独秀掏出一些铜板放到老者手上,老者千恩万谢地走了。

入夜,海河边上有不少人在放灯祭奠亲人,各色各样的小河灯吸引了很多人。李大钊和陈独秀走下河堤,沿着河边小道漫步,心情非常沉重。

一个老人挑着两个箩筐,筐里放着很多小纸船和蜡烛,每个纸船上都写着人名。老人蹲在河边,恭恭敬敬地往每一个纸船上插蜡烛,点灯,放灯,每放一个就磕一个头,口中念念有词。

李大钊和陈独秀走过去帮老人插蜡烛,老人也不拒绝。

李大钊："大爷,您怎么放这么多灯呀?"

老人头也不回地答道："那边朋友、兄弟多,不能让他们孤单着。"

李大钊问："您是祭奠您的朋友?"

老人一脸悲戚："都是当年一起闹义和团的兄弟,死了有小二十年了。他们是为了这个国家被洋人杀死的,死的时候可都是活蹦乱跳的小爷,连媳妇都没娶就走了。一门兄弟就剩下我这一个,每年的今天,我都来这里给他们放船烧纸。"说完,老泪纵横。

李大钊扶住老人的肩膀安慰道："老爷子,别伤心了。您这些朋友是为国捐躯,死得值。"

老人猛一摇头："值个屁! 我来给他们放灯,就是来给他们叫屈的。你看看这河堤上,这么多年了,一年三百六十五天,哪一天不是满满当当的灾民,哪一天不死上十来个人? 太惨了!"

陈独秀心情更加沉重："老人家,我正想问您,河堤上这么多难民,冬天怎么过呀?"

老人声调明显提高了："怎么过? 除了冻死、饿死,还能怎么过?"

陈独秀又问："难道政府不管吗?"

老人睁大眼睛看着陈独秀："政府? 现如今政府什么时候管过老百姓的死活?"

李大钊愤然道："这也太不像话了!"

老人流下了热泪："年轻人,这点难民算什么! 想当年八国联军杀进来的时候,这海河上漂的全是中国人的尸首,有的没有头,有的大姑娘光着身子,那才叫惨不忍睹呢。老百姓命贱,这么多年,习惯了。"

陈独秀和李大钊都怔住了,两人眼睛里都含着泪花,闪着一种异样的光芒。陈独秀一把抓住李大钊："守常,我想通了。你说得对,我们得有组织,我们得建党!"

李大钊："我告诉你,现在中国在册的政党已经有三百多个了。你想建立一个什么样的党?"

陈独秀："一个用马克思的学说武装起来的先进政党,一个能把中国带进光明,能让中国人都过上好日子的无产阶级政党。"

李大钊："你为什么要成立这个政党?"

陈独秀挥手指向海河大堤上的灾民,两行热泪夺眶而出："不为别的,就为他们。为了让他们像人一样地活着,为了让他们获得人的权利、人的快乐、人的尊严。"

李大钊激动地举起右手,攥成拳头,大声说:"好,仲甫,让我们对着河堤上这些难民发誓吧!"

陈独秀也举起右手,攥成拳头:"来,我们宣誓!"

"为了让你们不再流离失所!"

"为了老百姓都过上富裕幸福的生活!"

"为了穷人不再受欺负,人人都能当家做主!"

"为了人人都能受教育,少有所教,老有所依!"

"为了中国的繁荣昌盛!"

"为了中华民族伟大复兴!"

"我愿意奋斗终身!"

"我愿意奋斗终身!"

静静流淌的海河,河堤上成千上万流离失所的难民,河面上无数只烛光闪烁的祭奠亡灵的纸船,两位穿着长衫、戴着围巾和礼帽的中国共产党创始人握着拳头,脸上挂着晶莹的泪珠。

放纸船的义和团老人不知道发生了什么事情,问:"二位先生,你们这是干什么,是要结拜为兄弟吗?"

李大钊流着眼泪扶住老人的双肩:"对,我们是结拜,我们是要和全中国四万万人一起结拜,一起去争取好日子!"

老人摇摇头:"听不懂。"

陈独秀握住老人的手:"老人家,您会懂的!"

李大钊大声喊道:"老人家,您一定会懂的!"

五

上海浦江码头,一个陈独秀十分熟悉的地方。海上航行数日之后,又一个

清晨来到。当太阳在海平面上升起的时候,陈独秀拎着皮箱走出了码头。

一个小伙子走过来,头上的礼帽压得很低,用假嗓子问陈独秀:"先生,要用汽车进城吗?"

陈独秀挥挥手:"不用。"

走了几步,年轻人又追上来:"先生,您用汽车吗?"

陈独秀再次挥手:"不用,你不要跟着我。"

年轻人不但继续跟着陈独秀,反而过来拎他的皮箱。陈独秀觉得奇怪,仔细一看,大吃一惊:"赵世炎,怎么是你?"

赵世炎把帽子戴正,笑了起来:"先生辛苦了。"说着一招手,又跑过来两个青年,一个是许德珩,一个是张国焘。

陈独秀喜出望外:"你们三个怎么会在这里?"

赵世炎笑道:"我们是作为北京学联代表来上海参加全国各界联合会筹备工作的,昨天接到李大钊先生从天津发来的电报,章士钊先生特意安排我们来迎接您。"

陈独秀十分高兴:"真是太好了,我正犹豫今天住什么地方呢。"

赵世炎:"章士钊先生已经把您的住处安排好了,还是法租界老渔阳里2号柏文蔚旧宅。"

陈独秀:"好啊,这是当年我们湘皖同志会集结的地方。"

赵世炎告诉陈独秀,章士钊已回广州,过几天章士钊和吴稚晖、李石曾等人要来上海与陈独秀专门商量赴粤事宜。

上海法租界环龙路老渔阳里2号大门口,陈独秀郑重地将《新青年》杂志编辑部的牌子挂上,汪孟邹和赵世炎在一旁情不自禁地鼓起掌来。

陈独秀意味深长地说:"孟邹兄,《新青年》和陈独秀都回来了,但已不是原来的《新青年》和陈独秀,我们都将在此获得新生。"

赵世炎:"先生,我们这些人都是因为读《新青年》而发现新世界的。我有个朋友叫周恩来,去年他跟我说,他就是因为在去日本的轮船上读了《新青年》才决定投身革命的。"

陈独秀颇有兴趣地问:"你的这位朋友现在在哪里?"

赵世炎:"在天津,因为组织示威活动被捕了。他们把牢房当成了研究室,每天都在讨论马克思主义。我来上海之前,刚刚托人给他捎去了上一期《新青年》。"

陈独秀:"我们现在就需要这样的青年精英加入我们的行列。"

陈独秀又问赵世炎准备何时去法国,赵世炎说大概五月底。陈独秀很高兴:"那好呀,还有一段时间呢,最近我准备在上海成立一个马克思主义研究会,你来参加吧。"

赵世炎:"好的,我参加。"

陈独秀:"还有,你可以帮我编辑《新青年》。你以前不是跟守常去过长辛店吗?我准备在最近编一期'五一劳动节纪念'专号。你陪我到一些工厂去转转吧。"

赵世炎:"太好了! 先生怎么对工人运动感兴趣了?"

陈独秀:"我现在对工人阶级不是一般的感兴趣,而是非常感兴趣,甚至入迷。世炎,你读过《共产党宣言》吗?"

赵世炎:"读过,经常读,常读常新,可惜到现在还没有人把它完整地翻译成中文。如果有了中文版本,我们就可以到工厂里演讲了。"

陈独秀:"没有中文版本也可以到工厂里去宣讲。"

赵世炎:"对。您看这样宣讲行不行? '一个幽灵,共产主义的幽灵,在欧洲游荡。为了对这个幽灵进行神圣的围剿,旧欧洲的一切势力,教皇和沙皇、梅特涅和基佐、法国的激进派和德国的警察,都联合起来了……'"

陈独秀:"共产党人不屑于隐瞒自己的观点和意图。他们公开宣布:他们的目的只有用暴力推翻全部现存的社会制度才能达到。让统治阶级在共产主

义革命面前发抖吧。无产者在这个革命中失去的只是锁链,他们获得的将是整个世界……"

"妖孽！陈仲甫,你怎么成了一个暴力革命的妖孽啦?"陈独秀转过身来,吴稚晖一个箭步跳到他面前,"陈妖哪里跑,钟馗在此！"

众人大笑。章士钊、李石曾应声赶到。

陈独秀从吴稚晖手中挣脱:"我说吴疯子,你多大年纪了,还这么疯疯癫癫的。"

吴稚晖半真半假地说:"有鬼就得有钟馗。只要有你这个幽灵在,我老吴就不能闲着。"

陈独秀不理吴稚晖,转身握住章士钊的手:"行严兄,我就算正式向你报到了。西南大学筹办方案我已经拟了一个初稿,你看我什么时候去广州?"

章士钊点头赞道:"仲甫办事历来是高效率,亡命途中竟然把方案都做出来了,怪不得陈炯明非要请你去广东办教育呢。"

陈独秀:"我有言在先,我去广东可不是为了陈炯明。"

章士钊:"当然。不过广州你现在不用去。广东局面很乱,中山先生对陈炯明很不放心,十年之内广东不会安宁,恐没有办学条件。因此,有人建议西南大学校址应设在上海。下月初,军政府政务会议将专门研究西南大学选址问题,你可等校址确定后再决定去向。"

陈独秀不满地问:"谁这么短视,要把校址定在上海?"

章士钊朝吴稚晖努努嘴:"远在天边,近在眼前。"

陈独秀质问道:"你这吴疯子发什么神经? 办在上海还能叫西南大学吗?"

吴稚晖毫不在意:"我这可不是发神经。我有四条理由,前两条已经说了,广东战乱,而上海则在外国人势力之下,不受政治左右。第三,西南大学主要解决川、湘、黔三省学生上学,从交通考虑,上海最为合适。第四,上海好筹钱。"

陈独秀反驳道："可是你想过没有？中国三大流域，黄河流域有北大、南开，长江流域有复旦、南洋，唯珠江流域没有一所好大学。为国家教育资源配置科学化计，也应在广州建一所好大学。更何况广东的条件要好于上海，需求也高于上海。你老吴是怎么想的？一定有私心。"

章士钊笑了："仲甫，你慧眼如炬呀。不过这事不是我们在这里说了算的，还是等广东那边决定吧。仲甫，这样也好，你就先在上海安顿下来，把君曼和孩子接过来。陈炯明已经给北洋政府去了专函，想必吴炳湘不会为难君曼的。"

陈独秀："也好，我就在这里踏踏实实地编《新青年》了。"

章士钊："怎么样？各位要是不怕辣，我请你们吃湘菜。"

晚饭过后，陈独秀和吴稚晖沿街边散步。

陈独秀："还记得四年前我们在城隍庙的寒风里吵架的事吗？"

吴稚晖："怎么不记得！你为了送延年、乔年上法文补习班，偷偷塞给我一百块大洋。"

陈独秀："我这个父亲当得不合格呀，也不知这两个小子现在怎么样了。"

吴稚晖："两个孩子已经到达巴黎，现在巴黎大学尉设学校学习法文。学费挺贵的，你给他俩带的钱，估计够一年的学费，以后怎么办，我再找华法教育学会想办法。"

陈独秀拱拱手："敬恒兄，冲这个我得好好谢谢你。"

吴稚晖："欧洲现在经济状况很差，勤工俭学很苦，一下子去了这么多学生，将来上学问题很大。你下午不是说我有私心吗？我的私心就是想在法国里昂也办个西南大学分校，这样可以解决不少勤工俭学生的上学问题，其中就包括你的两个儿子。"

陈独秀马上摆手道："你要是这么说，我就不领你的情了。"

吴稚晖无可奈何："好，好，你硬气，我不跟你说。"

陈独秀："我再问你,听说你和柳文耀沆瀣一气,硬是把柳眉姑娘扣了下来。你说你缺德不缺德?"

吴稚晖来气了："你们家那点破事把我给害苦了。我发誓,以后我再也不管了。"

陈独秀："柳眉现在怎么样了?"

吴稚晖："还能怎么样。柳文耀撒了一个谎把她留下了,现在他要编十个谎去圆那个最初的谎,还不知道怎么收场呢。要我说,罪魁祸首还是延年。"

陈独秀叹了口气："延年也是好心,不想连累柳眉。但愿这只是个短痛。"

吴稚晖："理想和爱情是两副毒药。现在延年总算忍痛扔掉了爱情这副毒药,理想那一关能不能过得去,就看他的造化了,但愿他别像你一样看着火坑还往里跳。"

陈独秀很是不悦："延年的路他自己会走,不劳你费心。"

六

冬日,北京北长街99号福佑寺,一间十多平方米的寺院配房,门口挂着"旅京湖南各界联合会""旅京湘人驱张各界委员会""平民通讯社"等好几个牌子。

人们进进出出。屋内,毛泽东正在给几个年轻人布置工作。

1919年12月,为反抗军阀张敬尧在湖南的反动统治,毛泽东在长沙领导发动了一场声势浩大的驱张运动。年底,毛泽东率驱张代表团一行四十人抵达北京,揭露张敬尧祸湘虐民的罪行,争取全国舆论对"驱张运动"的支持。作为"平民通讯社"社长,此时他正在给同伴分配任务:"这份揭露张敬尧十大罪状的通电要马上发出去;这份驱张宣言还要加印三十份给各个报社送去;还有,这是我刚刚写好的给国民政府靳云鹏的驱张呈文,也要赶紧印出十五份,明天下午要用。"

彭璜在门外高呼:"润之,你看谁来了。"

毛泽东抬眼望去,邓中夏和罗章龙走进屋里。

三个人热烈拥抱。

邓中夏:"士别三日当刮目相待,润之,一转眼你就当上平民通讯社的社长,成了四九城闻名的大记者了,不简单呀!"

毛泽东:"我也是赶鸭子上架,一边干一边学。"

罗章龙:"来了这么长时间,也不去北大看看,守常先生经常念叨你呢。"

毛泽东:"老实说,我想死你们了。可是现在正在裉节上,实在不敢分身。忙过这一阵子,我就去看望守常先生,我有一肚子的话要对他说呢。"

邓中夏:"润之,你看我给你带什么来了。"

邓中夏从挎包里掏出两个瓦罐,说:"这是守常先生特意让师母给你炸的辣椒油。他说,没有辣椒,润之就少了很多精神头,驱张运动就火不起来。"

毛泽东接过瓦罐,眼睛有些湿润:"有守常先生这样的老师,是我毛泽东最大的荣幸。"

邓中夏又拿出一本新出版的《新青年》:"润之,仲甫先生表扬你了。这是他为支持驱张运动新写的一篇文章,题目叫《欢迎湖南人的精神》。你看,他是这样称赞你们的:'我们奋斗不过的精神,已渐渐在一班可爱可敬的青年身上复活了。我听了这类声音,欢喜极了,几乎落下泪来!'"

毛泽东:"仲甫先生还好吗?听说他遇到了不少麻烦。"

邓中夏压低声音说:"仲甫先生已经逃出了北京到上海去了,我预感,他很快就会干出惊天动地的大事情来。"

毛泽东:"这次我一定要去上海见他。"

罗章龙:"润之,现在整个北京都在议论驱张运动,说我们湖南人又拔了头筹。怎么样,进展如何?"

毛泽东:"北洋政府走马灯似的换总理,现在是靳云鹏,神龙见首不见尾,摸不到他的辫梢子。"

邓中夏："我给你出个主意,到他家去。他住在棉花胡同。"

次日,北京棉花胡同国务总理靳云鹏私宅,门口有持枪的军人站岗,湖南公民代表毛泽东、张百龄、教员代表杨树达、罗教铎、学生代表李思安、柳敏等站立一排,毛泽东手持《湘人控张敬尧十大罪》的请愿书。

靳云鹏剔着牙,大腹便便地从内室走来说："我说你们这些湖南后生也太不讲礼貌了吧,怎么跑到我家里来告状了? 就不怕我反告你们私闯民宅吗?"

毛泽东上前一步："我们代表全体湖南民众要求将张敬尧驱逐出湘。"

靳云鹏："张敬尧怎么得罪你们啦?"

毛泽东："张督祸湘,罪大恶极;湘民痛苦,火热水深。这是我们的请愿书,请总理过目。"

靳云鹏摆摆手："我不看,你说,我听着就是。"

毛泽东："张敬尧有十大罪:纵兵殃民,以致农不得耕,商不得市,其罪一。金融枯塞,无以为生,其罪二。公私破产,恢复无期,其罪三。勒民种烟,毁伤国体,腾笑全球,其罪四。破坏教育,致学生无校可入,无学可求,其罪五。暗杀公民,身蹈刑律,其罪六……"

靳云鹏："好了,好了,你不要念了。我听明白了,这个张敬尧就是个十恶不赦的混蛋。你们想要怎样?"

毛泽东："请政府立即将张敬尧驱逐出湘。"

靳云鹏问："你们都是这个意思吗?"

众人齐声高呼："张毒不除,湖南无望!"

靳云鹏无奈地摇摇头："看来是政府愧对湖南了。好吧,明日召开国务会议,将湖南问题提出讨论。你们满意了吧?"

春天来了,红楼前,垂柳已经抽出鹅黄的嫩芽,沉寂了一个冬天的校园焕发了新的生机。

李大钊的图书馆已经成为进步青年研究和宣传马克思主义的基地。经过周密筹划,中国第一个马克思主义研究机构——北京大学马克思学说研究会正式成立了。

李大钊和邓中夏、何孟雄、刘海威、白兰等人正在热烈地讨论,蔡元培来了,众人赶紧站起。

蔡元培示意大家坐下:"我去二楼和适之商量事情,顺便来看看守常。听说你们成立了马克思学说研究会,搞得红红火火,我能为你们做些什么? 仲甫走了,你们以后有什么困难就直接找我。"

李大钊:"谢蔡公关心,暂时还没有需要蔡公出面的事情。"

蔡元培:"你现在既是图书馆主任,还兼经济系和历史系教授,开了好几门课,不可能没有困难。我既然来了,你就不要客气。"

李大钊:"真的没有什么困难,只是有点不方便。"

蔡元培:"你说!"

李大钊:"图书馆进了许多马克思主义的书刊,公开上架恐怕太招眼,张丰载三天两头派人来这儿找茬。如果能在红楼以外专门找个地方存放这些书刊,既安全,又方便同学们阅读,那就再好不过了。"

蔡元培笑了:"守常呀,你真是个老实人。我不问你,你还不说。不瞒你说,我今天就是来给你解决这个问题的。"说着,从身上掏出一串钥匙,"景山东街2号,这房子归你了。既是书屋,又是你们马克思学说研究会的办公室,怎么样?"

大家都高兴地鼓起掌来。

蔡元培问道:"有了书屋就得有个名号呀,守常,你的这个马克思主义书屋叫什么名号呀?"

李大钊笑着答道:"知我者,蔡公也。不瞒您说,我还真的早就想好了一个名字——亢慕义斋。"

蔡元培赞赏道:"亢慕义斋,共产主义的音译。嗯,这名字响亮!"

大家又情不自禁地鼓起掌来。

夜,北大红楼图书馆,李大钊正在整理资料,毛泽东拎着两个瓦罐走到门口,轻轻地喊了一声:"李先生!"

李大钊抬起头,看见毛泽东,激动地站起来:"润之,你来了。"

两个人紧紧地拥抱在一起。

李大钊仔细地端详着毛泽东:"瘦了,不过更加精神了。"

毛泽东指着桌上的瓦罐:"师母的这两罐辣椒油就像润滑剂,给了我活力。不然的话,我可能真顶不下来。"

李大钊笑了:"好啊,我让她再给你做,多放些辣椒。来,润之,你快给我说说,驱张运动搞得怎么样了?"

毛泽东:"靳云鹏已经答应解决湖南问题。现在军阀混战,张敬尧四面楚歌,败局已定。"

李大钊:"驱张之后,湖南怎么办?润之,你想过吗?"

毛泽东:"这正是我要向先生请教的问题。"

李大钊:"我想先听听你的想法。"

毛泽东:"这次驱张运动,我主要思考两个问题。一是只有依靠民众大联合,才能实现救国救民的理想。二是驱张之后,争取实现湖南自治。"

李大钊:"这是两个很现实的问题,被你抓住了。"

毛泽东:"关于民众大联合的行动方法,现在有两种主张,一种是倾向于马克思列宁的激烈派,一种是倾向于克鲁泡特金的温和派。"

李大钊:"你毛润之现在是哪一派?"

毛泽东:"我很纠结。我看过一些俄国十月革命的资料,心向往之。但是从感情上讲,我又对暴力革命有所顾忌,担心用强权打倒强权,得到的仍然是强权。所以,我还是更偏向于无政府主义的温和的改良。"

李大钊:"那你打算怎样改良你们湖南?"

毛泽东："现在是军阀混战,驱张之后,还会来新的督军。我知道您和仲甫先生都主张实现地方自治。我想,湖南能不能带个头,在驱张成功之后,率先摆脱北洋军阀的统治,建立以民为主的真政府? 具体怎么弄,我还没理出头绪,特别想听听先生的意见。"

李大钊："第一个问题,我建议你还要多了解一些俄国的十月革命和马克思的思想。我要告诉你,我和仲甫现在都确定了对马克思主义的信仰,决心效仿俄国,走社会主义道路。历史证明,我们这个国家,走改良的道路是行不通的。只有实现对社会的根本改造才能够救中国。第二个问题,我建议你把眼界再放开一些,把改造湖南放到改造整个中国社会的大方案中去思考,这样会少走些弯路。"

毛泽东："守常先生,我也很崇拜马克思和社会主义,可是这方面的书太少了。至于俄国革命,我一直非常感兴趣,我和新民学会的同志商量了,准备在长沙成立俄罗斯研究会。同时,我还想到俄国去留学或者勤工俭学,深入地研究中国能不能走俄国人的路的问题,争取早日得出结论。"

李大钊："好啊! 润之,你知道吗,我在北大成立了马克思学说研究会,还在蔡校长的支持下搞了个共产主义书屋,有不少马克思主义和俄国革命的书籍,我们还经常举行读书会。对了,今天晚上就有一个讨论会,主题是《共产党宣言》。你来参加吧。"

七

夜,景山东街 2 号,亢慕义斋里灯火通明。屋内墙壁上挂着马克思画像,画像的两边是"出研究室进监狱,南方兼有北方强"的题词,墙上贴有"不破不立,不立不破"的标语,还有很多革命诗歌、格言等。

北京大学马克思学说研究会成员邓中夏、高君宇、刘仁静、何孟雄、朱务善、罗章龙、张国焘、刘海威、白兰等聚集在这里,李大钊正在给大家宣讲《共产

党宣言》:"同学们,《共产党宣言》是卡尔·马克思和弗里德里希·恩格斯为共产主义者同盟起草的纲领,由马克思执笔写成。我认为,这个《宣言》的基本原理可以做这样的概括:每一历史时代主要的生产方式与交换方式以及必然由此产生的社会结构,是该时代政治的和精神的历史所赖以确立的基础,并且只有从这一基础出发,历史才能得到说明。从原始社会解体以来,人类社会的全部历史都是阶级斗争的历史;这个历史包括一系列发展阶段,现在已经达到这样一个阶段,即无产阶级如果不同时使整个社会摆脱任何剥削、压迫,如果不进行阶级斗争,就不能使自己从资产阶级的剥削统治下解放出来。"

大家都在认真做笔记。毛泽东气喘吁吁地跑进来,悄悄地在角落坐下,认真听讲。

李大钊:"'消灭私有制','推翻资产阶级的统治,由无产阶级夺取政权',然后'一步一步地夺取资产阶级的全部资本,把一切生产工具集中在国家即组织成为统治阶级的无产阶级手里,并且尽可能快地增加生产力的总量',这些都是《共产党宣言》的基本观点。'无产者在这个革命中失去的只是锁链,他们获得的将是整个世界。'这是《共产党宣言》最后的庄严宣告。"

散会了,邓中夏和毛泽东送李大钊回家。初春的夜晚,乍暖还寒,李大钊问毛泽东:"润之,你穿得这么少,冷不冷?"

毛泽东:"不冷,我是一路小跑过来的,浑身发热。听了您的宣讲,心里更热了。这次来北京的最大收获,就是在亢慕义斋看到了马克思主义的许多著作,心中豁然开朗。"

李大钊:"那你可以多参加一些我们的活动,多读一些社会主义和十月革命的著作。我希望你能够早日成为马克思主义者。"

毛泽东用力点点头:"我想我正在向您所希望的那个方向转变。"

李大钊:"好啊,有空的话我们多谈谈。你打算什么时候回去?"

毛泽东:"我想下个月到上海去。"

李大钊："那你一定要去看看仲甫先生，他时常提起你。"

毛泽东："我就是想去向他请教一些问题。快一年没见他了，真想和他好好谈谈。"

有人在喊"守常先生"，大家回过头来，张国焘急匆匆跑过来："守常先生，俄国人来了，说是受共产国际远东局指示来见您。"

李大钊："来了几个人？"

张国焘："五个。"

李大钊："那就请他们明天晚上来这里……还是去红楼图书馆吧，请他们参加我们马克思学说研究会的时事讨论会。"

张国焘："好，我去安排。"

第二天晚上，红楼图书馆阅览室，北大马克思学说研究会和《国民》《新潮》等刊物的负责人都来了。

张国焘领着几个俄国人走进来，大家热烈鼓掌。俄国人坐下后，张国焘介绍说："各位同学，今天我们北京大学马克思学说研究会举行的讨论会也是一次座谈会。除了北京大学一些社团、刊物的同人外，还有远道而来的俄国客人。我给大家做个介绍。俄国共产党远东局全权代表维经斯基和夫人库兹涅佐娃、季托夫、谢列布里亚科夫和翻译杨明斋先生，我们对他们的到来表示热烈的欢迎。下面请维经斯基先生给大家介绍俄国的情况。"

维经斯基和翻译杨明斋在众人的掌声中同时站了起来。

维经斯基："我来自俄共（布）远东局，这次受共产国际和俄共（布）中央指派，来中国了解情况，讨论一些实际问题。听说今天到会的都是参加五四运动的积极分子，能参加你们的会议我感到非常高兴和荣幸。我希望能够经常参加这样的会议，也希望通过各种方式和大家多接触、多交流。下面，我给大家简单介绍一下俄国十月革命的发生过程和俄国现在的一些情况。"

维经斯基很快沉浸在自己的激情演讲中，几乎忘记了观众的存在。

第三十四章

大 道 之 行

一

1920年春的一天,上海老渔阳里2号《新青年》编辑部,陈独秀正翻箱倒柜地找东西,陈望道急匆匆走进来。

陈望道问:"仲甫先生,您找我?"

陈独秀向陈望道招手,说:"望道,来,帮我把这个箱子打开。"

陈望道走过来:"这箱子锁着呢,钥匙呢?"

陈独秀:"钥匙找不到了。你劲大,砸了它。"

陈望道接过锤子:"先生,您闪开,别伤着您。"

陈望道砸开锁,陈独秀打开箱子翻了半天,兴奋地举起一本书:"找到了,找到了。望道,你看,这宝贝没丢。"

陈望道接过书来翻了几页,大叫:"这是英文版的《共产党宣言》。先生,这可真的是宝贝呀。"

陈独秀:"这是我开后门从李大钊那儿借的,搬家的时候记不清搁哪儿了,急死我了,今天终于找到了。望道,交给你两个任务。"

陈望道:"先生您说。"

陈独秀:"第一,和我一起编《新青年》,我打算正式向北京的同人编辑提出请你担任《新青年》主笔。"

陈望道："这哪行,我怎么能与他们相比。您太抬举我了。"

陈独秀："现在是青年人的天下。胡适之号称青年导师,我看他的思想要比今天的新青年落后了五年。你放心大胆地干,我给你担着。"

陈望道："好,我听您的。"

陈独秀把《共产党宣言》递给陈望道："第二,抓紧时间把《共产党宣言》翻译成中文,尽快出版。"

陈望道无比激动："太好了,我一定不辱使命!我手上有日文版,现在又有了英文版,对照着看,意思就不会错了。"

陈独秀："咱俩做个分工,你翻译,我和李汉俊负责校对,这样快一些。望道,这件事的意义可是大了去了。中文版《共产党宣言》一出版,就会成为一盏明灯,将会照亮多少青年的前程。"

陈望道："既然这样,仲甫先生,那我就回义乌老家闭关翻译。那里安静,有我母亲照顾,效率一定很高。"

陈独秀："也行,我在这儿等着你。"

义乌城西小村庄,简陋的农舍,陈望道聚精会神地在窗前小桌旁翻译《共产党宣言》。桌上是两本外文书、一摞写得密密麻麻的稿纸,笔架上挂着几支毛笔,一方砚台里浸着浓浓的墨汁。

陈望道起身用凉水拍了拍脑袋,又坐了下来。

母亲进来："道儿,休息一会儿吧,一上午没动屁股了。"

陈望道："妈,不是说好的吗?不喊不到。您怎么又进来了?"

母亲："我来看看要不要替你研墨。"

陈望道："不用。"

母亲："我蒸了一些粽子,给你剥好了,你吃点吧。"

陈望道："好啊,我真的有点饿了。"

母亲端上一盘冒着热气的粽子和一小碟红糖："道儿，歇会儿，趁热吃。"

陈望道不耐烦地说："妈，您放这儿吧，我自己吃，您就别再进来了。"

母亲摇摇头走了。

陈望道一边翻译一边吃粽子，把墨汁当红糖蘸着吃了，满嘴墨汁却全然不知。

过了许久，母亲在门外问："道儿，吃完了吗，还要不要？"

陈望道："吃完了，饱了，您把碗收了吧。"

母亲进来收拾，看见一嘴墨汁的儿子，禁不住笑了起来："傻儿子，甜吗？"

陈望道头也没抬："甜。"

母亲："别写了，快去漱漱口吧，你看你吃的是什么？"

陈望道一抹嘴，一手的墨汁，这才恍然大悟，不好意思地笑了起来。

母亲："儿子，墨汁是什么味道？"

陈望道想了想，认真地说："味道很好，真理的味道。"

二

春天的早晨，北大北操场热气腾腾，晨练的师生很多。胡适照例扎着毛巾、穿着一身运动服跑步，李大钊随意地做些活动。邓中夏和张国焘跑到李大钊跟前，三个人一边活动，一边谈起维经斯基的事情。张国焘报告说，维经斯基已经几次提出和李大钊面商要事，心情很是急迫。李大钊左思右想，决定当晚在办公室会见维经斯基，并让邓中夏帮忙照应。

安排妥当和维经斯基的会面之后，李大钊像是想起了什么，突然问："对了，润之在干什么？"

邓中夏回答："润之走了，他说先去曲阜孔庙看看，然后去上海。"

李大钊自言自语："去孔庙？有点意思。"

正在跑步的胡适看见李大钊，停了下来："守常，最近有仲甫的消息吗？"

李大钊："有啊,我们经常联系。他正在上海专心编辑《新青年》。"

胡适纳闷地说:"怎么没人告诉我呀?"

李大钊不满地说:"你天天围着杜威转,谁能见得到你呀!君曼嫂子走的时候也没有看到你的影子。"

胡适略显尴尬:"那天正好有事走不开,我让冬秀去送了。对了,我听说陈炯明想请仲甫去广东当教育厅长,不知他何时动身。"

李大钊一愣:"你听谁说的?"

胡适答道:"汪孟邹来信说的,不会有错。"

李大钊很高兴:"我倒是希望仲甫去广州,那里比上海安全。"

胡适不以为然:"只要他不折腾,哪儿都安全。可是他能不折腾吗?守常,我听说你们现在跟俄国人走得很近,这是很危险的。"

李大钊反驳道:"你跟美国人走那么近就不怕有危险?知道人家怎么说你吗?"

胡适赶紧打断李大钊的话:"得,我知道你嘴里没有好话。走了,你们爱怎么折腾就怎么折腾吧。"

晚上,邓中夏领着维经斯基和杨明斋来到李大钊办公室。维经斯基热情拥抱李大钊并激动地喊:"达瓦里希,达瓦里希。"邓中夏给他们端上茶水后关门出去,然后守在走廊上。

李大钊对维经斯基说:"你称呼我为同志,我很高兴,不过我自以为在觉悟上还没有达到这个层次。"

维经斯基:"李大钊同志,您太谦虚了。我认真地拜读了您的许多文章,您对马克思主义的认识非常深刻,就是在俄国也是少有的。不过我认为,马克思主义者不能只停留在思想上,更应该体现在行动上。"

李大钊:"我们成立了马克思学说研究会,组织开展了长辛店工人现状调查,这些都是行动。"

维经斯基:"仅仅这些还不够,我们认为,中国革命的当务之急是尽快成立一个无产阶级政党。我们仔细研究过您的情况,认为您应该来挑这个头。"

李大钊笑了,从抽屉里拿出一封信来递给维经斯基。

维经斯基不解地问:"这是什么意思?"

李大钊回答:"你不是要找挑头人吗? 我给你找个挑头的人。"

维经斯基:"谁?"

李大钊:"陈独秀同志。"

维经斯基有些不敢相信:"陈独秀?《新青年》主编、五四新文化运动领袖陈独秀?"

李大钊用力点点头:"正是此人。他现在在上海,你拿着这封信去找他,由他挑头,何愁大事不成!"

维经斯基高兴地抱住李大钊:"亲爱的李大钊同志,看来您对建党这件事已经胸有成竹了。"

李大钊:"这在中国可是开天辟地的头等大事,能不慎重吗?"

自打回到上海之后,建党就成了陈独秀殚精竭虑的一件大事。到工人中去,是他日常生活的主要内容。

上海浦江码头,一块空地上搭了一个台子,台上挂着一幅横标:上海船务工人联合会成立大会。台下坐满了穿着各种各样工装的工人和其他各界人士。

陈独秀登台发表演讲:"工人同志们,世界上是些什么人最有用、最贵重呢? 必有一班糊涂人说皇帝最有用、最贵重,或是说做官的、读书的最有用、最贵重。他们说错了,我以为只有做工的人最有用、最贵重。这世界上若是没有种田的、裁缝、木匠、瓦匠、小工、铁匠、漆匠、机器匠、驾船工人、掌车工人、水手、搬运工人等,我们便没有饭吃,没有衣穿,没有房屋住,没有车坐,没有船坐。由此可见,人类各项人中,只有做工的是台柱子,因为有他们的力量才把社会撑住;若是没做工的人,我们便没有衣、食、住和交通,便不能生存。如此,人类社会岂不是要倒塌吗?我所以说只有做工的人最有用、最贵重。"

台下,赵世炎振臂高呼:"工人万岁!"

全场跟着高呼:"工人万岁!"

连着十多天,陈独秀早出晚归,一直这样泡在工人堆里。

晚上,一家人聚齐了,吃饭时,子美问高君曼:"妈妈,白兰姐姐什么时候来上海?"

高君曼掰着指头算了算,说:"快了。怎么啦,想白兰姐姐了?说是五月去法国,应该这几天就要到了。仲甫,忘了告诉你,我们离开北京时,刘海威跟我说,他想和白兰在一起,这次两人一起去法国。"

陈独秀很高兴:"我知道,是好事。海威去法国还是我找蔡校长给办的。他们两个要是能在一起,我们对白兰也就放心了。"

外面有人敲门。子美跑去开门,看清来人,兴奋地喊了起来:"世炎哥哥。"

赵世炎探进半个头来,冲着陈独秀说:"先生,我给您带来两个熟人。"

陈独秀:"谁呀,进来吧。"

赵世炎一闪身,俞秀松和施存统跳进来,冲着陈独秀弯腰鞠躬道:"仲甫先生好!"

陈独秀高兴地放下饭碗:"秀松、存统,你们来了,太好了,真是天助我也。"说着,领赵世炎、俞秀松、施存统来到客厅坐下。

俞秀松:"我们俩从北京过来,是专门来投靠先生的,现在临时在《星期评论》帮忙。"

陈独秀兴奋得直搓手:"太好了,我这儿正需要人手。我正在筹备成立马克思主义研究会,现在身边只有陈望道和李汉俊帮忙,你们俩赶快加入进来,世炎很快就要去法国了。"

施存统："我们俩本来就打算和先生一起专门做工人运动的，一切听先生调遣。"

陈独秀点头："工人运动是我们今后工作的一个重点，这一期《新青年》就是'纪念五一国际劳动节'专刊。不过，当务之急还不是这个，而是要筹建一个全国性政党来领导工人运动。"

俞秀松："我们在北京听守常先生说过这件事情。"

陈独秀："守常他们已经在北京大学成立了马克思学说研究会，并已有效开展工作，给我们树立了榜样。南方政治条件比北方好，我们不能落后。"

又有人敲门，赵世炎站起来："我去开。"

来者是陈望道。陈望道向陈独秀拱手致意，并和俞秀松、施存统打招呼："真巧啊，你们二位也在。"

陈独秀奇怪地问："你们认识？"

陈望道："认识，我们算是《星期评论》同人。"

陈独秀："认识就好。这两位也算是我的学生，以后就是我们的同志了。怎么，你来找我有事吗？"

陈望道从包里拿出一摞稿子："先生，《共产党宣言》我已经全部翻译出来了，请审阅。"

陈独秀接过翻译稿，激动之情溢于言表："太好了，太好了！我一定抓紧校阅，尽快出版。望道，你可是为中国革命立了一件大功，历史会记住你的。"

赵世炎难掩急切之情："太好了，先生，今晚我就在你这里熬个通宵，先睹为快了。"

陈独秀略带遗憾地说："可惜你出国前印不出来，要是能带到法国给延年、乔年他们看看多好。"

赵世炎："他们在那边可以看法文版。"

陈望道看看陈独秀："先生，还有一件急事。"

陈独秀：“你说。”

陈望道欲言又止。

陈独秀见陈望道有些顾虑，马上说：“没关系，都是自家同志，但说无妨。”

陈望道这才接着说下去：“共产国际代表维经斯基已经抵达上海，他们带来李大钊先生给您的引见信，希望能够尽快见到您。”

陈独秀：“他们会说中国话吗？”

陈望道答道：“他们带来一个翻译，中国人，叫杨明斋，是俄共党员。”

陈独秀想了想，说：“这是一件大事。这样吧，明天下午在春风得意楼与他们见面，你去订一个僻静一点的包间。”

陈望道：“其实在这里见面就很好，既安静又安全。”

陈独秀笑道：“你不懂，俄国人傲慢自负，我要先让他领教领教中国的文化。”

第二天下午，春风得意楼，陈独秀刚一进入包间，维经斯基就张开双臂要和陈独秀拥抱。陈独秀一闪身，拱手相对。维经斯基只得放下双手，表情有些尴尬。陈独秀对杨明斋说：“你告诉他，请按中国的习俗来。”

杨明斋把陈独秀的话告诉维经斯基，维经斯基想了想，说：“那我们就握个手吧。”

陈独秀点头：“这个可以。”

茶博士进来倒茶，一套复杂的工序把第一次来到中国的维经斯基镇住了。他连连朝陈独秀竖起大拇指：“中国的文化太神奇了！”

陈独秀自豪地说：“我泱泱中华五千年文明，你今天看到的不过冰山一角。”

维经斯基似有不解：“我听说陈教授并不喜欢中国传统文化。”

陈独秀正色道：“那是谣传。我六岁起就跟着祖父熟读‘四书五经’，十八岁中得院试第一名，中国传统文化早已融入我的血脉。”

维经斯基又问:"那陈教授又是怎样看待马克思主义和十月革命的呢?"

陈独秀回答:"我认为,马克思主义是当今世界最科学的理论,俄国十月革命的道路就是中国革命的必由之路。"

维经斯基对陈独秀竖起大拇指:"好,这样我们就有共同语言了。"

维经斯基双手递上李大钊的信,陈独秀看后,再次向维经斯基伸出手去:"欢迎你,维经斯基同志。"

维经斯基:"陈先生,我作为共产国际远东局工作人员,这次是受俄共(布)派遣,来中国联系信仰共产主义的同志,讨论在中国建立党组织的可能性的。我知道您是中国著名思想家和群众运动领袖,请给我们提供帮助。"

陈独秀:"今年2月,我和李大钊同志已就中国建党问题达成共识,之后我们都做了许多实质性准备工作,李大钊已经在北京成立北京大学马克思学说研究会,上海也即将成立上海马克思主义研究会。我们正在筹备建党,同样希望得到共产国际和俄共(布)中央的支持。"

维经斯基兴奋地站起来:"陈独秀同志,我非常希望能够热烈地拥抱你。"

陈独秀再次站起来抱拳:"很抱歉,维经斯基同志,拥抱在中国传统中叫合体。即将成立的中国党和俄国党可以结盟,但不可以合体。中国有一句古语,亲兄弟明算账。你是你,我是我,我们到哪天都不能把自己给搞没有了。所以,我们还是握手吧。"

1920年4月,经共产国际批准派出的俄共(布)党员小组维经斯基等人到达中国,先后会见了李大钊和陈独秀,对中国共产党的建党准备工作给予帮助。

三

在长辛店工厂区,李大钊、邓中夏、张国焘和葛树贵等与工人座谈。李大钊把《新青年·五一劳动节纪念专号》分发给工人们,并告诉葛树贵等人,这一期《新青年》专门介绍了五一国际劳动节的由来和意义,同时也用大量篇幅介绍了中国各地工人阶级的生活和斗争情况,可以在长辛店工人夜校里多多宣传,以便把工人组织起来。

李大钊从长辛店回到城里,夜已经很深了。刚到红楼图书馆,没想到胡适手里拿着一本《新青年》正在等他。

两人进了屋,胡适用力把《新青年》扔在桌上:"守常,这还是我们北大同人编辑的《新青年》吗? 这样的《新青年》还是思想启蒙的学术刊物吗? 仲甫他到底要干什么?"

李大钊从未见胡适如此激动,连忙问:"怎么啦?"

胡适还是怒气冲冲:"堂堂《新青年》,给不识字的工人出了专刊,讲的都是柴米油盐酱醋茶的事情。请问,还讲不讲学术品位了?"

李大钊反问道:"我们不是已经说好了吗?《新青年》交给仲甫去办,我们只负责写稿子。至于怎么办,那是仲甫的事情,我们不要横加干涉。"

胡适逼问道:"那你认为仲甫这样办行吗?"

李大钊:"我觉得挺好的。听说这一期发行量很大,很受欢迎。"

胡适生气地拿起《新青年》:"好,我不和你说,我去给仲甫写信。我决不允许他这样糟蹋《新青年》!"说完,拂袖而去。

上海,陈独秀热情地把毛泽东迎进房间,让他在自己对面坐下,关切地问:"润之,不是说你早就离开北京了吗? 怎么到现在才来呀?"

毛泽东:"我离京后一路南下,登泰山、拜孔庙,到处看了看,收获甚丰,昨天晚上才到上海,今天就急着来见您。"

陈独秀有点惊讶:"你去曲阜啦?"

毛泽东:"是的,我去看了孔子故居和墓地。"

陈独秀笑了:"润之,早知道的话我就请你也代我敬拜孔子了,请老夫子不

要骂我陈独秀,要骂就去骂袁世凯,是袁世凯打着老夫子的幌子复辟帝制,这才搅得他在地下不得安宁。其实我陈独秀骨子里挺崇拜老夫子的,将来有机会的话,我也要去曲阜看看。"

毛泽东想了想,由衷地说:"先生,您别在意,我想孔夫子不会怪您的。他心里明白,他就是一幅画,怎么贴是后人的事。"

陈独秀向毛泽东竖起大拇指:"润之,你是少有的明白人!"

毛泽东看见陈独秀桌上有一摞厚厚的手稿,很有兴趣地问:"先生又在写什么大作?"

陈独秀:"这可是救世的经典,陈望道刚刚翻译出来的《共产党宣言》全本,我正在抓紧校阅,准备公开发表。"

毛泽东惊喜地叫道:"《共产党宣言》有全译本啦,太好了!我在北京看的都是节译本,一段一段的,不全。先生,能让我看看吗?"

陈独秀:"当然,今天你就住我这里,我让你一口气看完。"

毛泽东捧起厚厚一沓稿纸,爱不释手:"那太好了!"

次日,渔阳里2号二楼,《新青年》编辑部里已经坐满了人,一水的青年才俊。陈独秀主持马克思主义研究会会议,维经斯基应邀参加。

陈独秀首先讲话:"我们的马克思主义研究会,成员来自三个组织——《新青年》杂志、《星期评论》杂志和共学社及其所办的《时事新报》。此外,俄共(布)党员杨明斋同志从今天起也正式加入我们的研究会。今天,我们还邀请到共产国际代表维经斯基同志来参加我们的讨论。他来中国已经有一个月了,在北京、天津、济南和上海等地接触了许多人士,了解到许多情况,他想和大家谈谈他对中国思想界的一些看法,大家欢迎。"

维经斯基:"我认为,中国现在关于新思想的潮流,虽然已成澎湃之势,但还有许多问题。第一,太复杂,有无政府主义、工团主义、社会主义,还有基尔特社会主义,五花八门,没有一个主流,很混乱。第二,没有组织,做文章、说空话的人太多,实际行动一点都没有。这样绝不能推动中国革命。所以,我认为,中国思想界和政治界最迫切的任务,就是尽快建立一个坚强的马克思主义政党。"

维经斯基的发言引起了大家的议论。

张东荪发言说:"中国现在党派林立,派系严重,根本没有必要再成立一个小党,起不到什么作用。"

俞秀松反对:"我认为维经斯基同志的意见是对的,没有一个无产阶级政党领导,中国终究还是一盘散沙。"

施存统举手:"我支持俞秀松同志的观点。"

赵世炎表态:"我也支持。"

维经斯基站了起来:"同志们,为帮助中国建立共产党,共产国际东亚书记处已经在上海正式成立了。我诚挚地邀请陈独秀同志光临指导。"

几天后,杨明斋领着陈独秀、俞秀松和施存统来到维经斯基办公室。维经斯基看到陈独秀,本能地张开双臂,突然又收回一只胳膊,把右手伸出去。

陈独秀向维经斯基表示祝贺,并恭维他共产国际财大气粗,找了个黄金地段的好房子。维金斯基大方地邀请说:"我代表共产国际东亚书记处欢迎陈独秀同志到这里来办公,我们不仅不收房租,还可以发工资。"

陈独秀笑着对杨明斋说:"你告诉他,我从来不吃嗟来之食。"

维经斯基从抽屉里拿出一些文件递给陈独秀:"共产国际收到了我们的书面汇报,非常重视,指示我们抓紧时间帮助中国同志成立党组织。列宁同志、托洛茨基同志还有斯大林同志都很关心中国问题,这是他们的一些重要指示,请你过目。"

陈独秀说:"很抱歉,我不懂俄文。"

维经斯基对杨明斋说:"请你给陈独秀同志翻译一下。"

陈独秀摆摆手,对杨明斋说:"这个不急,我带回去慢慢看。请你告诉他,

我们正在抓紧建党。"

当晚,陈独秀给李大钊写了一封信。

守常:

　　建党工作正在紧张进行,拟于八月先期成立党的筹建小组。我现在准备草拟一个简单的党的临时纲领,先拿出来,供大家讨论修改。当务之急是要给即将成立的党定一个名字,有人主张叫社会党,有人主张叫社会共产党,有人主张叫社会民主党,不一而足。究竟叫什么党,我很想听听你的意见。请速告之。

四

上海卢湾柳公馆,黄成龙容光焕发地走进客厅,柳文耀夫妇笑脸相迎。

柳夫人拉着黄成龙的手,眼泪哗哗直往下掉:"成龙,两年不见,你就成了南洋小有名气的商界精英了,可是我们柳眉……"

黄成龙赶忙安慰道:"姑姑,您别难受,我去看看柳眉。"

柳文耀:"成龙啊,你替我们好好劝劝柳眉,你跟她说,只要她高兴,除了法国,她要到哪儿去都行。"

黄成龙答道:"好,我一定跟她好好谈。对了,姑父,明天中午南洋商会有一个宴请,政府要人和商界巨头都要出席,我陪您和姑姑一起去吧。"

柳文耀:"好啊,这样的场合我是不会错过的。"

黄成龙手捧鲜花敲开柳眉房门。柳眉面容憔悴,消瘦了许多。

黄成龙一进门就赶紧问候:"表妹,好久不见。"

柳眉坐着不动,也不说话。

黄成龙找了个地方坐下,接着说道:"表妹,我看你来了。"

柳眉还是一动不动，只是低声说："他们请你当说客来了？"

黄成龙放下鲜花，从身上拿出一把钥匙："表妹，我都打听好了，明天中午北京的白兰、刘海威、赵世炎等从浦江码头乘阿芒伯西号邮船去法国，陈独秀夫妇要去送他们。"

柳眉一下子站起来，两眼放光。

黄成龙："我要了一辆马车，明天上午十点在柳公馆后门拐弯处等你。届时姑姑、姑父和我一起去赴宴，你用这把钥匙打开后门出去即可。我已经和宋阿弟说好，他对陈延年很感激，自愿负责接送你。"

柳眉惊呆了，眼前的黄成龙让她不敢相信。

第二天上午，杨树浦码头热闹非凡，又一批赴法勤工俭学生要出发了，赵世炎、白兰、刘海威、许德珩等均在其中。陈独秀、高君曼亲自来送白兰。

高君曼把白兰和刘海威拉到一边，眼泪哗哗流下来："一转眼，郭心刚已经走了一年了。海威，昨天我和仲甫商量了，我们就把兰子托付给你了，你一定要好好待她。"

刘海威郑重地说："请师母放心，我决不辜负老郭，也决不会辜负白兰的。"

白兰拿出郭心刚写的"还我青岛"血书，泪流不止："我和海威说好了，等我们留学回来，就把刚子送回青岛老家。他的这个血书，我们随身带着，留作永远的纪念。"

另一边，赵世炎恭恭敬敬地在听陈独秀嘱咐。

陈独秀："你去法国，除了勤工俭学，还有一个重要任务，就是要在留法勤工俭学生中积极宣传马克思主义，为筹建法国党小组做准备。所以，我要求你定期与我和李大钊先生通信，及时沟通情况。你不要忘了，你还是我们马克思主义研究会的正式成员。"

赵世炎认真地说："我不会忘的，我认为我已经是一个真正信仰马克思主义的人了。对了，先生，我上次跟您说的天津的周恩来等朋友因参加爱国运动

被捕入狱已经几个月了,他们带出信来,希望读到一些马克思主义的书籍,您看能不能想办法给他们送上一些材料?"

陈独秀问:"这个没问题,你把他的联系方式写下来,我想办法给他们送去。这些青年是我们的宝贵财富。"

赵世炎高兴地说:"谢谢先生,我告诉俞秀松,让他带给周恩来。"

陈独秀拉住赵世炎:"世炎,到了法国我还要拜托你经常去看看延年和乔年。勤工俭学的情况很复杂,延年是个喜欢钻牛角尖的人。听说他现在除了上学,还在编无政府主义的杂志,还要打工,苦得很。说实话,我还是不放心。我找了一些中文资料,请你交给他们。你跟他们说,他俩要是不相信马克思主义,我死了都不甘心。"

一辆马车疾驶而至,柳眉从车上跳下来。白兰一声尖叫,扑上去和柳眉抱在一起,柳眉的泪水一下子涌了出来。

白兰掏出手帕擦去柳眉的泪水:"我一到上海就打听你,总是得不到你的消息,还以为见不到你了呢。"

柳眉边哭边说:"前一阵子我生病住院了。出院后,爸爸妈妈把我关在家里不让我出门。幸亏我表哥黄成龙来了,帮助我跑了出来,总算赶来见上你们一面了。"

高君曼赶过来抱住柳眉:"柳姑娘,我们对不起你,让你受苦了。"

柳眉越哭越伤心:"姨妈,老实说,我恨过你们。不过现在情况都清楚了,是我爸爸搞的鬼,我不怪你们,也不怪延年。"

高君曼:"延年说他给你写了好几封信,都没有回音,他一直为这个事情内疚。"

柳眉:"我知道信都被我爸爸扣下了,我会找机会跟他算账的。"

汽笛长鸣,要开船了,大家依依不舍地告别。

柳眉将一封信交给白兰:"兰姐,请你把这个交给延年。"

白兰使劲点头："你放心,我一定带到。"

高君曼和柳眉同乘一辆马车回城。高君曼越想越难过,柳眉反而出奇地冷静。

高君曼："柳姑娘,你今后打算怎么办?"

柳眉："我已经熬过来了。我想好了,答应我爸爸去美国留学,我一定要离开这个家,冲破这个牢笼。"

高君曼："孩子,想开一点,路还长着呢,千万不要走极端。"

柳眉："我知道,我会和延年一样努力成为对社会有用的人。"

高君曼把柳眉紧紧地搂在怀里。

五

上海民厚南里一排简陋的民房里,顶头的一间门口挂着一个木牌,上面写着:上海互助工读团。屋内墙壁上贴着标语:共同做工、共同读书,有饭同吃、有衣同穿。

工读团成员正在开会。

毛泽东声音洪亮："各位团员,我们湖南一师在沪同学响应彭璜的倡议,由我和张文亮负责,在上海建起了互助工读团,大家本着'共同做工、共同读书,有饭同吃、有衣同穿'的理念,过着一种简朴的工读生活,到今天已经一月有余了。昨天,我们断炊了,大家饿着肚子读了一天的书,以这种方式向工读团告别。来,现在我们以水代酒,共饮一杯,就此别过。"

七八个人一起喝干了碗里的水。有人要摔碗,被毛泽东制止："别摔,我们不是梁山好汉,这碗还得留着吃饭呢。"

毛泽东接着说："各位同学,我自去年 12 月离开湖南,从南到北跑了大半个中国,经历了许多意想不到的事情。这半年多来,从北京的李大钊和上海的陈独秀两位先生那里,我接受了不少新的理论。经过这一个月的工读生活,我

面壁静思,已经形成了新的世界观。我决定今生不再进学校了,而要终身自学,终身致力于中国革命事业。我不日将回长沙,此后将致力于湖南革命运动。"

一位同学跑进来,递给毛泽东一张纸条:"润之,章士钊先生给你的手书,要你尽快去找他。"

毛泽东兴冲冲来到上海法租界,按照信上的地址,轻轻地摁下一个小院的门铃,一个穿着整齐的秘书模样的中年人把毛泽东领进门去。

章士钊满面春风地起身迎接:"润之同学,欢迎你。"

毛泽东紧赶几步握住章士钊的手:"知道章先生找我,我就赶紧跑来了。"

章士钊从抽屉里拿出一张银票递给毛泽东:"润之,你交给我的任务,我圆满完成了。"

毛泽东接过银票一看,吃惊地说:"两万大洋,这么多?"

章士钊:"上海各界名流对留法勤工俭学活动非常支持,对湖南改造运动也备加关注,大家踊跃捐款,很快就筹集到了两万银圆。怎么样,不枉你大老远跑一趟吧?"

毛泽东十分激动:"章先生,太谢谢您了!这笔钱太及时了。将来革命成功了,我们一定奉还。"

章士钊饶有兴趣地问:"革命,你说的是什么革命呀?"

毛泽东脱口而出:"当然是社会主义革命啦。"

章士钊:"那太遥远了吧,我能看得见吗?"

毛泽东眼里闪着坚定而又刚毅的目光:"您一定看得见。您放心,革命者言必信、行必果,我毛泽东说话算数!"

天津警察厅监狱有一层特殊的牢房,周恩来等二十四名因参加 1 月 29 日游行请愿被捕的学生关押在这里已经四个多月了。为抗议虐待、争取自由,周恩来组织被捕同学开展绝食斗争。

狱中,同学们集体静坐,齐声高喊:"全体绝食,不达目的,决不罢休!"

狱警在牢房门前摆上大米饭、红烧肉,同学们不为所动。

监狱长来到牢房,命令打开牢门:"各位同学,大家已经两天没有进食了。上峰很着急,你们的同学、父母也很着急。现在,我奉上峰指示来听同学们的意见,一定尽量满足大家的要求。"

周恩来:"我们的要求一共有三条。第一,尽快公审,按民国约法给同学们一个说法;第二,改善拘留条件,辟出专门房间,确保被捕同学与其他犯人分开,集体同住一处,自由往来;第三,为被捕同学提供所开列的报刊资料和图书,确保大家有集体做操、集体学习讨论、演讲、演戏的自由。"

监狱长:"好,我即刻向上峰报告。请各位稍候。"

监狱长走后,同学们继续高呼口号。

不一会儿,监狱长大步流星跑来,兴奋地大呼:"各位同学,经上峰批准,全部接受各位开列的条件。现在,请大家进食吧。"

同学们欢呼起来:"我们胜利啦!"

正如陈独秀所言,监狱变成了研究室,周恩来带领被捕同学做操、锻炼身体,并定期开展集体学习讨论。

周恩来主持并发表演说:"同学们,监狱就是我们的研究室。今天的演讲会,由我来给大家讲讲马克思的唯物史观。马克思的唯物史观有两个要点:其一是关于人类文化的经验的说明;其二是社会组织进化论。马克思认为,人类社会生产关系的总和,构成社会经济的构造。这是社会的基础构造,就是生产力。生产力一有变动,社会组织必须随着他变动;社会组织即生产关系,也是与布帛菽粟一样,是人类依生产力产出的产物。木臼产出封建诸侯的社会,蒸气制粉机产出产业的资本家的社会。生产力决定生产关系。当生产关系不能满足生产力发展的要求,反倒束缚他、妨碍他发展了,这就要求人们去打破这

种旧的生产关系、旧的社会组织对新的生产力的束缚,形成适应新的生产力发展的生产关系,这就是社会革命。人类社会正是通过生产力不断地发展、不断地打破旧的生产关系、产生新的适应生产力发展的生产关系来完成社会不断地从低级阶段向高级阶段发展的。这就是马克思独特的唯物史观。"

1920 年 1 月 29 日到 7 月 17 日,青年周恩来在天津监狱里完成了思想的裂变。他说:"思想颤动于狱中","一种革命意识的萌芽,从这个时候开始了"。出狱后,他在觉悟社的会议上提出,应该对全国的革命团体进行统一的改造和联合。这个建议得到了李大钊的肯定和支持。

8 月的一天夜里,李大钊就建党和党的名称问题给陈独秀复信:

仲甫兄:

来信收悉。北京建党工作也正抓紧进行。近期拟联合少年中国学会、曙光社、人道社、青年互助团和天津觉悟社等召开一个座谈会,商讨相关问题。我们迫切盼望上海党的筹建组及早成立,做出样板。至于党的名称,我坚定地认为应该叫中国共产党。

8 月 16 日,盛夏季节,骄阳似火,北京陶然亭,树茂蝉鸣。李大钊参加由天津觉悟社提议,少年中国学会、青年互助团、曙光社、人道社共同举办的集会,二十多位男女进步青年热烈讨论联合与改造问题。李大钊首先讲话,他说:"今天这个座谈会是周恩来提议召开的,目的是把各进步组织联合起来,进一步做好社会改造。"他提议请周恩来主持会议并做主题报告,大家一致赞成。

周恩来站起来:"既然李大钊先生点了我的将,那我就不客气了。我认为,我们集合在改造赤旗下的青年同志,要认识到今日人类必须基于相爱互助的精神,组织一个打破一切界限的联合,在这个联合里,各分子的生活,必须是自由的、平等的、勤劳而愉快的。要想实现这种大同世界——人类大联合的生活,不可不先由自由人民按他们的职业结合成小组织做基础。我们为渴望以上的各种自由组织,一个个的实现,不能不奔走相告,高呼着到民间去!"

周恩来富有激情的演讲博得了现场的阵阵掌声。

李大钊总结说:"恩来同志的演讲很精彩。现在全国各界特别是工人运动都搞起来了,各个进步团体确实需要联合,需要改造,以壮大力量。但是,联合、改造的前提是什么? 这个问题我们应该有一个正确认识。我认为,各团体首先有标明主义之必要,主义不明,没有一个科学的指导思想,对内既不足以齐一全体之心志,对外尤不足与人为联合之行动。今日之中国,到了该举起我们组织的大旗的时候了!"

六

上海老渔阳里2号,陈独秀收到李大钊的回信,非常高兴,兴奋地自语:"中国共产党,好! 这个名字响亮!"说着,他拿起毛笔,挥毫写下了这五个大字。

有人敲门。毛泽东来了,他看到了桌上墨迹未干的"中国共产党"五个大字,眼睛里放射出热烈而坚毅的光芒。

陈独秀转身说:"润之,你来得太好了,陪我下去走走。"

旭日初升,陈独秀和毛泽东走在林荫小道上。

陈独秀关切地问:"润之,最近忙什么呢? 怎么没见你过来?"

毛泽东答道:"我和湖南一师几个同学在民厚南里租了几间房子,试验工读生活。搞了一个多月,失败了。"

陈独秀:"润之,工读不容易,延年他们就搞过,试验了两个月,失败了。王光祈在北京搞了个规模很大的,也失败了。我问你,你现在信什么?"

毛泽东:"《共产党宣言》我认认真真读完了。我现在确信,我开始信奉马

克思主义了。先生,我的信仰一旦确定,就决不会动摇,我将为实现共产主义奋斗到底。"

陈独秀高兴地说:"好啊,润之,我们现在是真正的同志了。我们正在筹备成立中国共产党,希望你及早加入这个行列。"

毛泽东:"我一定努力。先生,我就要回湖南了,回去以后干什么,我很想听听您的意见。"

陈独秀:"润之,我对你一向寄予厚望。我希望你回去以后积极宣传马克思主义,发动民众,为建立湖南共产党组织做些准备。"

毛泽东:"我听先生的。"

陈独秀:"好,多联系,我会经常给你写信的。"

两双大手紧紧地握在一起。

1920年8月,中国迎来了一个应该载入史册的日子。这一天,上海《新青年》编辑部被打扫得干干净净,正厅的墙上挂着一张马克思的肖像。肖像前,五个男子汉庄严地站在一起。陈独秀走到大家前面,举起右手,攥紧拳头,激动地说:"同志们,从今天起,中国工人阶级就有自己的先锋队组织了,我们的名字叫中国共产党。现在我们宣誓:陈独秀、李汉俊、俞秀松、施存统、陈公培,志愿加入中国共产党,决心为共产主义奋斗终身。"

宣誓完毕,陈独秀接着说:"现在,我们五个人就是中国共产党第一批党员了。我草拟了一个党的临时纲领,主要有'党的原则'和'党的目的'两个部分,现在我给大家宣读。'党的原则'有三条:第一,没收一切资本——没收银行矿山,废除个人压迫个人,经济上社会共有;第二,领导工人阶级获得政权,打倒反动势力,过渡到消灭政权;第三,消灭一切阶级。'党的目的'也有三条:第一,要进行阶级斗争——团结工人由经济斗争发展到政治斗争,夺取政权;第二,取得政权以后,发展阶级斗争;第三,建设共产主义社会,以大规模生产为基础。大家要是没有意见,请鼓掌通过。"

众人热烈鼓掌。

根据组织原则,这次会议选举陈独秀为中国共产党书记。

施存统激动地站起来:"同志们,我们一起喊个口号吧!"

大家一致赞成。

施存统大声喊道:"中国共产党万岁!"

大家齐声高喊:"中国共产党万岁!"

10月,北大红楼,李大钊办公室里,李大钊、张申府和张国焘三个人并肩而立。李大钊举起右手,攥紧拳头:"今天,中国共产党北京小组正式成立了。我们三人有幸成为北京小组的第一批党员。现在我们宣誓:李大钊、张申府、张国焘,志愿加入中国共产党,决心为共产主义奋斗终身。"

宣誓完毕,李大钊郑重宣布:"从即日起,我每月拿出八十大洋作为小组的活动经费。我提议,让我们高呼中国共产党万岁!"

三人同声高呼:"中国共产党万岁!"

上海的中国共产党发起组和中国共产党北京小组成立之后,马克思主义在中国迅速传播,建党进程明显加快,以毛泽东为代表的一批革命青年经过艰苦的探索和选择,彻底摆脱了对社会改良道路的最后一丝幻想,义无反顾地走上了彻底改造社会的革命道路,开始成为坚定的马克思主义者。

11月的长沙,秋高气爽。清晨,从萍乡考察归来的毛泽东独自坐在潮宗街文化书社临街的窗户下看书,何叔衡、彭璜急匆匆走来。

何叔衡:"润之,你回来了?怎么样,这一趟出游收获大吗?"

毛泽东放下手中的书,庄重地说道:"思想苦旅,洗心革面,凤凰涅槃,浴火重生。"

彭璜笑了:"这么严肃？怪不得这么一大早就把我们喊来。有什么要紧的事？"

毛泽东激动地挥手道:"我睡不着，心里有团火，想找你们聊聊。"

何叔衡:"这是要办大事的架势。有什么火，别憋着，发出来。"

毛泽东:"这次去萍乡，我在煤矿和农村住了一段时间，好多问题一下子想明白了。玉衡兄，现在整个中国就是一个大火炉。老百姓水深火热、灾难深重，实在是没有活路了。"

何叔衡递给他一杯水:"润之，别激动，慢慢说。"

毛泽东接过水杯:"安源煤矿那么多的挖煤工，在监工的皮鞭下工作，劳动条件极其恶劣，每天要干十二到十六个小时，创造那么大的价值，工资却少得可怜。矿工们全都住在窝棚里，冬天一下雪就要冻死人。农村的情况更糟糕，逃荒要饭、卖儿卖女到处可见。这个国家已经烂透了。"

彭璜:"润之，说说你的想法。"

毛泽东放下水杯，握着拳头说:"我已经想清楚了。改良在中国是行不通的。在这条路上，我们已经碰得头破血流了。唯有革命，像陈独秀、李大钊说的那样，走俄国人的路，实行对社会的根本改造，才能救中国。这就是我的结论。"

彭璜:"润寰从法国寄来了几封信，主张正式成立中国共产党。"

何叔衡:"陈独秀、李大钊已经分别在上海和北京成立共产党组织了。"

毛泽东:"我早已收到仲甫先生的来信，他要我发起成立中国共产党长沙小组。如果你们没有意见，我现在就给他写信，请他来一趟，主持我们长沙共产党小组的成立仪式。"

何叔衡、彭璜齐声说道:"我们同意。"

毛泽东:"好，就这么定了。主义譬如一面旗帜，旗帜立起来，大家才有所指望，才有所趋赴。"

十几天后,长沙第一师范附小,毛泽东宿舍的墙上新贴了一张马克思的头像。

毛泽东、何叔衡、彭璜等六人表情严肃地在马克思像前站成一排。

毛泽东激动地宣布:"同志们,中国共产党长沙小组今天正式成立了。中国共产党书记陈独秀同志因为临时有事,不能来参加长沙小组的成立仪式,他委托我来主持。这是我起草的建党文件,请大家签字吧。"

六个人庄重地逐个在建党文件上写下了自己的名字。

毛泽东宣布:"同志们,中国共产党长沙小组正式成立了。鉴于目前的形势,这件事现在还不能公开,我们将通过秘密的方式开展活动。我们近期的主要工作有两项,一是改造新民学会,使之成为党领导的组织;二是组建湖南社会主义青年团。现在让我们举起拳头,轻轻地呼喊'中国共产党万岁'!"

六个人举起了拳头:"中国共产党万岁!"

七

中国共产党发起组成立之后,陈独秀主办的《新青年》实际上已经成为党的机关刊物。在刊物的出版和发行上,陈独秀与群益书社的矛盾越来越大。不得已,汪孟邹把大家请到了亚东图书馆。

一张书桌,汪孟邹居中,陈独秀和陈子沛、陈子寿兄弟各坐一边,屋里气氛很紧张。脾气暴躁的陈独秀刚刚发了一通火,汪孟邹站起来劝道:"仲甫,你不要发脾气,陈家兄弟也是有难处,你体谅一些。"

陈子沛也很强势:"仲甫兄,上一期《新青年》'五一劳动节纪念'专号,你一下子就增加了二十多页,还不让加价。听说马上要出版的第八期第一号,页码比以前更多。这样下去,我们实在负担不起。你闹革命,搞宣传鼓动,印多少页都可以,可是我们是做生意,不能亏本啊,得讲效益。"

陈独秀火气更大了:"子沛兄,我已经忍了很久了。上次我们在北京搞发

行,你就刁难过,现在又提出要加价,我怎么面对《新青年》的新老读者?我陈独秀不能一面宣传马克思主义,一面跟着你们去做奸商吧?"

陈子沛一脸的委屈:"仲甫兄要是这样看我们,我们无话可说。"

陈独秀拍案而起:"好,既然无话可说,那我们就做个了断。从即日起,《新青年》和群益书社正式脱离一切关系,我们自办发行。"说完,拂袖而去。

陈子沛、陈子寿和汪孟邹面面相觑。汪孟邹深深叹了口气:"这个陈仲甫,早晚得跌大跟头。"

陈独秀之所以要自办《新青年》发行,目的是为党筹集经费。他不愿意接受共产国际的资助,只能靠《新青年》。和陈氏兄弟决裂之后,他把陈望道、李达、李汉俊、沈雁冰等召集到《新青年》编辑部,郑重地说:"我要宣布几件事情。第一,《新青年》从第八卷起,实际上就是我们中国共产党的机关刊物了,不再实行由北京和上海同人轮流编辑的制度,改由我和陈望道、李达、李汉俊、沈雁冰等负责编辑工作;第二,《新青年》增加《马克思主义研究》和《俄罗斯研究》两个重点栏目,同时继续肩负宣传新思想、新文化的重要任务;第三,自本期起,由编辑部同人自行组织新青年社,直接印刷发行,正式同群益书社脱离关系。我们在上海法租界法大马路 279 号设立了总经售处,并将在全国四十三个地区设立九十四个代派处。"

大家听了,都很激动,热烈地鼓掌。

陈独秀拿出新设计出来的《新青年》封面请各位编辑发表意见。

李汉俊:"两只大手在地球上紧紧相握,这个图案是什么意思?"

陈望道:"我猜是寓示中国和十月革命后的俄国团结合作吧。"

陈独秀点点头:"对,中俄两党亲切握手,但不是拥抱。同志们,现在正是我们建党的关键时刻,究竟建立一个什么样的党,有各种各样的认识和干扰,我们要坚持马克思主义的基本原则,同各种错误思潮开展坚决的斗争。所以,我们不仅要办好《新青年》,还要再创办一个刊物,刊名我已经想好了,就叫《共产党》。"

北京这边的动静也很大。北京大学是引进、宣传马克思主义的发源地,也是各种思潮荟萃的场所。

11月,中国共产党北京小组因人员迅速增加,更名为北京支部,李大钊任书记。这天,在亢慕义斋,李大钊主持北京支部和马克思学说研究会讨论会,张申府、邓中夏、张国焘、罗章龙、刘仁静、高君宇、何孟雄、黄日葵、朱务善、张太雷等参加会议。李大钊介绍了当前形势。他告诉大家,形势发展很快,宣传和研究马克思主义在中国思想界已成燎原之势,不可阻挡;同时新文化阵营也在裂变,引发了关于中国是该走社会主义道路还是资本主义道路、是实行社会革命还是社会改良的激烈论战,还有马克思主义和无政府主义的论战,论战结果关系中国前途。北京大学马克思学说研究会和即将成立的中国共产党北京支部的同志要积极参加论战,旗帜鲜明地表明态度,《新青年》和即将创刊的《共产党》杂志将发挥重要的阵地作用。

何孟雄兴奋地说:"守常先生,我看这一期《新青年》火力很猛,梁启超、张东荪好像坐不住了。"

刘仁静:"我最近听到一些传言,说胡适先生和研究系走得很近。"

李大钊:"这个不要乱说。现在各种谣言很多,大家要慎重。"

邓中夏:"胡适先生好像对《新青年》意见很大,我亲耳听到他说想把《新青年》收回北大来办,还说想办一个新的《新青年》。"

李大钊:"好了,关于《新青年》的事情,今天就不要议论了,我最近要和适之好好谈一次。希望各位同志把精力放到两个论战上,写出有说服力的文章。"

张申府说,经蔡元培等人推荐,他即将去法国里昂大学中国学院任教,不久将和去欧洲考察的蔡元培等一起经上海赴欧洲。根据守常先生的要求,他将代表北京支部向中国共产党书记陈独秀同志汇报北京支部的情况,大家有

什么建议,可以由他代为报告。

罗章龙将一本新创刊的杂志交给张申府:"这是我和仲澥同志主编的北京支部的刊物《劳动音》,请仲甫先生指正。"

李大钊说:"我们北京支部承担着在中国北方发展党组织和开展工人运动的任务,这方面也需要得到上海方面的指导。同时,我建议,你到欧洲之后,要联络赵世炎、周恩来、蔡和森等同志,尽快筹建中国共产党旅欧小组。"

会议结束后,李大钊单独把张申府留下,让他把《新青年》同人编辑的思想分化情况向陈独秀做详细汇报。

一周后,张申府随蔡元培等到了上海,陈独秀在一品香饭馆主持北京大学旅沪同人欢送蔡元培校长赴欧洲考察宴会,汪大燮、吴稚晖、马寅初、张申府等均在座。

陈独秀饱含深情地说:"蔡校长出国考察,我们北大在沪同人举行这个宴会欢送他,大家推选我当主席,我没有推辞。在座同人,最早认识蔡校长的恐怕就是我和吴稚晖先生了,而论在北大和蔡校长的关系,我恐怕要比吴稚晖先生更近一些。蔡校长在北大,有两件功劳必定永存青史:一是学术独立。无论何种政治问题,北大皆不盲从,而独树大学之改革精神。二是思想自由。北大内有各种学说,随己所愿研究,是以毁誉不足计,而趋向之所宝贵者,则精神也。请诸位举杯,愿蔡校长永远发扬其高擎的独立与自由的精神,永远做中国学术的领头羊。祝他一路平安!"

现场气氛热烈。吴稚晖端着酒杯走到陈独秀面前:"仲甫,听说你们现在窝里斗起来了。"

陈独秀没好气地反问:"你这个吴疯子又说什么疯话?"

吴稚晖也拉下了脸,阴阳怪气地说:"你陈独秀现在是火力全开,四面出击。社会主义论战,你批了张东荪;无政府主义论战,你又批了黄凌霜。你打算什么时候批判我吴稚晖和陈延年啊?"

　　陈独秀正色道："吴疯子，我可是给你留了面子的。你追随罗素，我没有点破你；你鼓动黄凌霜退出共产党，我也没有跟你计较。但是，我要警告你，你不要再打延年和乔年的主意。他们要走哪条道，由他们自己选择，你不要横加干涉。"

　　吴稚晖连连摆手："我已经发誓再也不管你们家那些破事了。不过我要告诉你，延年正在法国组织无政府主义的工余社，忙得不亦乐乎呢。"

　　陈独秀一声冷笑："他搞了工余社，那就离和你决裂不远了。"

　　蔡元培和汪大燮相互举杯。

　　蔡元培："伯棠兄，谢谢你，谢谢你这些年来对北大的关爱，也谢谢你给我出了那么多'馊主意'。"

　　汪大燮："孑民兄，你还真的要谢谢我。你这一生必将因北京大学而名垂青史。"

　　蔡元培："那你老兄也必会因为那天晚上跑来给我报信而青史留名的。"

　　两个人相视大笑。

　　蔡元培举着酒杯来到陈独秀身边："仲甫，咱俩一起敬敬恒兄一杯，祝他的中法大学早日开办。"

　　吴稚晖连忙摆手："免了免了，用上海话说，我和仲甫'伐来晒'。"说完，立刻转身走开。

　　蔡元培把陈独秀拉到一旁："仲甫，这两期《新青年》我看了，给我的感觉是旧貌换新颜，和原来大不一样了。现在都是谁在编呀？"

　　陈独秀："《新青年》现在跟着我到上海来了，陈望道、李汉俊、沈雁冰几个人在帮我。"

　　蔡元培："难怪适之跟我说《新青年》如今成为共产党的刊物了。"

　　陈独秀："也不全是。新文化和思想启蒙这一块内容还是相当多的，鲁迅、德潜、半农、守常等每期都有大作。下一期就有鲁迅的新小说《故乡》。"

蔡元培不解地问:"怎么不见适之的文章呀?"

陈独秀:"适之有意见,不愿意写。"

蔡元培点点头:"仲甫,我一直想和你说说心里话。新文化运动是你和适之、鲁迅、守常几个人挑头搞起来的,现在你们思想上有些分歧,这在所难免,但是千万不能因为这个而伤了和气。我来之前就劝过适之,让他来上海和你好好谈一次。"

陈独秀:"蔡校长放心,我和适之是这么多年的朋友,彼此心里都有数。现在有很大分歧,但不妨碍做朋友。我也准备最近请他来上海一聚。"

蔡元培感到很欣慰:"好,那我就放心了。"

宴会结束了,蔡元培和陈独秀拥抱告别。

送走蔡元培,张申府来到陈独秀身边:"仲甫先生,守常先生让我来向您汇报北京支部的工作。"

陈独秀:"我也正要找你呢,边走边说吧。"

两个人沿着梧桐小道漫步。

张申府说:"北京支部成立以后,重点抓了'到民间去'这个主题,推动了平民教育和工人夜校的发展。支部以长辛店为试点,积极筹建工会组织,守常同志亲自抓,成效显著。北京大学内部分裂很严重,但我们的基本力量已经形成。各进步团体的联合日趋密切。"

陈独秀说:"这些情况我都知道,有守常领衔,北京那边不会有什么大的问题。崧年,我想和你谈谈你去法国的事情。你这次到法国,肩负着一个特殊的使命,就是迅速组建法国党组织。赵世炎去的时候,我就交代给他这个任务。后来陈公培也了。他们两个都是我们上海小组最早的党员。还有蔡和森,我也经常去信和他商讨在法国建党这件事情。现在,天津的周恩来也去了。应该说,勤工俭学队伍中已经有了非常好的建党基础,所以,这次你去里昂大学任教,我要交给你一个特别的使命,尽快建立中国共产党的欧洲小组。你记住,勤工俭学的这批精英,将来必定是中国共产党领导层的中坚力量。你有没有信心完成好这个任务?"

张申府:"先生放心,我一定不辱使命!"

陈独秀从皮包里拿出一些资料:"另外,我还有个私人请求,请你去看看我的两个儿子,把这本新出版的中文版《共产党宣言》单行本和我刚刚写的《中国共产党宣言》抄写稿交给他们。请你告诉陈延年,我们正在国内同无政府主义思潮作斗争,希望他尽快与无政府主义决裂。"

张申府:"我一定把您的话带到。"

八

从1920年下半年起,各地共产主义小组如雨后春笋层出不穷。董必武、陈潭秋等在武汉,王尽美、邓恩铭等在济南,谭平山、陈公博等在广州,毛泽东、何叔衡等在长沙,施存统、周佛海等在日本,都先后成立了共产党小组。

法国巴黎西郊布伦森林,张申府、刘清扬和周恩来边走边聊。

周恩来郑重地把一个笔记本交给张申府:"崧年先生,这是我来欧洲之后学习马克思主义著作的笔记和思想心得,我愿意接受组织对我的考察。"

张申府:"恩来同志,你过去的情况我了解。现在就请你谈谈来欧洲之后思想的变化吧。"

周恩来:"我是去年年底到欧洲的,先在英国住了一个多月,重点考察英国的工人运动。这种考察和研究帮助我对欧洲流行的各种主义进行探究,我最终认定,英国式的费边社会主义还是空想,俄国十月革命的道路才是正确的。"

张申府:"我想知道,到欧洲之后,你读了多少马克思主义的书?"

周恩来:"我在日本留学时就接触过马克思主义,后来在国内又从李大钊先生那里看到过一些关于马克思的读物。这次到欧洲后,我系统地阅读了英文版的《共产党宣言》《社会主义从空想到科学》《国家与革命》等马克思主义

经典著作。这本读书笔记记录了我的心得。现在我确信,我已经树立了共产主义的信念,所以我要求加入中国共产党。"

张申府:"恩来同志,你的情况我和清扬都很清楚。我来欧洲之前,陈独秀、李大钊两位同志委托我和赵世炎负责组建中国共产党旅法支部,并授予我俩发展党员的权力。我和刘清扬同志愿意做你的入党介绍人。具体情况我和赵世炎已经给仲甫先生去信做了汇报,现在就等他的批复了。"

几天之后,赵世炎和陈公培兴高采烈地跑来。赵世炎拿出一封信来激动地说:"崧年先生,仲甫先生批准了我们的建党计划,同意中国共产党旅法支部由张申府、赵世炎、陈公培、刘清扬、周恩来五人组成,并要求我们积极发展其他党员。"

张申府:"太好了。同志们,现在我宣布,中国共产党旅法支部正式成立了。"

五双大手叠在了一起。

赵世炎轻轻地呼喊:"中国共产党万岁!"

五人齐声呼喊:"中国共产党万岁!"

周恩来的脸上挂着晶莹的泪珠。

张申府:"同志们,现在是勤工俭学最困难的时候,留学生队伍分化很大,我们要因势利导,多做工作,团结更多的同志加入我们的队伍。世炎,陈延年和陈乔年的工作做得怎么样啦?"

赵世炎:"正在向好的方向发展,他俩最近和越南的阮爱国走得很近,经常在一起讨论社会主义和马克思的《资本论》,对法国的资本主义也多有微词。最近国内对无政府主义的批判对他们触动很大,我看他俩转变思想大有希望。恩来,你和我一起去做'二陈'的工作吧。"

周恩来:"好的!我建议以我们旅欧小组的名义给仲甫先生写信,把我们的工作和陈延年、陈乔年的思想情况向他做个汇报。"

上海,陈独秀在接到赵世炎法国来信的同时也接到了南方政府任命他担任教育委员长的通知。考虑再三,为了方便加快建党,也为了更好地筹集党的活动经费,陈独秀决定去广东赴任。临行前,他委托汪孟邹专程去北京把胡适、李大钊接到上海来面谈。

上海亚东图书馆,汪孟邹精心准备了一桌徽菜,又从地窖里搬出一坛口子窖。偌大的餐厅,只放了三把椅子。

自北京分别已经将近一年,陈独秀、李大钊、胡适三个老朋友又见面了。

汪孟邹把陈独秀拉到中间:"仲甫,你年长,理当居中。守常次之。适之,你坐这边。"

陈独秀不解地问:"怎么就三把椅子,没你的座位?"

汪孟邹憨厚地笑道:"今天是个大台子,我不够格。你们慢慢地喝,好好地谈。我在外面候着。"

说罢,汪孟邹走出去,轻轻地把门关上,眼角流下了泪珠。

其实历史不该忘记汪孟邹,没有他,可能就没有《新青年》,中国的历史可能就是另外一个轨迹。汪孟邹后来活了七十五岁,1953 年病逝。

客厅里,三个老朋友心情都不平静。

陈独秀端起酒杯:"我很感谢二位百忙之中赶来和我相聚,了却了我一件心事。来,我敬二位一杯。"

胡适端起酒杯:"这杯酒我先敬你,祝贺你荣任广东政府教育委员会委员长,这也是个不小的官。"

陈独秀示意胡适放下酒杯:"适之,我陈独秀一生无心做官,这次前去只是为了教育。四年前,也是这个时候,我从这里去北京襄助蔡元培办教育。今天,我又要从这里去广东办教育。教育是什么?教育是育人,是提高人的素质。适之、守常,我们办《新青年》不也是为了启蒙人的思想、提高人的素质吗?就因为这个,我决定到广东去,不是为了做官,而是为中国落后的教育做点

事情。"

李大钊："我的态度很明确，我同意你去广东，那里更有利于你和我们事业的发展。"

胡适："守常你给我说清楚，你说的这个'事业'是什么？"

李大钊："中国现在最需要什么我们就干什么，这就是我们的事业。这个，你懂的。"

胡适用力一摆手："我不懂！我实在弄不明白，为什么好端端一个《新青年》现在会变成一个党派的刊物，这样的《新青年》还是思想启蒙的学术刊物吗？还符合我们的初衷吗？"

陈独秀放下酒杯："既然适之提出了《新青年》的问题，我们就先议一议这件事情吧。我之前已经给北京的各位同人去信征求意见，他们来信说意见都交给适之了，那就请适之谈谈吧。"

胡适："我对《新青年》的现状很不满意，提出了几个方案供大家选择，意见都汇总在守常那里。守常，你说吧。"

李大钊："鉴于仲甫兄要去广东任职，适之最初提出三个方案：一是在北京另办一份杂志；二是将《新青年》移至北京，并发表一个不谈政治的宣言；三是停办。适之提出的这三条遭到大家一致反对。后来大家比较一致的意见是，若仲甫顾不上《新青年》的编辑，可将其移至北京编辑。但移至北京后怎么办，大家意见分歧很大，无法统一。最后，多数人同意鲁迅的意见，还是把决定权交给仲甫，因为终究《新青年》是仲甫办起来的。适之，我这样表述没错吧？"

胡适："没错，虽然我并不同意这个多数人的意见。"

陈独秀："既然这样，根据少数服从多数的原则，那就由我来决定了。我决定把《新青年》交给刚刚成立的中国共产党。我在广东期间，编辑部继续留在上海，请陈望道主持编辑。"

李大钊毫不犹豫地说："我完全同意。"

陈独秀问:"适之,你的意见呢?"

胡适神色黯然:"我不反对,也反对不了,但是我很伤心。"

陈独秀:"你伤心什么?"

胡适激动了:"我为《新青年》的分裂而伤心,为你们的固执而伤心,更为你们的前途而伤心。我们是朋友,可是我说服不了你们,更无法阻止你们,我非常伤心和失望。"

陈独秀:"适之,我请你俩来,就是为《新青年》,更是想和你们好好交流一下思想。必须承认,经过五四运动的洗礼,我们在对待国家的政治态度上已经发生了严重分歧。现在,我和守常已经明确无误地选择了马克思主义,主张通过走俄国十月革命的道路来拯救中国,最终把中国建成一个人民当家做主的社会主义国家。这是我们两人共同的理想与追求。"

胡适冷笑道:"好,你们伟大,你们崇高。前两天我在红楼就听到几个同学在传诵一首歌谣:'北大红楼两巨人,纷传北李与南陈;孤松独秀如椽笔,日月双星照古今。'来,我敬两位巨人一杯。"

李大钊站了起来,诚恳地说:"适之,我们是朋友。有什么想法你就直说,为什么要用这个态度?"

胡适依然很激动:"是,我对你们的信仰确实不敢苟同。你们说社会主义能救中国,为什么连社会主义的发源地德国也不搞社会主义?法国人搞巴黎公社,失败了。英国人欧文搞社会主义试验,破产了。俄国革命才搞了几年,你们凭什么就说它适合中国?我主张中国必须照搬美国的制度,因为人家有成功的经验。我在美国学习了七年,是通过长期切身感受得出的结论。你们呢,你们的结论从何而来?总有一天,你们要为自己的轻率付出代价。"

李大钊:"适之,我和仲甫也是从年轻时就漂洋过海寻求真理。经过这么多年风风雨雨,经过无数次探索,现在,我们终于坚定了一个信念——只有社会主义才能救中国,只有社会主义才能发展中国。也许我看不到社会主义在

中国成功的那一天,但是我相信社会主义绝不会辜负中国!"

陈独秀站起来为李大钊鼓掌:"适之,我们今天成立的中国共产党,并不仅仅是我和守常的选择,也是历史的选择,是中国人民在长期苦难和斗争中做出的必然选择!守常,你这句话说得好。社会主义绝不会辜负中国!同时我也相信,中国不会辜负社会主义!"

李大钊激动地站起来为陈独秀鼓掌。

胡适沮丧地摇摇头:"好,好,今天我是少数派,我不和你们争辩。既然是选择,就允许有不同。我们是朋友,选择可以不同,友谊却能长存。来,为我们不同的信仰,更为我们永恒的友谊,干一杯!"

陈独秀举起酒杯:"大道之行,天下为公。道不同,情意在。适之,君子和而不同,我们永远是朋友。至于我们的选择,那就交给历史去评判吧!"

九

一转眼,夏天来了。

1921 年 6 月,共产国际代表马林和共产国际远东书记处代表尼克尔斯基先后到达上海,在与上海共产党组织代理书记李达和李汉俊进行几次交谈后,建议尽快召开全国代表大会,正式成立中国共产党。李达、李汉俊分别向陈独秀和李大钊做了汇报,经过数次书信商议,陈独秀等人决定在上海召开中国共产党第一次全国代表大会。

上海南京路永安公司的屋顶花园名叫天韵楼。华灯初放,大厅里弥漫着靡靡之音。

大厅一角,马林和尼克尔斯基听取李达、李汉俊的汇报。李汉俊拿出两封信递给马林说:"两位代表,陈独秀和李大钊同志都来信了,他们两位都同意尽快在上海召开中国共产党第一次全国代表大会,并要求各个小组派代表参加。目前我们共有八个党的小组,除欧洲小组因路途遥远无法赶来,其他七个小组都确定了代表人选。我们已经给参会代表寄去了路费,每人一百银圆。"

马林:"陈独秀同志和李大钊同志都能来吗?"

李汉俊:"陈独秀同志因为急需处理筹措大学经费问题不能到会。李大钊同志忙于主持北京大学教师索薪工作也不能前来上海。"

尼克尔斯基:"南陈北李都不到会,这个会还有意义吗?"

李达:"陈独秀同志虽然不能到会,但整个会议筹备的领导工作是他主持的。他给各个代表写了信,并向大会提出了关于组织和政策的四点意见。包惠僧将受陈独秀同志派遣参加大会。"

马林:"我想知道,都有哪些同志参加这次代表大会。"

李汉俊:"上海的李达、李汉俊,北京支部的张国焘、刘仁静,长沙小组的毛泽东、何叔衡,武汉小组的董必武、陈潭秋,济南小组的王尽美、邓恩铭,广州小组的陈公博,旅日小组的周佛海,还有包惠僧,一共十三位中共党员。现在代表们都已经陆续启程了。"

马林:"他们的住处都安排好了吗?"

李汉俊:"都安排好了。现在正好是暑假,我们以北京大学暑期旅行团的名义租下了法租界的博文女校,租期一个月,随时可以使用。"

马林:"开会也在这个地方吗?"

李汉俊:"开会的地方要绝对安全。究竟在哪里开,我们还在考虑,已经有了备选方案。"

马林高兴起来:"按你们中国的话说,就是万事俱备,只欠东风了。"

位于上海法租界白尔路 389 号的博文女校是一栋青红砖相间的两层房子,典雅大方,屋里是红漆地板。

二楼靠西边的一间房子里,蓄着八字胡、三十六岁的董必武正在埋头笔耕。

李汉俊捧着一个西瓜进来,热情地说:"洁畲兄,想死我了。实在抱歉,昨天没能到码头去接你。"

董必武:"知道你是个大忙人,这次办了这么一件开天辟地的大事,忙坏了吧。"

李汉俊:"'开天辟地',这个词用得到位。到底是秀才出身,一语中的。洁畲兄,这开天辟地的大业不好办呀,这些天弄得我是焦头烂额、狼狈不堪,不然说什么昨天我也要去码头接你的。"

董必武笑道:"别人都说李汉俊现在是我们党的二管家,实至名归呀。"

李汉俊:"大管家不露面,我只好勉为其难了。洁畲兄,你可一定要多帮衬我呀,这事要是没办好,我们可都是千古罪人。"

董必武:"共产党人时刻听从党的召唤,有什么工作你尽管布置。"

李汉俊:"这次大会要讨论通过党纲和今后实际工作计划。大家商量,请你和张国焘、我三人负责根据讨论的意见起草这两个文件。老兄是前清的秀才,功力了得,这事非你莫属哟。"

董必武:"没问题,你提要求,我现在就做准备。"

李汉俊:"好,我给你准备材料。要是嫌这里吵,你可以搬到我家去写。"

董必武:"这里挺好,遇到难题还可以和同志们商量。大会是在这里开吗?"

李汉俊:"为了安全起见,大会还是在我家开比较合适。"

黄昏,晚霞绚丽。

董必武在小院里踱步思考,刚到上海的毛泽东也在散步和思考问题,两个人面对面走到了一起,相视了一会儿,毛泽东开口道:"您是董必武同志吧?"

"我是董必武,你是?"

"我是湖南的毛泽东。"

两人紧紧握手。

董必武："新民学会的毛泽东，鼎鼎大名，幸会、幸会！"

毛泽东："董老是前辈，请多赐教。"

董必武："不敢当。我这儿正好遇到个问题，想向你请教。"

毛泽东："我知道董老在起草党纲和工作计划，有什么要我做的，请讲。"

董必武："马克思说共产党是工人阶级的先锋队。你说我们中国共产党符合这个性质吗？我和几个同志探讨过，莫衷一是。"

毛泽东："董老提出这个问题，一定是心有所得的。"

董必武："我确实研究过这个问题。我认为，中国共产党的成立，绝不是我们这十几个或者全国五十多个党员关在书斋里苦思冥想的行动，它同样是马克思主义与中国劳工运动相结合的产物。比如我们武汉，就有三十多万工人。去年我们做过调查，在《新青年》刊登了《汉口苦力状况》，产生了很大的影响。"

毛泽东："这篇调查报告我看过，很有说服力。"

董必武："我亲眼所见，长江码头的搬运工人，衣无冬夏，仅破麻袋一片遮其下体，饿冻相乘，死亡甚速。他们每天超负荷工作，创造了很高的价值，却过着牛马不如的生活，所以他们最具有革命的反抗精神。我们武汉仅仅这三年，就发生了几十次大罢工，显示了中国工人阶级的力量和先进性。"

毛泽东："我们长沙也是一样，工人阶级始终冲在斗争的最前列。"

董必武："所以，我说，我们武汉党小组并不是我们几个秀才的创造，从根本上讲，是因为在武汉已经具备了成立以马克思主义为指导思想的先进工人阶级组织的阶级基础和社会条件。"

毛泽东："我完全同意董老的观点。中国共产党的成立，绝不仅仅是我们这些知识分子的觉醒，它首先是中国工人阶级的觉醒，是全体中国人民的觉醒，是中华民族的伟大觉醒。中国共产党代表的是中国最广大人民群众的根

本利益,这才是我们今天成立这个党的合理性和科学性,也是我们党生机勃勃、一往无前的根本动力。"

董必武:"说得好! 这个问题解决了。我回去干活去!"

十

7月初,广州已经很热了。昌兴路26号,陈独秀郑重地将《新青年》杂志的牌子挂上。他用长袖仔细擦去上面的灰尘,深情地看了又看。

有人高喊着"先生"跑过来,原来是邓中夏和俞秀松。陈独秀高兴地迎上前去:"你们两个怎么来了?"

俞秀松:"我被挑选去莫斯科学习,临行前来向您汇报共青团工作。马上就要召开中国共产党第一次全国代表大会了,我们希望您能够对共青团的工作做出更加明确的指示。"

陈独秀:"这段日子我和北京的李大钊同志都在分别为党的一大召开做准备工作。可惜我因兼着大学预科的校长,需要筹款,实在不能脱身,只好请假了。李大钊同志也因北大事务缠身不能到会。这可能是个永久的遗憾。不过,各项准备工作我们都参加了,包括如何进一步加强共青团工作,我们都提出了建议。包惠僧受我派遣已经和陈公博一起出发了。相信这次一大作为中国共产党正式成立的标志,一定会开得很成功。"

俞秀松激动地说:"太好了,中国共产党终于横空出世了!"

陈独秀转身又问邓中夏:"仲澥,你不是要去上海工作吗? 怎么到广东来了?"

邓中夏答道:"我刚从上海过来,给您送来两样东西。"说着,打开箱子,从里面拿出一份油印的《新青年》创刊号。陈独秀很诧异,问:"这是怎么回事?"

邓中夏沉痛地说:"这是上个月易白沙先生到上海嘱托我转交给您的。前两天,他只身前往北京刺杀徐世昌未果,愤然跳海自杀了。"

陈独秀愣住了，手捧《新青年》创刊号，与易白沙的交往历历在目。他想起1915年在回国的轮船上嘲笑邹永成投江自杀时易白沙说的一句话："仲甫，你太霸道了。无情未必真豪杰，没准哪一天，我也会像屈原一样投江自杀的。你到那时再来嘲笑我吧。"如今一语成谶，想到此，他不禁潸然泪下。

邓中夏又从箱子里拿出一个文件夹递给陈独秀："这是你要求我组织人员翻译的《国际歌》中文歌词，是赵世炎从法国寄过来的。"

陈独秀拿过歌词朗读起来。念罢，赞叹不已："歌词写得太好了，翻译得也好。"

邓中夏低声说："赵世炎信上特别说，最后几句歌词是乔年翻译的。"

陈独秀一把抓住邓中夏："仲澥，你说什么？你说这是谁翻译的？"

邓中夏又说了一遍："是乔年翻译的。"

陈独秀欣喜若狂："乔年，是乔年翻译的。这真是太好了！仲澥，你知道延年、乔年的消息吗？"

邓中夏："赵世炎来信说，延年和乔年正在经历着人生的一次痛苦而伟大的裂变。"

陈独秀手捧歌词，眼含热泪，喃喃自语："延年、乔年，中国共产党就要成立了，我多么希望我们父子三人都能够成为这个队伍中的一员啊！"

旭日东升，巴黎，中国驻法国大使馆里有一块大草坪，几十位留法勤工俭学生围坐成一个圆圈，一半是以蔡和森、李维汉、陈毅为首的蒙达尼派，一半是以赵世炎、陈公培、李立三为首的勤工派。

陈延年和陈乔年坐在赵世炎的勤工派一边。陈延年手中捧着一本书和一个信封，书是中文版的《共产党宣言》。

周恩来是蒙达尼派蔡和森和勤工派赵世炎都信得过的人。今天，他站在中间做主持。他一身白西装，英姿飒爽，语气平和："同学们，今天是我们留法

勤工俭学的两大派蒙达尼派和勤工派第二次坐到一起商量联合行动事宜。第一次是商讨联合抵制北洋政府向法国借款和购买军火问题,今天是商量抵制里昂中法大学拒收勤工俭学生入校的问题。这是事关我们每一个同学生存和前途的问题。现在请赵世炎同学给大家介绍一下情况。"

赵世炎虽然刚满二十岁,却是资格最老的革命家了。他的讲话极具鼓动性:"同学们,我们绝大多数人来法国都已经一年多了,可是到现在,除了少数官费生之外,几乎没有人能够进学校学习。今年1月,华法教育学会宣布与我们勤工俭学生脱钩,法国大使馆也停止给勤工俭学生发放生活维持费。现在,里昂中法大学校长吴稚晖以勤工俭学生程度太低、无法自费上学为借口,违反以前的承诺和协定,不愿意接收留法勤工俭学生入校。这对我们来说无异于雪上加霜,仅存的一点上学的希望被无耻地断送了。同学们,我们不能坐以待毙,必须采取果断行动了。"

蔡和森站起来问:"琴生,吴稚晖背信弃义的消息确切吗?"

赵世炎指着身边的陈延年说:"陈延年同学可以证明我说的信息。"

陈延年站了起来:"诸位,这本新加坡出版的杂志刊登了里昂大学的招生简章,明确规定,若非官费或有支付款项的确实保证,不能收录。这封来自美国的来信说,里昂大学已经开始在国内招生,考试录取,并须缴足学费。按照这封招生简章,我们勤工俭学生将无一人能够被录取。"

蔡和森问:"延年,你能告诉我们你是怎么得到这些信息的吗?"

陈延年稍做思考后爽快地说:"写这封信的同志你也认识,她是柳眉,她寄来的都是原件,你可以看。"

蒙达尼派的李维汉站起来说:"延年同学,我们知道你和吴稚晖的关系,他曾多次宣称要优先录取陈独秀先生的两个公子进里昂中法大学学习。既然如此,你为什么要和我们站在一起?"

陈延年一身正气地说:"和笙兄请放心,陈延年一定和大家共进退。如果吴稚晖先生背信弃义,我们兄弟一定和他斗争到底。"

大家热烈鼓掌。

蔡和森:"我提议,全体勤工俭学生赶赴里昂,占领中法大学,不达目的决不罢休!"

周恩来站了起来:"大家不要激动。我们应该先礼后兵,派出代表找吴稚晖讲理去。"

下午,巴黎的一家咖啡馆,陈延年、陈乔年应中共旅欧小组周恩来、赵世炎、陈公培之约来这里见面。

赵世炎将一摞资料交给陈延年,说:"这是仲甫先生寄来的,他再三嘱咐一定要亲手交给你。"

陈延年苦笑:"这已经是第四批了。看来我要是不跟着老头子走,他是不会撒手的。"

赵世炎:"我可是亲耳听仲甫先生说过,延年和乔年不信马克思主义,他死不瞑目。"

陈公培:"我也听仲甫先生说过。说的时候,他眼睛都红了。"

陈延年一脸认真地说:"那就请你们告诉他,我们兄弟俩准备信了。"

赵世炎惊喜道:"真的?那太好了,这个弯你是怎么转过来的?太不容易了。"

陈延年非常郑重地说:"来法国一年多了,我亲眼看见所有的试验都失败了,资本主义社会有许多根本无法克服的弊端,无政府主义救不了这个世界,我们过去对它的信仰是建立在浮沙之上的。看了老头子寄来的这些书,我反复琢磨,现在坚定地认为,马克思主义才是科学。我要把这一腔热血献给美好的理想社会。"

周恩来:"延年,你真的要跟无政府主义决裂吗?"

陈延年:"对,决裂,浴火重生! 我不仅要跟无政府主义决裂,还要跟吴稚

晖这个伪君子决裂!"

赵世炎高兴地握着延年、乔年的手说:"太好了,现在我们真正成了同志加兄弟了。"

黄昏,中国驻法大使馆前,几百名留法勤工俭学生集体抗议法国当局的背信弃义行为。蔡和森、陈公培、陈毅、李富春、蔡畅、邓希贤、王若飞、潘玉良、刘海威、白兰、张若名等都在其中。

赵世炎、周恩来、陈延年、陈乔年作为勤工俭学生代表走进大使馆与中法大学校长吴稚晖对质。

吴稚晖还是一身布衣,当他从内室出来看到陈延年、陈乔年时,大吃一惊:"延年、乔年,你们怎么也来了?"

陈延年上前一步向吴稚晖鞠了个躬:"对不起,吴伯伯,我和乔年是作为代表来向你讨个公道的。"

吴稚晖脸色立刻变了:"向我讨公道? 我怎么亏待你们了?"

赵世炎上前一步:"吴先生出尔反尔,拒不接受勤工俭学生入学,同时,你勾结陈箓和法国当局迫害并无理驱逐勤工俭学生。事实证明,你是肇事的元凶。"

吴稚晖:"你们这些娃娃,怎么能信口雌黄? 我吴稚晖爱你们都爱不过来,怎么舍得骗你们?"

陈延年拿出柳眉寄来的一摞材料递给吴稚晖:"吴先生,您自己看看这些材料吧。我们有充分的证据证明你与陈箓等人狼狈为奸,用十分卑鄙的手段剥夺了广大留法勤工俭学生入学的权利。这些材料你是抵赖不掉的。"

吴稚晖气急败坏:"荒唐透顶! 你们竟敢污蔑我吴稚晖,我不能忍受。请你们立即出去!"

周恩来:"吴先生,今天你必须给我们一个明确的说法。不然的话,门外这几百名勤工俭学生是不会罢休的。"

吴稚晖有气无力地摆摆手:"好,好,我请你们先出去,我一会儿给你们一个交代,行不行?"

周恩来和赵世炎交换个眼神,周恩来说:"好,我们在外面等着你。"

吴稚晖指着陈延年和陈乔年:"请你们二位留步。"

陈延年有些犹豫,赵世炎拍拍他的肩膀:"延年,去做个了断吧。"

屋里只剩下吴稚晖和陈延年、陈乔年三人。

吴稚晖有些可怜地望着陈氏两兄弟:"我的两位少爷,你们怎么也跟他们混到了一起?"

陈延年上前一步:"吴伯伯,您欺骗了我们,欺骗了无数跟着您不远万里来到法国勤工俭学的学生。"

吴稚晖:"你告诉我,你的这些材料是从哪里来的,是陈独秀给的吗?他这是在挑拨我和你们的关系,你不要上当。"

陈延年:"我可以告诉您,这些材料是柳眉收集的,今天我们带来的只是其中的一部分。我们对这些材料进行了认真的核实,它们可以证明你是一个政治骗子。"

吴稚晖气得脸都白了,想发火,又忍住了:"延年,你要学会思考。我有我的苦衷,你应该懂的。里昂中法大学不是栖留所,不是大庇天下寒士的广厦万间,我吴稚晖养不起那些交不出学费的穷学生。不过,我向你俩保证,我对你们的承诺一定兑现。"

陈延年一脸正气:"吴先生,您应该了解我。我不会放弃做人的原则,一定要和大家一起跟你这种无耻的行为斗争到底。同时,我还要告诉您的是,我们哥俩已经放弃了您教给我们的对无政府主义的信仰。"

吴稚晖吃惊地问:"你们现在信仰什么?"

陈延年:"我们选择了社会主义的美好理想。"

吴稚晖冷笑:"延年,那是一条死路,你们可要想清楚了。"

陈延年郑重地回答："谢谢您的提醒,我们想得非常清楚。"

陈乔年从口袋里掏出一张纸递给吴稚晖："吴伯伯,这是我翻译的《国际歌》,送给您做个纪念。"

吴稚晖恼羞成怒,疯狂地把手中的《国际歌》撕得粉碎,狂叫道："你们两个混账小子给我滚出去!"

陈延年和陈乔年昂首挺胸走出大使馆,身上披着绚丽的晚霞。

陈延年、陈乔年由顽固的无政府主义者转变为共产主义者的消息传到国内,陈独秀一夜未眠。多年来的一个心结解开了,他在藤椅上坐了一夜,想了一夜,忽然觉得又回到了一年前他躺在北大红楼文科学长室以头磕地的那个晚上,内心波涛汹涌,间或又有一些莫名的惆怅。谜一样的历史,想得他脑袋发涨。他不知道后人会怎样看待他,但他非常清醒地知道,无论历史有多少曲折,无论中国将发生怎样的变故,在中华民族伟大复兴的历史丰碑上,必定会镌刻着陈延年和陈乔年的名字,他的两个儿子必定会成为一代又一代中国青年的偶像!

陈独秀一生毁誉相参。他参与缔造了伟大的中国共产党,他培育了两个伟大的儿子。在那些温良、宽容的中国人的心里,他也是一座丰碑!

十一

1921年盛夏,北京景山东街,李小山的驴车在亢慕义斋门口停下来,葛树贵和几位戴袖章的工人从驴车上跳下来,邓中夏迎上前去,与他们亲切握手。

邓中夏："葛师傅,这红袖章您终于戴上了。"

葛树贵高兴地说："可不是嘛。喜庆呀!我们长辛店的工人夜校搞得红红火火,工人俱乐部的活动开展得轰轰烈烈,工人们都行动起来了。"

邓中夏："快进去吧,守常先生正等你们呢。"

葛树贵等进屋去了,邓中夏忙着招呼下一拨人。

亢慕义斋里坐满了青年人。中国共产党北京支部和北京大学马克思学说研究会主办的形势报告会正在举行。一身长衫的李大钊走上讲台:"同志们,今天中国共产党北京支部和北京大学马克思学说研究会联合举行形势报告会,长辛店工人俱乐部也派出代表前来参加,我们先请葛树贵同志讲一讲长辛店和全国工人运动的情况。"

葛树贵已经非常成熟了,他站起来向大家鞠了个躬,神采飞扬地说:"同志们,我首先要告诉大家一个好消息。今年五月一日,我们长辛店铁路工人举行隆重的庆祝大会,正式成立了长辛店铁路工人工会。这是中国共产党领导下的铁路工人的组织,是党发动和领导工人运动的重要的革命团体。现在,我们不仅有铁路工会,还有机器工会、印刷工会、人力车夫工会等各种产业工会和手工业工会。在各类工会的组织领导下,全国各大城市的工人运动持续高涨,工人群众的觉悟不断提高,已经涌现出了一批有共产主义思想的先进分子。这说明,在中国的政治舞台上,工人阶级已经成为革命的主力军,正在发挥越来越重要的作用。"

在热烈的掌声中,李大钊再次起身:"同志们,我也要给大家报告一个喜讯,中国共产党第一次全国代表大会正在南方举行,中国共产党正式成立了!这是一件开天辟地的大事!

"同志们,中国共产党的成立不是偶然的,它是自鸦片战争以来中国历史发展的必然产物,是中国人民在救亡图存斗争中顽强求索的必然产物,也是中华民族在追求复兴的道路上不断觉醒的必然产物。

"同志们,我们当中很多人都会唱《国际歌》。《国际歌》里最后一句话,陈乔年同志把它翻译为'英特纳雄耐尔一定要实现'。'英特纳雄耐尔',也就是'亢慕义',中文的意思是共产主义,这是我们每一个共产党人矢志不渝追求的最高理想,是人类社会发展的最高阶段。大家可能还记得,三年前,我在中央

公园演讲的曾经说过一句话:'试看将来的环球,必是赤旗的世界!'今天,我还要郑重地告诉各位我的一个最新心得,那就是:中国只有走社会主义道路,才能够实现中华民族的伟大复兴。有的人,包括我的朋友胡适教授,对此不屑一顾。但是我坚信,一百年以后的中国必定会证明我多次讲述的一个观点:'社会主义绝不会辜负中国!'"

1921年7月23日晚,中国共产党第一次全国代表大会在上海法租界望志路106号李汉俊之兄李书城的住宅里举行。代表们报告了各小组的工作情况,深入讨论了党纲和党的今后实际工作。7月30日晚,由于一名陌生男子闯入会场,大会决定转移到浙江嘉兴南湖的一条游船上举行最后一天的会议。会议讨论并通过《中国共产党的第一个纲领》等文件,选举陈独秀为中央局书记。

嘉兴南湖,轻烟拂渚,微风欲来。

红船破浪前行,毛泽东身穿布衣长衫,挺立船头,极目远望。

董必武从船舱中走出来,与毛泽东并肩而立。

董必武:"润之,想什么呢?"

毛泽东:"我在想我们脚下的这条船。"

董必武:"它已经启航了,就绝不会停下。"

毛泽东豪情万丈:"其作始也简,其将毕也必巨。我相信,这条小船终究会成为一艘坚不可摧的巨轮!"

骄阳似火,山川大地一片金黄。

2021年11月26日于北京毛家湾改定